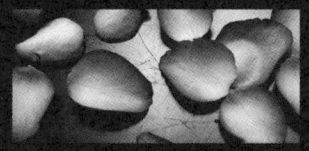

적과 흑 2

이 도서의 국립중앙도서관 출판예정도서목록(CIP)은 서지정보유통지원시스템 홈페이지(http://seoji.nl.go.kr)와
국가자료공동목록시스템(http://www.nl.go.kr/kolisnet)에서 이용하실 수 있습니다.
(CIP제어번호: CIP2009003154)

세계문학전집
018

Stendhal : Le Rouge et le Noir

적과 흑 2

스탕달 장편소설
이규식 옮김

문학동네

그녀는 예쁘지 않았다.
그녀는 홍조를 띠지도 않았다.

—생트 뵈브

차례 ▮

적과 흑 1__제1부

제2부

1장 시골의 즐거움

오, 전원이여, 언제 그대를 다시 보리!
— 베르길리우스

"파리행 우편마차를 기다리러 오셨지요?"

아침 식사를 하러 들른 여관 주인이 쥘리앵에게 물었다.

"오늘 마차건 내일 마차건 별로 상관없어요."

쥘리앵이 대답했다.

쥘리앵이 상관없다던 우편마차가 도착했다. 빈자리가 두 군데 있었다.

"어이! 자네 팔코 아닌가."

제네바 쪽에서 도착한 승객 하나가 쥘리앵과 함께 마차에 오른 남자에게 말했다. 팔코라는 남자가 대답했다.

"자네는 리옹 근교 론 강 가까운 경치 좋은 계곡에 자리잡은 걸로 알고 있었는데 웬일인가?"

"자리는 잘 잡았지. 나 도망치는 길이야."

"뭐라고! 자네가 도망을 친다고? 이봐, 생 지로, 자네처럼 참한 사람이 무슨 죄라도 저질렀나?"

팔코가 웃으면서 물었다.

"그나저나 매일반이지 뭐. 시골의 지긋지긋한 생활에서 도망치는 거야. 자네도 알다시피 나는 시원한 숲과 고요한 전원을 좋아하지 않나. 공상적이라고 자네가 자주 핀잔을 줬잖아. 내 평생 정치 얘기는 듣고 싶지 않았는데, 그놈의 정치가 나를 쫓아내는 거지."

"자넨 어느 당인가?"

"아무 당도 아니야. 내가 몰락한 것도 그 때문이지. 음악과 미술을 좋아하고, 좋은 책 한 권이 하나의 사건이 되기도 하는 것. 나의 정치란 이런 것일 뿐이야. 내 나이 곧 마흔넷이 되네. 살면 앞으로 얼마나 더 살까? 십오 년, 이십 년, 기껏해야 삼십 년쯤일까? 그래, 삼십 년을 더 산다 치세! 삼십 년 뒤엔 대신들이 조금 더 능숙해질지도 몰라. 그렇지만 정직한 면에서는 오늘날이나 마찬가지일 거야. 영국 역사가 우리의 미래를 내다보는 거울이 되지. 권력을 키우려는 왕은 항상 존재하겠지. 국회의원이 되려는 야심도 여전할 것이고, 명예욕과 미라보가 챙긴 수십만 프랑 같은 것들이 시골 부자들을 잠 못 들게 할 걸세. 그 작자들은 그런 걸 가지고 자유주의적이니 민중을 사랑하느니 운운하겠지. 과격 왕당파들은 귀족원 의원이나 궁정귀족이 되고 싶어서 늘 날뛰겠지. 돈벌이가 되니까 국가라는 선박 위에서 모두 조종해보고 싶게 마련이야. 그러니 일반 승객에게는 작고 초라한 자리 하나도 없을 게 아니겠나?"

"본론을 얘기해봐. 자네의 조용한 성격으로 볼 때 무척이나 우스꽝스러울 거야. 자네를 시골에서 쫓아낸 게 최근의 선거인가?"

"내 불행이야 훨씬 오래 전부터지. 사 년 전, 내 나이 마흔이었고 오십만 프랑이 있었지. 지금은 네 살 더 먹었지만 론 강 근처 멋진 곳에 위치한 내 몽플뢰리 성을 팔면 아마도 오만 프랑가량 손해를 볼 거야.

파리에 있을 때 나는 자네들이 19세기 문명이라고 부르는 그 끝없는 희극에 지쳐버렸지. 나는 순박하고 단순한 인정에 목말랐었네. 그래서 론 강 부근 산간지방에 땅을 샀어. 하늘 아래 그처럼 아름다운 곳은 없을 거야.

마을의 보좌신부와 이웃의 시골귀족들이 반년 동안은 내 환심을 사려고 애깨나 쓰더군. 나는 그들을 식사에 초대했어. 그러고는 나는 평생 정치에 대해서는 얘기하고 싶지도 않고 듣고 싶지도 않아서 파리를 떠났습니다. 보시는 바와 같이 나는 어떤 신문도 구독하지 않습니다. 우편 배달부가 가져오는 편지가 적으면 적을수록 나는 더욱더 만족하지요. 이렇게 말해줬지.

그런데 보좌신부의 계산은 그게 아니었어. 곧이어 수많은 무례한 요구와 성가신 일들로 집중 공격을 해오는 거야. 나는 가난한 사람들에게 일 년에 이삼백 프랑씩 나눠주려고 했네. 그런데 그 돈을 종교단체에 기부하라는 거야. 성 조제프 회니 성모회니 하는 단체 말이야. 거절해버렸지. 그랬더니 갖가지 모욕을 가해오더군. 나는 그런 일들에 어리석게도 화를 냈지 뭔가. 그후로는 더이상 아침 산책을 나가서 아름다운 산골 경치를 즐길 수 없게 되었어. 내 몽상이 깨지고 사람들과 그들의 고약한 심성이 불쾌하게 떠오르는 성가신 일과 마주치지 않고서는 말이야. 예를 들어 풍년기원 행렬 때만 해도 그랬어. 나는 그 행렬의 노래(아마 그리스의 곡조 같았어)가 마음에 들었지만, 내 밭은 축복받지 못했다네. 보좌신부의 말에 의하면 그 밭은 무신앙자의 소유라는 거야. 한 번은 독실한 신자인 어느 노파의 암소가 죽어버렸어. 그런데 그 노파는 파리에서 온 경건치 못한 철학자의 연못이 가까이 있어서 그런 일이 생겼다는 거야. 일주일 뒤에는 내 연못의 물고기들이 모두 석회중독으로 배를 드러내고 떠올라 있지 뭔가. 나는 별의별 중상 모략을 다 받았지. 치안판사는 정직한 사람이었지만, 자리를 잃을까 두려워서 늘 내 탓으로 돌리는 거야. 전원의 평화, 그건 이제 내겐 지옥이야. 내가 마을 수도회의 우두머리인 보좌신부에게서 배척받고 자유주의자들의 두목인 퇴역한 대위에게서도 지지를 받지 못한다는 것을 알게 되자, 심지어 일 년 전부터 내 덕으로 살아온 미장이며 쟁기 수리를 할 때마다 날 속이려 하던 목수까지도 내게 덤벼들지 않겠나.

기댈 데도 얻고 소송 가운데 몇 건이라도 이겨볼 요량으로 자유주의자 행세도 해봤지. 그런데 자네 말마따나 그 지랄 같은 선거 때가 되자 내 표를 달라고 하더군."

"생면부지인 사람한테?"

"천만에, 너무 잘 아는 사람이었네. 거절해버렸지. 경솔했지만 끔찍한 일이었어! 그 순간부터 나는 자유주의자들의 적이 되었네. 내 입장은 견딜 수 없게 되었지. 가령 보좌신부가 내가 하녀를 죽였다고 무고할 생각을 했다면, 그 범행을 목격했노라고 증언하러 나올 사람이 양쪽에서 스무 명은 되었을 걸세."

"자네는 이웃 사람들의 흥분에 개의치 않고 그들의 객설조차 들어주지 않으면서 시골에서 살려고 했단 말인가. 그 무슨 어이없는 실수인가!……"

"결국 바로잡았네. 나는 몽플뢰리를 팔기로 했어. 아마 오만 프랑 정도 손해 볼 거야. 그래도 그 위선과 중상의 지옥을 떠나게 되었으니 아주 즐겁네. 나는 프랑스 안에 단 한 곳 있는 고독과 전원의 평화를 찾아가는 거야. 파리의 샹젤리제가 바라다보이는 오층 방으로 말이야. 그리고 본당에 성체 빵을 대주면서 르 룰 구역에서 정치활동을 시작할까 곰곰이 생각해보려네."

"보나파르트 치하였다면 자네에게 그 모든 일은 일어나지 않았을 텐데."

팔코가 분노와 아쉬움에 불타는 눈으로 말했다.

"아무렴, 그런데 자네의 보나파르트는 왜 자리를 지키지 못했지? 오늘 내가 당하는 모든 고통을 만든 장본인이 바로 그 인간이야."

이 대목에서 쥘리앵의 관심은 더욱 커졌다. 쥘리앵은 처음 몇 마디에 팔코가 보나파르트파이며 레날 씨의 어린 시절 친구로, 1816년에 레날 씨가 배반한 사람임을 알게 되었다. 그리고 철학자 생 지로는 시가 소유한 건물을 싸게 입찰한 모(某) 현청 과장의 형제가 되는 듯했다.

"이 모든 것이 자네의 보나파르트 짓이란 말이야."

생 지로가 말을 이었다.

"아무리 봐도 악의 없고 정직한 마흔 살 먹은 남자가 오십만 프랑을 가지고도 시골에 정착하여 평화를 찾지 못한단 말이네. 그 작자의 사제와 귀족 들이 나를 시골에서 쫓아낸 거지."

"아! 보나파르트를 욕하진 말게."

팔코가 소리쳤다.

"황제가 다스린 십삼 년간만큼 프랑스가 민중을 높이 존중한 적은 결코 없었네. 그때는 모든 면에서 위대했지."

"자네가 말하는 그놈의 빌어먹을 황제라는 자가 위대했던 건 싸움 터에서, 그리고 1802년경 재정을 회복시켰을 때뿐이었지."

마흔네 살 먹은 남자가 대꾸했다.

"그 이후 그 사람의 모든 행동에 무슨 의미가 있었나? 시종들이며 사치며 튈르리 궁전에서의 알현이며, 그는 군주정치의 온갖 어리석음 을 새롭게 만들어 판을 찍어냈지. 그게 개정판이기는 했지만 한두 세 기 정도 계속될 뻔하기도 했어. 귀족과 성직자 들은 옛날이 그리웠지 만 그걸 대중에게 팔아먹을 정도로 주먹이 세지 못했던 거야."

"누가 인쇄업 하던 사람 아니랄까봐!"

"누가 나를 내 땅에서 몰아냈나?"

옛 인쇄업자는 화가 나서 말을 계속했다.

"나폴레옹이 조약을 맺어 다시 불러들인 성직자들이잖아. 국가는 의사나 변호사, 천문학자처럼 성직자들이 무슨 짓을 해서 벌어먹든 걱정하지 말고, 그들도 보통 시민으로 대우했어야 했어. 자네의 보나 파르트가 남작이나 백작 따위를 만들어내지 않았다면 오늘날 오만불 손한 귀족들이 있을 수 있겠나? 아니야, 그 작자들의 세상은 지나가 버렸어. 성직자 다음으로 나를 화나게 하고, 또 내가 자유주의자가 되 지 않을 수 없도록 한 것도 바로 시골뜨기 소귀족 놈들이거든."

대화는 끝이 없었다. 그들이 나눈 이야기는 앞으로 반세기는 더 프랑스인들의 관심을 끌게 될 것이다. 생 지로가 시골에서 살 수 없다는 얘기를 여전히 되풀이하는 동안 쥘리앵은 레날 씨 이야기를 머뭇거리며 꺼냈다.

"그렇고말고, 젊은이. 그 말 잘했소!"

팔코가 소리쳤다.

"그 작자는 모루가 되지 않으려고 망치가 됐지. 그것도 무서운 망치 말이오. 하지만 그자도 요즘 발르노에게 정신 못 차리는 모양이던데. 젊은이도 그 불한당을 아시는가? 그치야말로 진짜배기 불한당이지. 젊은이가 안다는 레날 씨가 조만간 쫓겨나고 발르노가 그 자리를 차지하게 되면 그는 무슨 말을 할까?"

"제가 저지른 죄를 마주 보게 되겠지."

이번에는 생 지로가 말했다.

"그러면 베리에르를 잘 알겠군, 젊은이? 보나파르트 그 작자와 그의 군주정치 폐물을 섞어서 레날과 셀랑이 지배하더니만 이젠 발르노와 마슬롱의 지배가 시작되는 모양이구먼."

쥘리앵은 이런 어두운 정치 얘기에 놀라 관능적인 몽상에서 깨어나서는 정신을 딴 데로 돌렸다.

멀리 파리가 보였으나 그 첫 모습에도 쥘리앵은 별다른 감흥이 없었다. 닥쳐올 자신의 운명에 대한 공중누각 같은 망상과 베리에르에서 보낸 지난 이십사 시간에 대한 아직도 생생한 기억이 갈등을 빚었다. 오만불손한 성직자들로 인하여 공화정이 도래하여 귀족들에게 박해를 가한다 해도, 사랑하는 레날 부인의 아이들을 절대로 버리지 않고 그들을 보호하기 위하여 모든 것을 벗어던지겠노라고 쥘리앵은 다짐했다.

그가 베리에르에 도착한 날 밤, 레날 부인의 침실 창문에 사다리를 기대어놓은 순간, 만약 낯선 사람이나 레날 씨가 그 방에 있었다면 어떻게 되었을까?

그러나 애인이 그를 돌려보내려고 간절하게 애를 쓰고 그가 어둠 속에서 그녀 옆에 앉아 자신의 처지를 변명하던 처음 두 시간은 또한 얼마나 감미로웠던가!

쥘리앵 같은 영혼은 한평생 그런 추억이 뒤따르는 법이다. 만남의 나머지 시간은 십사 개월 전 그들이 사랑을 나누던 첫 시기의 기억과 벌써 뒤섞이고 있었다.

마차가 급정거를 하는 바람에 쥘리앵은 깊은 몽상에서 깨어났다. 장 자크 루소 거리 역 마당에 방금 들어선 것이다. 다가오는 이륜마차를 향해 그는 말했다.

"말메종*으로 갑시다."

"손님, 이 시간에 거긴 왜 가십니까?"

"댁은 상관없잖소! 갑시다."

모든 진실한 정열은 오직 그 정열만을 생각하는 법이다. 그래서 파리에서는 정열이 내게 우스워 보이는 것이다. 파리에서 사람들은 이웃이 자기에 대해 너무 많이 생각한다고 항상 주장한다. 말메종에서 쥘리앵이 느낀 흥분을 이야기하는 것은 피하기로 한다. 그는 울었다.

---

* 나폴레옹이 아내 조제핀과 함께 거주하던 성.

세상에! 보기 흉한 하얀 벽을 그해에 세웠고, 그 벽이 정원을 잘게 조각내버렸는데도 울었다니? 그렇다. 후세 사람들이 그런 것처럼 쥘리앵에게는 아르콜레*와 세인트헬레나 그리고 말메종 사이에 아무런 차이가 없었던 것이다.

저녁에 쥘리앵은 공연장에 들어갈까 말까 한참을 망설였다. 그는 퇴폐적인 장소에 대해 야릇한 생각을 품고 있었다.

깊은 경계심 때문에 쥘리앵은 살아 있는 파리의 모습에 감탄하지 못했다. 그는 자기가 존경하는 영웅이 남긴 기념물에만 감동을 받았다.

나는 음모와 위선의 중심지에 와 있다! 여기서는 프릴레르 사제의 보호자들이 군림하고 있다.

사흘째 되는 날 저녁, 그는 피라르 사제 앞에 나타나기 전에 모든 것을 보겠다던 계획을 호기심 때문에 그만두었다. 피라르 사제는 라몰 씨 댁에서 그를 기다리고 있는 생활이 어떤 것인지를 냉정한 어조로 설명했다.

"몇 달 뒤에 자네가 후작 댁에서 필요 없게 되면 그때 자네는 신학교로 들어가는 거야. 그런데 당당하게 가야 하네. 자네는 프랑스에서 최고의 명문 대영주 가운데 하나인 후작 댁에 기거하게 되는 거야. 자네는 검은 옷을 입게 될 텐데, 성직자처럼 입는 게 아니라 상중인 사람처럼 입어야 하네. 내가 자네에게 소개할 신학교에서 일주일에 세 번 신학 수업을 듣도록 하게. 그리고 매일 정오 후작의 서재에 가게. 후작은 자네에게 소송이나 사업에 필요한 편지를 쓰도록 시킬 거야.

---

* 이탈리아의 지명. 나폴레옹이 전투에서 이긴 곳.

후작은 자기가 받는 편지 여백에 해야 할 답장의 내용을 두어 마디 적
어둔다네. 석 달이 지나면 자네가 보여주는 답장 열두 통 가운데 여덟
통 또는 아홉 통은 후작이 그대로 서명하는 수준에 이를 거라고 내가
말해두었네. 저녁 여덟시에는 서재를 정리하고. 열시면 자네는 자유
로워질 거야."

피라르 사제는 계속 설명했다.

"어떤 노부인이나 상냥한 말투의 어떤 남자가 자네에게 엄청난 이
득을 암시하거나 혹은 뻔뻔하게도 금전을 제공하며 후작이 받은 편지
를 보여달라고 할 수도 있네……"

"아! 선생님!"

쥘리앵이 얼굴을 붉히며 소리쳤다.

"이상한 일이야."

사제가 씁쓸한 미소를 지으며 말했다.

"자네처럼 가난한 사람이, 게다가 신학교에서 일 년이나 공부하고
나서도 아직 그런 덕성스러운 분노가 남아 있다니. 자네는 눈이 멀었
던 모양이군!"

그것은 혈통의 힘일까? 하고 사제는 낮은 목소리로 혼잣말하듯 중
얼거렸다.

"또 이상한 일은 후작이 자네를 알고 있다는 거야……"

사제는 쥘리앵을 바라보며 덧붙였다.

"어떻게 알게 됐는지는 모르지만 말이야. 후작은 자네 봉급으로 우
선 이천 프랑을 주겠다는군. 그분은 변덕이 심한 사람이야. 그게 결점
이지. 그래서 유치한 일로 자네와 다투게 될지도 몰라. 후작의 마음에

들면 자네 봉급은 그 뒤 팔천 프랑까지 오를 걸세."

사제는 날카로운 어조로 말을 이어갔다.

"그러나 자네의 얼굴이 잘나서 그런 돈을 주는 게 아니라는 사실을 알아야 해. 쓸모 있는 사람이 되는 게 관건이야. 내가 자네라면 될 수 있는 대로 말을 적게 하겠네. 특히 모르는 것에 관해서는 입을 열지 않을 거야."

"아!"

사제가 말했다.

"내가 자네를 위해 정보를 입수했어. 라 몰 씨 가족 얘기 말이야. 후작에게는 아이들이 둘 있네. 아들은 열아홉 살 난 아주 멋쟁이 청년인데, 오후 두시에 할 일을 정오에는 전혀 모르는 좀 멍청한 위인이야. 하지만 재치가 있고 용기도 있으며, 스페인 전쟁에 참전했다는군. 이유는 모르지만 후작은 자네가 젊은 노르베르 백작의 친구가 되기를 바라고 있네. 자네가 훌륭한 라틴어 학자라는 말을 했으니까 아마도 자기 아들에게 키케로나 베르길리우스의 명문 몇 구절을 가르쳐줬으면 하는 속셈일 거야.

내가 자네 입장이라면 그 젊은 친구에게 절대로 희롱당하지 않을 걸세. 완벽하게 예의 바르지만 빈정거리기를 좋아하는 귀동아들인 그의 접근에 넘어가기 전에, 그걸 여러 번 되풀이하도록 내버려두겠다는 말이지.

솔직히 말해서 처음에는 젊은 라 몰 백작이 자네를 얕잡아볼 걸세. 자네는 일개 소시민에 불과하니까 말이야. 그의 선조는 궁정에 있던 분인데, 어떤 정치적 음모로 1574년 4월 26일 그레브 광장에서 참수

당한 명예를 지니고 있지. 그런데 자네는 말이야, 자네는 베리에르 목수의 아들인데다가 젊은 백작의 아버지에게서 봉급을 받는 처지거든. 이런 차이를 잘 생각해야 해. 그리고 모레리*가 지은 책을 읽고 그 가문의 역사를 공부하도록 하게. 그 댁 만찬에 참석하는 아첨꾼들은 모두 소위 그들이 말하는 세련된 암시로 이따금 그 가문의 역사를 끄집어내곤 하거든.

장차 프랑스 귀족원 의원이 될 경기병 대위 노르베르 드 라 몰 백작의 농담에 대꾸할 때 특히 주의하도록 하게. 그런 일로 나에게 하소연하러 오지 않도록 해."

"저를 멸시하는 사람에게 대답조차 하지 말아야 할 것 같군요."

쥘리앵이 몹시 얼굴을 붉히며 말했다.

"자네는 그 멸시라는 게 어떤 건지 몰라서 그러는 거야. 그것은 과장된 찬사의 형태로만 나타난다네. 자네가 어리석다면 그걸 곧이곧대로 받아들일 수도 있을 거야. 하긴 출세하기를 원한다면 그렇게 해야만 할 걸세."

"그 모든 것이 저에게 적합하지 않게 되어 신학교 103호 작은 방으로 다시 돌아가면 저는 배은망덕한 놈으로 간주되겠지요?"

쥘리앵이 물었다.

"아마도 그 집에 드나드는 아첨꾼들이 모두 자네를 험담할 걸세. 그러나 그땐 내가 나서지. 아드숨 퀴 페키.** 내가 그렇게 결정하도록

---

* 프랑스의 학자로『역사 대사전』을 집필했다.
** 그건 내 책임이야.

시켰다고 말하겠네."

사제가 대답했다.

쥘리앵은 피라르 사제의 말투가 신랄하고 거의 냉혹하게 들려서 몹시 상심하였다. 그 어조는 그의 마지막 답변을 완전히 망쳐버렸다.

사제가 쥘리앵을 사랑하는 것에 양심의 가책을 느끼고 있는 것은 사실이었다. 그는 다른 사람의 운명에 그토록 직접적으로 참견하는 것에 일종의 종교적인 두려움을 가지고 있었다.

"자네는 또……"

사제는 고통스러운 의무를 수행하는 것처럼 여전히 마지못해 덧붙여 말했다.

"라 몰 후작부인을 만나게 될 거야. 그 부인은 키가 크고 금발이며 신앙심이 깊고 거만하고 흠잡을 데 없이 예의 바르나, 전적으로 개성이 없지. 그 부인은 숀 노(老)공작의 딸인데, 그 공작은 귀족적인 편견으로 널리 알려진 사람이야. 그 귀부인은 요컨대 자기와 신분이 같은 여자들의 성격을 두드러지게 모아놓은 일종의 축소판이라 할 수 있어. 그 부인은 십자군 때로 올라가는 조상을 가진 것이 자기가 존중하는 단 하나의 특권임을 숨기지 않아. 돈은 그보다 한참 뒤에 오지. 자네는 이 사실이 놀라운가? 이 사람아, 우린 이제 시골에 있는 게 아니잖나.

자네는 그 살롱에서 몇몇 대영주들이 우리나라의 역대 왕자들에 대해 이상하게도 대수롭지 않게 여기는 말투로 이야기하는 걸 보게 될 거야. 그러나 라 몰 부인은 왕자, 특히 공주의 이름을 말할 때마다 존경심으로 목소리를 낮추지. 그 부인 앞에서 필리프 2세나 앙리 8세가 괴물이었다고 말하라고 충고하지는 않겠네. 그들은 왕이었어. 그런데 그 사실은 모든 사람들의 존경을, 특히 자네나 나같이 지체가 낮은 집안에서 태어난 사람의 존경을 받을 만한 영원한 권리거든. 그렇지만 우리는 성직자가 아닌가."

피라르 사제가 덧붙였다.

"왜냐하면 부인이 자네를 성직자로 여길 테니까. 성직자라는 칭호로 말미암아 그 부인은 우리를 자기 구원에 필요한 시종쯤으로 생각할 테지."

"선생님, 저는 파리에 오래 머무를 것 같지는 않습니다."

쥘리앵이 말했다.

"좋아, 하지만 이걸 알아두게. 우리 같은 사람들은 대영주의 비호가 있어야만 행운을 얻을 수 있다는 사실 말일세. 뭔가 꼬집어 말할 수는 없지만, 내가 보기에 자네는 성격상 성공을 하지 못하면 남에게 박해를 받을 여지가 있어. 자네에겐 중용이라는 게 없단 말이야. 이 점을 잘 생각하게. 사람들은 자네에게 말을 걸어도 자네를 즐겁게 해줄 수 없다는 것을 알고 있다네. 여기처럼 사교적인 곳에서는 자네가 사람들의 존경을 받지 못하면 불행해질 걸세.

라 몰 후작의 변덕이 없었으면 자네는 브장송에서 어떻게 되었겠나? 언젠가 자네는 후작이 자네에게 베푼 유별난 은혜를 깨닫게 될 걸세. 그리고 자네가 인정 없는 사람이 아니라면 후작과 그 가족에게 영원히 감사해야 하네. 자네보다 학식이 더 많으면서도 미사에서 받는 십오 수와 소르본의 강사료 십 수로 파리에서 몇 해씩이나 지내온 딱한 사제들이 얼마나 많은 줄 아는가! 지난겨울에 자네에게 얘기했던 뒤부아 추기경이 초기에 겪은 불운의 원인을 생각해보게. 자네의 자부심이 아무리 강하다 해도 그 추기경보다 재능이 뛰어나다고 할 수 있겠나?

예를 들어 내가 그렇지 않은가. 나는 조용하고 평범한 사람이고, 신학교에서 늙어 죽을 작정을 했었지. 신학교에 집착하다니, 얼마나 어리석은 일이었나. 그런데 말이야! 내가 사직서를 냈을 때는 그러지 않아도 면직당할 참이었어. 그때 내 재산 상태가 어땠는지 아는가? 더할 것도 뺄 것도 없이 오백이십 프랑의 저금이 있었지. 친구가 있는 것도 아니고, 겨우 두세 명의 지인이 있었을 뿐이네. 그런데 한 번도 본 적이 없는 라 몰 씨가 나를 그런 난처한 처지에서 구해줬네. 그 양반이 말 한마디 해준 덕분에 나는 교구민이 모두 거친 악습에서 벗어난 유복한 사람들인 교구를 맡게 되었어. 수입 또한 하는 일에 견주어볼 때 과분하여 부끄럽다네. 자네가 경솔한 짓을 하지 않게 하려고 이렇게 긴 얘기를 늘어놓았네.

한마디만 더 하겠네. 나는 불행히도 성미가 급해. 그리고 앞으로 자네와 얘기를 나누지 못할지도 모를 일이야.

후작부인이 거만하게 굴거나 아들의 못된 희롱 때문에 그 집에서 정말 참을 수 없게 되거들랑 파리에서 삼십 리외 떨어진 신학교에서 공부를 마치는 게 좋을 걸세. 파리 남쪽보다는 북쪽에 있는 신학교에서. 북쪽이 더 개화됐고 부정도 적을 거야."

이 대목에서 피라르 사제는 낮은 목소리로 덧붙였다.

"사실대로 얘기하자면 파리의 신문사들이 가까이 있는 곳에서는 소폭군들도 겁을 먹게 되지. 앞으로 우리가 함께 지내는 것이 계속 즐겁고 자네가 후작 댁에 적응되지 않으면 자네에게 내 보좌신부 자리를 제의하지. 교구에서 나오는 수입을 자네와 반씩 나눌 걸세."

사제는 쥘리앵이 고맙다는 말을 하려는 것을 가로막으며 덧붙였다.

"나는 자네에게 응당 이 정도의 일이나 그 이상을 해줘야 하네. 자네가 브장송에서 보여준 기특한 후의에 대한 감사지. 그때 내가 오백 이십 프랑도 없는 빈털터리였다면 자네가 나를 구했을 게 아닌가."

사제의 냉담한 목소리와 어조는 어느새 사라지고 없었다. 더없이 부끄럽게도 쥘리앵은 눈물이 솟구치는 것을 느꼈다. 그는 스승의 품에 뛰어들고 싶어서 미칠 지경이었다. 그러나 자신이 할 수 있는 가장 사나이다운 태도로 짐짓 이렇게 말할 따름이었다.

"저는 태어나면서부터 아버지의 미움을 받았습니다. 저의 가장 큰 불행 중 하나가 그것입니다. 하지만 더이상 제 운명을 탓하지는 않을 겁니다. 선생님, 저는 선생님한테서 또다른 아버지의 모습을 보았습니다."

"좋아, 알았으니 그만 해!"

사제가 난처한 듯이 말했다. 그러고 나서 마침 신학교 교장다운 말 한마디가 떠올라 이렇게 덧붙였다.

"이 사람아, 운명이라는 말은 하면 안 돼. 언제나 섭리라고 말하도록 하게."

삯마차가 멈춰 섰다. 마부가 거대한 문에 매달린 청동 고리를 쳐들고 두드렸다. 거기가 바로 '라 몰 저택'이었다. 통행인들이 알아보도록 하기 위해서인지 대문 위 검은 대리석에 그렇게 쓰여 있었다.

쥘리앵은 그런 겉치레가 마음에 들지 않았다. 귀족들은 자코뱅파를

26

이토록 무서워한다! 담 너머로 로베스피에르와 그의 단두대용 수레를 보고도 흥분하는 처지에 참 요절복통할 노릇이군. 폭동이 일어날 경우 하층민이 알아보고 약탈하라고 이렇게 자기 집을 보란 듯이 자랑하는 것일까? 그는 이런 생각을 피라르 사제에게 말했다.

"아, 이 친구야! 자네 머지않아 내 보좌신부가 될 것 같군. 어쩌면 그리 무시무시한 생각을 다 해내는가!"

"제가 보기엔 아주 단순한 생각 같은데요."

쥘리앵이 말했다.

근엄한 문지기와 특히 깨끗한 마당을 보고 쥘리앵은 감탄하고 놀랐다. 날씨는 화창했다.

"정말로 어마어마한 건물이군요."

쥘리앵이 사제에게 말했다.

그러나 그것은 볼테르가 세상을 떠날 무렵 건축된, 생 제르맹 지역에 있는 평범한 외관의 저택 가운데 하나였다. 유행과 미관이 이처럼 서로 동떨어진 경우도 없었을 것이다.

2장 사교계 입문

열여덟 살에 의지할 사람 없이 혼자 살롱에 들어섰을 때의
우스꽝스럽고 감동적인 추억!
여인의 시선은 내가 겁을 먹기에 충분했다.
사람들 마음에 들려고 할수록 나는 점점 더 어색해질 뿐.
매사에 더할 나위 없이 그릇된 생각을 품고 있었다.
이유 없이 마음을 털어놓는가 하면
진지하게 나를 바라본다고 어떤 사람을 적으로 보기도 했다.
그러나 수줍음으로 인한 끔찍한 불행 한가운데에서
그 아름다운 시절은 얼마나 좋았던가!
—칸트

쥘리앵은 마당 한가운데에서 어리둥절해져 걸음을 멈추었다.

"자, 분별 있는 사람처럼 보이도록 하게."

피라르 사제가 말했다.

"무서운 생각이 드는 모양이로군. 하지만 자네가 어린아이란 말인가! 호라티우스의 '닐 미라리*'라는 말을 잊었나? 생각해보게. 자네가 이곳에 거처를 정하게 되면 이 집 하인들이 자네를 조롱하려 들 걸세. 그 사람들은 자네가 부당하게도 자기들 위에 자리잡았지만 사실은 자기들과 동급이라고 여길 걸세. 친절을 가장해 유익한 충고를 해준다든가 자네를 안내해주겠다는 미명 아래 자네가 큰 실수를 저지르게

---

* 어떤 흥분도 보이지 마라.

하려고 기회를 노릴 거란 말이야."

"저는 그런 인간들을 무시해버리겠습니다."

쥘리앵이 입술을 깨물며 말했다. 그리고 경계심을 회복했다.

이 두 사람은 후작의 서재에 다다르기 전에 2층에서 살롱들을 가로질러 갔는데, 그 살롱들을 독자 여러분이 보았다면 으리으리한 만큼이나 쓸쓸해 보였을 것이다. 그런 살롱을 독자 여러분에게 준다 해도 여러분은 거기서 살지 않으려 할 것이다. 그것은 하품과 쓸쓸한 생각의 본거지인 것이다. 그런데도 그 살롱들은 쥘리앵의 황홀감을 더욱 배가했다. 이처럼 화려한 곳에서 살면서 어떻게 불행할 수 있을까! 그는 이렇게 생각했다.

이윽고 피라르 사제와 쥘리앵은 이 웅장한 저택에서 가장 초라한 방에 도착했다. 햇빛도 잘 들지 않는 방이었다. 날카로운 눈매에 금발 가발을 쓴 야위고 키 작은 남자가 거기에 있었다. 사제는 쥘리앵을 돌아보고 그를 소개했다. 그 사람이 바로 후작이었다. 쥘리앵은 그를 알아보기가 무척 힘들었다. 그만큼 후작은 정중한 태도를 지니고 있었다. 그는 브레 르 오 성당에서 봤던 호기로운 얼굴의 대영주가 아니었다. 쥘리앵이 보기에는 그의 가발에 숱이 너무 많은 듯했다. 그런 느낌 덕택에 쥘리앵은 조금도 겁이 나지 않았다. 앙리 3세의 친구의 후손이라는 사람이 그에게는 우선 매우 초라한 풍채의 소유자로 보였던 것이다. 후작은 무척 야윈데다가 몸을 매우 분주히 움직였다. 그러나 후작이 브장송의 주교보다 이야기 상대에게 훨씬 더 호감을 주는 예의를 갖추고 있음을 쥘리앵은 곧 알게 되었다. 면담은 삼 분도 걸리지 않았다. 방을 나오면서 사제가 쥘리앵에게 말했다.

"자네는 초상화라도 그리는 것처럼 후작을 뚫어져라 쳐다보더군. 나는 그 사람들이 예절이라고 부르는 것을 잘 알지 못하네. 머지않아 자네가 나보다 더 잘 알게 되겠지. 하지만 자네의 당돌한 눈초리는 그 다지 예의 바르게 보이지 않더군."

그들은 삯마차에 다시 올라탔다. 마부가 큰 거리 근처에 멈춰 섰다. 사제는 커다란 살롱이 늘어서 있는 곳으로 쥘리앵을 데리고 갔다. 쥘 리앵은 그곳에 가구가 없다는 것을 알아차렸다. 그는 자기가 생각하 기에는 아주 추잡스러운 주제를 형상화한, 금도금을 한 화려한 괘종 시계를 쳐다보고 있었다. 그때 꽤 멋을 부린 신사 하나가 웃으며 쥘리 앵에게 다가왔다. 쥘리앵은 약간 고개를 숙여 인사했다.

신사는 웃음을 띠더니 그의 어깨에 손을 올려놓았다. 쥘리앵은 소 스라치게 놀라며 뒤로 물러섰다. 그는 화가 나서 얼굴이 붉어졌다. 피 라르 사제는 평소의 근엄함과는 딴판으로 눈물이 나도록 웃어댔다. 그 신사는 양복점 재단사였던 것이다.

"자네에게 이틀간 자유를 주겠네."

밖으로 나오면서 사제가 쥘리앵에게 말했다.

"그때쯤이나 되어야 자네는 라 몰 부인에게 소개될 걸세. 사람에 따라서는 이 새로운 바빌론에 처음 머무르는 자네를 처녀처럼 가두어 둘 테지. 타락할 일이 있으면 즉시 그렇게 해보게나. 나도 자네 걱정 에서 벗어나 해방될 테니 말이야. 모레 아침에 아까 그 재단사가 자네 에게 양복 두 벌을 보내줄 걸세. 가봉해주는 사람에게 오 프랑을 주도 록 하게. 그런데 그 파리 사람들이 자네 목소리를 듣게 하지 말게. 만 약 자네가 입을 뻥긋하면 그들은 즉시 자네를 놀려댈 방법을 찾아낼 걸세. 그건 그들의 재능이거든. 모레 정오에 내 집으로 오게…… 자, 가서 놀아보라고…… 아, 깜빡 잊고 있었군. 여기 있는 이 주소로 찾아가서 장화와 셔츠, 모자를 주문하게나."

쥘리앵은 그 주소의 글씨를 바라보았다.

"후작의 친필이라네."

사제가 말했다.

"그분은 모든 것을 예상하며 명령하는 것보다는 손수 움직이기를 좋아하는 활동적인 사람이야. 후작은 그런 수고를 덜기 위해 자네를 곁에 두려는 거야. 자네는 그 예민한 분이 한두 마디로 시키는 모든 일을 척척 해낼 만한 눈치가 있겠나? 두고 보면 알 일이지. 조심하게!"

쥘리앵은 한 마디 말도 없이 주소에 적힌 상점들로 들어갔다. 그는 상점에서 자기를 정중하게 맞이하고 있음을 알았다. 장화 상인은 장부에 그의 이름을 쥘리앵 드 소렐이라고 적어넣었다.

페르 라셰즈 묘지에 갔을 때, 매우 친절하고 말투로 보아 극히 자유주의 성향을 가진 어떤 남자가 쥘리앵에게 네[*] 원수의 무덤을 가르쳐주겠다고 제의했다. 교묘한 계략에 의하여 네 원수의 무덤에는 비석도 없었다. 두 눈에 눈물이 글썽해서 쥘리앵을 거의 껴안다시피 했던 이 자유주의자와 헤어지고 나서야 쥘리앵은 시계가 없어진 것을 알았다. 이런 경험을 톡톡히 하고 나서 이틀 후 정오에 쥘리앵은 피라르 사제 앞에 모습을 드러냈다. 사제는 그를 유심히 바라보았다.

---

* 프랑스의 장군. 나폴레옹의 백일천하에 가담했으며 왕정에 의해 총살당했다.

"이러다간 자네가 아마도 멋쟁이가 되어버리겠군."

사제는 엄한 어조로 말했다. 쥘리앵은 상복을 입은 나이 어린 젊은이 같아 보였다. 사실 매우 단정한 맵시였지만, 그 자신 시골 출신인 선량한 사제는 시골에서 멋과 거만함으로 동시에 통하는 어깻짓을 쥘리앵이 아직 지니고 있는 것을 보지 못했던 것이다. 후작은 쥘리앵을 보고 그의 맵시에 대해 사제와는 아주 다른 방식으로 평가했다. 후작은 사제에게 이렇게 말했다.

"소렐 군이 댄스 교습을 받는 것에 반대하시겠습니까?"

사제는 아연실색했지만 마침내 이렇게 대답하였다.

"아닙니다, 쥘리앵은 사제는 아니니까요."

후작은 집 뒤쪽에 달린 작은 층계를 한 번에 두 개씩 뛰어올라가 저택의 넓은 정원 쪽으로 향한 아담한 지붕 밑 방에 쥘리앵의 거처를 손수 잡아주었다. 후작은 쥘리앵에게 속옷 가게에서 셔츠를 몇 벌 사왔는지 물었다.

"두 벌 사왔습니다."

쥘리앵이 대답했다. 그는 이런 대귀족이 이처럼 사소한 일에까지 관심을 갖는 데 질려버렸다.

"아주 잘했군."

후작은 진지한 기색을 하고는 명령투의 간결한 어조로 말을 이어갔다. 그 어조는 쥘리앵에게 생각할 여지를 주었다.

"아주 잘했구먼! 셔츠를 스물두 벌만 더 사도록 하시오. 이건 석 달치 봉급이니 받도록 하고."

지붕 밑 방에서 내려오면서 후작은 나이 든 하인을 불렀다.

"아르센, 앞으로 소렐 군의 시중을 들어주게."

후작이 하인에게 말했다.

몇 분 후 쥘리앵은 으리으리한 서재에 혼자 남게 되었다. 그 순간은 감미로웠다. 흥분한 모습을 들키지 않으려고 그는 어둡고 좁은 구석에 가서 몸을 숨겼다. 거기에서 그는 책의 번쩍이는 금박 글씨들을 황홀하게 관조하며 생각했다. 이 책들을 모두 읽을 수 있겠구나. 이 집에서 사는 것이 어떻게 마음에 들지 않겠어? 레날 씨 같았으면 라 몰 후작이 조금 전 내게 해준 것의 백분의 일만 해주고도 일생의 수치로 생각할 거야.

그건 그렇고, 내가 베껴야 할 것이나 한번 보자. 그 일을 끝내고서 쥘리앵은 책 쪽으로 용기 있게 다가갔다. 그는 거기서 볼테르의 어떤 판본을 발견하고 미칠 듯이 기뻐했다. 누가 갑자기 들어오면 들킬까 봐 달려가서 서재 문을 열어놓았다. 그런 다음 책 팔십 권을 한 권씩 펼쳐보며 기뻐했다. 훌륭한 장정의 책들로, 런던 최고의 제본가가 공들여 만든 걸작이었다. 쥘리앵의 감탄은 거의 절정에 이르렀다.

한 시간 뒤 후작이 들어와 쥘리앵이 베낀 것을 훑어보았다. 후작은 쥘리앵이 슬라(cela)*라는 낱말을 쓰면서 엘(l)자를 두 개 적어 셀라(cella)라고 쓴 것을 보고 놀랐다. 이 청년의 실력에 대해 사제가 내게 한 모든 말은 터무니없는 이야기에 불과했단 말인가! 후작은 매우 실망했지만 그에게 상냥하게 물었다.

"자네는 철자에 자신이 없는 모양이지?"

---

* '그것'이라는 뜻의 프랑스어.

"사실입니다."

쥘리앵은 자기가 저지른 실수는 꿈에도 생각지 않고 대답했다. 그는 후작의 호의에 감동했다. 후작은 레날 씨의 거만한 어조를 생각나게 했다.

이렇게 프랑슈 콩테 출신의 꼬마 사제를 채용해보는 경험도 시간낭비인 모양이군. 후작은 생각했다. 내겐 확실한 사람이 필요한데 말이야!

"슬라(cela)에는 엘(l)자를 하나만 쓰네. 앞으로는 정서를 하고 나서 철자가 확실치 않은 단어는 사전을 찾아보도록 하게."

여섯시에 후작은 쥘리앵을 호출했다. 그는 분명 난처한 듯 쥘리앵의 장화를 바라보았다.

"내 잘못이네만, 매일 다섯시 삼십분에는 정장으로 갖추어 입어야 한다는 것을 자네에게 얘기해주지 않았네."

쥘리앵은 말귀를 못 알아듣고 후작을 바라보았다.

"긴 양말을 신으라는 말일세. 아르센이 잊지 않도록 자네에게 상기시켜줄 테지만, 오늘은 내가 자네를 변명해줌세."

말을 마치고 라 몰 후작은 금도금으로 번쩍이는 살롱으로 쥘리앵을 안내했다. 이런 경우 레날 씨라면 자기가 먼저 문에 들어서려고 걸음을 재촉했을 것이다. 옛 주인의 그런 사소한 허영심에 익숙한 쥘리앵은 후작의 발뒤꿈치를 밟을 만큼 바짝 뒤따라 걸어갔다. 신경통을 앓고 있는 후작은 몹시 괴로웠다.

'게다가 이 친구는 우둔하기까지 하군!'

후작은 속으로 생각했다. 그는 쥘리앵을 키가 크고 위엄 있어 보이는 부인에게 소개했다. 후작부인이었다. 쥘리앵은 그녀에게서 거만한 기색을 보았다. 생 샤를의 만찬에서 보았던 베리에르 군수의 아내 모지롱 부인과 조금 닮아 보였다. 더할 나위 없이 으리으리한 살롱의 모습에 머리가 어지러워진 쥘리앵은 라 몰 후작이 하는 말을 듣지 못했다. 후작부인은 그를 힐끗 쳐다볼 따름이었다. 살롱에는 몇몇 사람이 있었는데, 그중에서 몇 달 전 브레 르 오에서 행사가 있었을 때 만나서 얘기한 적이 있는 아그드의 젊은 주교를 알아보고 쥘리앵은 말할 수 없이 기뻤다. 이 젊은 주교는 쥘리앵이 수줍은 듯 부드러운 시선으로 자기를 바라보는 것을 알고 약간 놀랐지만 그 시골 청년이 누구인지 알아볼 생각은 전혀 하지 않았다.

그 살롱에 모여 있는 사람들은 쥘리앵에게는 어딘지 모르게 우울하고 어색해 보였다. 파리 사람들은 낮은 목소리로 얘기하고 사소한 일을 과장하지 않는 법이다.

여섯시 삼십분경 매우 창백한 얼굴에 늘씬하며 콧수염을 기른 잘생긴 청년 하나가 들어왔다. 머리는 아주 작았다.

"너는 언제나 사람들을 기다리게 하는구나."

후작부인이 자기 손에 입을 맞추는 그 청년에게 말했다.

쥘리앵은 그 사람이 바로 라 몰 백작임을 알았다. 쥘리앵은 그 청년에게 첫눈에 호감을 느꼈다.

이 청년이 모욕적인 희롱을 해서 나를 이 집에서 쫓아내는 일이 대체 가능키나 할까! 쥘리앵은 생각했다.

노르베르 백작을 자세히 뜯어보는 동안 쥘리앵은 그가 박차 달린 장화를 신고 있다는 것을 알았다. 그런데 나는 언뜻 보아도 아랫사람이라는 걸 알도록 단화를 신어야 한다는 말이지. 모두 식탁에 둘러앉았다. 후작부인이 목소리를 약간 높이며 뭔가 심한 소리를 하는 것이 들렸다. 거의 동시에 눈부신 금발의 아주 멋진 젊은 여자가 그의 맞은편에 와서 앉는 것이 보였다. 그는 그녀가 전혀 마음에 들지 않았다. 그렇지만 그녀를 유심히 바라보는 동안 이토록 아름다운 눈은 일찍이 본 적이 없다는 생각이 들었다. 하지만 그 눈에는 대단히 차가운 성미가 드러나 있었다. 쥘리앵은 그 눈이 모든 것을 유심히 살펴보지만 위엄 있게 보여야 한다는 것을 의식하는 데서 오는 권태로운 표정을 띠고 있음을 알게 되었다. 그렇지만 레날 부인도 아주 아름다운 눈을 가지고 있었지. 쥘리앵은 생각했다. 사람들은 부인의 아름다운 눈을 칭찬하곤 했어. 그러나 부인의 눈은 이 여자의 눈과 공통점이라고는 전혀 없어. 쥘리앵은 사람들이 마틸드 양이라고 부르는 그녀의 눈이 때때로 반짝이는 것은 재치의 불꽃 때문이라는 것을 분간할 만큼의 경험은 없었다. 레날 부인의 눈은 정열의 불길이 타오르거나 어떤 고약한 행동에 관해 듣고 너그러운 분노를 느꼈을 때 생기를 띠었다. 식사가 끝날 즈음에 쥘리앵은 라 몰 양의 눈이 어떤 종류의 아름다움을 지니고 있는지 표현하기에 적당한 말을 찾아냈다. 반짝거리는 눈이다, 라고 그는 생각했다. 더구나 그녀는 자기 어머니와 너무 닮은 모습이어서 점점 더 그의 마음에 들지 않았다. 그래서 그는 마틸드 양에게서 시선을 돌려버렸다. 반면 노르베르 백작은 모든 면에서 감탄할 만해 보였다. 쥘리앵은 그에게 너무 매료되어 그가 자기보다 더 부유하고 더 지체 높다 해서 그를 시기하거나 증오할 마음이 들지 않았던 것이다.

쥘리앵은 후작의 따분해하는 기색을 알아보았다.

두번째 접시가 나올 즈음에 후작은 자기 아들에게 이렇게 말했다.

"노르베르, 내 참모부에 영입한 쥘리앵 소렐 군에게 친절히 대해줬으면 한다. 나는 소렐 군을 인물로 키우고 싶어. 만약 그것(cella)이 가능하다면 말이야."

그러고서 후작은 자기 옆의 손님에게 말했다.

"이 사람은 내 비서인데, '그것(cela)'에 엘(l)자를 두 개나 쓴답니다."

모두 쥘리앵을 바라보았다. 그는 노르베르 쪽을 향해 조금 너무 티나게 고개를 숙였다. 사람들은 대체로 쥘리앵의 시선을 마음에 들어했다.

함께 식사하던 사람들 중 하나가 호라티우스에 관해서 쥘리앵에게 얘기를 걸어왔기 때문에, 후작은 쥘리앵이 받은 교육이 어떤 것인지 설명해야만 했다. 브장송 주교와 함께 있을 때 내가 성공을 거둔 것은 바로 호라티우스에 대하여 얘기했기 때문이지. 아마도 모두들 호라티우스밖에는 모르는 모양이지. 쥘리앵은 이런 생각을 했다. 그 순간부터 그는 완벽하게 자신을 통제할 수 있었다. 라 몰 양을 결코 여성으로 보지 않기로 결심한 참이었으므로 이러한 태도는 훨씬 쉬웠다. 신학교에 입학한 이후 그는 인간을 나쁘게만 보아왔던 터라 사람들에게 쉽사리 겁을 먹지 않았다. 식당의 장식이 조금 덜 휘황찬란했다면 그는 완전하게 침착성을 유지할 수 있었을 것이다. 으리으리한 장식이란 사실 각각 높이가 8피트인 거울 두 개였는데, 쥘리앵은 호라티우스에 관해 얘기하면서도 그 거울 속에서 아직 위압감을 가지게 되는 대화 상대자의 얼굴을 간혹 힐끔힐끔 쳐다보았다. 그의 말투는 시골 사람치고 너무 장황하지는 않았다. 쥘리앵의 아름다운 두 눈은 겁을 먹은 듯한 또는 행복해 보이는 수줍음을 띠고 있었으며, 대답을 잘했을 때면 더욱 광채를 발했다. 모두들 그를 마음에 들어했다. 쥘리앵을 향한 그런 종류의 시험은 무거운 분위기의 만찬에 다소간 흥미를 던져주었다. 후작은 쥘리앵의 대화 상대자에게 쥘리앵을 열심히 밀어붙이라고 눈짓을 보냈다. 이 젊은이가 사실 뭘 좀 알고 있기는 한가! 후작은 이렇게 생각했다.

쥘리앵은 답변했다. 그리고 이야기를 하는 동안 새로운 착상들을 떠올렸다. 파리에서 쓰는 특수한 방언을 모르는 사람에게는 불가능한 것이었으므로 재치는 없었지만, 설명을 하는 사이 수줍음을 충분히 떨쳐버렸다. 표현상 우아함과 시기적절함은 없었을망정 그는 새로운 생각을 해냈다. 그리고 사람들은 그가 라틴어에 완전히 정통해 있음을 알 수 있었다.

쥘리앵과 얘기를 나눈 사람은 아카데미 비명학회(碑銘學會) 회원으로, 마침 라틴어를 알고 있었다. 그는 쥘리앵이 매우 훌륭한 고전학자임을 알아보고 더이상 쥘리앵에게 창피를 줄 여지가 없어지자 이번에는 정말로 쥘리앵을 궁지로 몰아넣으려고 작정하였다. 논쟁의 열기 속에서 쥘리앵은 마침내 식당의 화려한 장식을 잊게 되었다. 그는 라틴 시인들에 관하여 대화 상대자가 그 어디서도 읽어보지 못한 생각들을 피력했다. 대화 상대자는 교양인답게 젊은 비서에게 영예를 돌렸다. 다행히도 호라티우스가 가난했는지 부자였는지에 관한 토론이 시작되었다. 호라티우스가 몰리에르와 라 퐁텐의 친구 샤펠처럼 상냥하고 쾌락을 즐기며 태평스러운 사람으로서 재미 삼아 시를 썼는지,

아니면 바이런 경을 비난했던 사우디처럼 궁정을 따라다니며 왕의 생일을 위한 단시(短詩)나 쓴 초라한 계관시인었는지 하는 토론이었다. 그들은 아우구스투스와 조지 4세 치하의 사회 상황에 관하여 이야기했다. 이 두 시대는 귀족계급의 막강한 전성기였다. 그러나 로마에서는 일개 기사였던 메세나스에게 귀족계급이 권력을 빼앗기고, 반면에 영국에서는 귀족계급이 조지 4세를 베네치아 총독 정도의 영향력을 간신히 조금 넘는 처지로 떨어뜨려버렸던 것이다. 이런 토론은 만찬을 시작할 즈음 후작이 빠져 있던 권태와 무기력 상태에서 그를 끌어낸 듯했다.

쥘리앵은 사우디, 바이런 경, 조지 4세 같은 근대인들의 이름은 전혀 이해하지 못했다. 처음 듣는 이름들이었다. 그러나 호라티우스, 마르티알리스, 타키투스 등의 작품에서 지식을 연역할 수 있는 옛 로마에 관한 문제가 화제에 오를 때는 이의를 제기할 수 없는 탁월함을 보여주었다. 쥘리앵은 브장송의 주교와 가진 토론에서 주교에게 배운 몇 가지 관념도 써먹었다. 이것들도 꽤 호의적으로 받아들여졌다.

시인들에 관한 얘기에 진력이 났을 때, 자기 남편을 즐겁게 해주는 것이면 무엇이든 감탄하기를 신조로 삼은 후작부인은 그제야 쥘리앵을 찬찬히 바라보았다.

"이 젊은 사제의 서투른 태도에는 아마도 대단한 학식이 숨어 있는 것 같습니다."

곁에 있던 아카데미 회원이 부인에게 말했다. 쥘리앵에게도 그 얘기의 몇 마디가 언뜻 들려왔다. 이 집 여주인의 재치는 남이 한 말을 그대로 주워섬기는 정도였다. 그래서 그녀는 쥘리앵에 대한 아카데미 회원의 표현을 그대로 적용하였다. 그리고 아카데미 회원을 식사에 초대한 것을 기쁘게 생각했다. 이 사람은 내 남편을 즐겁게 해주었어, 라고 그녀는 생각했다.

3장 첫걸음

눈부신 빛과 수많은 사람들로 가득한
이 광대한 계곡이 내 시야를 눈부시게 한다.
나를 아는 사람 하나도 없고 모두들 나보다 뛰어나다.
뭐가 뭔지 모르겠다.
— 변호사 레이나의 시

다음날 매우 이른 아침, 쥘리앵은 서재에서 편지를 베껴쓰고 있었다. 그때 책장의 한 부분처럼 교묘하게 가려놓은 작은 비밀 뒷문을 통해 마틸드 양이 서재로 들어왔다. 쥘리앵이 그처럼 감쪽같이 비밀 문을 만들어놓은 것에 감탄하는 동안, 마틸드 양은 거기서 쥘리앵을 만난 것에 무척 놀라고 꽤나 난처해하는 듯했다. 머리카락을 마는 종이를 머리에 붙인 그녀의 모습은 쥘리앵에게는 억세고 도도하여 거의 남자 같은 인상을 주었다. 라 몰 양은 아버지 서재에서 남몰래 책을 가져다 보는 습관이 있었다. 그날 아침의 방문은 쥘리앵이 있어서 헛수고로 돌아갔다. 성심 수녀회의 걸작이라 할 만한, 그 현저하게 왕권적이고 종교 성향인 교육을 보충해줄 볼테르의 『바빌론의 왕녀』 제2권을 가지러 왔던 참이라 그녀는 더욱 울화가 치밀었다. 열아홉 살 먹은 이 처녀는 소설에 흥미를 느낄 만큼 벌써 정신적인 자극을 필요로 했다.

노르베르 백작이 오후 세시경에 서재에 나타났다. 저녁에 정치에 관한 얘기를 할 수 있도록 신문을 세밀하게 검토하러 온 것이다. 그는 쥘리앵의 존재를 잊고 있었는데 그를 만나게 되어 무척 반가워했다. 그리고 같이 승마를 하자고 제의했다.

"아버지께서는 저녁때까지 우리에게 자유 시간을 주시죠."

쥘리앵은 '우리' 라는 말을 알아차리고 대단히 기뻤다.

"저런, 백작님."

쥘리앵이 말했다.

"높이가 팔십 피트 되는 나무를 베어 넘어뜨리고 다듬어서 판자를 만드는 일이라면 잘 해낼 수 있지만, 말을 타본 것은 아마도 제 평생 여섯 번쯤 될 겁니다."

"그렇다면 이번이 일곱번째가 되겠군요."

노르베르가 대꾸했다.

쥘리앵은 국왕이 베리에르에 행차하던 때를 마음속으로 떠올리고 멋지게 말을 탈 수 있을 거라 믿었다. 그러나 불로뉴 숲에서 돌아오는 길에 쥘리앵은 바크 거리 한가운데에서 갑자기 나타난 이륜마차를 피하려다 말에서 떨어져 진흙투성이가 되고 말았다. 옷이 두 벌 있는 것이 다행이었다. 저녁 식사 때 후작이 쥘리앵을 대화에 끌어들이려고 그에게 승마 얘기를 물었다. 그러자 노르베르가 서둘러 얼버무려 대답해버렸다.

쥘리앵이 덧붙였다.

"백작님은 제게 아주 친절하십니다. 고맙게 생각하고 그 너그러운 뜻을 새기고 있습니다. 백작님은 제게 가장 온순하고 멋진 말을 빌려주셨지만 결국 저를 그 말에 붙들어매지는 못하셨습니다. 그 통에 저는 다리 근처에 있는 기나긴 거리 한복판에서 말에서 떨어지고 말았습니다."

마틸드 양이 참다못해 그만 웃음을 터뜨렸다. 그러고는 호기심에 들떠 이것저것 자세한 얘기를 캐물었다. 쥘리앵은 아주 솔직하게 모두 얘기해버렸다. 쥘리앵 자신은 의식하지 못했지만 그런 얘기를 하는 그의 모습은 매력 있어 보였다.

"나는 이 어린 사제의 장래를 낙관하고 있어요."

후작이 아카데미 회원에게 말했다.

"이런 일에 솔직한 시골 사람이 다 있군요! 이런 일은 전에도 보지 못했고 앞으로도 보지 못할 겁니다. 더군다나 자기가 실수한 얘기를 숙녀들 앞에서 하는군요!"

쥘리앵이 자신이 처했던 곤경을 얘기하면서 좌중을 무척 편안하게 만들었으므로, 만찬이 끝나갈 즈음 대화의 흐름이 다른 쪽으로 바뀌었을 때도 마틸드 양은 쥘리앵이 말에서 떨어진 사건에 대해 오빠에게 세세히 물어보았다. 질문이 길어지면서 마틸드의 눈이 자신과 여러 번 마주치게 되자 쥘리앵은 자기에게 묻는 말이 아닌데도 직접 대답하게 되었고, 그래서 세 사람은 마침내 깊은 숲속 마을의 젊은 세 주민처럼 웃으면서 이야기를 나누게 되었다.

이튿날 쥘리앵은 신학 강의 두 과목을 듣고 나서 스무 통가량의 편지를 베껴쓰려고 집으로 돌아왔다. 서재에는 무척이나 정성스럽게 모양을 낸 청년 한 명이 그의 책상 옆에 자리잡고 있었다. 그의 모습은 비열한 면이 있었고 표정에는 선망의 빛이 드러나 있었다.

후작이 서재로 들어왔다.

"여기서 뭘 하고 있나, 탕보 군?"

후작이 근엄한 말투로 그 청년에게 물었다.

"제가 생각하기에는……"

그 청년이 아첨하는 미소를 띠며 대답했다.

"아니지. 자네 멋대로 생각해서는 안 되지. 시험 삼아 그러는 모양인데 유감이네."

탕보라는 청년은 화가 난 표정으로 일어서서 서재를 나갔다. 그는 라 몰 부인의 친구인 아카데미 회원의 조카로 문학에 뜻을 두고 있었고, 아카데미 회원은 후작이 그를 비서로 쓰도록 밀고 있었다. 외딴 방에서 일하고 있는 탕보는 후작이 쥘리앵을 총애하는 것을 알고 자기도 신임을 받아보려고 아침에 사무용 문갑을 들고 서재로 왔던 것이다.

네시가 되자 쥘리앵은 약간 망설이다가 과감하게 노르베르를 찾아 갔다. 그는 말에 오르려는 중이었는데, 흠잡을 데 없이 예의 바른 사람이었으므로 난처해했다.

"내 생각에는 당신도 곧 승마 연습장에 나가야 할 거요. 몇 주일 후에 당신과 함께 말을 타러 가면 참 즐겁겠죠."

그는 쥘리앵에게 말했다.

"제게 베풀어주신 후의에 감사드리고 싶어서 왔습니다."

쥘리앵은 아주 심각하게 덧붙였다.

"제가 백작님께 얼마나 신세를 지고 있는지 잘 압니다. 믿어주세요. 그런데 백작님의 말이 어제 제 실수로 다치지 않았고 지금 놀고 있다면 오늘 한 번 더 태워주실 수 있을지요."

"저런, 소렐 씨. 당신이 위험을 무릅쓸 생각이라면 타요. 하지만 내가 극력 만류했다는 걸 생각하시오. 실은 지금이 네시니까 시간이 없어요."

쥘리앵은 말에 올랐다.

"떨어지지 않으려면 어떻게 해야 하죠?"

쥘리앵이 젊은 백작에게 물었다.

"그야 많지요."

노르베르가 웃음을 터뜨리며 대답했다.

"예를 들어 몸을 뒤로 빼고 앉는다든가 하는 거죠."

쥘리앵은 빠른 속도로 말을 몰았다. 그들은 루이 16세 광장에 이르렀다.

"대담한 젊은이군요."

노르베르가 말했다.

"마차가 너무 많은데다 마부들이 경솔해요! 땅에 떨어졌다 하면 마차에 깔릴 겁니다. 마부들이 급히 마차를 세워 말의 입을 다치게 하지는 않을 테니까."

노르베르는 쥘리앵이 말에서 떨어질 뻔한 것을 여러 번 보았다. 그러나 승마는 결국 사고 없이 끝났다. 집으로 돌아온 젊은 백작은 누이동생에게 말했다.

"대담한 조련사 한 사람을 너한테 소개할게."

저녁 식사 때 노르베르는 식탁 맞은편에 앉은 아버지에게 쥘리앵의 대담함을 칭찬했다. 그의 승마술에서 치켜세울 만한 점이라고는 그것이 전부였다. 백작은 아침에 마당에서 말을 손질하던 하인들이 쥘리앵의 낙마에 대하여 심하게 조롱하는 소리를 들었다.

모두들 대단히 친절했지만 쥘리앵은 곧 이 집 한가운데서 완전히 고립되어 있음을 느꼈다. 그는 모든 풍습이 이상하게 보였으며 그들에게 부응할 수 없었다. 하인들은 그의 실수에 기뻐했다.

피라르 사제는 그의 교구로 떠났다. 만약 쥘리앵이 나약한 갈대라면 파멸할 것이고, 용기 있는 사람이라면 혼자서 어려움에서 빠져나오겠지. 피라르 사제는 생각했다.

4장 라 몰 저택

라 몰 저택의 고상한 살롱에서 모든 것이 쥘리앵에게 낯설어 보인 만큼, 창백한 얼굴에 검은 옷을 입은 이 청년도 그를 눈여겨보는 사람들에게 아주 이상한 인물로 비쳤다. 라 몰 부인은 어떤 사람들을 만찬에 초대하는 날에는 쥘리앵에게 일을 맡겨 다른 곳으로 보내자고 남편에게 제의했다.

"나는 이 경험을 끝까지 밀고 나가려 하오."

후작이 대답했다.

"피라르 신부는 우리와 함께 지내자고 받아들인 사람들의 자존심을 건드리는 것은 잘못이라고 주장하고 있지 않소. 사람은 저항하는 것에만 기댈 수 있는 거라오. 그 청년은 단지 얼굴이 알려져 있지 않기 때문에 불편하게 느껴지는 거요. 게다가 그는 벙어리에 귀머거리나 다름없거든."

　세상 물정을 좀 알려면 살롱에 드나드는 사람들의 이름과 그들의 성격에 대해 간단하게 기록해둬야겠어. 쥘리앵은 이렇게 생각하고 있었다.

　그는 이 집에 자주 드나드는 대여섯 사람을 첫 줄에 적어놓았다. 그들은 쥘리앵을 후작의 변덕으로 말미암아 보호받는 사람으로 생각하고, 덮어놓고 그와 가까워지려고 아부하는 축들이었다. 그들은 얄팍하고 가련한 인간들이었다. 그러나 오늘날 귀족의 살롱에서 볼 수 있는 그런 부류의 인간들로서 누구에게나 똑같이 굽실거리지는 않는다는 점은 칭찬받을 만했다. 그들 중 어떤 사람은 라 몰 부인이 심한 말을 하면 반감을 나타내면서도 후작이 아무리 마구 대해도 감내했던 것이다.

　이 집 주인 부부의 성격 밑바닥에는 과도한 자부심과 지나친 권태가 자리잡고 있었다. 그들은 심심풀이로 남을 모욕하는 데 너무 익숙해서 진정한 친구를 기대하기는 어려울 듯했다. 그러나 비 오는 날과 드물기는 해도 참을 수 없이 권태로울 때를 제외하고는 더할 나위 없이 예의 바른 편이었다.

　쥘리앵에게 자애로운 우정을 보여준 아첨꾼 대여섯 명이 라 몰 후작의 저택을 떠난다면 후작부인은 견딜 수 없는 고독에 빠지게 될 터였다. 그런 지위에 있는 부인들이 보기에 고독은 끔찍한 것이다. 그것은 '불명예'의 상징이기도 하다.

　후작은 자기 아내에게 나무랄 데 없는 남편이었다. 그는 살롱에 손님들이 넉넉히 모여들도록 신경을 썼다. 그러나 귀족원 의원들이 모이게 하지는 않았다. 그는 자신의 새로운 동료들이 친구로 받아들이기에는 충분히 귀족답지 못하고 하급자로 대하기에는 그다지 재미있지 않다고 생각했다.

쥘리앵이 살롱의 다음과 같은 내막을 간파한 것은 한참이나 뒤의 일이었다. 부르주아 가정에서는 으레 이야깃거리가 되는 지도층의 정치 얘기가 후작과 같은 계층의 가정에서는 화제가 곤궁할 때를 빼고는 거론되지 않는다는 사실 말이다.

이 권태로운 시대에도 즐기려는 욕구는 여전히 필요해서 만찬이 있는 날조차도 후작이 살롱에서 떠나자마자 모두들 자리를 뜨곤 했다. 신과 사제들, 왕과 지위가 높은 인사들, 궁정이 보호하는 예술가들, 그리고 기존의 모든 것을 놀려대지만 않는다면, 베랑제*와 반대파 신문들, 볼테르와 루소, 그 밖에 다소 솔직한 말씨를 서슴지 않는 모든 것을 찬양하지만 않는다면, 특히 정치에 대해 일절 언급하지 않는다면, 거기서는 모든 것을 자유롭게, 이치를 따져가며 얘기할 수 있었다.

10만 에퀴의 연수입이나 청색훈장 같은 것도 살롱의 이런 헌장에 맞설 수 없었다. 그곳에서는 조금이라도 사상이 과격하면 상스럽게 보였다. 공손한 말투와 흠잡을 데 없는 예절과 유쾌해지려는 욕구에도 불구하고 권태가 모든 사람의 얼굴에 드러났다. 경의를 표하러 오는 젊은이들은 사상을 의심받을 말을 하게 되지는 않을지 또는 금지된 책을 읽은 것이 발각되지는 않을지 걱정하면서 로시니**나 날씨에

---

* 프랑스의 풍자시인. 왕정복고에 적대적이었다.
** 이탈리아의 음악가.

대해 우아하게 몇 마디 하고는 입을 다물었다.

쥘리앵은 살롱의 대화가 통상 라 몰 씨가 망명중에 알게 된 자작 두 명과 다섯 명의 남작에 의해 생기 있게 유지된다는 것을 알게 되었다. 이들은 6000 내지 8000리브르의 연수입을 향유하는데, 그 가운데 네 명은 〈코티디엔〉 신문 쪽이었고 셋은 〈가제트 드 프랑스〉 신문을 편들고 있었다. 그들 중 한 사람은 '감탄할 만한'이라는 단어를 아낌없이 써가며 허구한 날 궁정에서 일어난 어떤 일화를 얘기했다. 다른 사람들은 대개 훈장이 세 개밖에 없는 데 비해 그 사람은 다섯 개나 있다는 걸 쥘리앵은 알아보았다.

대기실에는 제복을 차려입은 하인 열 명이 있었고, 매일 저녁 그들은 십오 분마다 얼음과자나 차를 내왔다. 그리고 자정 무렵이면 샴페인을 곁들인 일종의 야식을 가져왔다.

이따금 쥘리앵이 끝까지 남아 있는 이유는 바로 그것이었다. 하지만 그토록 으리으리하게 꾸며놓은 살롱에서 오가는 일상적인 대화를 사람들이 심각하게 들으리라고는 거의 생각할 수 없었다. 때때로 쥘리앵은 사람들이 자기가 한 말을 스스로 비웃는 것은 아닌지 해서 그들을 쳐다보기도 했다. 내가 암기하는 메스트르 씨의 책에 나오는 얘기도 이보다는 백 배 재미있을 거야. 그것도 너무 지겨운데 말이야. 쥘리앵은 생각했다.

쥘리앵만 살롱의 이런 정신적 질식 상태를 눈치채고 있는 것은 아니었다. 어떤 사람들은 얼음과자를 마구 먹어대면서 스스로 위안을 삼기도 했고, 또 어떤 이들은 '나는 라 몰 저택에서 돌아오는 길이라네. 거기서 러시아 사정을 좀 알게 되었지' 등의 얘기를 남은 저녁 시간 동안 늘어놓는 즐거움으로 위안을 삼으려 했다.

쥘리앵은 어떤 아첨꾼으로부터 이런 얘기를 들은 일이 있었다. 약육 개월 전, 라 몰 후작부인이 왕정복고 이후 군수로 있던 가련한 르 부르기뇽 남작을 도지사로 승진시킴으로써 그가 이십 년 이상이나 자기 곁을 떠나지 않은 것에 대해 보답을 했다는 것이다.

이 큰 사건이 모든 아첨꾼들의 열성에 불을 지폈다. 전에는 아무 일도 아닌 것에도 화를 냈던 그들이 이제는 어떤 일에도 화내지 않게 됐다. 결례가 직접 드러나는 경우도 거의 없었다. 그러나 쥘리앵은 후작과 후작부인이 식탁에서 옆에 앉은 사람들에 대한 혹독한 얘기를 짤막하게 두세 번 주고받는 것을 이미 들은 적이 있었다. 이 대귀족들은 왕의 사륜마차에 타본 일이 있는 명문의 후손이 아닌 모든 사람들에 대한 솔직한 경멸을 감추지 않았다. 쥘리앵은 '십자군'이라는 단어만이 그들의 얼굴에 존경심 어린 진지한 표정을 짓게 하는 유일한 말임을 알게 되었다. 그 밖의 여느 존경에는 항상 은혜를 베푸는 듯한 기색이 들어 있었다.

이 화려함과 이 권태 한가운데서 쥘리앵은 오직 라 몰 씨에 대해서만 관심을 기울였다. 어느 날 쥘리앵은 후작이 가련한 르 부르기뇽의 승진과 자기는 무관하다고 항변하는 것을 재미있게 들었다. 그것은 후작부인을 배려한 말이었다. 쥘리앵은 피라르 사제에게서 그 일의 진상을 들었다.

어느 날 아침 사제는 쥘리앵과 함께 후작의 서재에서 끝날 줄 모르는 프릴레르 소송사건을 살펴보고 있었다.

"선생님, 제가 후작부인과 매일 식사를 함께하는 것이 제 의무 중

하나인가요, 아니면 그분들이 제게 베푸는 호의인가요?"

쥘리앵이 밑도 끝도 없이 물었다.

"그건 굉장한 영광이지!"

사제는 눈살을 찌푸리며 대답했다.

"십오 년 전부터 지극 정성으로 환심을 사려 애쓰는 아카데미 회원 N씨도 자기 조카 탕보 군에게 그런 영광을 못 얻어줬는걸."

"선생님, 그게 제 일 중에서 가장 견디기 힘든 부분입니다. 신학교에서는 이보다 덜 갑갑했습니다. 이 집안을 드나드는 친구들의 상냥함에 익숙할 라 몰 양까지도 때때로 하품하는 것을 봅니다. 그러다 잠들지나 않을지 걱정돼요. 제발 어느 싸구려 주막집에라도 가서 사십 수짜리 식사를 할 수 있게 허락 좀 얻어주세요."

사실 벼락출세한 사제는 대영주와 함께 식사하는 영예에 누구보다도 예민했다. 그가 이런 감정을 쥘리앵에게 이해시키려고 애쓰는 동안 무슨 소리가 나서 그들은 고개를 돌렸다. 쥘리앵은 그들의 이야기를 듣고 있는 라 몰 양을 보았다. 그는 얼굴을 붉혔다. 그녀는 책 한 권을 찾으러 왔다가 그들이 주고받는 얘기를 다 듣게 되었고, 쥘리앵에게 얼마간의 존경심을 품게 됐다. 이 사람은 저 늙은 신부처럼 무릎을 꿇도록 태어나지는 않은 모양이야. 저 늙은이는 참 추하기도 하지! 그녀는 이렇게 생각했다.

저녁 식사 때 쥘리앵은 라 몰 양을 쳐다볼 수가 없었지만 그녀는 친절하게 그에게 말을 걸어왔다. 그날은 손님이 많이 올 참이었다. 마틸드는 쥘리앵을 남아 있도록 했다. 파리 아가씨들은 일정한 나이에 이른 남자들이 특히 옷차림에 신경을 쓰지 않을 때 좋아하지 않는다. 살롱에 머물러 있는 르 부르기뇽 씨의 동료들이 통상 라 몰 양이 야유하는 대상이 되고 있다는 것을 쥘리앵은 어렵잖게 알아볼 수 있었다. 그날따라 일부러 그러는지는 몰라도 그녀는 따분한 사람들을 냉담하게 대했다.

라 몰 양은 거의 매일 저녁 후작부인의 커다란 안락의자 뒤에서 모이는 그룹의 중심인물이었다. 크루아즈누아 후작, 켈뤼스 백작, 뤼즈 자작, 노르베르나 마틸드의 친구인 다른 젊은 장교 두세 명이 거기 모였다. 그들은 푸른색의 긴 소파 위에 앉아 있었다. 화려한 마틸드가 차지한 맞은편 긴 의자 옆에 있는 낮고 작은 짚 의자 위에는 쥘리앵이 말없이 자리잡고 있었다. 이 자그마한 자리는 아첨꾼들이 모두 부러워했다. 노르베르는 부친의 젊은 비서에게 말을 걸고 하루 저녁에 두세 번씩 그의 이름을 부르기도 하면서 그를 그 자리에 예의 바르게 붙잡아두었다. 그날 라 몰 양은 브장송 성채가 있는 산의 높이가 얼마인지를 쥘리앵에게 물어봤다. 쥘리앵은 그 산이 몽마르트르보다 더 높은지 낮은지 말할 수 없었다. 그는 이 작은 그룹에서 나누는 얘기를 들으며 여러 번 기꺼이 웃었다. 그러나 그 자신은 도저히 그들처럼 얘기를 할 수가 없었다. 그들의 이야기는 이해할 수는 있되 말할 수는 없는 외국어와도 같았다.

마틸드의 친구들은 그날 그 넓은 살롱에 모여드는 사람들에게 줄곧 적의를 나타냈다. 이 집을 자주 찾는 사람들은 잘 알려져 있는 만큼 우선적인 대상이 되었다. 쥘리앵은 주의를 기울였다. 모든 것이 흥미로웠다. 농담 내용과 농담하는 방식 등 모든 것이.

"아, 저기 데쿨리 씨가 왔네요."

마틸드가 말했다.

"저분 가발을 벗었네. 아직도 자기 재능만 믿고 도지사가 되려 할까요? 자칭 고상한 사상으로 충만해 있다는 대머리를 전시하는 모양이군요."

"저 사람은 온 세상을 다 알고 있어요."

크루아즈누아 후작이 말했다.

"추기경인 우리 아저씨 댁에도 드나들어요. 저 사람은 몇 년 동안 친구 하나하나에게 계속 거짓말을 해댈 수 있는 사람이에요. 친구가 이삼백 명이나 되죠. 우정을 키워낼 줄 알아요. 그게 저 사람 재능인걸요. 아시는 것처럼 겨울에도 아침 일곱시면 벌써 친구네 집 문에 진흙을 묻힌다지요.

저 사람은 때때로 싸움도 한다나봐요. 그리고 일고여덟 통씩 절교 편지를 써보낸다나요. 그러고 나서는 또 화해를 하는데, 그때는 우정의 열정이 넘치는 편지를 일고여덟 통 쓰고요. 하지만 저 사람이 가장 빛날 때는 아무것도 마음에 담아두지 않고 솔직하고 진지하게 속마음을 털어놓을 때죠. 그런 술책은 뭔가 도움을 요청할 때 나타나거든요. 우리 아저씨의 부주교 한 사람이 왕정복고 이후 데쿨리 씨가 살아온 이야기를 해줄 때면 기가 막히죠. 그 부주교를 한번 데려올게요."

"설마! 그런 얘기는 믿을 수 없네. 평민 사이의 직업적 질투심 때문이겠지."

켈뤼스 백작이 말했다.

"데쿨리 씨의 이름은 역사에 남을 걸세. 그는 프라드* 사제, 탈레랑** 씨, 포초 디 보르고*** 씨와 함께 왕정복고를 이룩했으니까."

크루아즈누아 후작이 말을 이어갔다.

"저 사람은 돈 수백만 금을 다루었다지요."

노르베르가 말했다.

"저 사람이 우리 아버지로부터 자주 지긋지긋한 모욕을 들으러 여기 오는 것은 아닐 겁니다. 언젠가 아버지가 식탁 너머로 소리친 적이 있어요. '이보시오, 데쿨리 씨, 당신은 친구들을 몇 번이나 배반했소?' 라고 말이에요."

"저 사람이 정말 친구들을 배반했나요? 하긴 배반하지 않은 사람이 어디 있겠어요?"

라 몰 양이 말했다.

"저것 보게!"

켈뤼스 백작이 노르베르에게 말했다.

"그 유명한 자유주의자 생클레르 씨가 자네 집에 왔군. 저 작자가 무슨 꿍꿍이로 왔을까? 저 사람한테 가서 말도 좀 하고 얘기도 시켜 봐야겠군. 들리는 말에 의하면 재치가 아주 많다던데."

"그건 그렇고 자네 어머니께서 저 사람을 어떻게 맞이하실까? 저 사람은 엉뚱하고 고매하고 아주 독립적인 사상을 지녔다는데……"

크루아즈누아가 말했다.

"저것 좀 보세요."

---

* 주교, 대주교를 거쳐 1812년 나폴레옹의 궁중사제가 되었다.

** 프랑스의 정치가·외교관.

*** 러시아의 정치가·외교관. 프랑스 혁명기에 입법의회에서 활약하다 나폴레옹에게 쫓겨 러시아로 망명했으며 이후 나폴레옹 타도에 진력했다.

라 몰 양이 끼어들었다.

"독립적이라는 그 사람이 데쿨리 씨한테 코가 땅에 닿도록 인사를 하고 손을 잡네요. 데쿨리 씨의 손을 자기 입에 갖다댈 판이에요."

"데쿨리는 우리가 생각하는 것보다 권력과 관계가 좋은가보군."

크루아즈누아 씨가 대꾸했다.

"생클레르는 아카데미 회원이 되려고 여기 오는 겁니다. 저 사람이 L남작에게 절하는 걸 보세요, 크루아즈누아."

노르베르가 말했다.

"차라리 무릎을 꿇는 게 덜 비열할 텐데."

뢰즈 씨가 말했다.

"쥘리앵, 당신은 총명하지만 산골에서 나온 지 얼마 되지 않았기에 하는 말인데, 설사 하느님 아버지 앞이라 해도 저 위대한 시인처럼 절하지는 마시오."

노르베르의 말이었다.

"아! 탁월한 재사 바통 남작님이 오셨습니다."

라 몰 양이 방금 그의 내방을 알린 하인의 목소리를 좀 흉내내면서 말했다.

"당신 집 하인까지도 저 사람을 비웃는 것 같네요. 바통 남작이라니, 참 별난 이름도 다 있군요!"

켈뤼스 씨가 말했다.

"이름이야 아무러면 어때요! 언젠가 그 사람이 우리에게 이렇게 말한 적이 있어요."

마틸드가 다시 말했다.

"'부이용 공작이 처음 소개될 때를 상상해보십시오. 제 이름도 사람들 귀에 좀 익지 않아서 그럴 뿐이지요……* 이러는 게 아니겠어요?"

쥘리앵은 긴 의자 옆의 그룹에서 떠났다. 가벼운 농담의 묘미에 아직 익숙하지 않은 그는 그런 농담을 들어도 별로 우스운 줄 몰랐다. 그는 그런 농담도 이치에 맞아야 하는 것으로 알고 있었다. 그는 젊은 이들의 대화에서 아무것이나 헐뜯으려는 의도만 보게 되어 기분이 상했다. 시골 출신다운 혹은 영국 사람 같은 고상한 체하는 기질 때문에, 그는 그런 농담의 바탕에 선망이 자리잡고 있다는 생각까지 했다. 그러나 그것은 분명 잘못된 생각이었다.

노르베르 백작이 자기 연대장에게 제출하는 스무 줄짜리 편지 한 통을 쓰기 위해 세 번이나 초안을 잡는 걸 나는 봤어. 그는 일생 동안 생클레르 씨와 같은 글을 한 페이지라도 쓸 수 있다면 더없이 기뻐할 거야. 쥘리앵은 이런 생각을 했다.

사람들이 별로 주의를 기울이지 않았으므로 쥘리앵은 남의 눈에 띄지 않고 여러 그룹을 차례차례 돌아다닐 수 있었다. 그는 바통 남작을 멀리서 뒤따라가 그의 얘기를 들으려 했다. 그토록 재사라는 그 사람도 불안한 표정을 짓고 있었다. 쥘리앵은 그가 신랄한 문장 서너 개를 입 밖에 내고서야 좀 침착해지는 것을 보았다. 쥘리앵이 보기에 이런 재치 있는 정신을 지닌 사람에게는 좀 열린 공간이 필요할 것 같았다.

남작은 말을 간결하게 할 줄 몰랐다. 남보다 뛰어나려면 그에게는

---

* '부이용'은 프랑스어로 수프, '바통'은 막대기라는 뜻이다.

각기 여섯 줄씩의 문장 네 개쯤이 필요했다.

"저 인간은 얘기를 하는 게 아니라 연설을 하고 있군."

누군가 쥘리앵 뒤에서 말했다. 쥘리앵은 고개를 돌려보았다. 샬베 백작이라는 이름을 들었을 때 그는 기쁨에 얼굴이 붉게 달아올랐다. 샬베 백작은 이 시대 최고의 재사였다. 쥘리앵은 『세인트헬레나 회상록』과 나폴레옹이 구술한 역사물에서 그의 이름을 자주 보았다. 샬베 백작의 말투는 간결했다. 그의 표현은 섬광과 같고 정확했으며 생기 있고 심오했다. 그가 어떤 일에 관해 말을 하면 토론이 갑자기 전진하는 듯했다. 그는 토론에 실체를 제시했다. 그의 말을 듣는 것은 즐거웠다. 게다가 그는 정치 문제에는 냉소적이고 뻔뻔스러웠다.

"나는 독립적인 사람입니다."

그는 훈장을 세 개나 달고 있는 어떤 신사에게 분명히 그를 조롱하는 어조로 말했다.

"왜 육 주 전이나 지금이나 똑같은 의견을 가지라는 것입니까? 그럴 경우 나는 내 판단의 노예가 될 것입니다."

그를 둘러싸고 있던 네 명의 진지한 젊은이들이 언짢은 기색을 드러냈다. 그들은 이런 식의 농담을 좋아하지 않았다. 샬베 백작은 자기가 좀 지나쳤다는 것을 알았다. 다행히 그때 백작은 정직한 체하는 위선자 발랑 씨를 알아보았다. 백작은 그에게 말을 붙이기 시작했다. 사람들이 다가왔다. 그들은 그가 가련한 발랑을 희생물로 삼으려는 것임을 알아차렸다. 발랑 씨는 끔찍할 정도로 얼굴이 못생겼지만 도덕과 행실 덕택으로 겨우 사교계에 발을 내디딘 직후 아주 부유한 여자와 결혼했다. 그런데 그 여자가 죽는 바람에 또다시 재산이 많은 다른 여자와 두번째로 결혼했다. 그 두번째 여자는 사교계에서 전혀 모습을 볼 수 없었다. 그는 6만 리브르의 수입을 아주 공손하게 향유하면서 아첨꾼들까지 거느리게 되었다. 샬베 백작은 그런 모든 얘기를 그에게 사정없이 해버렸다. 그들 주위에는 곧 서른 명가량의 사람들이 빙 둘러 모여들었다. 모두들, 당대의 희망을 걸머진 근엄한 젊은이들까지도 미소를 지었다.

저 사람은 야유의 대상이 되면서도 왜 라 몰 씨 댁에 오는 걸까? 쥘리앵은 생각했다. 그는 이유를 물어보려고 피라르 사제에게 다가갔다.

그때 발랑 씨가 슬쩍 달아나버렸다.

"좋아요!"

노르베르가 말했다.

"아버지 반대파의 첩자 하나가 가버렸으니, 이제 절름발이 나피에 한 명만 남아 있을 뿐이군."

웬 수수께끼 같은 말이지? 정말 그렇다면 후작은 왜 발랑 씨를 자기 집에 들여놓는 걸까? 쥘리앵은 생각해보았다.

근엄한 피라르 사제는 살롱 한구석에서 하인들이 손님이 오셨다고 외치는 소리를 들으며 얼굴을 찌푸렸다.

"여긴 도대체 도둑놈 소굴인가. 썩은 놈들만 오고 있잖아."

그는 바실리우스처럼 중얼거렸다.

엄격한 사제는 상류사회에 대하여 아는 것이 없었다. 그러나 얀센 주의자 친구들 덕분에 모든 당파에 봉사하는 극단의 술책이나 추악하게 벌어들인 재산을 통해 살롱에 드나드는 사람들에 관해서는 꽤 정확한 지식을 가지고 있었다. 그날 저녁 사제는 몇 분 동안 쥘리앵의 성급한 질문들에 심경을 털어놓고 답해주었다. 그러다가 남의 험담을 하고 있다는 사실에 마음이 아파 죄책감을 느끼며 문득 이야기를 중단했다. 성격 까다롭고 얀센주의자이며 기독교의 자비를 자기 의무로 여기고 있는 그에게 세상살이는 하나의 투쟁이었다.

"피라르 신부의 저 얼굴 좀 보세요!"

쥘리앵이 다시 긴 의자로 다가가자 라 몰 양이 이렇게 말했다.

쥘리앵은 화가 났다. 그러나 그녀의 말은 옳았다. 물론 피라르 씨는 이 살롱에서 가장 정직한 사람이었다. 그러나 양심의 가책으로 불안해지고 농진이 있는 그의 얼굴은 그 순간 흉측해 보였다. 얼굴 생긴 모습으로 판단할 테면 하라지, 하고 쥘리앵은 생각했다. 피라르 사제가 흉한 모습을 하고 있는 것은 작은 과실에 대해서도 자책을 느끼는 섬세함 때문이야. 반면에 모두들 스파이라고 알고 있는 저 나피에의 얼굴에는 순수하고 평온한 행복이 드러나잖아. 하지만 피라르 사제도 자신에 대한 대우에 크게 양보를 해서 하인도 한 명 두게 되었고 옷도 잘 차려입게 되었다.

쥘리앵은 살롱 안에 무엇인가 야릇한 분위기가 감도는 것을 눈치챘다. 모든 사람들의 시선이 문 쪽으로 움직여갔고 갑자기 침묵이 흘렀다. 하인이 최근 선거로 모든 이의 주시를 받게 된 유명한 톨리 남작의 내방을 알린 것이다. 쥘리앵은 다가가서 그를 아주 자세히 보았다. 남작은 어떤 선거구를 주재하고 있었는데, 정당 가운데 어느 하나에 투표한 작은 투표용지를 훔쳐낸다는 기발한 생각을 해냈다. 그리고 나서는 부족한 투표용지를 채우기 위해 마음에 드는 후보자의 이름이 적힌 다른 투표용지를 모자라는 수만큼 대체해 넣었다. 이런 결정적인 술책이 몇몇 선거인들에게 발각되었는데, 그 술책을 알아낸 선거인들이 톨리 남작에게 서둘러 공손한 인사를 하는 것이었다. 그 작자는 그 큰 사건으로 말미암아 아직도 얼굴이 창백했다. 심술궂은 사람들은 감옥이라는 말을 입 밖에 내기도 했다. 라 몰 씨는 그를 쌀쌀하게 맞이했다. 가련한 남작은 총총히 사라져버렸다.

"저 사람이 저렇게 황급히 떠나는 건 콩트* 씨에게 가기 위해서야."

샬베 백작이 이렇게 말하자 모두 웃었다.

그날 밤 라 몰 씨(그는 곧 대신이 된다고 소문이 나 있었다)의 살롱에 잇달아 모여든 말이 없는 대귀족들과 또 대부분 타락했지만 모두 재치 있는 인간들인 음모자들 사이에서 젊은 탕보가 나름대로 분투하고 있었다. 그는 아직 섬세한 통찰력은 없었지만, 앞으로 보게 될 힘이 넘치는 구변으로 그런 약점들을 벌충하고 있었다.

"왜 그 인간에게 십 년 징역형을 선고하지 않는 거지요?"

쥘리앵이 그의 그룹에 다가섰을 때 탕보는 이런 말을 하고 있었다.

"파충류는 마땅히 지하감옥 바닥에 가두어야 합니다. 그런 것들은 어둠 속에서 죽게 해야 하는 겁니다. 그러지 않으면 독이 기승을 부려 더 위험해질 따름입니다. 그자에게 천 에퀴의 벌금형을 내려본들 무슨 소용이 있을까요? 그자는 가난합니다. 다행히도요. 그렇지만 그의 일당이 대신 벌금을 물어줄 거란 말이에요. 오백 프랑의 벌금을 물리고 십 년간 지하감옥형을 내려야 했습니다."

---

* 그 당시 유명한 마술사·복화술사.

저런! 저 친구의 입에 오르내리는 악당이 도대체 누구일까? 쥘리앵은 자기 동료의 열렬한 어조와 발작적인 몸짓에 감탄하며 생각했다. 아카데미 회원이 아끼는 조카의 야위고 작은 얼굴이 이 순간엔 몹시 흉해 보였다. 쥘리앵은 이내 그가 그 시대 최고의 시인을 욕하고 있다는 것을 알게 되었다.

"아, 잔인한 놈이구나!"

쥘리앵은 소리 높여 외쳤다. 동정의 눈물이 그의 눈을 적셨다.

'아아, 거지 같은 놈! 내가 네 그 말에 앙갚음해줄 테다.'

쥘리앵은 이렇게 생각했다.

그는 생각에 잠겼다. 후작이 우두머리의 하나로 있는 도당의 결사대가 바로 이런 녀석들이구나! 저놈이 헐뜯는 그 저명한 인물로 말하자면 지조를 팔기만 했다면 훈장이고 벼슬이고 쌓아놓았을 것 아닌가? 얄팍한 네르발 내각에 지조를 판다는 말이 아니라, 어지간히 정직했던 역대 대신들 가운데 그 누군가에게 그랬다면 말이다.

피라르 사제가 멀리서 쥘리앵에게 손짓했다. 라 몰 씨가 사제와 무슨 얘기를 막 나눈 참이었다. 눈을 내리깔고 어떤 주교의 한탄을 듣고 있던 쥘리앵은 마침내 자유롭게 되어 피라르 사제에게 갔다. 그 밉살스러운 탕보 녀석이 사제를 놓아주지 않고 있었다. 이 어린 악당은 후작이 쥘리앵을 총애하는 것이 피라르 사제 때문이라고 생각하여 그를 몹시 싫어했으나 지금은 그에게 환심을 사려고 애쓰는 중이었다.

'언제 죽음이 우리를 이 낡은 부패에서 벗어나게 해주는가?' 이 문학청년은 성서적인 강력한 힘이 넘치는 이런 표현을 쓰며 존경할 만한 홀랜드 경에 관해 이야기했다. 그의 재능은 살아 있는 인물들의 전기를 자세하게 알고 있다는 것이었다. 그는 새로 즉위한 영국 왕 치하에서 다소간 영향력을 행사할 수 있는 모든 인물의 전기를 재빨리 훑어본 길이었다.

피라르 사제가 옆 살롱으로 건너갔다. 쥘리앵은 사제를 뒤따랐다.

"후작은 엉터리 문사를 좋아하지 않는다는 걸 자네에게 말해두고 싶군. 그가 유일하게 반감을 갖고 있는 게 바로 그걸세. 가능하다면 라틴어와 그리스어를 익혀두게. 그리고 이집트와 페르시아의 역사도. 그러면 후작은 자네를 존중하고 학자로 보호해줄 거야. 그러나 프랑스어로는 단 한 쪽의 글도 쓰지 말게. 특히 자네의 사회적 지위를 넘어서는 진지한 주제에 관해서는 글을 쓰지 않도록 유의하도록 해. 그런 글을 쓰면 후작은 자네를 엉터리 문사로 간주하고 좋지 않게 볼 거야. 대귀족의 저택에 살고 있는 자네가 카스트리 공작이 달랑베르와 루소를 가리켜 '이 작자들은 매사에 참견하려 들면서 일 년에 천 에퀴도 벌지 못한다'고 말한 걸 모르면 되겠나?"

여기서도 신학교에서처럼 모든 게 알려지겠지! 쥘리앵은 이렇게 생각했다. 그는 여덟 쪽에서 열 쪽쯤 되는 글을 꽤 과장되게 쓴 일이 있었다. 그것은 그를 사람 구실 하도록 만들어주었다고 여겨지는 늙은 군의관에 대한 일종의 역사 찬가였다. 그 글을 적은 작은 공책에는 항상 자물쇠를 채워놓았지! 쥘리앵은 생각했다. 그는 자기 방에 올라가 원고를 불태우고 다시 살롱으로 돌아왔다. 재치 있는 협구가들은 모두 가버리고 살롱에는 훈장을 달고 온 사람들만 남아 있었다.

하인들이 방금 차려놓은 식탁 둘레에는 매우 고상하고 신앙심 깊고 부자연스럽게 꾸민 서른 살에서 서른다섯 살 사이의 여자 일고여덟 명이 모여 있었다. 화려하게 꾸민 페르바크 원수부인이 늦게 온 것을 사과하며 들어왔다. 시간은 이미 자정을 넘었다. 페르바크 원수부인은 후작부인 옆에 자리잡았다. 쥘리앵은 깊은 감동을 받았다. 원수부인의 눈과 시선이 레날 부인과 닮았기 때문이었다.

라 몰 양 그룹에는 아직도 사람들이 있었다. 그녀는 친구들과 함께 가엾은 탈레르 백작을 놀려대느라 분주했다. 그는 민중과 싸우는 왕들에게 돈을 빌려주어 재산을 모은 것으로 유명한 유대인의 외아들이었다. 그 유대인은 매달 10만 에퀴씩 들어오는 수입과 아쉽게도 너무 잘 알려진 이름을 아들에게 남겨주고 최근에 세상을 떠났다. 그런 특수한 지위에는 단순한 성격이나 강한 의지력이 필요했을 것이다.

불행하게도 백작은 아첨꾼들이 부추기는 온갖 감언이설을 그대로 받아들이는 호인에 지나지 않았다.

켈뤼스 씨는 어떤 이가 백작을 부추겨 라 몰 양에게 청혼할 생각을 하게 했다고 주장했다(라 몰 양에게는 연수입 10만 리브르와 공작 작위를 받을 예정인 크루아즈누아 후작이 이미 청혼 의사를 표한 바 있었다).

"이봐요, 그 사람이 청혼 의사를 가졌다고 해서 나무라지 마요!"

노르베르가 동정하듯이 말했다.

측은한 탈레르 백작에게 가장 부족한 것은 아마 의지를 갖는 능력이었을 것이다. 이런 성격으로 볼 때 그는 왕이 되어도 합당할 인물이었다. 그는 끊임없이 모든 사람의 조언에 귀 기울이면서도 어떤 의견도 끝까지 따를 용기가 없었다.

"저분은 얼굴만으로도 평생 기쁨을 불러일으키기에 충분하겠군요."

라 몰 양이 말했다. 그것은 불안과 실망이 묘하게 뒤섞인 얼굴이었다. 그러나 그가 아직 서른여섯이 안 된 무척 잘생긴 남자라는 점에서 프랑스 제일의 부자가 지닐 만한 자만심과 결단력 있는 어조를 이따금 그 얼굴에서 엿볼 수 있었다.

"저 사람은 소심하게 오만하군."

크루아즈누아 씨가 말했다. 켈뤼스 백작과 노르베르 그리고 콧수염을 기른 젊은이 두셋이 실컷 그를 놀려댔으나, 그는 자기가 놀림을 당하는 줄도 모르고 있었다. 한시가 되자 그는 자리에서 일어섰다.

"오늘 같은 날씨에 문간에서 당신을 기다리고 있는 말이 그 유명한 아라비아 산 말인가요?"

노르베르가 그에게 물었다.

"아닙니다. 꽤 싼 값으로 새로 산 말입니다."

탈레르 씨가 대답했다.

"왼쪽 말은 오천 프랑짜리지만 오른쪽 말은 백 루이밖에 안 나가죠. 하지만 그놈은 밤에만 마차를 끌게 한다는 걸 말씀드리지요. 보조는 왼쪽 놈과 아주 비슷하니까요."

노르베르의 얘기를 듣고 탈레르 백작은 자기 같은 사람은 말을 몹시 좋아하니 말들이 젖지 않게 하는 것이 점잖은 일이라고 생각했다. 그는 떠나갔다. 다른 사람들도 잠시 후 그를 비웃으며 밖으로 나섰다.

층계에서 그들의 웃음소리를 들으며 쥘리앵은 생각했다. 이렇게 나는 내 처지와 극단적으로 다른 모습을 보게 되었구나! 내 수입은 일년에 20루이가 못 되는데 한 시간에 20루이의 수입을 올리는 사람과 나란히 앉아 있었어. 그리고 모두들 그 부자를 비웃고…… 그런 모습을 보니 부자도 별로 안 부러운걸.

5장 감수성과 독실한 귀부인

거기서 다소 활기찬 생각은 거칠게 보인다.
그만큼 사람들은 평범한 말에 익숙하다.
대화중에 독창적 의견을 내는 자는 불행할지어다!
―포블라

몇 달 동안 시련을 겪은 뒤 어느 날 쥘리앵은 라 몰 집안의 집사로부터 삼사분기 봉급을 받았다. 라 몰 씨는 브르타뉴와 노르망디에 있는 자기 영지 관리를 쥘리앵에게 맡겼다. 그래서 쥘리앵은 그곳을 빈번히 여행하게 되었다. 그는 또 프릴레르 사제와의 유명한 소송사건에 관련한 서신 왕래도 주도하게 되었다. 그 일에 관해서 피라르 씨는 그를 많이 일깨워주었다.

후작이 자기가 받은 편지 여백에 답신의 요지를 짧게 휘갈겨 적어놓으면 쥘리앵은 그것을 바탕으로 답장을 썼다. 그가 쓴 편지는 거의 모두 후작이 서명을 했다.

그가 다니는 신학교의 선생들은 그가 학업에 전념하지 않아 불만이었지만 그래도 그를 가장 뛰어난 학생의 하나로 여기고 있었다. 고통스러운 야망에서 우러나는 모든 열정을 쏟아 그가 수행한 여러 가지 업무는 시골에서 올라올 때 싱싱했던 쥘리앵의 안색을 곧 사라져버리게 했다. 그의 창백한 안색은 동료 신학생들에게는 장점의 하나로 보였다. 쥘리앵은 파리의 신학생들이 브장송의 신학생들보다는 훨씬 덜 심술궂고 돈에 대해서도 훨씬 덜 비굴함을 알게 되었다. 그들은 쥘리앵이 폐병에 걸렸다고 생각했다. 후작은 쥘리앵에게 말 한 필을 주었다.

말을 타는 동안 동료 신학생들을 만나게 될까봐 쥘리앵은 의사의 처방에 따라 승마운동을 한다고 미리 말해놓았다. 피라르 사제는 몇몇 얀센주의자의 집에 쥘리앵을 데려갔다. 쥘리앵은 놀랐다. 그때까지 그의 종교 관념은 위선이나 돈을 벌려는 희망과 밀접하게 연결되어 있었다. 그는 금전에는 관심 없는 경건하고 엄격한 사람들을 보고 감탄했다. 몇몇 얀센주의자는 그를 좋아하여 여러 가지 충고도 해주었다. 그의 앞에 새로운 세계가 하나 열린 셈이었다. 그는 얀센주의자들의 집에 출입하다가 알타미라 백작을 알게 되었다. 그는 키가 6피트나 되는 사람으로, 자기 나라에서는 사형 선고를 받았던 자유주의자지만 독실한 신자였다. 경건한 신앙과 자유를 향한 사랑이라는 이 기이한 대조가 쥘리앵에게 강한 인상을 주었다.

쥘리앵은 젊은 백작과 사이가 냉랭해졌다. 노르베르는 자기 친구들 몇몇의 농담에 쥘리앵이 너무 격렬하게 반응하는 것을 알았다. 한두 번 실수를 저지른 적이 있는 쥘리앵은 마틸드 양에게는 결코 말을 걸지 않으리라 작심했다. 라 몰 저택에서 사람들은 그를 늘 흠잡을 데 없이 정중하게 대해주었지만 그는 자신이 낙오자라는 느낌이 들었다.

시골 사람다운 상식을 가진 그는 이런 결과를 '모든 것은 새로운 동안만 아름답다'는 속담으로 설명하려 들었다.

모르긴 해도 쥘리앵은 파리에 처음 왔을 때보다 좀더 통찰력이 생겼거나 아니면 세련된 파리가 불러일으켰던 당초의 매혹을 잃어버렸을 것이다.

일손을 놓기만 하면 그는 죽을 지경으로 권태로웠다. 그것은 상류사회에서 두드러진 것으로 감탄할 만하지만 계급에 따라 눈금을 새겨놓은 예절이 낳은 메마른 결과였다. 조금만 예민한 사람이라면 거기서 인위적인 기교를 보게 되는 것이다.

물론 시골의 저속하고 예의 없는 어조를 비난할 수는 있겠지만 거기에는 어느 정도 정열이 배어 있다. 라 몰 저택에서 쥘리앵이 자존심에 상처를 입지는 않았다. 그러나 하루가 끝날 때면 곧잘 그는 울고 싶은 기분이었다. 시골에서는 카페 종업원이라도 자기 카페에 들어오는 사람에게 무슨 사고가 생기면 관심을 기울이지 않는가. 만약 그 사고가 자존심을 건드리기라도 하면 카페 종업원은 당신에게 동정을 표하면서 같은 말을 열 번이고 되풀이해 당신을 귀찮게 할 것이다. 그러나 파리에서는 숨어서 웃으려고 애를 쓴다. 파리에서 당신은 영원한 이방인이다.

쥘리앵을 우습게 만들어놓은 수많은 사소한 일들에 대해서는(어쨌든 그가 웃음거리도 못 되는 게 아니라면) 언급하지 않고 그냥 넘어가겠다. 지나친 민감성 때문에 그는 수많은 서투른 짓을 저질렀다. 그는 호신을 위한 무술 연마에 온통 재미를 붙이고 있었다. 매일 권총으로 사격 연습을 했으며 유명한 검술 사범의 뛰어난 제자 중 하나였다. 조금이라도 짬이 나면 예전처럼 책을 읽는 데 쓰지 않고 승마 연습장으로 달려가 가장 사나운 말을 빌렸다. 승마 선생과 함께 말을 탈 때면 그는 매번 땅에 떨어지곤 했다.

후작은 쥘리앵이 끈질긴 노력을 보였고 입이 무거우며 총명했기 때문에 그를 쓸모 있는 사람으로 여겼다. 후작은 차츰 해결하기 꽤 어려운 일들을 모두 쥘리앵에게 맡겼다. 드높은 야망에서 잠시 벗어날 때면 총명하게 사업상 일도 스스로 처리하곤 했다. 새로운 정보를 접할 수 있었던 그는 대담하게 투기를 해서 이익을 남기기도 했다. 그는 가옥과 삼림을 사들였다. 그러나 쉽게 버럭 화를 내는 성격이었다. 그는 수백 프랑 때문에 소송을 해서 몇백 루이의 돈을 쓰기도 했다.* 고결한 심성을 가진 부자들은 사업에서 결과가 아닌 재미를 찾는 법이다. 후작은 자기의 모든 재정 관련 업무를 명료하고 수월하게 처리할 참모장이 필요했다.

라 몰 부인은 조심성 있는 성격이었지만 더러 쥘리앵을 비웃었다. 예민한 감수성이 불러일으키는 뜻하지 않은 반응을 귀부인들은 몹시 싫어한다. 뜻하지 않은 반응이란 예절과는 상극이기 때문이다. 후작은 두세 번 쥘리앵 편을 들어주었다. "그 친구 당신의 살롱에서는 우스워 보일지 몰라도 책상 앞에 앉으면 걸출한 사람이야." 쥘리앵도 후작부인의 비밀을 포착했다고 믿고 있었다. 부인은 라 주마트 남작이 살롱에 나타나기만 하면 모든 것에 흥미를 가지는 듯했다. 그는 무감각한 얼굴에 냉정한 사람이었다. 작은 키에 여위었으며 못생겼는데

---

* 1루이는 20프랑이다.

옷차림은 꽤나 단정했다. 그는 궁전에서 지내고 있었는데, 무슨 일에 관해서도 대체로 입을 열지 않았다. 사고방식도 그러했다. 만일 남작을 사위로 삼을 수 있다면 라 몰 부인은 생전 처음으로 벅찬 기쁨을 느꼈을 것이다.

6장 발음하는 방법

그들의 드높은 사명은 민중의 일상생활에서 일어나는
자질구레한 여러 사건들을 냉정하게 판단하는 것이다.
사소한 원인 때문에, 또는 소문이 멀리 퍼지면서
성격이 변질되어 일어나는 커다란 분노를
그들의 지혜로 막아내지 않으면 안 된다.
— 그라티우스

처음 파리에 발을 들여놓은 처지에 자존심 때문에 남에게 이것저것
물어보지 않았던 쥘리앵으로서는 너무 큰 어리석은 짓은 저지르지 않
은 셈이었다. 어느 날 갑작스러운 소나기 때문에 생 토노레 거리의 카
페로 밀려들어간 적이 있는데, 모직 프록코트를 입은 거구의 사내가
전에 브장송에서 아망다 양의 애인이 그랬던 것처럼 쥘리앵의 침울한
눈길에 놀라 그를 쳐다보았다.

쥘리앵은 그때 모욕을 당하고도 그대로 넘겨버린 것을 자주 후회하
고 있었으므로 이번에는 그런 시선을 참을 수 없었다. 그는 그 사내에
게 자기를 그렇게 바라보는 이유가 뭐냐고 물었다. 프록코트를 입은
사내는 곧 입에 담기 힘든 욕설을 퍼부어댔다. 카페에 있던 사람들이
모두 그들의 주위로 모여들었다. 길을 가던 사람들도 카페 문 앞에서

발길을 멈췄다. 시골 사람다운 조심성에서 쥘리앵은 항상 작은 권총을 가지고 다녔다. 그는 경련 때문에 떨리는 손으로 주머니 속의 권총을 꽉 쥐었다. 그러나 그는 영리했다. 그 사내에게 "이보시오, 당신 주소가 어디요? 나는 당신을 경멸하오"라고 끈기 있게 되풀이할 따름이었다.

쥘리앵이 그 몇 마디만 줄기차게 반복해대자 마침내 구경꾼들은 깊은 감명을 받았다.

"맞아! 혼자 떠드는 저 거구의 남자가 자기 주소를 알려줘야 해."

구경꾼들이 이렇게 하도 떠들어대는 바람에 프록코트를 입은 사내는 쥘리앵의 코앞에 명함 대여섯 장을 냅다 팽개쳤다. 다행히 한 장도 쥘리앵의 얼굴에 맞지는 않았다. 쥘리앵은 상대가 자기에게 손을 대지 않는 한 권총을 사용할 생각은 없었다. 사내는 여러 번 뒤돌아보면서, 때로 주먹질로 위협을 하고 욕설을 퍼부으면서 가버렸다.

쥘리앵의 온몸은 땀에 젖었다. 인간 말종 같은 놈이 나를 이렇게 흥분시키다니! 그는 화가 솟구쳐 중얼거렸다. 어떻게 해야 치가 떨리는 이 분을 풀 수 있을까?

어디서 증인을 구할까? 그에게는 친구가 하나도 없었다. 몇몇 사람을 사귀기는 했다. 그러나 관계를 맺고 육 주쯤 지나면 하나같이 그에게서 멀어지는 것이었다. 나는 사교적이 못 돼. 가혹하게 벌을 받는 거야. 그는 이렇게 생각했다. 마침내 그는 96연대 중위로 제대한 리에방이라는 이름의 남자를 찾아갈 생각을 했다. 그는 쥘리앵과 같이 자주 검술을 연습했던 불쌍한 사내였다. 쥘리앵은 그에게 모든 얘기를 솔직하게 털어놓았다.

"기꺼이 증인이 되어주겠네."

리에방이 말했다.

"하지만 조건이 하나 있어. 자네가 상대방에게 상처를 입히지 못하면 즉시 나와 결투를 해야 하네."

"좋아요."

쥘리앵이 기뻐하며 외쳤다. 그들은 명함에 적힌 포부르 생 제르맹 한복판의 주소로 보부아지 씨를 찾아갔다.

아침 일곱시였다. 그 집에 이르러 문을 두드리면서 쥘리앵은 그 사람이 예전에 로마와 나폴리 대사관에서 일했던 사람으로 성악가 제로니모에게 소개 편지를 써주었던 레날 부인의 젊은 친척일 수도 있겠다는 생각을 했다.

쥘리앵은 하인에게 그 전날 사내가 자기에게 집어던졌던 명함 한 장과 자기 명함 한 장을 건네주었다.

그와 그의 증인은 족히 사십오 분을 기다렸다. 마침내 그들은 놀랄 만큼 멋지게 꾸며놓은 방으로 안내되었다. 그들은 인형처럼 차려입은 키가 큰 청년을 보았다. 그의 얼굴은 완벽하지만 특징이 없는 그리스적인 아름다움을 드러냈다. 머리가 눈에 띄게 작았으며 무척 아름다운 금발이 피라미드 형태로 빗겨져 있었다. 머리칼을 실로 대단한 정성으로 곱슬곱슬하게 말아놓아 단 한 올도 비죽 나온 데가 없었다. 잘난 체하는 이 빌어먹을 녀석이 머리를 마느라 우리를 기다리게 했군. 96연대 퇴역 중위는 생각했다. 화려한 실내복이며 아침에 입는 바지며 수놓은 실내화까지 모든 게 빈틈없고 기막히게 손질되어 있었다. 고상하지만 공허해 보이는 그의 표정은 그가 합당하면서도 흔치 않은 사상의 소유자로, 매우 진중하고 뜻밖의 일과 농담을 싫어하는 친절한 인물의 전형임을 보여주고 있었다.

면전에 무례하게 명함을 팽개치고 나서 또 이렇게 오래 기다리게 하는 것은 모욕을 더하는 행위라고 96연대 퇴역 중위에게서 설명을 들은 쥘리앵은 보부아지 씨의 방으로 불쑥 들어갔다. 쥘리앵은 거만하게 보이려고 작정했으나 그와 동시에 점잖은 태도를 지니려고 했다.

그러나 보부아지 씨의 정중한 태도와 신중하면서도 위엄 있고 유유자적한 풍모, 그를 둘러싼 주위의 경탄스러운 우아함에 너무 놀라서, 오만한 태도를 보이려던 결심이 삽시간에 모두 무너졌다. 그 사람은 전날 본 그 사내가 아니었다. 카페에서 마주쳤던 그 거친 인간 대신에 이토록 훌륭한 사람을 만난 것이 너무 놀라워 쥘리앵은 한 마디 말도 할 수 없었다. 그는 어제 그 사내가 자기에게 내던졌던 명함 한 장을 꺼내 건네주었다.

"제 이름이 맞습니다."

아침 일곱시부터 검은 옷을 입은 쥘리앵을 대수롭지 않게 생각하며 유행에 민감한 남자가 말했다.

"그런데 어찌 된 연유인지 모르겠군요……"

마지막 말투가 쥘리앵을 다시 언짢게 했다.

"저는 선생과 결투를 하러 왔어요."

쥘리앵은 모든 사연을 단번에 설명했다.

샤를 드 보부아지 씨는 그 문제를 곰곰이 생각하더니 쥘리앵이 입은 검은 옷의 재단에 무척 만족해했다. 이건 스토가 만든 거야. 분명해. 쥘리앵의 이야기를 들으면서 그는 생각했다. 조끼도 아주 잘됐고 장화도 좋아. 그런데 이른 아침부터 검은 양복이라니. 탄환을 잘 피하려고 그랬겠지. 보부아지 기사는 이렇게 생각했다.

스스로 이런 설명을 하자마자 그는 다시 완벽한 예절로 돌아와 쥘리앵을 거의 동급으로 대해주었다. 접견은 상당히 오랜 시간이 걸렸다. 사건은 미묘했지만 쥘리앵은 결국 명백한 사실을 부인하지 못했다. 자기 앞에 있는 이 예절 바른 젊은이는 전날 자기에게 모욕을 준 야비한 사내와는 닮은 데가 전혀 없었다.

쥘리앵은 그대로 돌아서기가 진정 마음 내키지 않아 설명에 시간을 끌었다. 그는 보부아지 기사의 자만심을 관찰했다. 그 사람은 쥘리앵이 자기를 단지 선생이라고 부른 데 감정이 상해서 이야기중에 자기 스스로 기사임을 밝힌 것이다.

쥘리앵은 단 한순간도 그에게서 떠나지 않는 조심스러운 거드름과 신중함이 뒤섞인 태도에 감탄했다. 그리고 단어를 발음할 때 혀를 움직이는 그의 독특한 방식에도 놀라움을 금치 못했다. 그러나 그 모든 것에서도 결투를 할 만한 사소한 이유를 찾아낼 수는 없었다.

젊은 외교관은 얼마든지 결투에 응하겠다고 우아하게 말했다. 그러나 한 시간 전부터 다리를 벌린 채 두 손을 넓적다리 위에 얹고 팔꿈치를 밖으로 내놓고 앉아 있던 96연대 퇴역 중위가 누군가 이 신사의 명함을 훔쳐간 것이 분명하며 자기 친구 소렐은 공연히 싸움을 걸 사람은 아니라고 단언했다.

쥘리앵은 매우 불쾌한 기분으로 밖으로 나왔다. 보부아지 기사의 마차가 마당 안 현관 층계 앞에서 그를 기다리고 있었다. 우연히 고개를 들어보니 어제 그 사내가 마부석에 있었다.

그를 본 것과 그의 모닝코트 자락을 잡아당겨 마부석에서 굴러떨어지게 한 것과 채찍으로 마구 후려갈긴 것은 한순간에 일어났다. 하인 두 명이 동료를 막아주려고 했다. 그들은 쥘리앵을 주먹으로 갈겼다. 그 순간 쥘리앵은 작은 권총을 장전하여 그들을 향해 쐈다. 하인들은 도망쳤다. 단 일 분 사이에 이 모든 일이 일어난 것이다.

보부아지 기사는 대귀족다운 말투로 "무슨 일인가? 무슨 짓들이야?"를 되뇌면서 우스꽝스러울 만큼 엄숙한 태도로 층계를 내려왔다. 그는 분명 대단한 호기심이 발동하였으나 외교관다운 위신 때문에 더이상 흥미를 나타내지 못했던 것이다. 무슨 일인지 알고 나서도 외교관의 얼굴에서 떠나서는 안 될 명랑하면서도 냉정한 그의 표정에는 아직 거만한 기색이 남아 있었다.

96연대 퇴역 중위는 보부아지 씨가 결투하고 싶어한다는 것을 알아냈다. 그는 능란함을 발휘하여 결투의 주도권을 자기 친구에게 마련해주고 싶었다.

"이번에는 확실히 결투할 이유가 생겼군요!"

그가 외쳤다.

"나도 그렇게 생각합니다."

외교관이 대꾸했다.

"저 못된 놈은 내쫓아버리겠다. 다른 사람이 마차를 몰도록 해."

외교관이 하인들에게 말했다. 마차 문이 열렸다. 기사는 쥘리앵과 그의 증인에게 먼저 마차에 타라고 배려했다. 그들은 보부아지 씨의 친구 한 사람을 찾으러 갔다. 그 친구가 조용한 결투 장소를 지정했다. 결투장으로 가는 동안 대화는 정말 편안했다. 외교관이 실내복을 입고 있는 것이 이상할 따름이었다.

이 신사들은 매우 지체가 높지만 라 몰 씨 댁에 식사하러 오는 사람들처럼 권태롭지는 않구나. 쥘리앵은 생각했다. 그리고 잠시 후에는 이런 생각도 했다. 그건 이 사람들이 점잔을 빼지 않기 때문이야. 그들은 전날 밤에 공연한 발레에서 관객들이 눈여겨보았던 여자 무용수들에 대해 이야기를 나누었다. 그들은 쥘리앵과 그의 증인인 96연대 퇴역 중위가 전혀 알지 못하는 재치 있는 일화를 암시했다. 쥘리앵은 그런 얘기를 아는 척하는 어리석음을 저지르지 않았다. 솔직하게 자기는 모른다고 실토했다. 이런 솔직함이 기사 친구의 마음에 들었다. 그래서 그는 쥘리앵에게 그 일화의 가장 상세한 부분까지 매우 재미있게 얘기해주었다.

쥘리앵은 한 가지 일에 크게 놀랐다. 성체첨례 행렬을 위해 길 한가운데에 임시 제단을 세우는 일 때문에 잠시 마차가 멈췄다. 그러자 그들은 서슴지 않고 여러 가지 농담을 해댔다. 그들에 따르면 주임사제는 대주교의 아들이라는 것이었다. 공작이 되려는 라 몰 후작 댁에서는 그런 말은 감히 입도 뻥긋할 수 없었다.

결투는 삽시간에 끝나버렸다. 쥘리앵은 팔에 탄환을 맞았다. 그들은 쥘리앵의 팔을 손수건으로 동여매고 브랜디를 부어 적셔주었다. 보부아지 기사는 타고 온 마차로 집까지 모셔다드리겠노라고 쥘리앵에게 공손하게 청했다. 쥘리앵이 라 몰 저택이라고 하자 젊은 외교관과 그의 친구는 서로 시선을 주고받았다. 쥘리앵이 부른 삯마차가 그곳에 왔지만, 그는 착한 96연대 퇴역 중위의 얘기보다 두 신사의 대화가 더 재미있었다.

결투란 겨우 이런 것인가! 쥘리앵은 생각했다. 아무튼 그 마부 녀석을 다시 보았으니 얼마나 다행인가! 카페에서 당한 모욕을 그대로 견뎌내야 했다면 얼마나 괴로웠을까! 재미있는 대화가 거의 끊이지 않고 계속되었다. 쥘리앵은 외교관들의 외면치레도 어떤 면에서는 좋다는 걸 이해하게 되었다.

권태란 그러므로 상류 계층 인사들의 대화에 불가분의 것은 아니로구나! 쥘리앵은 생각했다. 이들은 성체첨례 행렬을 희롱하기도 하고, 아주 외설적인 일화를 세부적인 데까지 생생하게 얘기하지 않는가. 이들에게 절대적으로 부족한 것은 정치적 문제에 대한 추론뿐인데, 그런 것도 이들의 매력 있는 말투와 완벽하게 정확한 표현으로 보상되고도 남는다. 쥘리앵은 그들에게 몹시 매력을 느꼈다. 이 사람들을 자주 만나면 얼마나 좋을까!

헤어지자마자 보부아지 기사는 정보를 알아보러 분주히 쏘다녔다. 알아낸 내용 중에는 눈에 띄는 것이 없었다.

그는 상대가 누구인지 알려는 강한 호기심을 느꼈다. 상대방을 찾아간다면 예의에 벗어나는 일이 아닐까? 그가 입수한 얼마 되지 않는 정보는 그다지 고무적인 것이 아니었다.

"이거 정말 꼴이 말이 아니군!"

그는 자기 증인에게 말했다.

"라 몰 씨의 일개 비서와 결투를 벌였다고 내 입으로 고백할 수야 없지 않은가. 더구나 마부가 내 명함을 훔쳐서 그렇게 되었다고는 말이야."

"그 모든 게 웃음거리가 될 가능성이 농후해."

그날 저녁 보부아지 기사와 그의 친구는 소렐 씨라는 사람은 나무랄 데 없는 젊은이로, 라 몰 후작의 절친한 친구의 사생아라는 소문을 사방에 퍼뜨리고 다녔다. 이 소문은 쉽게 퍼져 나갔다. 그런 소문이 일단 잘 받아들여지자, 젊은 외교관과 그의 친구는 쥘리앵이 상처 때문에 자기 방에서 요양하는 보름 동안 그를 몇 번 방문했다. 쥘리앵은 지금까지 오페라 극장에 단 한 번밖에 가보지 않았다고 고백했다.

"그것 참 너무하군요. 사람들이 가는 곳은 거기뿐인데. 당신의 첫 외출 때 〈오리(Ory) 백작〉을 관람하기로 하지요."

그가 쥘리앵에게 말했다.

오페라 극장에서 보부아지 기사는 어마어마한 성공을 거두고 있는 유명한 성악가 제로니모에게 쥘리앵을 소개했다.

쥘리앵은 기사의 마음에 들려고 애썼다. 자존심과 신비스러운 위엄 그리고 거드름이 뒤섞인 이 젊은이에게 매력을 느꼈던 것이다. 예를 들어서 기사는 말을 약간 더듬었다. 말을 더듬는 어떤 대영주와 자주 만났던 까닭이었다. 가련한 시골 출신이 본받을 만한 완벽한 태도와 남을 재미있게 해주는 익살스러운 면을 한 몸에 지니고 있는 사람을 쥘리앵은 지금껏 본 적이 없었다.

오페라 극장에 보부아지 기사와 함께 온 쥘리앵의 모습이 사람들의 눈에 자주 띄었다. 이런 교제 때문에 쥘리앵의 이름이 사교계 인사들의 입에 오르내리게 됐다.

어느 날 라 몰 씨가 쥘리앵에게 물었다.

"그래, 자네는 내 친구라는 프랑슈 콩테 지방 부유한 귀족의 사생아가 되어 있더군. 누가 내 친구인가?"

자기는 그런 소문을 유포하는 데 어떤 방식으로든 기여한 바 없다고 항변하려는 쥘리앵의 말을 후작이 막았다.

"보부아지 씨는 일개 목수의 아들과 결투했다는 소리를 듣는 걸 원치 않았던 모양입니다."

"알아, 알고 있네."

라 몰 씨가 말했다.

"그 소문이 내 마음에 드는 점도 있으니, 이제 내가 그 소문을 신빙성 있는 것으로 만들어야지. 그런데 자네에게 부탁 하나 하겠네. 삼십분 정도만 시간을 내면 될 일이지. 오페라 극장에 가는 날이면 열한시 삼십분에 상류사회 사람들이 드나드는 출입구 현관에 가 있도록 하게. 자네에게는 아직 시골티가 나는데, 그걸 없애버려야 할 거야. 저 명인사들을 눈으로 알아두는 것도 나쁘지 않아. 장차 그들에게 자네를 심부름 보낼 일이 있을지도 모른다네. 그리고 좌석 예약 사무실에도 자네를 알리도록 하게. 자네가 들어가는 것을 허락하도록 해두었으니까."

7장 통풍 발작

나는 출세했지만, 내 힘으로 한 것이 아니라
주인이 통풍을 앓았기 때문이다.
— 베르톨로티

독자들께서는 자유롭고 화기애애하기까지 한 후작의 말투에 아마
놀라고 있을 것이다. 이야기하는 것을 깜빡 잊고 있었는데, 후작은 육
주 전부터 통풍이 발병하여 줄곧 꼼짝 못 하고 집 안에 틀어박혀 있
었다.

마틸드와 후작부인은 이에르에 있는 후작부인의 어머니에게 가 있
었다. 노르베르 백작은 간혹 아버지를 만날 따름이었다. 부자 사이는
퍽 좋은 편이었지만, 서로 별로 할 얘기가 없었다. 결국 얘기할 상대
는 쥘리앵으로 낙착되었는데, 라 몰 후작은 쥘리앵이 재기가 넘치는
것에 놀랐다. 그는 쥘리앵에게 신문을 읽어달라고 했다. 이윽고 젊은
비서는 재미있는 기사만 골라 읽을 수 있게 되었다. 후작이 싫어하는
새로 나온 신문이 하나 있었는데, 후작은 결코 다시 읽지 않겠다고 맹

세하면서도 매일 그 신문 얘기를 꺼내곤 했다. 쥘리앵은 웃었다. 후작은 현 시국에 분통이 터져서 티투스 리비우스*의 책을 쥘리앵에게 읽게 하기도 했다. 라틴어 원전을 즉흥적으로 번역해주는 쥘리앵의 말솜씨가 후작을 즐겁게 했다.

어느 날 후작은 쥘리앵을 더러 성가시게 만드는 과도하게 공손한 말투로 이렇게 말했다.

"소렐 군, 내 푸른색 옷을 자네에게 한 벌 선사하고 싶은데 받아주지 않겠나? 마음이 내킬 때 그 옷을 입고 때로 내게 와준다면 자네를 레츠 백작의 동생으로 맞이하겠네. 말하자면 내 친구 모(某) 공작의 아들이 되는 거지."

쥘리앵은 무슨 영문인지 알 수가 없었지만 그날 밤 푸른 옷을 입고 후작을 방문했다. 후작은 그를 대등하게 대우해주었다. 쥘리앵은 진정으로 정중함을 느꼈으나 미묘한 뉘앙스까지 눈치채기는 어려웠다. 후작의 이런 변덕스러운 태도를 접하기 전까지 쥘리앵은 그에게 이처럼 정중한 대우를 받는다는 상상은 하지 못했던 것이다.

'참으로 놀랄 만한 재주를 가진 사람이구나.' 쥘리앵은 생각했다. 돌아가려고 자리에서 일어나자 후작은 통풍 때문에 전송할 수가 없다고 사과했던 것이다.

야릇한 생각 하나가 쥘리앵의 머릿속을 떠나지 않았다. '혹시 나를 놀리는 것인가?' 쥘리앵은 생각했다. 그리고 피라르 사제에게 충고를 구하러 갔다. 사제는 후작만큼 정중한 사람도 아니었고 대답 대신

---

* 로마의 역사가(BC 59~AD 17). 『로마 건국사』를 집필했다.

에 휘파람을 불고 나서 다른 얘기를 꺼냈다. 다음날 아침 쥘리앵은 검은 옷을 입고 서류가방과 서명을 받아야 할 편지를 들고 후작에게 갔다. 후작은 종전 방식 그대로 그를 맞이했다. 저녁에 푸른색 양복을 입고 갔을 때 그의 말투는 아주 달랐다. 전날과 똑같이 정중했다.

"자네는 친절하게도 병든 노인에게 문안을 와주었고, 그것이 그리 갑갑하지는 않은 듯하군."

후작이 말했다.

"그러니 자네 신상 얘기를 하나도 빼놓지 않고 해주지 않겠나? 솔직하게, 그리고 명쾌하고 재미있게 얘기하는 것에만 신경을 써주기 바라네. 왜냐하면 삶을 즐겨야 하니까."

후작이 말을 이었다.

"인생에서 정말 확실한 것은 이것뿐이야. 그 누구도 매일의 싸움에서 나를 구해줄 수 없을 거야. 매일 백만금을 선물로 줄 수는 있어도 말이야. 만약 여기 내 소파 옆에 리바롤*이 앉아 있다면 매일 한 시간씩은 고통과 따분함에서 나를 구해줄 텐데. 그와는 망명했을 때 함부르크에서 무척 가까이 지냈지."

그리고 후작은 리바롤의 재담을 이해하려고 함부르크 사람들과 넷이서 머리를 짜냈던 일화를 쥘리앵에게 들려주었다.

라 몰 후작은 이즈음 이야기 상대가 이 어린 성직자뿐이었으므로 그를 즐겁게 해주려고 했다. 그는 쥘리앵의 자존심을 북돋우며 사실을 털어놓도록 요청했고, 쥘리앵은 모든 것을 말할 결심을 했다. 다만

---

* 프랑스의 작가.

두 가지에 대해서는 입을 다물 작정이었다. 후작이 불쾌하게 여기는 인물에 대한 열광적인 숭배와 미래의 사제에게는 어울리지 않는 철저한 불신앙 말이다. 보부아지 기사와의 사소한 사건은 다시없이 어울리는 화제였다. 생 토노레 거리의 카페에서 마부가 그에게 거친 욕설을 퍼붓던 장면에서 후작은 너무 웃어 눈물이 날 지경이었다. 주인과 고용인이 완전히 마음을 터놓고 이야기를 나누는 시간이었다.

라 몰 후작은 쥘리앵의 남다른 성격에 흥미를 느꼈다. 처음에는 즐거운 흥밋거리로 삼을 작정으로 쥘리앵의 익살에 호의를 보였지만, 이내 이 청년의 잘못된 관념을 아주 부드럽게 고쳐주는 데 한층 더 관심을 갖게 되었다. 후작은 이렇게 생각했다. '다른 시골뜨기들은 파리에 오게 되면 모든 것에 감탄하게 마련인데, 이 청년은 모든 것을 증오하고 있군. 다른 사람들은 허세를 부리지만 이 청년은 그렇지도 않거든. 바보들이 오히려 이 청년을 바보라고 여긴단 말이야.'

통풍 발작은 그 겨울 혹독한 추위로 인해 몇 달 동안이나 지속되었다.

'세상에는 훌륭한 스패니얼 개에게 애착을 느끼는 사람도 있다.' 후작은 생각했다. '그러니 내가 이 젊은 신학생에게 애착을 갖는다 해서 창피할 게 뭔가? 게다가 이 청년은 독창성이 있다. 친아들처럼 여겨도 뭐 어떻겠는가. 이런 변덕이 계속된다면 그에게 오백 루이짜리 다이아몬드를 준다고 유서에 써넣을지도 몰라.'

후작은 자기가 관심을 가지는 청년의 꿋꿋한 성격을 일단 이해하게 되자 매일 무엇인가 새로운 일을 그에게 맡겼다.

쥘리앵은 이 대귀족이 툭하면 동일한 문제에 대하여 아주 모순되는 결재를 하는 것을 보고 깜짝 놀랐다.

이러다가는 심각한 일에 말려들지도 모를 일이었다. 쥘리앵은 후작과 일을 할 때 후작의 결재사항을 적어놓은 장부를 지참하여 간략한 서명을 받기로 했다. 쥘리앵은 서기를 한 사람 고용했는데, 그가 특별한 장부에 용건별로 결재사항을 옮겨쓰게 되었다. 그 장부에는 또한 모든 편지를 다 베껴놓았다.

이런 생각은 처음에는 더없이 우스꽝스럽고 따분한 것으로 여겨졌다. 그러나 두 달이 안 되어 후작은 그 이점을 깨달았다. 쥘리앵은 은행 출신 서기를 한 명 고용해서 그 서기에게 자신이 관리를 담당하고 있는 여러 영지의 모든 수입과 지출을 복식부기 형식으로 장부에 기재하게 하면 어떻겠냐고 후작에게 제의했다.

이 방식으로 후작은 자기 사업을 일목요연하게 알 수 있었고, 횡령을 일삼았던 명의인의 도움 없이도 두세 군데에 새로운 투기를 할 수 있게 되어 기뻤다.

"자네 몫으로 삼천 프랑을 받아두게."

어느 날 후작이 젊은 비서에게 말했다.

"후작님, 그렇게 되면 제가 하는 방식이 비난을 받을지도 모릅니다."

"그러면 어떻게 하면 좋겠나?"

후작은 기분이 상해서 되받았다.

"결재를 받은 것으로 하고 손수 장부에 기입해주시면 안 되겠습니까? 그렇게 해주시면 삼천 프랑을 받겠습니다. 이런 출납법은 피라르 신부님이 생각해내신 겁니다."

후작은 푸아송 집사의 회계보고를 듣는 몽카드 후작같이 갑갑해하는 기색으로 결재했다.

쥘리앵은 밤이 되어 푸른색 옷을 입고 나타났을 때는 절대로 일에 대한 얘기를 입 밖에 꺼내지 않았다. 후작의 친절은 언제나 상처받기 쉬운 우리 주인공의 자존심을 아주 흡족하게 해주었으므로, 이윽고 그는 본의 아니게 이 상냥한 노인에게 일종의 애착을 느끼게 되었다. 쥘리앵은 파리에서 흔히 말하는 의미로 감수성이 예민한 것은 아니었다. 그러나 그도 인정머리 없는 사람은 아니었으며, 그 늙은 군의관이 죽은 뒤 이렇게 다정하게 이야기해준 사람이 하나도 없었던 것이다. 후작이 그가 자존심 상하지 않도록 여러 모로 예의를 갖춰 배려해주는 것을 쥘리앵은 놀라서 지켜보았다. 그것은 늙은 군의관에게서도 결코 볼 수 없었던 일이었다. 쥘리앵은 후작이 청색훈장을 자랑스러워하는 이상으로 군의관이 십자훈장에 자부심을 느꼈다는 사실을 마침내 깨달았다. 후작의 아버지는 대귀족이었다.

어느 날 검은 옷을 입고 업무에 관련한 아침 면담을 끝낸 뒤 쥘리앵이 후작에게 재미있는 얘기를 해주었다. 후작은 두 시간 동안이나 그를 붙들어놓은 끝에 그의 중개인이 방금 증권거래소에서 가지고 온 지폐 몇 장을 쥘리앵에게 한사코 주려 했다.

"후작님, 제가 후작님께 품고 있는 깊은 존경심을 뿌리치지 않으시기를 바라면서 한 말씀 드리고 싶습니다."

"말해보게."

"이 선물을 정중하게 사양하고 싶습니다. 이런 것은 검은 옷을 입은 사람이 받을 만한 것이 아닙니다. 이것을 받으면 후작님께서 푸른 옷을 입은 사람에게 친절하게도 베풀어주신 유쾌한 관계를 완전히 망쳐버릴까봐 걱정됩니다."

쥘리앵은 공손히 인사하고는 뒤도 돌아보지 않고 나갔다.

이런 태도가 후작을 즐겁게 했다. 후작은 저녁때 그 일을 피라르 사제에게 얘기했다.

"마침내 한 가지 사실을 고백해야겠군요. 신부님, 나는 쥘리앵의 태생을 알고 있습니다. 이 일에 대해서는 비밀을 지키지 않으셔도 됩니다."

'오늘 아침 소렐의 태도는 의젓했어. 내가 그를 귀족으로 만들어줘야지.'

후작은 생각했다.

얼마 후, 후작은 마침내 외출할 수 있을 만큼 회복했다.

"두 달 동안 런던에 있다 오게. 특별우편이나 다른 방법으로 내가 받은 편지에 몇 자 적어서 자네에게 보내도록 하겠네. 자네는 답장을 써서 그 편지 속에 본래의 편지를 넣어 반송해주게. 답장은 평소보다 닷새 정도 늦어질 거야."

후작이 쥘리앵에게 말했다.

칼레로 가는 길을 우편마차를 타고 달리면서 쥘리앵은 자기를 일부러 런던으로 보내는 이른바 그 용건이라는 것이 얼마나 하찮은지에 대해 놀라워했다.

쥘리앵이 얼마만 한 증오와 거의 혐오에 가까운 감정을 품고 영국 땅을 밟았는가에 대해서는 이야기하지 않겠다. 보나파르트에 대한 그의 열광적인 숭배는 이미 잘 아는 터이다. 어떤 장교를 만나도 그에게는 허드슨 로* 경으로 보였고, 대귀족들은 모두 세인트헬레나 섬에서 비열한 행위를 하도록 명령하고 그 보상으로 십 년간 대신 자리에 앉았던 배서스트 경으로 보였던 것이다.

런던에서 그는 마침내 도도하게 거드름 피우는 요령을 알 수 있었다. 러시아 청년귀족들과 사귀는 동안에 그들이 깨우쳐준 것이다.

"당신은 특이한 운명을 타고난 사람입니다, 소렐 씨."

그들이 말했다.

"당신은 냉정하면서도 일상의 감정을 훨씬 넘어서는 풍모를 선천적으로 가지고 있습니다. 우리도 어떻게든 애써 추구하고는 있습니다만."

"당신은 당신의 시대를 잘 이해하지 못하는군요."

코라소프 공이라는 사람이 말했다.

"'항상 남이 기대하는 것과 정반대로 행동하라.' 이것이 바로 이 시대의 유일한 종교입니다. 열광해서도 안 되고 거짓으로 꾸며도 안 됩니다. 그러지 않으면 사람들이 늘 당신에게 열광과 허식을 기대하게 되기 때문입니다. 그리고 지금 이 교훈을 이행하지 못하게 되지요."

어느 날 쥘리앵은 코라소프 공과 함께 그를 만찬에 초대한 피즈 폴케 공작의 살롱에서 영광을 한 몸에 받았다. 모두들 한 시간이나 기다리던 참이었다. 기다리고 있던 스무 명 정도의 사람들 속에서 쥘리앵이 처신한 방법은 아직도 런던 대사관의 젊은 서기관들 사이에 화제가 되고 있다. 그의 표정은 참으로 훌륭했다.

---

* 영국의 장군. 세인트헬레나 총독에 임명되어 나폴레옹을 감시했다.

쥘리앵은 댄디 친구들의 반대에도 불구하고 로크 이후 영국의 유일한 철학자라고 할 만한 유명한 필립 베인을 만나보려 했다. 베인은 칠년째 감옥생활을 하는 참이었다. 이 나라의 귀족계급은 근엄하구나, 하고 쥘리앵은 생각했다. 게다가 베인은 모욕과 중상 모략 등을 당하고 있지 않은가.

만나보니 베인은 활달한 사람이었다. 그는 귀족계급에 대한 분노를 터뜨리며 따분함을 씻어내고 있었다. 감옥을 나서면서 쥘리앵은 생각했다. '이 사람이야말로 내가 영국에서 본 단 한 명의 쾌활한 사나이다.'

베인은 쥘리앵에게 이런 말을 했다. "전제군주에게 가장 필요한 관념은 신(神)에 대한 관념이오."

그의 사상의 나머지 부분은 견유학파적인 것으로, 여기서는 말하지 않기로 하겠다.

"자네 영국에서 무슨 재미있는 생각이라도 가져왔나?"

영국에서 돌아오자 라 몰 씨가 물었다. 쥘리앵은 입을 다물었다.

"그래, 어떤 생각을 가져왔나? 재미있는 생각인가, 재미 없는 생각인가?"

후작이 힘차게 되풀이해 물었다.

"첫째로……"

쥘리앵이 말을 시작했다.

"아무리 현명한 영국인이라도 하루에 한 시간은 미쳐버립니다. 자살이라는 악마가 따라붙습니다. 그것이 그 나라의 신입니다.

둘째로, 영국 땅을 밟으면 인간의 정신과 재능은 그 가치의 이십오

퍼센트를 잃어버리고 맙니다.

셋째로, 이 세상에서 영국만큼 경치가 아름답고 감탄할 만하며 마음을 끄는 곳은 없을 것입니다."

"이번에는 내가 말할 차례야."

후작이 말했다.

"첫째, 왜 자네는 러시아 대사관 무도회에 가서 프랑스에는 전쟁을 열렬히 원하는 스물다섯 살 정도의 젊은 청년이 삼십만 명 있다고 말했나? 그 얘기가 여러 나라 왕들에게 반가울 거라고 생각했나?"

"우리나라의 훌륭한 외교관들과 얘기를 나눌 때 어떻게 해야 좋을지 알 수가 없어서였습니다."

쥘리앵이 대답했다.

"그들은 진지한 토론으로 이야기를 시작하는 버릇이 있습니다. 그때 신문에 나오는 상투적인 얘기만 하면 바보 취급하고, 진실하고 새로운 얘기를 서슴지 않고 하면 놀라서 무슨 대답을 해야 할지 모릅니다. 그리고 다음날 아침 일곱시면 대사관의 일등 서기관을 보내 어젯밤에는 부적절했다는 말을 전합니다."

"나쁘지 않군."

후작이 웃으며 말했다.

"그런데 말일세, 생각이 깊으신 분인 자네도 영국에 갔던 목적은 짐작하지 못했겠지?"

"죄송합니다만,"

쥘리앵이 대꾸했다.

"저는 일주일에 한 번 주영 프랑스 대사 댁에 식사하러 갔지요. 대사는 세상에서 제일 예의 바른 분이었습니다."

"자네는 여기 이 훈장을 받으러 간 걸세. 자, 이게 바로 그 훈장이야."

후작이 쥘리앵에게 말했다.

"자네의 그 검은 옷을 벗게 할 생각은 없네만, 나는 푸른 옷을 입은 자네와 함께 지내는 좀더 유쾌한 분위기에 익숙해졌네. 내가 새로 어떤 명령을 내릴 때까지 이 훈장이 내 눈에 띌 때는 자네가 내 친구 레츠 공작의 막내아들임을 명심하도록 하게. 그는 물론 이런 사실을 모르고, 육 개월 전부터 외교계에서 활동하고 있네."

후작은 쥘리앵이 감사의 말을 하려는 것을 가로막으며 몹시 진지한 말투로 덧붙였다.

"그러나 내가 자네의 신분을 바꾸려 하지는 않는다는 사실을 유념하게. 그것은 보호자에게나 보호받는 쪽에나 항상 실수가 되고 불행이 되거든. 자네가 먼저 내 소송 일에 싫증이 나거나, 내가 자네를 못마땅하게 여기게 될 경우에는 내 친구 피라르 신부처럼 훌륭한 교구를 하나 주선해주지. 그러나 그것뿐일세."

후작은 아주 냉정한 말투로 이렇게 덧붙였다.

그 훈장은 쥘리앵의 자존심을 편안하게 해주었다. 말수도 훨씬 늘었다. 활기 띤 대화중에 누구나 주의가 느슨해져 정중하지 못한 말을 하게 되는 경우가 있는데, 그 경우 그런 말이 자기를 겨냥한 것이라고 여겨 모욕당했다는 생각도 덜 하게 되었다.

이 훈장 덕분에 쥘리앵은 묘한 방문을 받았다. 발르노 남작이 찾아온 것이다. 그는 이번에 남작 작위를 받은 것에 대해 대신들에게 인사하고 좀더 나은 교제를 트기 위하여 파리에 왔다. 발르노 씨는 레날 씨 대신에 베리에르 시장으로 임명될 예정이었다.

최근 레날 씨가 자코뱅파였음이 판명되었다는 발르노 씨의 말에 쥘리앵은 속으로 크게 웃었다. 사실은 이러했다. 새로 남작이 된 발르노는 머지않아 치를 재선거에서 왕당파인 현 선거인단이 미는 정부측 후보이고, 레날 시장은 자유주의자들의 지원을 받고 있다는 것이다.

쥘리앵은 레날 부인에 대해 무엇인가 알아보려 애썼으나 여의치 않았다. 남작은 두 사람이 예전에 연적관계였던 것을 잊지 않고 있는 듯 얘기를 일체 해주지 않았다. 마침내 그는 곧 있을 선거에서 쥘리앵 아버지의 표를 부탁하기에 이르렀다. 쥘리앵은 편지를 쓰겠노라고 했다.

"저를 라 몰 후작님께 소개해주는 것이 어떠실지요, 기사님."

발르노가 말했다.

'사실 소개를 해줘야겠지.'

쥘리앵은 생각했다.

'하지만 이런 악당을!……'

"사실 저는 라 몰 저택에서 아주 말단이므로 소개 같은 것을 할 처지가 못 됩니다."

쥘리앵이 대답했다.

쥘리앵은 무엇이든 후작에게 말하고 있었다. 그날 밤 쥘리앵은 발르노의 요구며 1814년 이래 그의 행적에 대해 후작에게 자세히 얘기했다.

"내일 그 새 남작을 소개하게."

후작은 매우 진지한 어조로 말했다.

"아니, 그뿐만 아니라 모레 만찬에 초대하기로 하지. 그는 우리의 신임 도지사 중 하나가 될 테니까."

"그렇다면 빈민수용소장 직위를 저의 아버지에게 주시도록 부탁드립니다."

쥘리앵이 냉정하게 대꾸했다.

"좋아, 들어주겠네."

후작은 다시 명랑한 태도로 돌아와 말했다.

"난 또 자네의 설교를 듣게 되나 했지. 자네도 단련이 되어가는군 그래."

발르노 씨는 쥘리앵에게 베리에르 복권판매소장이 죽었다고 알려주었다. 쥘리앵은 그 자리를 숄랭 씨에게 주는 것도 재미있으리라 생각했다. 숄랭 씨는 전에 쥘리앵이 그가 쓴 청원서를 라 몰 후작이 들렀던 방에서 주워 읽어본 일이 있는 그 바보 같은 늙은이다. 쥘리앵이 재무대신 앞으로 그 자리를 부탁하는 편지를 쓰고 후작이 서명할 때 쥘리앵이 그 청원서 내용을 암송하자 후작은 허리를 잡고 웃어댔다.

숄랭이 임명되자마자 쥘리앵은 현에서 선출한 의원들이 유명한 측량기사 그로 씨를 위해서 그 직위를 부탁했다는 것을 알았다. 인품이 높은 그로 씨는 자신의 연수입이 1400프랑밖에 안 되는데도 죽은 복권판매소장에게 해마다 600프랑씩 빌려주어 가족 부양을 도왔다는 것이다.

쥘리앵은 자기가 저지른 짓에 놀라움을 금치 못했다. 그는 '이런 일은 아무것도 아니야'라고 생각했다. '출세를 바란다면 앞으로 더한 부정도 거듭해야 할 텐데 말이야. 게다가 이런 감상적이고 허울 좋은 말들을 늘어놓아 그 부정을 숨기는 재주도 익혀둬야 할 거야. 딱한 그로 씨! 당신이야말로 훈장을 탈 자격이 있는데 내가 받았군요. 아무튼 나는 훈장을 준 정부의 방침대로 행동해야만 해.'

8장 눈에 띄는 장식이란 무엇인가?

네 물은 내 원기를 회복시키지 못하는구나.
목마른 요정이 말했다.
─그렇지만 디아르 베키르 전체에서
이것이 제일 차가운 샘물이지요.
─펠리코

어느 날 쥘리앵은 센 강변에 있는 아름다운 빌키에 영지에서 돌아왔다. 그곳은 후작이 특별히 관심을 기울여 보살피는 땅이었다. 그의 모든 영지 가운데 유명한 보니파스 드 라 몰로부터 물려받은 영지였기 때문이다. 저택에는 후작부인과 딸이 이에르에서 돌아와 있었다.

쥘리앵은 이제 댄디가 되었고 파리에서 살아가는 법을 터득하고 있었다. 그는 라 몰 양에게 아주 냉정한 태도를 취했다. 말에서 떨어질 때의 세부 사정을 그녀가 쾌활하게 물어보던 시절의 기억은 전혀 간직하고 있지 않은 듯했다.

라 몰 양이 보기에 쥘리앵은 키가 더 컸고 얼굴은 더 창백해진 듯했다. 그의 몸매와 거동에서는 더이상 시골티가 나지 않았지만, 말투만은 그렇지 못했다. 아직도 너무 심각하고 무엇을 명확히 말하는 티가 두드러졌다. 하지만 이런 합리적인 특성에도 불구하고 자존심 덕분에 그의 말투에는 아랫사람 같은 비굴함이 전혀 없었다. 다만 그가 아직도 너무 많은 사실들을 중대하게 여기고 있다는 것을 느낄 수 있었다. 하지만 그가 자신이 한 말을 지켜내는 사람이라는 것은 알 수 있었다.

"그 사람은 말이에요, 경쾌하지는 못하지만 재치는 있어요."

쥘리앵에게 훈장을 준 것에 대해 빈정거리면서 라 몰 양은 자기 아버지에게 이렇게 말했다.

"오빠가 일 년 반 전부터 아버지에게 훈장을 달라고 했잖아요. 오빠는 라 몰 집안 사람인데!"

"그건 그렇다. 하지만 쥘리앵에게는 예측 못 할 그 무엇이 있어. 그건 네가 말하는 라 몰 집안 사람에게선 결코 기대할 수 없는 점이야."

레츠 공작이 왔다고 알리는 소리가 들려왔다.

마틸드는 하품이 터져나오는 것을 억누를 수 없었다. 아버지 살롱의 금빛으로 번쩍이는 고색창연한 가구들과 변함 없이 모여드는 낯익은 사람들이 생각났다. 그녀는 파리에서 다시 시작하려는 따분하기 짝이 없는 생활을 머리에 떠올렸다. 하지만 이에르에 있을 때는 파리 생활이 그리웠다.

하지만 나는 열아홉 살이 되었잖아! 그녀는 생각했다. 저 금테 두른 바보들은 모두 열아홉은 행복한 나이라고 말하고 있어. 그녀는 프로방스 지방에 여행을 다녀오는 동안 살롱 탁자 위에 쌓인 새로 나온 시집 여남은 권을 바라보았다. 불행하게도 그녀는 크루아즈누아 씨, 켈뤼스 씨, 뤼즈 씨, 그 밖의 다른 친구들보다 머리가 좋았다. 프로방스 지방의 아름다운 하늘, 시(詩), 프랑스 남부 지방 등등에 대해 그들이 뭐라고 말할지 그녀는 모두 상상할 수 있었다.

더없이 깊은 권태, 그리고 즐거움을 찾을 수 없는 절망이 깃든 그녀의 그 아름다운 눈이 쥘리앵에게서 멈추었다. 적어도 이 남자는 다른 사람과 똑같지는 않았다.

"소렐 씨, 오늘 저녁 레츠 씨 댁 무도회에 가시나요?"

그녀는 상류사회의 젊은 여인들이 쓰곤 하는 전혀 여성답지 않은 짧고 강한 목소리로 물었다.

"아가씨, 공작님께 소개받는 영광을 저는 누리지 못했습니다."(자존심 강한 이 시골뜨기는 이 말과 이 호칭을 제대로 발음하지 못했을 것이다.)

"그분은 오빠에게 당신을 데려오라고 부탁했어요. 거기 오면 빌키에 영지에 관한 자세한 얘기를 좀 들려주세요. 봄에 거기 갈지도 모른다고 하더군요. 성관은 머무를 수 있는 곳인지, 주변이 사람들 말처럼 그렇게 아름다운지도 알고 싶어요. 얼토당토않은 소문이 많잖아요!"

쥘리앵은 대답하지 않았다.

"오빠와 함께 무도회에 오세요."

그녀는 매우 냉담한 어조로 이렇게 덧붙였다.

쥘리앵은 공손하게 인사했다. 이렇게 무도회에서까지도 이 집안의 모든 식구를 위해 일을 해야 하는구나. 하기야 나는 일하려고 고용되어 급료를 받고 있지 않은가? 그는 불쾌한 기분으로 생각을 계속했다. 내가 아가씨에게 우연히 한 말이 그녀의 부모나 오빠가 계획한 것에 방해가 될지 알 게 뭐야! 이건 꼭 군림하는 군주의 궁정 그대로군! 이곳에선 완전히 바보 같은 인간으로 살아야 하고 또 누구에게서도 불평을 들어서는 안 되는구나.

저 귀족 처녀, 어쩌면 이리도 마음에 들지 않을까! 후작부인에게 걸어가는 라 몰 양을 바라보면서 그는 생각했다. 후작부인은 몇몇 친구에게 딸을 소개하려고 했다. 저 여자는 유행을 온통 과장하고 있어. 옷은 어깨 밑으로 늘어지고…… 여행 전보다 얼굴이 더 창백하네…… 금발이 지나쳐서 머리칼이 해쓱해 보이는군! 햇빛이 속으로 스며들었다고나 할까!…… 저 인사하는 태도며 눈초리, 거만하구나! 여왕이라도 된 것 같은 거동이야!

라 몰 양은 막 살롱을 떠나려는 자기 오빠를 불러 뭔가 속삭였다.

노르베르 백작이 쥘리앵에게 다가왔다.

"소렐 씨, 레츠 씨 댁의 무도회에 같이 가려면 자정에 어디서 만나면 좋겠습니까? 그분이 당신을 거명하며 데려오라고 내게 부탁했어요."

"분에 넘치는 친절 고맙습니다."

쥘리앵은 땅에 닿도록 절을 하며 대답했다.

쥘리앵은 불쾌했지만 노르베르가 보여준 정중하고 호의마저 엿보이는 말투에 거절할 이유를 찾지 못하고서 그 친절한 제안에 답했던 것이다. 하지만 자기 대답이 뭔가 비굴하게 느껴졌다.

밤에 무도회에 도착해서 그는 레츠 저택의 호화로움에 놀라고 말았다. 입구의 마당에 황금빛 별을 장식한 거대한 진홍빛 비단 천막이 쳐져 있었다. 그보다 더 우아할 수는 없었다. 천막 아래에는 오렌지 나무와 꽃이 활짝 핀 협죽도 숲을 꾸며놓았다. 화분을 정성스럽게 땅속 깊이 묻어놓아서, 협죽도와 오렌지 나무가 땅에서 자라난 것처럼 보였다. 마차가 왕래하는 길에는 모래가 깔려 있었다.

우리 시골뜨기의 눈에는 이 모든 광경이 굉장하게 보였다. 이렇게 호화로운 장관은 생각도 못 했다. 감동한 그의 상상력은 순식간에 불쾌했던 기분을 벗어나 멀리 날아오르고 있었다. 무도회로 오는 마차 안에서 노르베르는 기분이 좋았지만 쥘리앵은 모든 게 우울했다. 그러나 마당에 들어서자마자 그들의 입장은 바뀌었다.

노르베르는 그토록 호화롭게 꾸민 가운데서도 손이 덜 간 몇 군데 세부에만 신경이 쓰였다. 그는 각각의 항목에 소요된 비용을 어림잡아보았다. 그리고 비용 총액이 올라감에 따라 거의 시기심에 가까운 표정으로 버럭 화를 낼 것 같은 모습을 했다.

반면 쥘리앵은 매료당하여 감탄을 연발했으며, 사람들이 춤추고 있는 첫째 살롱에 이르렀을 때는 흥분한 나머지 거의 두렵기까지 했다. 사람들이 둘째 살롱 문으로 몰려들었다. 사람이 너무 많아 그는 앞으로 나아갈 수가 없었다. 둘째 살롱의 장식은 그라나다의 알함브라 궁전을 보여주고 있었다.

"저 여자가 무도회의 여왕이군. 누구나 동감할걸."

어깨를 쥘리앵의 가슴에 들이대며 들어오던 콧수염을 기른 청년이 말했다.

"겨울 내내 제일 예뻤던 푸르몽 양도 이젠 두번째로 떨어진 것을 깨닫겠지. 저 여자의 특출한 모습 좀 보게나."

옆에 있던 사람이 대답했다.

"정말이지 사람들 마음을 끌어보려고 돛을 전부 올려놨군. 저것 보게. 카드리유 춤을 혼자 출 때의 저 멋있는 미소 좀 보라고. 참으로 기막혀."

"라 몰 양은 자신의 승리를 너무나 잘 알면서도 그 기쁨을 억제하고 있는 듯해. 자기에게 말을 걸어오는 상대방이 마음에 들어할까봐 두려워하는 것 같군."

"정말 맞는 말이야! 유혹의 기술이란 바로 그런 거지."

쥘리앵은 그 매혹적인 여인의 모습을 보려고 애썼지만 여의치 않았다. 그보다 키가 큰 일고여덟 명의 남자가 그를 막아버렸던 것이다.

"저토록 고상한 자태 속에 교태가 많이 보이는걸."

콧수염을 기른 청년이 다시 말했다.

"저 커다랗고 푸른 눈 말이야. 본심을 드러내는가 하면 어느새 살며시 내리깐단 말이지. 참 사람 죽이는군."

옆사람이 대꾸했다.

"아름다운 푸르몽 양도 저 여자 옆에서는 평범해 보이지 않나."

세번째 사람이 말했다.

"저 절도 있는 몸짓은 '당신이 내게 어울리는 남자라면 얼마든지 다정하게 대해드리죠'라는 뜻일 거야."

"그런데 누가 저 고상한 마틸드에게 어울릴까?"

첫번째 남자의 말이었다.

"잘생기고 재치 있고 늘씬한 어느 군주거나 아니면 기껏해야 스무살쯤 되는 전쟁영웅일까?"

"러시아 황제의 사생아가 어울릴지도 몰라…… 결혼을 하면서 군주의 권한을 행사할 그런 인물…… 아니면 그냥 옷만 잘 차려입은 농부 같은 분위기의 탈레르 백작 정도……"

문이 트여 쥘리앵은 안으로 들어갈 수 있었다.

이런 꼭두각시들의 눈에 그토록 뛰어나 보인다면, 나도 한번 그 여자를 살펴볼 가치가 있을 거야. 쥘리앵은 생각했다. 저 사람들에게 그렇게 완벽하게 보이는 이유를 나도 깨달을 수 있겠지.

그가 그녀를 눈으로 따라가고 있을 때 그녀가 그를 바라보았다. 내 의무를 수행해야지, 하고 쥘리앵은 중얼거렸다. 그의 불쾌한 기분은 이미 사라졌다. 사실 그의 자존심에 별로 흡족한 행동은 아니었지만 그는 어깨를 환히 노출한 마틸드의 옷으로 인한 쾌감과 호기심으로 인해 앞으로 다가섰다. 과연 그녀의 아름다움에는 젊음이 빛나는구나. 쥘리앵은 생각했다. 대여섯 명의 사람들이 쥘리앵과 마틸드 사이에 끼어 있었는데, 그중에는 문간에서 얘기를 나누던 젊은이들도 있었다.

"당신은 겨울 내내 이곳에 있었죠? 오늘밤 무도회가 이번 계절 중 가장 아름답지 않은가요?"

그녀가 쥘리앵에게 이렇게 물었지만 쥘리앵은 대답하지 않았다.

"쿨롱*의 이 카드리유 무용곡은 훌륭한 것 같아요. 그리고 저 부인들의 춤 솜씨는 완벽하고요."

청년들은 마틸드가 그처럼 애쓰며 말을 시키려는 행복한 남자가 누구인지 보려고 뒤를 돌아보았다. 마틸드는 흥이 나지 않았다.

"저는 그런 걸 판단할 줄 모릅니다, 아가씨. 글씨만 쓰면서 살고 있으니까요. 이런 호화찬란한 무도회는 처음 봅니다."

---

* 프랑스의 무용가. 1808년에서 1830년까지 파리 오페라 극장의 무용 교사를 지냈다.

콧수염을 기른 청년들은 한심스러워했다.

"소렐 씨, 당신은 현명하잖아요."

그녀는 더 뚜렷이 관심을 나타내며 말을 이었다.

"당신은 이런 무도회며 향연을 장 자크 루소 같은 철학자의 눈으로 볼 거예요. 이런 어리석은 소동은 당신의 마음을 끌지 못하고 놀라게만 하겠죠."

이 한마디가 쥘리앵의 상상을 없애버리고 그의 마음에서 모든 환상을 쫓아내버렸다. 그는 아마도 입가에 다소 과장된 경멸의 표정을 보였을 것이다.

"제가 보기에 장 자크 루소가 상류사회를 판단하려 했을 때 그는 바보일 뿐이었습니다. 그는 상류사회를 이해하지 못했고, 벼락출세한 하인 같은 마음으로 상류사회를 보았습니다."

"하지만 그는 『사회계약론』을 썼잖아요."

마틸드가 존경 어린 말투로 대답했다.

"그 벼락출세자는 공화제와 군주제 전복을 전파하면서도 어떤 공작이 친구를 전송하기 위해 식사 후 산책 코스를 변경했다고 기뻐서 어쩔 줄 몰라했지요."

"아, 그래요! 몽모랑시의 뤽상부르 공작이 쿠앵데 씨라는 사람을 파리 쪽으로 배웅했다는 얘기 말이군요……"

라 몰 양은 처음으로 유식한 체할 수 있게 된 것이 기뻐 이렇게 대답했다. 자기 학식에 취한 그녀의 모습은 마치 페레트리우스 왕의 존재를 발견한 아카데미 회원과 같았다. 그러나 쥘리앵의 눈매는 여전히 꿰뚫어보는 듯 날카로웠다. 마틸드는 일순간 감격했지만 상대방의 냉랭함에 매우 난처해졌다. 평소 그녀 쪽에서 다른 사람들에게 그런 효과를 거두었으므로 놀라움은 한층 더 클 수밖에 없었다.

그때 크루아즈누아 후작이 급히 라 몰 양 쪽으로 다가왔다. 그는 사람들이 몰려 있어서 뚫고 들어오지 못한 채 서너 걸음 떨어진 곳에 잠시 멈춰 서 있었다. 그는 장애물에 가로막힌 채 미소를 지으며 그녀를 바라보았다. 젊은 루브레 후작부인이 그의 옆에 있었는데, 그녀는 마틸드의 사촌이었다. 그녀는 결혼한 지 이 주일밖에 안 된 자기 남편과 팔짱을 끼고 있었다. 루브레 후작은 아주 젊은 사람이었는데, 오로지 공증인들의 주선으로 이루어지는 타산적인 결혼을 하고 난 후 아내가 뛰어난 미인인 것을 알게 된 남자처럼 아내에게 온통 어리석은 사랑을 품고 있었다. 루브레 씨는 매우 나이가 많은 숙부가 죽은 뒤에 공작이 될 예정이었다.

크루아즈누아 후작이 몰려 있는 사람들을 헤치고 들어올 수 없어서 웃는 얼굴로 마틸드를 바라보는 동안 그녀의 커다란 하늘빛 눈이 그와 그의 주위 사람들에게 멈추었다. 그녀는 생각했다. 어쩌면 이렇게 속 빈 사람들만 모여 있는지 몰라! 저기 있는 크루아즈누아는 나와 결혼할 작정이겠지. 그는 온화하고 정중하며, 태도만 해도 루브레 씨와 마찬가지로 완벽하지. 권태를 주는 것 말고는 저 신사들은 무척 상냥한 사람들이야. 크루아즈누아도 저렇게 편협하고 만족한 태도로 무도회에 나를 따라오겠지. 결혼 후 일 년이면 내 마차와 말들, 옷이라든가 파리에서 팔십 킬로미터 되는 곳의 성이라든가, 이 모든 것이 더할 나위 없이 좋아질 거야. 예를 들어 루아빌 백작부인같이 벼락출세한 여자가 죽도록 부러워할 수도 있겠지. 하지만 그 뒤에는 도대체 어떻게 될까?……

　마틸드는 그런 기대에는 싫증이 나 있었다. 크루아즈누아 후작이 그녀에게 다가와서 말을 걸었지만 그녀는 그의 얘기를 듣지 않고 몽상에 잠겨 있었다. 그의 말소리가 그녀에게는 무도회의 소음과 섞여 들려올 뿐이었다. 그녀는 기계적으로 쥘리앵을 눈으로 뒤쫓았다. 쥘리앵은 공손하지만 오만하고 불만스러운 태도로 그녀에게서 떠나갔다. 와글거리는 사람들의 무리와 떨어져 구석에 서 있는 알타미라 백작을 그녀는 알아보았다. 독자께서도 이미 아시다시피, 그는 자기 나라에서 사형 선고를 받았다. 그의 선조 되는 여자가 루이 14세 시대에 콩티 가문의 왕자와 결혼한 적이 있었다. 이런 인연으로 그는 수도회 치안조직으로부터 얼마간 보호받을 수 있게 된 것이다.

　남자를 두드러지게 하는 건 사형 선고뿐이야. 마틸드는 생각했다. 그것만이 돈으로 살 수 없는 유일한 것이지.

　아! 지금 내가 한 이 말은 참으로 명언이야! 이 명언을 사람들 앞에서 얘기해서 명성을 얻지 못한 것이 참으로 유감이야! 마틸드는 대화 속에 미리 생각해두었던 명구를 끌어오는 취미에 빠져 있었다. 허영심이 지나치게 많은 그녀는 자기 스스로도 그런 일에 매료되었다. 그녀의 따분해하는 기색이 즐거운 표정으로 바뀌었다. 줄곧 그녀에게 얘기를 걸고 있던 크루아즈누아 후작은 자기 얘기가 성공하리라는 예감을 하고는 점점 더 수다스럽게 떠들어댔다.

　아무리 심술궂은 사람이라도 나의 명구에 이의를 제기하지는 못하겠지? 마틸드는 생각했다. 비판하는 사람이 있으면 이렇게 대답하겠어. '남작, 자작 같은 칭호는 돈을 주고 살 수 있지요. 훈장, 그것도 탈 수 있는 것이에요. 제 오빠도 훈장을 받았어요. 그런데 오빠가 무슨 일을 했던가요? 지위, 그건 쉽게 얻을 수 있어요. 수비대에 십 년간 근무하거나 육군대신이 친척이면 노르베르처럼 기병 대위가 되지요. 막대한 재산!…… 이것은 조금 어렵겠군요. 그 결과 가치가 더 있기는 하죠. 이상하지요! 책에 쓰여 있는 것과는 정반대니까요…… 그렇죠! 재산을 얻으려면 로스차일드 씨의 딸과 결혼하면 되겠네요.'

정말 내 명구는 뜻이 깊어. 사형 선고야말로 유일하게 사람들이 청원할 생각을 하지 않는 것이니까.

"알타미라 백작을 아시는지요?" 그녀는 크루아즈누아 씨에게 물었다.

그녀는 무척 먼 곳으로부터 돌아오는 것 같은 기색이었고, 그 질문은 불쌍한 후작이 오 분 전부터 그녀에게 말하던 것과는 연관성이 거의 없어서 친절한 후작도 당황스러워지고 말았다. 그렇지만 그는 재치 있는 사람이었고 그런 점에서는 꽤나 이름이 나 있었다.

마틸드는 이상한 데가 있어. 그는 이렇게 생각했다. 그건 좀 불리한 점이기는 해도, 마틸드는 자기 남편에게 훌륭한 사회적 지위를 마련해줄 거란 말이야! 저 라 몰 후작이라는 사람은 어떤 인물인지 도통 모르겠어. 그 양반은 모든 당파의 유력인사들과 연계되어 있어. 몰락할 수가 없는 사람이야. 게다가 마틸드의 이상한 면은 천재 기질로 통할 수가 있거든. 지체 높은 가문과 많은 재산이 함께한다면 천재란 전혀 우스꽝스럽지 않은 법이지. 그렇다면 남의 눈에 띄게 되는 거야! 게다가 그럴 마음이 있다면 그녀는 재치 있고 성격 좋고 임기응변도 두루 갖추었으니 그 이상 바랄게 없지…… 두 가지 일을 동시에 하는 것은 힘든 노릇이었으므로 후작은 공허한 표정으로 마치 학과를 암송하듯 마틸드에게 이렇게 대답했다.

"저 딱한 알타미라를 모르는 사람이 있으려고요?"

그리고 우스꽝스럽고 당치않은 알타미라의 실패한 음모담을 마틸드에게 이야기해주었다.

"정말 터무니없군요!" 마틸드는 혼잣말을 하듯 이렇게 말했다.

"하지만 그분은 행동을 하셨네요. 남자다운 그분을 만나보고 싶어요. 그분 좀 제게 데려오세요."

그녀는 몹시 기분이 상한 후작에게 말했다.

알타미라 백작은 라 몰 양의 도도하고 거의 무례하다 할 만한 태도를 대놓고 찬미하는 사람 중 하나였다. 그에 따르면 라 몰 양은 파리에서 가장 아름다운 여인 중 하나라는 것이다.

"왕좌에 앉아 있는 그녀는 얼마나 아름다울까요?"

그는 크루아즈누아 씨에게 이렇게 한마디 하고는 고분고분하게 그의 뒤를 따라갔다.

음모만큼 잘못된 것은 없다는 것을 확증하려는 사람들도 세상에는 적지 않다. 그것은 급진 과격파의 냄새를 풍긴다는 것이다. 그런데 성공하지 못한 급진주의보다 더 추한 것이 또 어디 있을까.

마틸드의 시선은 크루아즈누아 씨와 함께 알타미라의 자유주의를 비웃고 있었다. 그러나 그녀는 알타미라의 말에 기꺼이 귀 기울였다.

무도회에 나타난 음모가라, 재미있는 대조가 되겠네. 그녀는 생각했다. 그녀는 수염을 기른 이 사람의 얼굴이 휴식을 취하고 있는 사자 같다고 생각했다. 그러나 그녀는 이내 이 사람의 정신에는 오직 한 가지 태도밖에는 없다는 것을 눈치챘다. 즉 공리주의, 유용성에 대한 찬미였다.

이 젊은 백작은 자기 나라에 양원제의 정부를 세워줄 수 있는 것을 제외하고는 어떤 것도 관심을 기울일 가치가 없다고 생각하고 있었다. 그는 무도회에서 가장 매혹적인 여인 곁을 기꺼이 떠났다. 페루의 장군 하나가 들어오는 것을 보았던 것이다.

유럽에 걸었던 희망이 가망 없어졌다고 생각한 알타미라는 남미 여러 나라가 강대해지면 미라보가 그 나라들에 보낸 자유를 유럽에 되돌려줄 수 있을 거라고 생각하기에 이르렀다.

콧수염을 기른 젊은이들 한 무리가 마틸드에게 다가갔다. 마틸드는 알타미라가 자기에게 매료되지 않은 것을 알고 있었고 그가 가버린 것에 언짢아했다. 페루의 장군과 이야기를 나누는 알타미라의 검은 눈이 빛나는 것이 보였다. 라 몰 양은 어떤 경쟁자도 흉내낼 수 없는 깊고 진지한 표정으로 프랑스 청년들을 바라보았다. 모든 유리한 기회가 다 주어진다 해도 이 청년들 중에 그 누가 사형 선고를 받을 만한 모험을 할 수 있을까? 그녀는 이렇게 생각했다.

이런 생각에 잠긴 그녀의 묘한 눈초리를 보고 별로 눈치 없는 무리는 흐뭇해했지만 다른 청년들은 불안했다. 무슨 신랄한 말이 튀어나와 대답하기가 옹색해질까 두려웠던 것이다.

좋은 가문에서 태어나는 것은 많은 자질을 부여해주지. 그런 자질이 없으면 나는 마음이 상할 거야. 쥘리앵이 좋은 예지. 마틸드는 생각했다. 그러나 좋은 가문은 사형 선고를 야기할 만한 영혼의 특성을 위축시켜버리거든.

그 순간 누군가가 그녀 옆에서 이런 말을 했다.

"저 알타미라 백작은 산 나자로 피멘텔 공의 둘째 아들입니다. 1268년 참수형을 당한 콩라댕을 구하려고 한 사람이 바로 피멘텔 가문 사람이었어요. 그 집안은 나폴리에서 제일가는 명문의 하나죠."

그렇군. 내 명구가 신통하게도 입증되잖아. 마틸드는 생각했다. 태생이 좋으면 강한 성격이 없어지는 법이지. 그런데 그런 것이 없으면 죽었다 깨어나도 사형 선고를 받지는 못하겠지! 오늘밤 내가 왜 이리 쓸데없는 생각만 하지. 나도 다른 여자들처럼 그저 여자일 따름인데…… 에라! 춤이나 추자. 마틸드는 한 시간 전부터 갈로프* 춤을 추자고 조르던 크루아즈누아 후작의 간청을 들어주었다. 철학적인 울적한 생각에서 벗어나기 위해 마틸드는 자기 매력을 완벽하게 발휘하려고 마음먹었다. 크루아즈누아 씨는 황홀했다.

그러나 춤도, 귀족사회에서 가장 잘생긴 청년의 마음에 들려는 욕구도 마틸드의 마음을 풀어주지 못했다. 그 이상의 성공을 거두기는 불가능했다. 그녀는 무도회의 여왕이었다. 그녀 스스로도 그 사실을 알고 있었다. 하지만 그녀는 냉담한 기분이었다.

크루아즈누아 같은 사람과 함께 보낼 삶이란 얼마나 밋밋할까! 한 시간 뒤에 크루아즈누아가 마틸드를 처음 자기 자리로 데려오자 그녀는 이렇게 생각했다. 그리고 쓸쓸한 마음으로 다시 생각해봤다. 내 기쁨은 어디 있을까? 육 개월이나 파리를 떠나 있다가 돌아와서 모든 파리 여성들이 부러워하는 무도회 한복판에 있어도 내 기쁨을 찾을 수

---

* 4분의 4박자 또는 4분의 2박자 춤곡의 일종.

없다니. 더구나 나는 더이상 잘 짜일 수 없는 상류사회의 찬사에 싸여 있지 않은가. 여기에 부르주아 출신이라고는 상원의원 몇 명과 아마 쥘리앵 같은 사람이 한두 명 끼어 있겠지. 그녀는 점점 더 서글픈 기분으로 생각했다. 또한 운명은 내게 숱한 특권을 가져다주지 않았나. 명성, 재산과 젊음! 아아! 행복을 빼고는 모든 것을 다 주었구나.

내 장점 가운데 가장 미심쩍은 것에 대해서도 저 사람들은 하룻밤 내내 내게 칭찬을 늘어놓고 있어. 재치? 그거라면 나는 자신 있어. 저들이 모두 나를 두려워하는 게 분명하니까. 저들이 심각한 주제를 논의하기 시작하면 나는 오 분 만에 그들을 숨이 끊어지도록 가쁘게 몰아세울 수 있지. 그리고 한 시간 전부터 내가 반복해온 이야기에서 무슨 큰 발견이나 한 것처럼 만들어줄 수도 있어. 나는 아름다워. 나와 같은 아름다움을 얻을 수 있다면 스탈 부인*도 모든 것을 희생했을 거야. 그런데 나는 권태로워 죽을 지경이야. 내 성(姓)을 크루아즈누아 후작의 성으로 바꾼다 해도 권태가 줄어들 이유가 있을까?

저런! 마틸드 양은 거의 울어버릴 듯한 심정으로 생각을 계속했다. 저 사람이야말로 완벽한 인물이 아닐까? 사람들은 저이가 이 시대 교육의 걸작품이라고들 이야기해. 그를 보면 모두 마음에 들어할 거야. 총명한데다가 용감하기도 해…… 그런데 저 소렐이라는 사람은 이상하기도 하지. 눈초리가 몽롱한 기색에서 벗어나 노기를 띠면서 그녀는 중얼거렸다. 말할 게 있다고 미리 말해두었는데 다시 나타나지 않다니!

---

* 프랑스의 비평가·소설가. 프랑스 초기 낭만주의의 발전에 기여했다.

9장 무도회

사치스러운 몸단장, 빛나는 촛불, 숱한 향기.
많고 많은 예쁜 팔과 어깨들.
꽃다발, 마음을 뺏는 로시니의 곡조, 치체리의 그림!
나는 넋을 잃었다!
—『우-제리 여행기』

"너 화난 모양이구나."

라 몰 후작부인이 딸에게 말했다.

"무도회에서 그러면 안 된다고 얘기했잖니."

"머리가 좀 아파요."

마틸드가 건방진 어조로 대답했다.

"여긴 너무 더워요!"

그 순간 라 몰 양의 말을 입증하듯 나이 많은 톨리 남작이 정신을 잃고 쓰러졌다. 사람들은 그를 끌어내야만 했다. 뇌일혈이라고 했다. 유쾌하지 못한 사건이었다.

마틸드는 그 사건에 개의치 않았다. 그녀는 노인들이라든가 변변치 못한 얘기를 늘어놓는다고 알려진 축들은 아예 거들떠보지도 않기로 작정했던 것이다.

그녀는 뇌일혈에 대한 애기를 떠드는 것이 싫어서 춤을 추었다. 사실 뇌일혈도 아니었다. 이틀 후에 남작이 다시 나타났기 때문이다.

그런데 소렐 씨는 도무지 얼굴을 보이지 않네! 춤을 추고 나서 그녀는 다시 이런 생각을 했다. 그녀는 사방을 둘러보며 그를 찾았다. 그러자 그가 옆의 살롱에 있는 것이 눈에 띄었다. 놀라운 일은 그에게 그토록 자연스러워 보였던 무감각하고 냉정한 기색을 잃은 듯해 보였다는 것이다. 그는 영국 사람 같은 무뚝뚝한 태도가 아니었다.

저 사람 알타미라 백작하고 애기하고 있네. 그 사형수하고 말이야! 마틸드는 중얼거렸다. 저 사람의 눈에는 어두운 불길이 가득해. 변장한 왕자 같아. 눈초리는 훨씬 더 거만해 보이는걸.

쥘리앵은 여전히 알타미라와 애기를 계속하면서 마틸드가 있는 자리로 다가왔다. 마틸드는 사형수가 될 영예에 값할 만한 뛰어난 자질을 찾으려는 듯 그를 뚫어지게 바라보았다.

그녀 옆을 지나면서 쥘리앵은 알타미라 백작에게 이렇게 말하였다. "그렇습니다. 당통은 사나이였죠!"

어머나! 저이가 당통 같은 남자가 될 수 있을까? 마틸드는 생각했다. 저 사람은 저렇게 얼굴이 고상한데. 하지만 당통은 끔찍하게 못생기고 백정 같았다는데. 쥘리앵은 아직 그녀 옆에 있었다. 그녀는 망설이지 않고 쥘리앵을 불렀다. 그녀는 그 나이의 처녀치고는 특이한 질문을 한다는 의식과 자부심으로 그에게 물었다.

"당통은 백정 같은 사람이 아니었나요?"

"네, 어떤 사람 눈에는 그렇게 보이겠죠."

쥘리앵은 경멸의 표정을 감추지 못한 채 알타미라와 대화를 나눈 흥분으로 인해 불타오르는 눈빛으로 대답했다.

"그러나 가문 좋은 분들에게는 안된 일이지만 그는 메리 쉬르 센의 변호사였지요. 다시 말해서 아가씨."

그는 심술궂은 표정으로 덧붙였다.

"그는 여기 계시는 몇몇 귀족원 의원분들과 시작은 같았던 거죠. 용모라는 측면에서 당통이 엄청나게 불리했던 건 사실입니다. 그는 너무 못생겼으니까요."

이 마지막 말은 매우 빨랐고, 평소와는 달리 확실히 무례한 기색을 보였다.

쥘리앵은 상반신을 가볍게 구부리면서 거만함이 드러나지만 공손한 태도로 잠시 기다렸다. 이런 태도는 다음과 같은 의미로 보였다. '나는 당신에게 대답하기 위해 급료를 받고 있으며 그 돈으로 살아가고 있습니다.' 그는 마틸드에게 눈길도 주지 않았다. 아름다운 두 눈을 아주 크게 뜨고 그를 뚫어져라 바라보는 마틸드가 오히려 그의 노예처럼 보였다. 침묵이 길어지자 마침내 그는 명령을 받으려고 주인을 쳐다보는 하인처럼 그녀를 바라보았다. 그 시선은 여전히 묘한 눈초리로 그를 응시하는 마틸드의 눈과 정면으로 마주쳤으나 그는 유난히 서둘러 그곳을 떠났다.

저 사람, 저런 미남자가 추남을 그렇게나 칭송하다니! 마침내 꿈에서 깨어난 마틸드는 이렇게 생각했다. 자기 자신에 대해서는 관심이 없군! 저 사람은 켈뤼스나 크루아즈누아와는 달라. 저 소렐이란 사람은 무도회에서 아버지가 맡아 썩 잘 흉내내셨던 나폴레옹의 모습을 떠올리게 해. 그녀는 당통 얘기는 까맣게 잊어버렸다. 오늘 저녁은 정말 따분해. 그녀는 울적한 마음을 달래려고 오빠의 팔을 붙잡고는 무도회장을 한 바퀴 돌자며 억지로 끌어냈다. 사형수와 쥘리앵의 대화를 엿들으려 한 것이다.

몹시 혼잡했다. 그렇지만 마틸드는 두어 발짝 앞에서 알타미라가 얼음과자를 먹으려고 쟁반으로 다가온 순간 그들에게 바짝 붙어서게 되었다. 알타미라 백작은 몸을 반쯤 돌리고서 쥘리앵과 얘기하고 있었다. 그때 수를 놓은 옷소매가 자기 옆에서 얼음과자를 집으려는 것이 눈에 띄었다. 그 자수 장식이 그의 주의를 끌었던 모양이다. 그는 그 소매의 주인이 누구인지 보려고 고개를 완전히 돌렸다. 순간 그토록 고상하고 순진한 그의 눈에 경멸의 표정이 감돌았다.

"저 사람 좀 보시오."

그가 아주 나지막하게 쥘리앵에게 말했다.

"저 사람은 ○○국 대사 아라셀리 공이오. 그가 오늘 아침 당신네 나라 프랑스의 외무대신 네르발 씨에게 나를 인도해달라고 요구했어요. 자, 저기 네르발 씨가 보이지요. 휘스트* 놀이를 하고 있군요. 네르발 씨는 나를 인도해줄 작정인가봐요. 우리나라에서도 1816년 두세 명의 음모자를 프랑스로 인도한 적이 있지요. 우리 왕에게 나를 넘겨주면 나는 이십사 시간 안에 교수형을 당할 거요. 콧수염 기른 저 멋쟁이 신사들 중 누군가가 나를 체포할 겁니다."

"비열한 놈들!"

---

* 카드놀이의 일종.

쥘리앵이 약간 높은 목소리로 외쳤다.

마틸드는 두 사람의 대화를 한 음절도 놓치지 않았다. 따분함은 사라졌다.

"뭐 그렇게 비열하달 것도 없습니다."

알타미라 백작이 다시 말을 받았다.

"내 얘기를 꺼낸 것은 생생한 예로 당신에게 강한 인상을 주려는 뜻입니다. 아라셀리 공을 보세요. 오 분마다 한 번씩 자기 황금양모훈장에 시선을 보내지 않습니까. 가슴에 달린 싸구려 장식을 보는 즐거움에서 헤어나지 못하죠. 저 가련한 인간은 사실 시대착오의 전형에 지나지 않습니다. 백 년 전에는 황금양모훈장이 굉장한 명예였겠지만, 그때라면 저런 인간은 그 훈장을 받는 것은 엄두도 내지 못했을 겁니다. 오늘날 명문 출신으로 저런 훈장에 홀려 있는 자는 아라셀리 정도겠지요. 저자라면 그걸 받기 위해서 한 도시 전체를 교수형에 처하는 일도 마다하지 않았을 겁니다."

"그런 짓의 대가로 훈장을 받은 겁니까?"

쥘리앵이 걱정스럽게 물었다.

"아닙니다. 꼭 그렇다는 것은 아닙니다만,"

알타미라가 냉정하게 대답했다.

"저 사람은 아마 자기 나라에서 자유주의자로 간주되는 부유한 지주들 삼십여 명 정도는 강물에 던져버렸을 겁니다."

"짐승 같은 놈이군요!"

쥘리앵이 다시 외쳤다.

라 몰 양이 더할 나위 없는 관심으로 고개를 기울인 바람에 아름다운 머리카락이 거의 쥘리앵의 어깨에 닿을 만큼 가까이 다가와 있었다.

"당신은 아직 젊어요!"

알타미라가 대꾸했다.

"전에 얘기했지만 프로방스 지방에 결혼한 내 누이동생이 하나 있소. 그애는 아직 예쁜데다가 착하고 성격이 온화하지요. 가정주부로서도 나무랄 데가 없고, 자기 의무에 충실하면서 신앙심이 깊지만 티를 내지는 않는답니다."

대체 무슨 말을 하려는 걸까? 라 몰 양은 생각했다.

"그애는 행복하지요. 아니 적어도 1815년에는 행복했어요."

알타미라 백작이 얘기를 계속했다.

"그때 나는 그 아이 집에 숨어 지냈지요. 앙티브 근처에 있는 영지에요. 그런데 말입니다. 네 원수가 처형당했다는 소식을 듣는 순간 그애가 춤을 추기 시작하지 뭡니까!"

"그럴 리가요?"

쥘리앵이 깜짝 놀라 이렇게 말했다.

"그게 당파심이라는 거죠."

알타미라가 말을 이었다.

"19세기에는 진정한 정열이란 것이 더이상 없습니다. 프랑스 사람들이 이토록 권태로워하는 건 바로 그 때문입니다. 잔인무도한 짓을 저지르면서도 그 잔인함을 느끼지 못하는 것이랍니다."

"딱한 노릇입니다!"

쥘리앵이 말했다.

"죄를 저지르려면 즐겁게 저질러야죠. 그게 범죄의 좋은 점이니까요. 또 그런 이유로만 범죄를 조금이나마 정당화할 수 있겠죠."

라 몰 양은 체면도 깡그리 잊어버리고 알타미라와 쥘리앵 사이에 거의 끼어 있었다. 누이동생의 뜻대로 따라주는 데 익숙한 노르베르는 그녀에게 팔을 붙들린 채 홀의 다른 곳을 쳐다보았다. 그는 침착한 듯 사람들 틈에 끼어 꼼짝도 못 한다는 태도를 보이고 있었다.

"옳은 말씀입니다."

알타미라가 말했다.

"사람들은 아무 즐거움도 느끼지 못하고 자기가 한 일에 대한 기억도 없이 모든 일을 합니다. 죄악까지도 저지르지요. 이 무도회에 참석한 사람 중에서도 살인자로 천벌을 받을 인간을 열 명쯤은 보여줄 수 있습니다. 그런데도 그들은 그걸 잊어버리고 세상 사람들도 마찬가지죠.

그들은 자기가 기르는 개가 다리만 부러져도 흥분해서 눈물을 흘릴 겁니다. 파리에서 사람들이 재미 삼아 얘기하는 것처럼 페르 라셰즈 묘지의 그들 무덤 위에 꽃을 뿌릴 때가 되면 우리는 죽은 사람들이 용감한 기사의 모든 미덕을 갖추었다는 것을 알게 됩니다. 그리고 사람들은 앙리 4세 시대에 살았던 자기들 증조부의 수훈을 얘기하곤 하지요. 아라셀리 공의 훌륭한 역할에도 불구하고 내가 교수형을 당하지 않고 파리에 계속 머무르게 된다면 당신을 만찬에 한번 초대하고 싶군요. 후회라는 것을 모르는 존경받는 살인자 여덟아홉 명과 함께 말입니다.

당신과 내가 그 만찬 자리에서 피로 더럽혀지지 않은 유일한 사람일 것입니다. 그렇지만 나는 피에 굶주린 과격파로 멸시를, 아니, 거의 증오를 받게 될 것이고, 당신은 상류사회에 침입한 하층민으로 그저 경멸받을 것입니다."

"정말 그래요."

라 몰 양이 나섰다.

알타미라는 놀라서 그녀를 바라보았다. 쥘리앵은 그녀에게 눈길조차 주지 않았다.

"내가 앞장섰던 혁명은 성공하지 못했습니다."

알타미라 백작이 말을 계속했다.

"그 이유는 단 한 가지, 내가 세 사람의 목을 베려 하지 않았고, 또 내가 열쇠를 갖고 있던 금고에 있는 칠팔백만 금을 우리 동지들에게 나누어주지 않았기 때문입니다. 지금은 내 목을 매달고 싶어 안달복달하는 우리 국왕도 혁명 이전에는 나를 친밀하게 대했지요. 내가 세 사람의 목을 자르고 금고의 돈을 분배했더라면 국왕은 내게 대훈장을 내렸을 것입니다. 왜냐하면 그렇게 했다면 내 시도가 적어도 반 정도는 성공했을 터이고 우리나라는 보잘것없는 헌장이나마 갖게 되었을 테니까…… 세상이란 그런 겁니다. 장기 한 판 같은 거죠."

"그때 당신은 장기 두는 법을 모르셨군요. 만약 지금이라면……"

쥘리앵이 불타는 눈빛으로 대꾸했다.

"지금이라면 그들의 목을 벨 텐데, 이런 말인가요? 언젠가 하는 말씀을 들었는데 내가 지롱드파 신세는 되지 않을 거다, 이런 얘긴가요? 그 점에 대해서는 이렇게 답하겠소이다."

알타미라는 쓸쓸한 기색으로 대답했다.

"당신이 결투에서 사람을 한 명 죽인다면 그건 사형 집행인의 손으로 그 사람을 처형하는 것보다 훨씬 덜 추한 일이오."

"그래요!"

쥘리앵이 말했다.

"목적을 위해서는 수단방법을 가리지 않는다는 말이 있지요. 내가 미미한 인간이 아니라 어떤 권력을 가지고 있다면 네 사람의 목숨을 구하기 위해 세 명을 교수형에 처할 겁니다."

쥘리앵의 눈에 양심의 불길과 인간의 헛된 판단에 대한 경멸이 드러났다. 그 눈이 바로 곁에 있는 라 몰 양의 눈과 부딪쳤다. 그런데 그 경멸의 눈빛은 상냥하고 예의 바른 표정으로 바뀌기는커녕 더 한층 깊어지는 것 같았다.

그녀는 크게 감정이 상했다. 그러나 쥘리앵을 잊어버릴 힘이 더이상 그녀에게는 없었다. 그녀는 분한 마음에 오빠를 끌고 자리를 떠났다.

펀치를 좀 마시고 춤이나 마음껏 춰야겠다. 그녀는 생각했다. 제일 나은 상대를 골라 기어코 튀어볼 거야. 좋아, 저기 건방지기 짝이 없는 페르바크 백작이 보이는구나. 그녀는 백작의 청을 받아들여 함께 춤을 추었다. 우리 두 사람 가운데 누가 더 건방진지 어디 알아보자. 이 남자에게 말을 시켜 마음껏 놀려줘야지. 카드리유의 나머지 부분은 단지 형식에 맞춰 돌았을 뿐이었다. 모두들 마틸드의 신랄한 대꾸를 한 마디도 놓치지 않으려 했다. 당황한 페르바크 씨는 재치 있는 말이 떠오르지 않아 우아한 말만 잔뜩 늘어놓으며 언짢은 내색을 했다. 화가 나 있던 마틸드는 마치 적이라도 되는 것처럼 그를 가차없이 대했다. 그녀는 새벽 무렵까지 춤을 추다가 파김치가 되어 돌아왔다.

집으로 돌아오는 마차 속에서 쓸쓸하고 불길한 생각을 하는 데 얼마 남아 있지 않은 힘을 써버리고 말았다. 쥘리앵은 그녀를 경멸했으나 그녀는 그를 멸시할 수 없었던 것이다.

한편 쥘리앵은 행복의 절정에 달해 있었다. 자신도 모르는 사이에 음악과 꽃, 아름다운 여인들과 우아한 분위기 그리고 무엇보다도 자신의 탁월함과 모든 사람의 자유를 꿈꾸는 상상에 매료되어버린 것이다.

"참으로 아름다운 무도회군요! 무엇 하나 부족한 게 없습니다."

그는 알타미라 백작에게 말했다.

"사상이 빠져 있지요."

알타미라가 대꾸했다.

그의 얼굴에는 경멸의 빛이 역력했다. 예의상 경멸을 숨겨야 하는 까닭에 표정은 더욱 신랄했다.

"옳은 말씀입니다, 백작님. 그리고 사상이란 역시 음모를 꾸미는 것이 아니겠습니까?"

"내가 여기 초대된 것은 가문의 이름 때문입니다. 하지만 여러분의 살롱에서는 사상가를 배척하는군요. 사상이라는 게 통속희극의 신랄한 대사 이상이 되어서는 안 되는 것입니다. 그래야 보상을 받습니다. 생각하는 사람이 기지 속에 힘과 독창성을 갖추고 있으면 당신들은 그 사람을 냉소적이라고 하지요. 당신네 판사들 중 하나도 풍자작가 쿠리에에게 그런 이름을 붙여주지 않았던가요? 베랑제처럼 그 사람도 투옥당했습니다. 당신들 나라에서는 정신적인 면에서 뭔가 가치 있는 사람은 수도회가 모조리 경찰로 넘겨버립디다. 그러면 상류사회는 갈채를 보내지요.

그건 이 나라의 노쇠한 사회가 무엇보다도 예의범절을 중시하기 때문입니다…… 당신들은 싸움터에서 용맹을 발휘하는 것 이상으로는 일어설 수 없을 것입니다. 뮈라* 같은 사람은 몇 명 나오겠지만 워싱턴 같은 인물은 결코 나오지 못할 것입니다. 나는 프랑스에서 허영심만 눈에 띄는군요. 독창적으로 말하는 사람은 쉽사리 신중치 못한 기지를 발휘하기에 이르는데, 그러면 집주인은 자기가 모욕을 당했다고 생각하지요."

이야기가 여기에 이르렀을 때 쥘리앵을 데려온 백작의 마차가 라몰 저택 앞에 멈추어 섰다. 쥘리앵은 이 음모가에게 반해버리고 말았다. 알타미라는 분명 깊은 확신에서 우러나오는 멋진 찬사를 쥘리앵에게 전했다.

"당신은 프랑스처럼 경박하지 않을 뿐더러 공리주의의 원칙을 이해하고 있습니다."

마침 엊그제 쥘리앵은 카지미르 들라비뉴의 비극 〈마리노 팔리에로〉를 구경했다.

우리의 반항하는 하층민은 이런 생각을 했다. 이스라엘 베르투치오는 베네치아의 모든 귀족들보다 과감한 성격의 소유자가 아니던가? 우리의 하층민 반항아 쥘리앵은 이렇게 자문했다. 그런데 베네치아 귀족들은 그 신분이 샤를마뉴 대제보다 한 세기 앞선 서기 700년까지 거슬러 올라간다. 그 반면 오늘밤 레츠 씨 댁의 무도회에 모인 사람들

---

* 프랑스의 군인. 나폴레옹을 따라 중요한 전투에서 활약했고 1808년 나폴리 왕에 임명되었다.

은 손꼽히는 귀족이라고 해도 13세기까지, 그것도 그럭저럭 겨우 거슬러 올라갈 따름이다. 그런데도 그토록 좋은 가문의 베네치아 귀족들 가운데서도 사람들이 기억하는 인물은 이스라엘 베르투치오뿐이다.

음모는 사회의 변덕으로 얻은 모든 지위를 소멸시킬 수 있다. 반면 죽음을 각오하고 뛰어드는 사람은 대번에 높은 지위를 차지한다. 패망한 쪽은 정신마저도 권위를 잃어버리고 만다……

발르노와 레날 같은 자들이 활개 치는 이 시대에 당통 같은 인물은 어떻게 될까? 재판소 검사대리도 못 할 것이다……

내가 무슨 소리를 하는 거야? 그는 수도회에 매수되었을지도 몰라. 그리고 대신이 되겠지. 그 위대한 당통도 결국 공금을 횡령했으니까. 미라보도 지조를 팔았고 나폴레옹도 이탈리아에서 수백만 금을 약탈했잖아. 그렇게 하지 않았다면 나폴레옹도 부하 피슈그뤼 장군처럼 가난 때문에 앞길이 막혔을 거야. 도둑질하지 않은 사람은 라파예트* 뿐이야. 도둑질을 하고 지조를 팔아야만 하는가? 쥘리앵은 생각했다. 이런 의문 때문에 그는 옴짝달싹 못 하고 생각이 멈춰버렸다. 그는 프랑스 혁명사를 읽으면서 밤을 새웠다.

이튿날 서재에서 편지를 쓰면서도 그는 여전히 알타미라 백작과 나눈 대화만을 생각하고 있었다. 오랜 몽상에 빠져 있던 그는 이렇게 중얼거렸다. 사실 저 스페인 자유주의자들이 범죄를 저질러 민중을 위기에 몰아넣었다 하더라도 그 자유주의자들을 그리 쉽사리 소탕할 수는 없었을 거야. 그들은 오만하고 말 많은 젊은이들이었지…… 나처

---

* 프랑스의 정치가·군인. 삼부회 소집의 주창자였고 국민공회에 '인권선언안'을 제출했다.

럼 말이야! 별안간 쥘리앵은 소스라쳐 깨어난 사람처럼 부르짖었다. 내가 무슨 어려운 일을 했기에, 일생에 한 번 과감하게 봉기하여 행동을 착수했지만 성공하지 못한 가련한 실패자들을 비판할 권리가 있단 말인가? 나는 식탁을 떠나면서 '내일은 밥을 먹지 않을 거야. 그래도 오늘처럼 건강하고 쾌활하게 지내는 데 전혀 지장이 없을 거야'라고 외치는 사람과 다를 게 없다. 위대한 행동을 하는 사람이 도중에 체험하게 되는 것이 어떤 것인지 누가 알랴?…… 이런 고상한 사색은 뜻하지 않게 라 몰 양이 서재로 들어서는 바람에 중단되고 말았다. 그는 패배를 몰랐던 당통, 미라보, 카르노*의 위대한 자질을 찬미하느라 너무 흥분해 있으므로, 라 몰 양에게 눈길이 머물기는 했지만 그녀 생각을 하지 못했고 인사도 할 수 없었을 뿐만 아니라 제대로 쳐다보지도 못할 정도였다. 마침내 뚫어지게 바라보는 그의 커다란 눈이 그녀가 온 것을 알아보았을 때는 그의 시선에서 광채가 꺼졌다. 라 몰 양은 씁쓸한 기분으로 그 사실을 눈치챘다.

그녀가 벨리의 『프랑스사』를 한 권 꺼내달라고 했으나 쥘리앵의 손이 닿지 않았다. 그 책은 책장 맨 위칸에 있어서 그는 사다리 두 개 가운데 큰 것을 가지러 가야만 했다. 그는 사다리를 가져다 책을 찾아 그녀에게 건네주었으나 아직도 그녀에게는 관심도 없었다. 생각에 몰두하고 있던 그는 사다리를 끌어내다가 팔꿈치로 책장 유리를 치고 말았다. 마룻바닥에 떨어지는 유리 파열음에 마침내 그는 정신이 들어 서둘러 라 몰 양에게 사과했다. 그는 정중한 태도를 취하려고 했

----

* 프랑스의 정치가·군사기술 전문가.

다. 그러나 그것은 단순히 정중함을 위한 정중함일 따름이었다. 마틸드는 자기가 상대방을 방해했다는 것과 쥘리앵은 얘기를 나누기보다 자기가 오기 전에 마음을 사로잡고 있던 생각을 계속하는 것을 더 좋아한다는 사실을 분명히 알게 되었다. 그녀는 한동안 그를 바라보고 나서 천천히 밖으로 나가버렸다. 쥘리앵도 걸어나가는 그녀를 바라보았다. 그는 지금 그녀의 소박한 차림새와 전날의 화려하고 멋졌던 옷차림 사이의 대조를 즐기고 있었다. 옷차림 못지않게 용모의 차이도 놀라울 지경이었다. 레츠 공작의 무도회에서 그토록 오연했던 이 처녀가 이 순간에는 거의 애원하는 듯한 눈초리였다. 쥘리앵은 생각했다. 사실 저 검은 옷은 그녀의 아름다운 몸매를 더욱 돋보이게 한다. 그녀는 여왕다운 풍모가 있어. 그런데 왜 검은 상복을 입고 있는 걸까?

만일 내가 누군가에게 상복을 입은 이유를 물어본다면 나는 또 서투른 짓을 저지르는 게 되겠지. 쥘리앵은 깊은 열광에서 완전히 벗어났다. 오늘 아침에 쓴 편지들을 모두 다시 읽어봐야 되겠군. 빠뜨린 글자나 졸렬한 문구가 있을 테니까. 억지로 주의를 기울여 첫번째 편지를 읽고 있는데, 바로 옆에서 비단 옷자락 스치는 소리가 들려왔다. 그는 재빨리 고개를 돌렸다. 그의 책상에서 두어 걸음 떨어진 곳에 라몰 양이 웃으며 서 있었다. 두 번씩이나 방해를 받자 쥘리앵은 화가 났다.

마틸드로서는 자기가 이 청년에게 아무것도 아니라는 사실을 통절히 느낀 참이었다. 그래서 난처함을 감추려고 웃었던 것이다. 실제로 그녀는 그 점에서는 성공했다.

"당신은 분명히 뭔가 아주 재미있는 것을 생각하고 계시죠, 소렐 씨. 알타미라 백작님을 파리로 쫓아낸 음모에 관한 어떤 재미있는 일화를 생각하는 건 아닌가요? 그 얘기 좀 해주세요. 그걸 꼭 알고 싶어요. 비밀은 지킬 거예요. 맹세한다니까요!"

그녀는 자신이 한 말에 스스로 놀랐다. 이게 웬일이지. 아랫사람에게 애원을 다 하다니! 점점 더 당황하게 되자 그녀는 가벼운 어조로 아무렇지도 않게 덧붙여 말했다.

"평소 그렇게 냉정한 당신을 영감 받은 사람, 미켈란젤로의 예언자로 만든 게 대체 뭔가요?"

이 날카롭고 신중하지 못한 물음이 쥘리앵의 심기를 몹시 건드려 온통 흥분 상태로 돌려놓았다.

"당통이 돈을 횡령한 것이 잘한 짓일까요?"

점점 험악해지는 기색으로 쥘리앵은 느닷없이 이렇게 말했다.

"피에몬테나 스페인 혁명가들은 죄악을 저질러 민중을 위태롭게 해야 했을까요? 쓸모없는 사람들에게 군대의 모든 직책과 모든 훈장을 줘야만 했을까요? 그런 훈장을 받았던 사람들은 오히려 왕의 귀환을 두려워할 이유가 있지 않았을까요? 토리노의 보물을 약탈에 내맡겨야만 했을까요?"

그는 무시무시한 표정으로 그녀에게 다가서면서 말했다.

"아가씨, 요컨대 지상에서 무지와 범죄를 몰아내려는 사람은 폭풍우처럼 지나가면서 우연인 듯이 악을 행해야만 하는 건가요?"

마틸드는 무서웠다. 그녀는 그의 시선을 견딜 수 없어서 두어 걸음 물러났다. 그리고 잠시 그를 쳐다보다가 자신의 두려움을 부끄러워하며 가벼운 발걸음으로 서재를 나갔다.

10장 마르그리트 왕비

사랑이여! 너는 어떤 광기 안에서라도
우리가 기어이 쾌락을 찾아내도록 하지 않는가?
―『어느 포르투갈 수녀의 서한집』

쥘리앵은 자기가 쓴 편지들을 다시 읽었다. 저녁 식사를 알리는 종이 울렸을 때 그는 이렇게 중얼거렸다. 그 파리 인형 같은 여자의 눈에 내가 얼마나 우습게 보였을까! 그 여자에게 내가 생각하는 것을 정말로 말해버리다니 참 미친 짓이었다! 그래도 그렇게까지 미친 짓은 아니었을 거야. 그런 경우에는 진심을 털어놓는 것이 내게 걸맞은 행동이야.

그녀는 어째서 그런 내밀한 것을 내게 물어보았을까! 그런 질문을 한 그녀 쪽이 경솔한 거지. 그녀가 상식이 부족한 거야. 당통에 대한 내 생각은 그녀의 아버지에게 돈을 받고 하는 내 일의 일부가 아니잖아.

식당으로 들어서면서 쥘리앵은 라 몰 양의 상복 때문에 방금 전의 기분에서 벗어났다. 다른 가족들은 아무도 상복을 입지 않았으므로 더욱더 눈길이 끌렸다.

저녁 식사 후 그는 하루 종일 그를 사로잡고 있던 흥분을 완전히 가라앉혔다. 다행히 라틴어를 아는 아카데미 회원이 저녁 식사에 와 있었다. 내가 짐작하는 대로 라 몰 양의 상복에 대해 물어보는 것이 서툰 짓이라고 해도 나를 가장 조금 비웃을 사람이 이 사람이구나, 라고 쥘리앵은 생각했다.

마틸드는 야릇한 표정으로 그를 바라보았다. 저런 것이 바로 레날 부인이 내게 얘기해준 파리 여자들의 애교구나, 하고 쥘리앵은 생각했다. 오늘 아침 나는 저 여자에게 호감을 주지 않았어. 그녀가 불러 일으킨 환상에 굴복하지도 않았지. 저 여자의 눈에 내 주가는 더 올라갔을 거야. 분명 악마는 아무것도 잃지 않았다. 오만한 그녀가 나중에 내게 복수하려 하겠지. 내가 그녀를 최악으로 굴게 한 거야. 내가 헤어진 여인과는 천지차이가 아닌가! 그녀는 얼마나 매력적인 천성을 지녔던가! 얼마나 순진했던가! 나는 그녀보다 먼저 그녀의 생각을 알아차렸다. 그런 생각을 어떻게 하게 되었는지도 알았으니까. 그녀의 마음속에서 내 경쟁자는 아무도 없었다. 자기 아이들의 죽음에 대한 두려움 말고는 없었지. 그게 나를 괴롭히기는 했지만 그건 그럴 수 있어. 그것은 자연스럽고 사랑스러운 감정이었어. 나는 참으로 바보였다. 파리에 대한 생각들 때문에 그런 숭고한 여인을 몰라보았으니까.

젠장, 얼마나 다른지! 여기서 내가 찾아낸 것이 대체 무엇이지? 메마르고 오만한 허영과 자기애의 온갖 모습, 그 이상은 아무것도 없어.

사람들이 식탁에서 일어섰다. 아카데미 회원이 가지 못하게 해야겠어. 쥘리앵은 생각했다. 쥘리앵은 모두 정원으로 나가려 할 때 그에게 다가가서 부드럽고 고분고분한 표정을 지으며 〈에르나니〉*의 성공에 대한 그의 분노에 맞장구를 쳐주었다.

"만일 아직도 국왕의 봉인장이 통하는 시대라면 말이지요……"

그가 말했다.

"그러면 그가 감히 그렇게 쓰지 못했겠지요."

아카데미 회원이 비극배우 같은 몸짓을 하며 크게 외쳤다.

꽃에 대한 화제가 나오자 쥘리앵은 베르길리우스의 「전원시」에 나오는 몇 마디를 인용하고 들릴** 사제의 시와 견줄 만한 것은 없다고 했다. 한마디로 말해서 그는 온갖 방식으로 아카데미 회원의 비위를 맞추었다. 그런 다음 아주 무관심한 듯한 태도로 말했다.

"라 몰 양은 아저씨뻘 되는 분의 유산이라도 상속받아서 상복을 입었나보지요."

"뭐라고요! 당신은 이 댁에서 살면서도 그 아가씨의 광기를 모르오?"

아카데미 회원이 발길을 멈추더니 말했다.

"사실 그 어머니가 그런 짓을 허용하는 것이 이상한 일이지요. 우리끼리 얘기지만 이 댁 식구들이 강한 개성을 가졌다고는 할 수 없죠. 마틸드 양만 그들을 모두 합한 개성을 지니고 있어서 그들을 마음대로 움직인답니다. 오늘이 바로 4월 30일이오!"

---

* 빅토르 위고가 쓴 5막짜리 운문 희곡. 1830년 초연 당시 고전파와 낭만파 사이에 격렬한 대립을 불러일으켰다.
** 프랑스의 시인. 자연을 찬양하는 교훈적인 시를 썼고, 베르길리우스의 시를 번역했다.

아카데미 회원이 말을 멈추고 미묘한 표정으로 쥘리앵을 바라보았다. 쥘리앵은 할 수 있는 한 영리한 표정으로 미소를 지어 보였다.

온 집안을 움직이는 것과 상복을 입는 것과 4월 30일이 도대체 무슨 관련이 있지? 그는 혼자 생각했다. 나는 아직도 내가 생각하는 것보다 더 서투른 모양이다.

"솔직히 말씀드려서……"

그는 계속 묻는 눈길로 아카데미 회원에게 말했다.

"정원을 한 바퀴 돕시다."

멋진 이야기를 한바탕 늘어놓을 기회를 반기면서 아카데미 회원이 말했다.

"1574년 4월 30일에 무슨 일이 있었는지 당신이 모른다는 것이 있을 법한 일이오?"

"어디서요?"

쥘리앵이 놀라서 물었다.

"그레브 광장에서 말이오."

쥘리앵은 너무나 놀라서 이 말을 제대로 알아듣지 못했다. 호기심 그리고 그의 성격과 밀접한 연관이 있는 비극적 흥미에 대한 기대로 그의 두 눈은 빛났다. 이야기꾼이 자기의 말을 듣는 청중에게서 보고 싶어하는 그런 눈빛 말이다.

아카데미 회원은 아무것도 모르는 청중을 얻은 것을 기뻐하며 쥘리앵에게 길게 이야기를 늘어놓았다. 1574년 4월 30일 그 당시 가장 멋진 청년이었던 보니파스 드 라 몰과 그의 친구이며 피에몬테의 귀족인 한니발 드 코코나소가 그레브 광장에서 참수되었다. 라 몰은 나바르의 마르그리트* 왕비의 사랑하는 연인이었다.

아카데미 회원은 덧붙여 말했다.

"라 몰 양의 이름이 마틸드 마르그리트라는 것을 생각해보세요. 한편 라 몰은 알랑송 공작의 총애를 받는 인물이었고 후에 앙리 4세가 된 나바르 왕, 즉 자기 정부(情婦)의 남편과 친한 친구였어요. 1574년 사순절 전 화요일, 즉 사육제의 마지막 날에 궁정은 저 가엾게 죽어가는 샤를 9세와 함께 생 제르맹에 있었습니다. 라 몰은 메디치 집안의 카트린 왕비가 궁정 감옥에 가두고 있는 자기 친구인 왕자들을 구해내려고 했어요. 그는 이백 명의 기사들을 생 제르맹의 성벽 아래로 미리 보냈습니다. 그런데 알랑송 공작은 겁을 먹었고 라 몰은 사형 집행인에게 넘겨졌어요.

마틸드 양을 감동시킨 것은, 칠팔 년 전 그녀가 열두 살이었을 때 직접 나에게 고백한 바에 따르면, 그 머리, 잘린 머리였어요!……"

아카데미 회원은 눈을 들어 하늘을 보았다.

"이 정치적 재앙 속에서 그녀에게 충격을 준 것은 바로 나바르의 왕비였어요. 그녀는 그레브 광장의 어떤 집에 숨어 있다가 용감하게도 사형 집행인에게 연인의 머리를 달라고 했지요. 다음날 자정, 그녀는 마차에 그 머리를 싣고 가서 손수 몽마르트르 언덕 밑에 있는 성당에 묻어주었습니다."

"어떻게 그런 일이?"

쥘리앵이 감동하여 소리쳤다.

---

* 16세기 프랑스의 왕비. 앙리 2세의 딸이며 나바르 왕 앙리(앙리 4세)와 정략결혼을 하여 성 바르톨로메오 학살을 일으킨 한 원인이 되었다.

"당신도 보았겠지만, 마틸드 양은 이런 옛날 역사에 대해 아무 생각도 하지 않고 4월 30일에 상복도 입지 않는다고 자기 오빠를 경멸합니다. 코코나소는 이탈리아인으로 한니발이라는 이름을 갖고 있었는데, 코코나소를 향한 라 몰의 우정을 상기하기 위하여 이 집안의 모든 남자들은 이 이름을 갖고 있습니다."

아카데미 회원은 목소리를 낮추며 말했다.

"코코나소는 샤를 9세 자신의 말에 따르면 1572년 8월 24일에 가장 잔인한 학살자였대요. 그런데 소렐 씨, 이 집에서 식탁을 함께하는 사람으로서 어떻게 이런 일을 모를 수 있나요?"

"아, 그래서 저녁 식사 때 라 몰 양이 자기 오빠를 한니발이라고 두 번 불렀던 거군요. 저는 제가 잘못 들은 줄 알았습니다."

"그것은 비난하는 의미지요. 후작부인이 그런 광기를 그냥 놔두는 것이 이상해요…… 이 귀족 처녀의 남편이 될 사람은 아마 골치가 좀 아플 겁니다!"

그는 이 말 뒤에 비꼬는 말을 몇 마디 더 덧붙였다. 아카데미 회원의 눈이 기쁨과 친밀함으로 빛나는 것이 쥘리앵은 언짢았다. 그는 '자기 주인의 험담에 열중하는 두 명의 하인 같은 꼴이군. 하지만 이 아카데미 회원으로서야 뭐 놀라울 것도 없겠지' 하고 생각했다.

어느 날 쥘리앵은 라 몰 후작부인 앞에 그 아카데미 회원이 무릎을 꿇고 있는 것을 보았다. 그는 시골에 있는 조카를 위해 담뱃세 수납원 자리를 후작부인에게 부탁하고 있었다. 그날 저녁, 전에 엘리자가 그랬던 것처럼 쥘리앵에게 마음을 두고 있는 라 몰 양의 하녀 하나가 아가씨가 상복을 입는 것은 시선을 끌기 위해 그러는 것이 아니라고 귀

띔해주었다. 이 괴벽은 그녀의 근본적인 성격에서 나온 것이었다. 그녀는 당대에 가장 총명했던 여왕의 사랑받는 연인이었으며 자기 친구들을 구하다가 죽어간 라 몰을 진심으로 숭배하고 있었다. 게다가 그의 친구들은 왕세자와 앙리 4세가 아니었던가!

레날 부인의 모든 행동 속에서 빛나던 순진무구함에 익숙해 있던 쥘리앵은 파리의 모든 처녀들에게서 허식 외에는 아무것도 볼 수 없었다. 그래서 조금이라도 기분이 가라앉으면 여자들에게 무슨 말을 해야 할지 몰랐다. 그러나 라 몰 양은 예외가 되었다.

쥘리앵은 이제 태도의 고상함에서 나오는 아름다움을 마음의 메마름으로 여기지 않게 되었다. 그는 때로 저녁 식사 후에 살롱의 열어놓은 창문을 따라 정원을 함께 산책하며 라 몰 양과 긴 대화를 나누었다. 그녀는 어느 날 그에게 도비네*와 브랑톰**의 역사책을 읽고 있다고 말했다. 특이한 독서로군. 후작부인은 월터 스코트의 소설도 읽지 못하게 하는데 말이야, 라고 쥘리앵은 생각했다.

하루는 그녀가 진정한 찬탄의 기쁨으로 눈을 빛내며 그에게 이야기했다. 에투알의 회상록에서 읽었는데 앙리 3세 치하에서 한 부인이 남편의 부정을 알고 그를 비수로 찔렀다는 것이다.

쥘리앵의 자존심은 우쭐해졌다. 주위의 존경을 한 몸에 받는 여인이, 아카데미 회원의 말을 빌리면 온 집안의 분위기를 이끌어가는 여

---

* 프랑스의 작가·군인(1552~1630). 앙리 4세의 충실한 신하로 일하다가 앙리 4세가 구교로 개종하고 낭트 칙령을 발표하자 낙향하여 대작 『세계사』를 집필했다.
** 프랑스의 군인·연대기 작가(1540?~1614). 어머니와 외할머니가 나바르의 왕족이었던 까닭에 어린 시절을 마르그리트 왕비의 궁정에서 보냈다.

인이 거의 우정에 가까운 태도로 그에게 말을 걸어오는 것이었다.

그러나 곧 쥘리앵은 생각했다. 내가 오해한 것이다. 이건 친밀감이 아니야. 나는 비극에 나오는 상대역에 불과해. 그저 말할 상대가 필요한 거야. 나는 이 집안에서 학자로 통하고 있으니까. 브랑톰과 도비네, 에투알을 읽어야겠군. 그러면 라 몰 양이 말하는 몇 가지 일화들을 확인해볼 수 있을 거야. 나는 이 수동적인 상대역에서 벗어나고 싶어.

이 처녀와의 대화는 그 거만하면서도 거침없는 태도로 인해 더욱 흥미로운 것이 되어갔다. 그는 반항적인 하층민의 슬픈 역할을 잊었다. 그는 그녀가 박식하고 사리가 밝다고 생각했다. 정원에서 듣는 그녀의 의견은 살롱에서 하는 말과는 사뭇 달랐다. 때때로 그녀는 그토록 냉랭하고 그토록 오만한 평소의 태도와는 백팔십도 다르게 쥘리앵과 함께 솔직하고 열광적인 모습을 보였다.

"리그* 전쟁이 일어났을 때는 프랑스의 영웅적인 시대였어요."

어느 날 그녀가 재능과 열정으로 반짝이는 눈빛을 하고 쥘리앵에게 말했다.

"그 당시 사람들은 저마다 자기가 바라는 어떤 것을 손에 넣기 위해 자기 편의 승리를 위해 싸웠어요. 당신이 숭배하는 황제 시대처럼 비굴하게 훈장 하나를 얻으려고 싸우지는 않았어요. 이기주의와 쩨쩨함이 덜했다는 것을 인정해야 합니다. 나는 그 시대가 좋아요."

"보니파스 드 라 몰은 그 시대의 영웅이었습니다."

쥘리앵이 응수했다.

---

* 1576년 이후 종교전쟁에서 중요한 역할을 했던 프랑스 가톨릭 교도 동맹.

"적어도 그분은 사랑을 받았어요. 어쩌면 그렇게 사랑받는 것은 달콤한 일이지요. 애인의 잘린 머리를 만지는 걸 무서워하지 않을 여자가 요즘 세상에 어디 있겠어요?"

그때 라 몰 부인이 딸을 불렀다. 위선이란 쓸모가 있으려면 자신을 숨겨야 한다. 그런데 쥘리앵은 우리가 보았듯이 라 몰 양에게 나폴레옹에 대한 자신의 숭배를 반쯤 털어놓았던 것이다.

이게 바로 저들이 우리보다 훨씬 유리한 점이구나. 정원에 혼자 남은 쥘리앵은 생각했다. 자기 조상의 이야기가 속된 감정들을 초월하여 그들을 길러내고 있는 것이다. 또한 그들은 먹고살 생각을 하지 않아도 된다! 그런데 나는 얼마나 비참한가! 그는 씁쓸한 기분으로 생각을 이어갔다. 나는 이런 큰 문제는 생각해볼 자격도 없다. 빵을 살 1000프랑의 연금이 없기 때문에 내 삶은 위선의 연속에 불과하다.

"거기서 무슨 생각을 그리 해요?"

마틸드가 달려오며 물었다.

쥘리앵은 자신을 경멸하는 것에 지쳤다. 그는 자존심을 세우며 솔직하게 자기 생각을 말했다. 그렇게 돈이 많은 여성에게 자신의 가난을 이야기하려니 얼굴이 많이 붉어졌다. 그는 당당한 어조로 자기가 아무것도 요구하지 않는다는 것을 잘 표현하려고 애썼다. 마틸드가 보기에는 그가 이때처럼 귀여웠던 적이 없었다. 그녀는 그에게서 평소에는 보지 못했던 감성과 솔직한 표정을 발견했던 것이다.

그로부터 한 달이 채 되지 않은 어느 날 쥘리앵은 생각에 잠겨 라 몰 저택의 정원을 걷고 있었다. 이제 그의 모습은 지속적인 열등감이 새겨넣은 딱딱함과 철학적인 거만함을 띠고 있지 않았다. 그는 오빠와 달리기를 하다가 발을 다쳤다는 라 몰 양을 살롱 문 앞까지 데려다 주고 오는 길이었다.

쥘리앵은 혼자 생각했다. 그녀는 아주 이상한 태도로 내 팔에 몸을 기댔지! 내가 건방진 것일까, 아니면 그녀가 정말 내게 호감을 갖고 있는 것일까? 그녀는 내가 자존심 때문에 겪는 모든 괴로움을 털어놓을 때에도 아주 상냥한 태도로 내 말을 들었어! 모든 사람에게 그렇게도 거만한 그녀가! 살롱에서 그녀의 이런 모습을 보았다면 사람들은 많이 놀랐을 거야. 이런 상냥하고 착한 모습을 그녀가 아무에게도 보여준 적이 없다는 것은 확실하다!

쥘리앵은 이런 이상한 우정을 과장하지 않으려고 애썼다. 그는 이 우정을 무장한 거래에 비유했다. 그들은 매일 다시 볼 때마다 전날의 친밀한 어조를 되찾기 전에 자문하는 것이었다. 오늘 우리는 친구일까, 적일까? 이처럼 오만한 처녀에게 한 번이라도 무방비 상태로 모욕을 당한다면 모든 것을 잃는 것이나 다름없다는 것을 쥘리앵은 알고 있었다. 어차피 사이가 틀어질 거라면 나의 인격적인 위엄을 조금이라도 소홀히 하면서 경멸의 표시들을 거부하는 것보다는 내 자존심의 정당한 권리를 지키면서 그렇게 되는 것이 더 낫지 않겠는가?

기분이 별로 좋지 않은 날에는 마틸드가 쥘리앵과 함께 있으면서 귀부인의 태도를 취하려고 한 적이 여러 번 있었다. 그녀는 그런 태도를 취할 때 아주 희귀한 까탈을 부렸다. 그러나 쥘리앵은 거칠게 그것을 거부했다.

어느 날 쥘리앵이 그녀의 말을 갑자기 막고 이렇게 말했다. "라 몰 양, 아버지의 비서에게 내릴 명령이라도 있으신지요? 비서는 아가씨의 명령을 들어야 하고 명령을 존중하여 수행해야 합니다. 그런데 비서는 아가씨에게 할말이 없습니다. 비서는 아가씨에게 자기 생각을 말하고 월급을 받는 것이 아니니까요."

쥘리앵이 갖고 있는 이런 태도와 독특한 의심은 너무나 위엄 있어서 사람들이 모든 것을 두려워하고 농담도 하지 않는 살롱에서 일정한 간격을 두고 나타나는 권태감을 사라지게 했다.

그녀가 나를 사랑한다면 재미있겠군! 그녀가 나를 사랑하건 아니건, 아무튼 나는 재치 있는 아가씨를 은밀한 말벗으로 갖게 된 셈이야. 쥘리앵은 계속 생각했다. 그녀 앞에서는 온 집안 사람들이 벌벌 떠는데 말이야. 다른 모든 사람들보다 크루아즈누아 후작이 쩔쩔매지. 그렇게 예의 바르고 용감하고 부드러운 젊은이가, 출생의 온갖 혜택과 부를 한꺼번에 누리고 있는 젊은이가 말이야. 그중 하나만이라도 내게 있다면 내 마음이 얼마나 편안할까! 그는 그녀에게 마음을 온통 빼앗겼으니 그녀와 결혼하겠지! 그 결혼을 성사시키려고 내가 두 명의 공증인에게 얼마나 많은 답장을 썼던가! 손에 펜을 잡고 있을 때 나는 그처럼 보잘것없는 모습이지만 그로부터 두 시간 후 여기 이 정원에서는 그 사랑스러운 청년을 이기고 있어. 그녀가 나를 더 좋아한다는 것이 놀랍고도 직접적으로 드러나고 있으니까. 어쩌면 그녀는 그에게서 보이는 미래의 남편 모습을 싫어하는지도 몰라. 그녀는 충분히 그럴 만큼 오만하지. 그녀가 내게 품고 있는 호의라는 것도 보잘것없는 말동무 신분으로 내가 얻어낸 것이다!

천만의 말씀. 내가 미쳤거나 그녀가 내 환심을 사려고 애쓰고 있는 것이다. 내가 냉정하게 대하고 그녀에게 존경심을 보일수록 그녀는 더욱 나를 찾는다. 그건 미리 염두에 둔 태도일 수도 있다. 꾸며낸 태도 말이다. 하지만 내가 불쑥 나타났을 때에도 그녀의 눈이 생기를 띠는 것은 왜일까. 파리 여자들은 그 정도로까지 자신을 꾸미는 것일까? 무슨 상관이람! 나로서는 겉으로 드러난 것만 볼 따름이지. 보이는 모습을 즐기자. 맙소사, 그녀는 너무 아름답다! 종종 그녀가 나를 바라볼 때 가까이에서 보는 그녀의 푸른 눈은 얼마나 내 마음에 드는지! 올 봄은 사악하고 치사한 삼백 명의 위선자들 틈에서 이를 악물고 참으며 불행하게 지냈던 지난해 봄과 얼마나 다른지! 그때는 나도 그들 못지않게 사악했지.

경계심이 생기는 날에는, 이 아가씨는 날 조롱하고 있어, 라고 쥘리앵은 생각했다. 그녀는 내 눈을 속이려고 자기 오빠와 짜고 있는 거야. 하지만 그녀는 자기 오빠가 정열이 부족하다고 경멸하는 기색이 역력한데! 오빠는 순박해요. 그런데 그게 전부예요, 라고 그녀는 내게 말했어. 오빠는 남들과 다른 생각을 감히 하지 못해요. 내가 언제나 오빠 편을 들어주어야 해요. 열아홉 살짜리 처녀가 말이야! 그 나이에 하루 온종일, 매순간 미리 작정한 위선을 지켜나갈 수 있단 말인가?

한편 라 몰 양이 뭔가 야릇한 표정을 지으며 커다란 푸른 눈으로 내 얼굴을 뚫어져라 처다볼 때 노르베르 백작은 언제나 자리를 피한다. 그게 좀 수상해. 누이가 자기 집 하인을 특별 대우한다면 화를 내야 하는 것 아닌가? 숀 공작이 나를 두고 그렇게 말하는 것을 들었으니 말이다. 그 생각을 하니 모든 감정이 사라지고 분노가 솟았다. 그렇게 말한 것은 그 편집광적인 공작의 낡은 언어 취향 탓이었을까?

어쨌든 그녀는 예쁘다! 쥘리앵은 호랑이 눈을 하고 계속 생각했다.

나는 그녀를 차지하리라. 그러고 나서 떠나는 거야. 도망하는 길에 나를 방해하는 자는 가만두지 않을 거야.!

이런 생각이 쥘리앵의 유일한 관심사가 되었다. 그는 다른 것은 생각할 수가 없었다. 하루하루가 한 시간처럼 흘러갔다.

매순간 진지한 일에 몰두해보려 애썼으나 다른 것들은 거들떠볼 수가 없었다. 그는 십오 분쯤 지나서야 정신을 차리곤 했다. 가슴이 두근거리고 머리는 심란해져서 꿈꾸듯 이런 생각을 했다. 그녀가 나를 사랑하는 걸까?

11장 처녀의 왕국

나는 그녀의 아름다움을 찬미하지만, 그녀의 재치는 두렵다.
— 메리메

쥘리앵이 마틸드의 아름다움을 과장해서 생각하거나 그 집안 식구들의 타고난 오만함에 대하여(쥘리앵에게는 오만하게 굴지 않았다 하더라도) 속을 끓이느라 보낸 시간을 살롱에서 무슨 일이 일어나고 있는지 살펴보는 데 사용했다면 그녀를 에워싸고 있는 주변에 미치는 그녀의 세력이 어떤 것인지 이해했을 것이다. 라 몰 양은 누군가 자신의 비위를 거슬렀다 하면 아주 절제되고 잘 선별되고 겉보기에 매우 적절한 농담을 던져 벌을 주는 방법을 알고 있었다. 그 농담은 너무나 적시에 폐부를 찌르는 것이어서 당한 사람은 생각하면 할수록 상처가 커지는 것이었다. 그 농담은 모욕받은 자존심에 점점 가혹한 것이 되어갔다. 그녀는 다른 가족들에게 진지한 열망의 대상이 되는 많은 것들에 대해 어떤 가치도 두고 있지 않았으므로, 가족들이 보기에는 그녀가 언제나 매우 냉정하게 여겨졌다. 귀족들의 살롱이란 그곳에서 나와서 말하기에는 즐거운 곳이지만 그것뿐이다. 예절 자체로서 대단해 보이는 것도 처음 며칠뿐이다. 쥘리앵은 그것을 겪어보았다. 처음의 매혹이 지나가면 놀라움이 찾아온다. 예절이라는 것은 못된 태도가 돋우는 분노가 없는 상태일 뿐이라고 쥘리앵은 생각했다. 마틸드는 가끔 권태를 느꼈다. 어쩌면 어디서나 권태로웠을 것이다. 그럴 때 날카로운 경구를 던지는 것이 그녀에게는 기분전환이었고 진정한 기쁨이었다.

마틸드가 크루아즈누아 후작이나 켈뤼스 백작이나 눈에 띄는 두세 명의 젊은 청년에게 희망을 품도록 놓아두는 것도 조상들이나 아카데미 회원, 대여섯 명의 아첨꾼보다 좀더 재미있는 장난감을 갖기 위한 것인지도 모른다. 그들은 마틸드에게는 날카로운 경구를 쏘아댈 새로운 대상에 불과했던 것이다.

우리는 마틸드를 사랑하므로 그녀가 그들 가운데 여러 명으로부터 편지를 받았고 더러 답장도 썼다는 것을 말하기 곤란하다. 마틸드라는 여자는 자기 시대의 풍습에서 벗어나는 인물임을 서둘러 부연하겠다. 고귀한 성심 수녀원 학생들에게 신중함이 모자라다고 비난할 수는 없는 노릇이다.

어느 날 크루아즈누아 후작이 마틸드에게 그녀가 전날 그에게 쓴 꽤 도발적인 편지를 돌려주었다. 그는 이처럼 고상한 신중함을 보여줌으로써 결혼 문제가 한층 진전했다고 믿었다. 그러나 마틸드가 서신 교환에서 좋아한 것은 경솔함이었다. 그녀가 재미있어한 것은 자기 운명을 가지고 노는 것이었다. 그녀는 육 주 동안이나 그에게 말을 붙이지 않았다.

그녀는 청년들의 편지를 재미있어했다. 그러나 그녀가 보기에는 편지들이 모두 비슷비슷했다. 한결같이 더없이 심오하고 우울한 정열의 토로였다.

"당장 팔레스타인으로 떠날 준비가 되어 있는 완벽한 남자들뿐이야."

그녀가 사촌에게 하는 말이었다. 이보다 더 맥 빠지는 일이 어디 있겠는가? 내가 일생 동안 받게 될 편지는 모두 그 꼴일 거야! 이런 편지들은 유행하는 관심사를 따라 이십 년마다 바뀌겠지. 제정시대에는 편지들이 덜 무미건조했을 거야. 그때는 모든 귀족 청년들이 실제로 위대함을 갖춘 행동을 취하거나 목격했으니까. 내 아저씨인 N공작도 바그람에 참전했잖아.

"칼 한 번 휘두르는 데 무슨 재치가 필요하겠어? 그런데 한 번 그런 일을 하고는 늘 그 일을 떠벌리거든."

마틸드의 사촌인 생트 에레디테 양이 말했다.

"뭐! 나는 그런 이야기들이 재미있어. 나폴레옹의 전투 같은 진짜 전투에 참전하는 것 말이야, 거기서 사람들은 만 명이나 되는 군인들을 죽이겠지. 그런 것은 용기를 증명해. 위험에 노출되는 것은 영혼을 키우고 권태로부터 영혼을 구해내지. 내 가엾은 숭배자들이 빠져 있는 권태 말이야. 그 권태는 전염성이 있어. 그들 가운데 누가 특별한 어떤 일을 할 마음을 품고 있겠어? 나와 결혼할 생각이나 하지! 나는 부자야. 그리고 아버지는 사위를 출세시킬 거야. 아! 좀 재미있는 사람을 찾아낼 수 있다면!"

생생하고, 명료하고, 그림처럼 사물을 보는 마틸드의 태도가 보다시피 그녀의 말을 망가뜨려놓았다. 가끔 그녀의 말 한마디는 너무나 예절 바른 그녀의 친구들이 보기에는 흠이 있어 보였다. 마틸드가 약간 유행에서 벗어난 여자라 해도, 그녀의 말투는 여성적인 섬세함이라고 하기에는 약간 다채로운 무언가를 지니고 있다고 그들은 말했을 것이다.

한편 그녀는 불로뉴 숲에 모여드는 멋진 기사들을 가혹하게 대했다. 그녀는 두려워하며 미래를 바라보는 것이 아니라, 그것이 생생한 감정일 터이지만, 그 나이로서는 매우 드문 혐오를 가지고 미래를 바라보는 것이었다.

그녀가 무엇을 더 바랄 수 있겠는가? 재산, 지체 높은 신분, 재치, 미모, 사람들이 말하고 믿는 모든 것들이 우연을 따라서 그녀에게 쌓여 있었다.

그녀가 쥘리앵과 함께 산책하는 즐거움을 발견하기 시작했을 때 생제르맹에서 제일 선망받는 상속녀의 의식 상태는 그러했다. 그녀는 그의 자존심에 놀랐다. 그녀는 이 젊은 평민의 말에 탄복했다. 그가 모리* 사제처럼 주교가 될 인물이라고 생각했다.

우리의 주인공이 그녀의 여러 가지 생각들을 받아들일 때 취하는 저 진지하면서도 꾸미지 않은 저항이 그녀의 관심을 끌었다. 그녀는 그 점을 생각해보았다. 그리고 그들이 나눈 대화를 아주 세세하게 여

---

* 프랑스의 성직자(1746~1817). 가난한 구둣방 아들로 태어나 추기경의 자리에까지 올랐다.

자 친구에게 이야기해주었다. 그러나 그가 짓는 온갖 표정들은 결코 전할 수 없다는 것을 알았다.

갑자기 한 가지 생각이 떠올랐다. 나는 사랑하는 행복을 누리고 있는 거야. 어느 날 그녀는 믿을 수 없는 기쁨의 열광을 느끼며 중얼거렸다. 나는 사랑한다. 나는 사랑한다. 분명하다! 내 또래의 젊고 아름답고 재치 있는 처녀가 사랑 안에서가 아니라면 어디서 감격을 찾을 수 있겠는가? 소용없다. 나는 크루아즈누아나 켈뤼스 등 어중이떠중이에게는 결코 사랑을 느낄 수 없어. 그들은 완벽해. 어쩌면 너무 완벽한지도 모르지. 결국 그들은 나를 따분하게 할 뿐이야.

그녀는『마농 레스코』나『누벨 엘로이즈』『어느 포르투갈 수녀의 서한집』등에서 읽었던 정열의 묘사들을 머릿속에 떠올려보았다. 물론 강렬한 정열만이 문제였다. 가벼운 사랑은 그녀 또래의, 그런 가문의 처녀에게 어울리지 않는 것이었다. 그녀는 앙리 3세나 바송피에르* 시대의 프랑스에서나 볼 수 있었던 영웅적 감정에만 사랑이라는 이름을 붙였다. 그런 사랑은 비겁하게 장애에 굴하지 않는다. 아니, 굴하기는커녕 위대한 행동을 하게 만든다. 카트린 드 메디치나 루이 13세의 궁정 같은 진짜 궁정이 없다는 것이 나로서는 얼마나 불행인가! 나는 더욱 대담하고 더욱 위대한 무엇인가와 같은 차원에 있음을 느낀다. 내 발치에서 한숨 쉬는 루이 13세 같은 왕처럼 용감한 남자가 있다면 내가 무엇을 못 할까! 톨리 남작이 자주 말했듯이 나는 그를 방데로 데려갈 거야. 그곳에서 그는 자기 왕국을 다시 정복할 거야. 그

---

* 프랑스의 군인·정치가. 앙리 4세 시대에 활약했다.

렇게 되면 더이상 헌장도 없고…… 쥘리앵이 나를 보좌하겠지. 그에게 없는 것이 무엇일까? 가문과 재산. 그는 가문을 이룰 것이고 재산도 얻을 거야.

크루아즈누아에게는 아무것도 부족한 것이 없지. 그는 평생 반쯤은 왕당파이고 반쯤은 자유주의자인 공작으로, 우유부단한 인간으로 살아가겠지. 언제나 극단적인 것과는 멀리 떨어져서 말이야. 결국 그는 어디서나 이류인 거야.

우리가 시도하는 순간에 극단적이지 않은 위대한 행동이 어디 있겠어? 상식적인 사람들에게 가능해 보이는 것은 그것이 완성될 때인 거야. 그래, 모든 기적을 거느리고 있는 사랑이 내 마음을 지배하게 될 거야. 나는 나를 타오르게 하는 불꽃에서 그것을 느껴. 하늘은 내게 그런 은총을 주실 거야. 단 한 명에게 모든 혜택을 모아주신 것이 헛일은 아닐 거야. 내 행복은 나에게 합당해. 내 하루하루의 행복은 차갑게 식은 전날의 행복과는 같지 않을 거야. 사회적 신분으로 볼 때 나와 너무나 거리가 먼 남자를 감히 사랑한다는 것에는 이미 위대함과 대담함이 있어. 그런데 그가 계속해서 내 사랑을 받을 만한 남자일까? 그에게서 처음으로 나약함을 보게 될 때 나는 그를 버릴 거야. 나같은 신분의 처녀가, 그리고 사람들이 인정하는 기사 같은 성격을 타고난 처녀가 바보처럼 굴 수는 없어.

크루아즈누아 후작을 사랑한다면 내가 맡게 될 역할이 그런 바보 같은 역할 아닐까? 내가 그토록 경멸하는 내 사촌들의 행복의 재판이겠지. 나는 가엾은 후작이 내게 할 말과 내가 대답할 말을 미리 알 수 있어. 하품 나게 하는 사랑이 무슨 가치가 있어? 그건 수녀가 되는 거나 마찬가지야. 나는 사촌동생이 한 것처럼 결혼 서약서에 서명하겠지. 집안 어른들은 감동할 거야. 상대방 공증인이 전날 서약서에 삽입한 마지막 조건에 기분 상하는 일이 일어나지 않는다면 말이야.

12장 당통이 될 것인가?

불안을 필요로 하기. 나의 고모님이신 아름다운 마르그리트 드 발루아의
성격은 그런 것이었다. 그녀는 얼마 안 있어 나바르의 왕과 결혼하였다.
그는 현재 앙리 4세라는 이름으로 프랑스를 통치하는 왕이다.
내기를 좋아하는 것이 이 사랑스러운 왕비의 성격의 모든 비밀을 이루었다.
열여섯 살부터 오빠나 동생들과 싸우고 화해했던 것도 거기서 비롯된다.
그런데 젊은 처녀가 무엇을 내기에 걸 수 있단 말인가?
그녀가 가지고 있던 가장 소중한 것들,
즉 그녀의 명성과 평생에 걸친 존경이었다.
—『샤를 9세의 서자 앙굴렘 공작의 회상록』

쥘리앵과 나 사이에는 결혼 서약서도 없고 공증인도 없어. 모든 것
이 영웅적이며 모든 것이 우연의 산물이야. 그가 귀족이 아니라는 점
을 빼면 이것은 당대에 가장 뛰어난 남자였던 젊은 보니파스 드 라 몰
에 대한 마르그리트 드 발루아의 사랑과 같아. 궁정의 젊은 남자들이
모두 관례를 그토록 추종하고 조금 독특한 모험을 생각하는 것만으로
도 하얗게 질려버리는 것이 내 잘못인가? 그리스나 아프리카로 짧은
여행을 하는 것도 그들에게는 대담함의 극치지. 게다가 그들은 무리
를 짓지 않고는 걸을 줄도 몰라. 그들은 혼자 있게 되면 겁에 질리지.
베두인 족의 창이 무서운 것이 아니라 웃음거리가 되는 것을 두려워
하는 거야. 그런 두려움이 그들을 미치게 만들지.

내 사랑스러운 쥘리앵은 반대로 혼자 행동하는 것만 좋아해. 이 특

출한 사람은 다른 사람에게 기대거나 도움을 받으려는 생각이 눈곱만큼도 없어! 그는 다른 사람들을 경멸해. 내가 그를 경멸하지 않는 이유가 바로 그것이지.

만일 쥘리앵이 가난하지만 신분은 귀족이라면 내 사랑은 세속적인 바보짓, 평범한 결합에 불과할 거야. 나는 그런 것은 원하지 않아. 그런 사랑에는 위대한 정열의 특징들이 전혀 없거든. 극복해야 할 끝없는 곤경과 사태의 암울한 불확실성이 없다고나 할까.

라 몰 양은 이런 근사한 추론에 너무나 몰두한 나머지 다음날 아무 의심도 없이 크루아즈누아 후작과 자기 오빠에게 쥘리앵을 자랑했다. 그녀의 열변이 너무 지나쳐서 그들은 기분이 상했다.

"그 젊은이를 조심해. 그렇게 정력이 넘친다면 말이야. 만일 혁명이 다시 시작되면 그는 우리를 모두 단두대로 보낼 거야."

그녀의 오빠가 소리질렀다.

그녀는 대답을 하지 않은 채 정력을 겁낸다고 오빠와 크루아즈누아 후작을 재빨리 놀려댔다. 그것은 사실 예기치 못한 것과 마주칠까봐 두려워하는 것이고, 예기치 못한 것이 나타나 꼼짝 못 하게 될까봐 염려하는 것에 불과하다……

"당신들은 언제나 웃음거리가 될까봐 두려워하는군요. 불행히도 그것은 1816년에 죽은 괴물인데 말이에요."

두 개의 당파가 있는 나라에 이제 웃음거리는 존재하지 않는다고 라 몰 후작이 말했다. 그의 딸은 이 생각을 이해했던 것이다.

"이처럼 당신들은 일생 동안 두려워할 거예요. 훗날 사람들은 당신들에게 말할 거예요. '그것은 늑대가 아니었다. 그것은 늑대의 그림자에 불과했다.'"

마틸드는 곧 그들 곁을 떠났다. 그녀의 오빠가 한 말이 끔찍했다. 그것은 그녀를 몹시 불안하게 했다. 그러나 다음날이 되자 그 말이 가장 멋진 찬사로 여겨졌다.

모든 정력이 죽어버린 이 시대에 그의 정력은 그들을 겁나게 했던 것이다. 그이에게 오빠가 한 말을 들려줘야지. 그의 대답이 듣고 싶어. 그러나 그의 두 눈이 빛나는 순간을 골라야 해. 그럴 때는 내게 거짓말을 못 하니까.

'그는 당통 같을지도 몰라!'

오랫동안 몽롱한 몽상에 잠겨 있다가 그녀는 이렇게 생각했다. 그렇지! 혁명이 다시 시작될지도 몰라. 그러면 크루아즈누아와 오빠는 어떤 역할을 하게 될까? 그것은 이미 정해져 있어. 바로 숭고한 체념이지. 그들은 한 마디도 못 하고 목이 잘리는 영웅적인 어린 양들 같을 거야. 죽어가면서도 그들의 유일한 두려움은 나쁜 취향을 내보이면 어쩌나 하는 것이겠지. 나의 사랑스러운 쥘리앵은 살아남을 희망이 조금이라도 보이면 그를 잡으러 오는 자코뱅 당원의 머리통을 쏴버릴 거야. 그에게 나쁜 취향을 내보이면 어쩌나 하는 두려움은 없어.

이 마지막 말이 그녀를 생각에 잠기게 했다. 그 말은 고통스러운 기억을 떠오르게 했고 그녀의 대담함을 모두 사라지게 했다. 그 말은 켈뤼스와 크루아즈누아와 뤼즈와 오빠의 농담을 생각나게 했다. 그들은 입을 모아 쥘리앵의 겸손하고 위선적인 사제 같은 태도를 비난했다.

그러나 마틸드는 갑자기 기쁨으로 눈을 빛내며 생각하는 것이었다. '그렇지만 그들이 자주 신랄한 농담을 하는 것은 그럼에도 불구하고 그가 우리가 올 겨울에 만난 사람들 가운데 가장 뛰어나다는 것을 증명하는 거야. 그의 결점, 그의 우스꽝스러움이 무슨 상관이야? 그는 위대함을 지녔어. 너무나 선량하고 너무나 관대한 그들은 특히 그 점에 놀란 거야. 그가 가난하다는 것은 확실해. 하지만 그는 사제가 되기 위해 공부했어. 반면 그들은 기병 대위들이니 공부할 필요도 없었지. 그것이 더 편하니까.'

그가 늘 입고 있는 검은 옷과 사제 같은 모습(가난한 소년이 배고파 죽을 것 같은 고통 속에서 언제나 갖추어야 했던 것이겠지), 그 모든 불리함에도 불구하고 그의 가치가 그들을 겁먹게 한 거야. 분명히 그런 거야. 그 사제 같은 모습도 우리가 때로 단둘이 있게 되면 사라져버리잖아. 게다가 저 신사들은 자기 딴에 날카롭고 의표를 찌르는 것이라고 여겨지는 말을 할 때면 맨 먼저 쥘리앵을 쳐다보잖아? 나는 확실히 알아보았어. 그러나 그는 질문을 받지 않는 한 절대로 그들에게 말하지 않아. 그는 오직 나에게만 말을 건네. 그는 내 영혼이 고결하다고 믿고 있어. 예의상 필요하다고 여겨질 때만 그들에게 대답하는 거야. 그러고는 곧바로 존경심을 거두어버리지. 나와 함께 있을 때는 몇 시간이고 토론하는데 말이야. 내가 아주 작은 반론이라도 찾아내면 자기 생각을 확신하지 못하지. 겨우내 결투 같은 것도 없고 보니 결국 언변으로 주의를 끄는 것이 문제였지. 그런데 탁월한 인물이시고 우리 집안의 가세를 크게 떨치실 아버지께서는 쥘리앵을 존중하거든. 다른 사람들은 그를 싫어해. 하지만 아무도 그를 경멸하지는 않아. 어머니의 신심 깊은 친구분들을 빼고는.

켈뤼스 백작은 애마에 대해 굉장한 열정을 지니고 있었다. 혹은 지닌 체하고 있었다. 그는 마구간에 틀어박혀 시간을 보냈다. 가끔 마구간에서 점심을 먹기도 했다. 그런 열정은 결코 웃지 않는 습관과 결합하여 친구들 사이에 대단한 존경심을 불러일으켰다. 그는 이 작은 모임의 우두머리 격이었다.

다음날 그 작은 모임이 라 몰 부인의 안락의자 뒤에서 열렸다. 쥘리앵은 거기 없었는데, 켈뤼스 백작이 크루아즈누아와 노르베르의 지지를 얻어 쥘리앵에 대한 마틸드의 호의를 맹렬히 공격했다. 그는 마틸드를 보기 무섭게 틈도 주지 않고 공격했다. 마틸드는 그 공격의 술책을 눈치채고 매혹을 느꼈다.

'10루이도 안 되는 급여를 받고 질문을 받을 때만 대답할 뿐인 천재 한 명을 두고 모두들 동맹을 맺었군. 그들은 그의 검은 옷에 두려움을 느끼는 거야. 그가 견장이라도 달면 어떻게 될까?'

마틸드는 속으로 생각했다.

그녀는 일찍이 이보다 더 눈부셔본 적이 없었다. 첫 공격을 받자마자 그녀는 켈뤼스와 그의 동맹군을 신랄한 풍자로 꼼짝 못 하게 했다. 저 눈부신 사관들의 풍자의 포화가 꺼지자 마틸드가 몰아붙이기 시작했다.

"내일이라도 프랑슈 콩테 산간의 어느 시골귀족이 나타나 쥘리앵이 자기 아들임을 알아보고 인정한다면, 육 주 후 그는 당신들처럼 콧수염을 기를 거예요. 여섯 달 후에는 당신들처럼 기병 장교가 될 거고요. 그때는 그의 성격이 지닌 위대한 면이 더이상 웃음거리가 되지 않을걸요. 미래의 공작 나리, 당신은 궁정귀족이 지방귀족보다 우월하다는 낡아빠진 통념을 내세울 수밖에 없다는 것을 잘 알아요. 하지만 내가 당신을 조금만 더 벽으로 밀어붙인다면, 내가 만일 간계를 써서 쥘리앵의 아버지가 나폴레옹 시절 브장송에서 전쟁포로가 된 스페인 공작이라고 한다면, 그리고 그가 임종의 침상에서 양심의 가책을 느껴 쥘리앵을 아들로 인정한다면, 당신은 무얼 내세울까요?"

켈뤼스와 크루아즈누아는 서출에 대한 이런 모든 가정들이 꽤나 속된 취향이라고 생각했다. 그들이 마틸드의 추론에서 본 것은 그게 전부였다.

노르베르는 누이동생에게 눌려 지내는 위인이기는 했지만 누이동생의 말이 너무 노골적이어서 엄숙한 표정을 지어 보였다. 그러나 말이 나온 김에 말하자면 그런 표정은 미소짓는 선량한 모습의 그와는 어울리지 않았다. 그가 나서서 몇 마디 했다.

"오빠 어디 아파요? 농담에 훈계로 응수하다니 아픈 게 분명하군요."

마틸드가 약간 진지한 표정으로 대꾸했다.

"오빠가 훈계를 하다니요! 도지사 자리라도 얻으려고 하시나보죠?"

마틸드는 켈뤼스 백작의 화난 표정도, 노르베르의 기분도, 크루아즈누아의 말없는 절망도 금방 잊어버렸다. 그녀는 방금 마음에 포착된 운명적인 생각에 대해 입장을 정해야 했다.

쥘리앵은 나에게 꽤 진지해. 그 나이에 재산도 없고 놀라운 야망 때문에 불행한 그는 여자 친구가 필요할 거야. 내가 그 여자 친구일 수도 있지. 하지만 나는 그에게서 사랑은 보지 못했어. 그 대담한 성격으로 보아 내게 사랑을 고백했어야 하는데.

이때부터 마틸드는 순간순간 이런 불확실함과 이런 자기 궁리에 몰두하는 것이었다. 쥘리앵이 그녀에게 말할 때마다 그녀는 새로운 문젯거리를 발견했기에, 그녀가 그토록 빠져 있던 권태는 씻은 듯이 사라지게 되었다.

대신이 될 수도 있고 성직자에게 산림을 되찾아줄 수도 있는 유능한 인물의 딸로서 라 몰 양은 성심 수녀원에 있던 시절에 가장 아첨을 받는 대상이었다. 그런 불행은 결코 보상될 수 없는 것이었다. 신분과 재산 등등 모든 혜택을 누리니 틀림없이 다른 사람들보다 더 행복하리라고 사람들은 그녀에게 말하곤 했다. 이것이 바로 귀공자들의 권태와 그들의 모든 광기의 원천이기도 했다.

마틸드는 이런 생각의 불길한 영향력을 벗어나지 못했다. 아무리 영리하다고 해도 십 년 동안이나 온 수녀원의 아첨을 받으면, 그것도 근거가 확실한 아첨을 받으면 그런 영리함을 유지할 수가 없는 법이다.

쥘리앵을 사랑하기로 결심한 순간부터 그녀는 더이상 권태롭지 않았다. 그녀는 매일 위대한 정열에 자신을 맡기기로 한 결심을 축복으로 여겼다. 이런 즐거움은 많은 위험이 따르지. 잘된 거야, 천만번 잘된 거야, 라고 그녀는 생각했다.

위대한 정열 없이 열여섯 살에서 스무 살까지 인생의 아름다운 시절에 나는 권태로 시들어갔다. 나는 이미 가장 아름다운 시기를 잃어버린 거야. 어머니 친구분들이 횡설수설하시는 말씀을 듣는 것을 재미의 전부로 알고 말이야. 그분들도 1792년에 코블렌츠로 망명 가 계실 때에는 오늘날 하시는 것처럼 그렇게 엄격하지는 않았다는데.

이런 막막한 불확실함 속에서 마틸드가 동요하는 동안 쥘리앵은 그녀의 눈길이 자기에게 오래 머무는 것을 이해하지 못했다. 그는 노르베르 백작의 태도에 냉랭함이 배가된 것과 켈뤼스, 뤼즈, 크루아즈누아의 태도가 더욱 거만해진 것을 잘 알 수 있었다. 그는 거기 익숙해졌다. 그 불행은 그가 자기 처지보다 훨씬 총명했던 저녁 모임에 이어서 그에게 찾아오곤 했다. 마틸드가 베푸는 특별한 환대와 이 모든 것이 그에게 불러일으키는 호기심이 없었다면 저녁 식사 후에 그 콧수염 기른 찬란한 귀족 청년들이 라 몰 양을 동반할 때 정원으로 그들을 따라가는 일을 피했을 것이다.

그렇다. 라 몰 양이 야릇하게 나를 바라보는 것은 숨길 수 없는 사실이다. 하지만 그녀의 커다란 푸른 눈이 방심한 듯 나를 뚫어져라 바라볼 때조차도 나는 거기서 언제나 시험과 냉정함과 심술궂음을 읽어 내지. 그 안에 사랑이 담겨 있다는 것이 가능한 일일까? 레날 부인의 눈길과는 얼마나 다른가!

어느 날 저녁 식사 후에 쥘리앵은 서재로 라 몰 후작을 수행하다가 갑작스레 정원으로 되돌아왔다. 마틸드 무리에게 조심하지 않고 다가가다가 그는 큰 목소리로 하는 어떤 말을 듣고 깜짝 놀랐다. 그녀가 자기 오빠를 몰아세우고 있었다. 쥘리앵은 두 번이나 자기 이름이 튀어나오는 것을 들었다. 그가 나타나자 갑자기 침묵이 흘렀다. 사람들은 갑자기 하던 말을 멈추려 했지만 소용없었다. 라 몰 양과 그녀의 오빠는 너무나 흥분해 있어서 다른 화제를 찾을 수 없었다. 켈뤼스와 크루아즈누아, 뤼즈와 그들의 친구 하나가 쥘리앵을 얼음장처럼 차갑게 대했다. 그는 자리를 피했다.

13장 음모

가슴에 불길이 타오르는
상상력 충만한 사람의 눈에는
두서없는 몇 마디나 우연한 만남도
움직일 수 없이 명백한 증거가 된다.
— 실러

다음날에도 쥘리앵은 자기 이야기를 하고 있는 노르베르와 그의 누이와 마주쳤다. 그가 다가가자 전날처럼 죽은 듯한 침묵이 흘렀다. 그의 의구심은 말할 수 없이 커졌다. 이 사랑스러운 젊은이들이 나를 조롱하려는 것인가? 충분히 그럴 수 있는 일이다. 라 몰 양이 가난뱅이 비서에게 정열을 바치는 것보다 그게 훨씬 자연스러운 일이다. 우선 이 사람들이 정열을 지니고 있기는 한가? 연막을 치는 것이 그들의 장기다. 그들은 내가 말을 좀 잘하는 것을 질투하고 있다. 질투한다는 것은 그들의 약점 가운데 하나이다. 이렇게 생각하면 모든 게 설명이 된다. 라 몰 양은 자기가 나를 특별히 생각한다는 것을 내게 알게 해주려고 애쓰는데, 아주 단순하게 나를 자기 약혼자에게 구경거리로 삼으려고 그러는 것이다.

이 잔인한 의혹이 쥘리앵의 마음 상태를 변화시켰다. 이런 생각은 그의 마음속에서 쉽사리 파괴될 수 없는 사랑이 시작되었음을 의미했다. 이 사랑은 마틸드의 드문 미모에서 비롯되었거나 아니면 그녀의 여왕 같은 풍모와 감탄스러운 화장에 기인한 것이었다. 이 점에서 쥘리앵은 아직 시골뜨기였다. 총명한 시골 청년이 상류사회에 들어왔을 때 그를 놀라게 하는 것은 사교계의 아름다운 아가씨인 법이다. 지난 날들 속에서 쥘리앵을 꿈꾸게 한 것은 마틸드의 성격은 전혀 아니었다. 그는 자기가 마틸드의 그런 성격을 전혀 이해할 수 없다는 것을 깨달을 만큼의 상식은 갖고 있었다. 그가 그녀에게서 본 것은 외양에 불과했다.

예를 들어 마틸드는 무슨 일이 있어도 일요일 미사를 빠지는 법이 없었다. 거의 매일 어머니를 따라 교회에 갔다. 라 몰 저택의 살롱에서 어떤 경솔한 자가 자기가 있는 곳이 어디인지 모르고 실제이든 가정이든 간에 왕좌나 교회의 이해관계에 반하는 농담을 조금이라도 비칠라치면 마틸드는 순간적으로 얼음장 같은 근엄함을 보였다. 그녀의 눈길은 너무 날카로워서 가문의 오래된 초상화가 지닌 냉랭한 오만을 되찾아온 것 같았다.

그러나 쥘리앵은 그녀가 언제나 자기 방에 볼테르의 철학서적을 한 두 권 갖다놓는다는 것을 알고 있었다. 쥘리앵 자신도 훌륭한 장정의 멋진 판본을 몇 권씩 곧잘 가져왔다. 그는 옆에 있는 책들을 조금씩 벌려놓음으로써 자신이 가져간 책의 빈자리를 숨기곤 했다. 그런데 얼마 안 가서 다른 누군가가 볼테르를 읽고 있다는 것을 알아차렸다. 그는 신학교에서 배운 술책을 써서 라 몰 양의 흥미를 끌 만하다고 여겨지는 책들 위에 말총 몇 오라기를 올려놓았다. 그러면 그 책은 몇 주일씩 자취를 감추곤 했다.

라 몰 후작은 온갖 가짜 회상록을 보내오는 서점들에 짜증이 나서 쥘리앵에게 약간 자극적인 신간 서적들을 사들이게 하는 일을 즐겼다. 그러나 해독이 집안에 퍼지지 않게 하기 위해 그 책들을 자신의 방에 놓인 작은 책장에 갖다두라는 명령을 비서에게 내린 바 있었다. 이런 신간 서적들이 왕좌와 교회의 이해관계에 조금이라도 적대적이면 그런 책들은 얼마 지나지 않아 사라진다는 것을 쥘리앵은 알게 되었다. 그것을 읽는 사람은 노르베르는 아니었다.

이런 일들을 과장하여 쥘리앵은 라 몰 양이 마키아벨리의 이중성을 갖고 있다고 믿었다. 그가 가정해본 이런 고약한 짓이 그의 눈에는 매력으로 보였다. 그녀가 지니고 있는 거의 유일한 정신적 매력이었다. 위선과 덕담에 대한 권태가 그로 하여금 이런 극단적 생각을 하게 했다.

그는 사랑에 이끌리기보다는 상상에 자극받았다.

그가 사랑에 빠진 것을 알게 된 것은 라 몰 양의 우아한 자태와 몸치장에 대한 탁월한 취향, 하얀 손, 아름다운 팔, 경쾌한 몸놀림에 대한 몽상에 넋을 잃고 난 후의 일이었다. 그는 그 매력을 완성하기 위해서 그녀를 카트린 드 메디치라고 생각했다. 그가 카트린 드 메디치에게 부여한 성격은 더없이 의뭉하고 더없이 까탈스러운 것이었다. 그것은 그가 지난날 숭배했던 마슬롱이나 프릴레르, 카스타네드 사제의 이상형이었다. 한마디로 그것은 그에게는 파리의 이상형이었다.

파리 사람의 성격에서 의뭉스러움과 고약함을 생각하는 것보다 더 재미있는 일이 있겠는가?

이들 세 사람이 나를 조롱할 수도 있어. 쥘리앵은 생각했다. 마틸드의 눈길에 답하는 그의 눈길이 담고 있는 어둡고 차가운 표정을 보지 못한 사람은 그의 성격을 잘 모르는 것이다. 놀란 마틸드가 두세 번 확실한 우정의 표시를 보냈지만 그는 쓸쓸한 빈정거림으로 거부했다.

천성적으로 냉정하고 권태롭고 기지에 민감한 이 처녀의 마음은 갑작스러운 쥘리앵의 기행에 상처를 입고는 마치 그렇게 타고났다는 듯이 정열적이 되었다. 그러나 마틸드는 또한 몹시 자존심이 강했다. 그래서 자신의 모든 행복이 타인에게 달려 있다는 생각이 들자 우울한 슬픔이 뒤따랐다.

그러나 쥘리앵은 파리에 와서 이미 경험을 꽤 한 터라 그것이 권태에서 오는 메마른 슬픔이 아니라는 것을 알아차릴 수 있었다. 그녀는 예전처럼 야회나 연극 구경이나 각종 오락에 열중하지 않고 그런 것을 피하곤 했다.

프랑스인들이 부르는 노래를 마틸드는 무척 싫어했다. 그렇지만 오페라가 끝나면 출구에 서 있는 것이 의무인 쥘리앵은 그녀가 할 수 있는 한 자주 거기 나타나는 것을 볼 수 있었다. 그녀의 모든 행동에서 눈부시게 빛을 발하던 완벽한 절도가 약간 사라진 것이 눈에 띄었다. 그녀는 독한 열정을 지니고 때때로 지나친 농담으로 남자 친구들에게 대답하곤 했다. 그가 보기에는 특히 크루아즈누아 후작에게 심하게 구는 것 같았다. 저 청년은 마틸드를 팽개쳐버리기에는 돈을 너무 좋아하는 거야. 마틸드는 부자니까! 쥘리앵은 생각했다. 그는 남성의 위엄이 심하게 취급받는 것에 분개하여 마틸드를 더욱 냉랭하게 대했다. 가끔은 거의 무례할 정도로 대꾸했다.

마틸드의 관심 표시에 속아넘어가지 않겠다고 내심 작정하기는 했지만 어떤 날은 그 관심의 표시가 너무 노골적이었다. 그럴 때면 여성에 대해 눈뜨기 시작한 쥘리앵은 마틸드가 너무나 아름답게 보여서 때로 당황스러울 정도였다.

저 상류사회 젊은이들의 능숙함과 참을성이 결국에는 나의 얼마 안 되는 경험을 능가하게 될 거야. 여행을 떠나서 이 모든 일에 끝장을 내야지. 쥘리앵은 이렇게 생각했다. 후작은 랑그도크 남부 지방에 소유하고 있는 많은 영지와 가옥들의 관리를 최근 쥘리앵에게 맡기고 있었다. 여행이 필요했다. 라 몰 후작은 망설임 끝에 쥘리앵에게 여행을 허락했다. 드높은 야망을 품고 있다는 것을 제외하면 쥘리앵은 전혀 딴 사람이 되어 있었다.

결국 그들은 나를 옭아매지 못했어. 출발을 준비하면서 쥘리앵은 생각했다. 라 몰 양이 저 귀족 청년들에게 던지는 농담들이 사실이든 아니면 단순히 내 신뢰를 얻기 위한 것이든 간에 재미는 있었어.

목수 아들에 대한 음모가 아니라면 라 몰 양의 태도는 설명이 되지 않아. 하지만 그녀는 나에게 하는 것 못지않게 크루아즈누아 후작에게도 그러잖아. 예를 들어 어제만 해도 그는 정말로 화가 나 있었어. 가난하고 비천한 나와는 달리 그렇게 고귀하고 부자인 청년이 나로 인해 궁지에 몰리는 것을 보니 재미있었지. 이것이야말로 내가 거둔 승리 가운데 가장 찬란한 것이겠군. 역마차에 앉아서 랑그도크 평원을 달릴 때 이 승리는 나를 즐겁게 해줄 거야.

그는 자신의 출발을 비밀로 해두었다. 그러나 마틸드는 그가 다음날 오랫동안 파리를 떠난다는 사실을 그보다도 더 잘 알고 있었다. 그녀는 살롱의 답답한 공기 때문에 터질 듯이 머리가 아파져서 정원을 오랫동안 산책했다. 그녀는 노르베르, 크루아즈누아 후작, 켈뤼스, 뤼즈, 라 몰 저택에서 함께 저녁 식사를 한 몇몇 젊은이에게 너무 신랄한 농담을 던져 그들을 떠나게 만들었다. 그녀는 쥘리앵을 이상한 눈길로 바라보았다.

어쩌면 이 눈길은 연극일 거야. 하지만 닿을 듯한 숨결과 이 모든 심란함이라니! 쳇! 내가 어떻게 이 모든 일을 판단하겠어? 지금 이 일은 파리의 여인들 가운데 가장 고귀하고 가장 섬세한 여인에게 일어나고 있는 일인데. 내게 닿을 정도로 다가오던 저 숨결은 그녀가 그토록 좋아하는 여배우 레옹틴 페로부터 배운 것이겠지.

마침내 그들만 단둘이 남았다. 대화는 확실히 생기를 잃어갔다. 아니야! 쥘리앵은 내게 아무 감정이 없어. 마틸드는 정말로 불행한 마음으로 생각했다.

쥘리앵이 작별인사를 하자 그녀가 그의 팔을 세게 붙잡았다.

"오늘 저녁에 편지를 드리겠어요."

평소와 너무나 달라서 그녀의 목소리라고는 믿을 수 없는 목소리로 마틸드가 말했다.

이런 상황은 금방 쥘리앵을 감동시켰다.

"아버지께서는 당신의 도움을 소중히 여기고 계세요. 하지만 내일 떠나시면 '안 돼요.' 구실을 찾아봐요."

그녀는 이렇게 말하고는 뛰어가버렸다.

그녀의 자태는 매력적이었다. 그보다 더 예쁜 발은 있을 수 없었다.

그녀는 쥘리앵을 매혹시키는 우아함을 지니고 뛰어갔다. 그러나 그녀가 완전히 시야에서 멀어진 후에 쥘리앵에게 떠오른 생각이 어떤 것이었는지 알 사람이 있을까? 그는 그녀가 '안 돼요'라고 명령조로 말한 것에 기분이 상했다. 루이 15세도 임종의 순간에 자기 주치의가 섣부르게 사용한 '안 됩니다'라는 말에 몹시 언짢아했다. 그런데 루이 15세는 출세한 시골뜨기가 아니었다.

한 시간쯤 지나서 하인이 쥘리앵에게 편지 한 통을 가져왔다. 그것은 아주 단순한 사랑의 고백이었다.

문체에 꾸밈이 많지는 않군. 문체를 따지는 것으로 뺨을 오그라들게 하고 기뻐서 자기도 모르게 웃음이 터져나오는 것을 억제하느라 애쓰면서 쥘리앵이 중얼거렸다.

마침내 내가, 가난한 농사꾼인 내가 귀부인의 사랑의 고백을 얻어냈구나! 뜨거운 열정이 솟구쳐 갑자기 쥘리앵이 소리쳤다.

나로서야 나쁠 것은 없어. 가능한 한 기쁨을 억제하면서 그는 이렇게 덧붙였다. 나는 내 성격의 위엄을 지켜낼 줄 알았던 거야. 나는 결코 내가 그녀를 사랑한다고 말하지 않았어. 그는 필체를 살펴보기 시작했다. 라 몰 양은 작고 귀여운 영국식 필체를 쓰고 있었다. 그가 주체할 수 없이 끓어오르는 기쁨에서 잠시 벗어나기 위해서는 육체적인 일에 몰두할 필요가 있었다.

"당신이 떠나신다니 말씀드려요…… 이제 당신을 보지 못한다면 견딜 수 없을 것 같군요."

한 가지 생각이 무슨 대단한 발견이라도 되는 듯 갑자기 떠올라 쥘리앵은 마틸드의 편지를 살펴보는 것을 그만두었다. 그 생각은 그의 기쁨을 배가시켰다. 내가 크루아즈누아 후작을 이긴 거야. 심각한 말밖에 할 줄 모르는 내가! 그는 그렇게 멋있는 남자인데! 그는 콧수염을 길렀고, 근사한 제복을 입었고, 언제나 적절한 때에 재치 있고 섬세한 말을 찾아내지 않는가! 쥘리앵은 소리질렀다.

쥘리앵은 달콤한 순간을 맛보았다. 그는 정원에서 행복한 미치광이처럼 돌아다녔다.

잠시 후, 그는 자기 집무실로 올라갔고 라 몰 후작에게 만나기를 청했다. 다행히 후작은 나가지 않고 있었다. 쥘리앵은 노르망디에서 도착한 소인이 찍힌 몇 건의 서류들을 그에게 보이면서 노르망디 소송 건을 살펴보려면 랑그도크 여행을 연기하지 않을 수 없다고 설명했다.

"자네가 떠나지 않는 게 나는 오히려 마음이 놓이네. 나는 자네를 옆에 두고 싶어."

소송 건에 대한 이야기를 마쳤을 때 후작이 그에게 말했다. 쥘리앵은 방을 나왔다. 후작의 마지막 말이 마음에 걸렸다.

나는 그의 딸을 유혹하려 하는데! 그의 미래의 기쁨이 될 크루아즈누아 후작과 결혼을 못 하게 하려고 하는데. 그는 공작이 아니지만 적어도 그의 딸은 공작부인이 될 텐데. 쥘리앵은 마틸드의 편지와 후작에게 자신이 한 설명에도 불구하고 랑그도크로 떠날 생각을 했다. 그러나 그런 덕성의 빛은 이내 사라졌다.

나 같은 하층민이 이런 상류 가정을 동정하다니, 착하기도 하지! 쥘리앵은 생각했다. 내가, 숀 공작이 하인이라고 부르는 내 주제에 말이야! 후작은 어떻게 그의 재산을 막대하게 불렸던가? 다음날 쿠데타가 일어날 조짐이 있다는 것을 알게 되면 국채를 팔아넘겨서 그렇게 했다. 그런데 심술궂은 신의 섭리로 인해 최하층민으로 태어난 나, 신으로부터 고귀한 심성을 받았을 뿐 수입이 1000프랑도 안 되는 나, 말하자면 입에 풀칠도 못 하는, 글자 그대로 입에 풀칠도 못 하는 내가 저절로 굴러들어온 쾌락을 거부하다니! 그토록 고통을 당하며 건너온 보잘것없는 불타는 사막에서 내 갈증을 식혀주려는 맑은 샘물을 거부하다니! 맹세코 그런 바보짓은 하지 않겠다! 우리가 삶이라고 부르는 이기주의의 사막에서는 누구나 자기를 위해 사는 것이다!

그는 라 몰 후작부인과 특히 그녀의 친구 되는 귀부인들이 그에게 던지던 멸시에 찬 시선들을 떠올렸다.

크루아즈누아 후작을 이겼다는 기쁨이 덕성에 대한 생각을 일축해 버렸다.

정말 그자를 화나게 하고 싶다! 지금 나는 확실하게 그에게 일격을 가하는 것이다. 그리고 그는 두번째 일격을 가하는 몸짓을 했다. 이 편지를 받기 전까지 나는 하찮은 용기를 함부로 휘두르는 하급자에 불과했다. 그러나 이 편지를 받은 후에는 그와 동등해졌다.

그렇다. 후작과 나의 재능을 저울에 달았는데 쥐라 산맥의 가난한 목수가 이긴 것이다. 쥘리앵은 무한한 쾌감을 느끼며 천천히 이 말을 중얼거렸다.

좋다, 내 답장은 이것이다! 그는 소리질렀다. 라 몰 양이여, 내가 내 신분을 망각하고 있다고 생각하지는 마십시오. 십자군 전쟁에서 성 루이 대왕을 수행했던 저 유명한 기 드 크루아즈누아의 훌륭한 후손을 배반한 것이 어느 목수의 아들을 위해서였음을 당신이 이해하고 느끼게 해드리리다.

쥘리앵은 기쁨을 억누르지 못했다. 그는 정원으로 내려가지 않을 수 없었다. 열쇠를 채우고 들어앉아 있던 그의 방은 너무 좁아서 숨을 쉴 수 없을 것 같았다.

쥐라 산맥의 가난한 농사꾼인 나, 이 서글픈 검은 옷을 평생 걸쳐야만 하는 나! 아아! 이십 년 전이었다면 나는 그들처럼 제복을 걸쳤을 텐데! 그때라면 나 같은 남자는 전쟁터에서 싸우다 죽거나 서른여섯에 장군이 되었을 텐데. 그가 손에 움켜쥐고 있는 편지가 그에게 영웅 같은 풍모를 자아냈다. 지금은 이런 검은 옷을 입고 마흔 살이 되어서야 보베의 주교처럼 10만 프랑의 연봉을 받고 청색훈장을 두르지.

그런데! 메피스토펠레스처럼 웃으면서 그는 생각했다. 나는 그들보다 총명해. 나는 이 시대의 제복을 고를 줄 알아. 그는 자신의 야망과 사제복에 대한 집착이 배가되는 것을 느꼈다. 나보다 더 비천하게 태어나 군림하는 추기경이 얼마나 많아! 예를 들어 나와 동향인 그랑벨만 해도 그렇지.

쥘리앵의 흥분은 차츰 가라앉았다. 신중함이 떠올랐다. 그가 대사를 줄줄 외우고 있는 스승 같은 타르튀프*처럼 그는 중얼거렸다.

정직한 기교라는 그 말을 나는 믿을 수 있다.
(……)
그러나 그처럼 달콤한 말은 믿을 수 없으니,
내가 한숨지으며 갈구하는 그녀가 베푸는 약간의 호의,

---

* 몰리에르의 동명 희극에 등장하는 인물. 매우 위선적인 성격으로 유명하다.

그 말들이 내게 말하는 모든 것을 나는 믿을 수 없다.

—『타르튀프』4막 5장

타르튀프도 여자 때문에 망했다. 다르게 될 수도 있었는데 말이야…… 내 답장이 발각될지도 모르지…… 그 대책은 어디서 구할 수 있을까. 천천히 소리를 내어 발음하면서 자제하는 야수 같은 어조로 그는 덧붙였다. 고귀한 마틸드의 편지에서 가장 강렬한 문구들을 골라 시작해보자.

그렇다. 하지만 크루아즈누아의 하인 네 명이 내게 달려들어 편지 원본을 빼앗아갈 수도 있어.

아니야, 나는 무장하고 있어. 그리고 사람들도 알고 있듯이 하인들에게 총을 쏘는 것에 익숙해.

그런데 그들 중 한 명이 용감할 수도 있어! 그가 내게 달려들지도 모르지. 그는 나폴레옹 금화 백 닢을 약속받았거든. 나는 일찌감치 그를 죽이거나 상처를 입히겠지. 사람들이 바라는 게 바로 그거야. 그들은 나를 아주 가볍게 감옥에 집어넣겠지. 나는 재판정에 가게 되겠지. 그리고 재판관 나리들의 이름으로 정의롭고 공정하게 푸아시에서 퐁탕이나 마갈롱*과 동료가 될 거야. 거기서 나는 400명의 죄수와 뒤섞여서 잠을 자겠지…… 나는 그 죄수들을 동정하게 될지도 몰라! 여기까지 생각하던 쥘리앵은 벌떡 일어서면서 소리쳤다. 저들 귀족들도 감옥에서 제3계급 사람들을 만나면 동정심을 가질까? 이 말은 그때까

---

* 반정부 신문을 편집하여 1830년 푸아시 감옥에 수감되었던 인물들.

지 자신도 모르게 그를 괴롭히던 라 몰 후작에 대한 마지막 감사의 탄식이었다.

귀족 여러분, 진정하시오. 나도 마키아벨리즘의 술수쯤은 이해하고 있소. 마슬롱 사제나 신학교의 카스타네드 씨도 더 잘하지는 못할 거요. 당신들은 내게서 '도발적인' 편지를 빼앗으려 하겠지. 나는 콜마르의 카롱* 대령이 될 거요.

잠시만 기다리십시오, 나리들. 나는 이 운명의 편지를 잘 밀봉되는 봉투에 넣어 피라르 신부님께 보낼 겁니다. 그분은 정직한 분이고 얀센주의자이니 돈의 유혹에 넘어가지 않을 겁니다. 그러나 그분이 이 편지를 뜯어본다면…… 나는 이 편지를 푸케에게 보내야겠소.

쥘리앵의 눈빛이 잔인하고 표정이 음험했음을 인정해야 할 것이다. 그 표정은 순수한 죄악으로 숨쉬고 있는 것 같았다. 그는 사회 전체와 싸우고 있는 불행한 남자였다.

무기를 들라! 쥘리앵이 소리쳤다. 그는 저택의 현관 층계를 단숨에 내려갔다. 그리고 길모퉁이에 있는 대서소로 들어섰다. 대서인은 그의 모습에 겁을 먹었다. "이걸 베껴주시오." 라 몰 양의 편지를 그에게 내밀며 쥘리앵이 말했다.

대서인이 편지를 베끼는 동안 쥘리앵은 푸케에게 편지를 썼다. 그는 귀중한 물건을 맡아달라고 푸케에게 부탁했다. 그러나 잠시 쓰는 일을 멈추고 생각했다. 우체국에 있는 비밀요원이 내 편지를 뜯어보고 당신들이 찾고 있는 이 편지를 당신들에게 돌려줄지도 모르지. 안

---

* 프랑스의 군인. 나폴레옹 군대에서 복무했으며 1820년 반란을 일으켜 처형되었다.

되겠소, 나리들. 그는 신교도 서점으로 두툼한 성서를 사러 갔다. 그리고 마틸드의 편지를 겉장 안에 교묘히 숨겨놓고 한꺼번에 포장했다. 그의 소포는 우편마차 편으로 떠났고, 푸케의 일꾼들 중 한 명에게 배달되었다. 파리의 그 누구도 푸케를 알지 못했다.

일을 마친 그는 기분 좋고 가벼운 걸음으로 라 몰의 저택으로 돌아왔다. 자, 이제 일을 하자! 방문을 잠그고 옷을 벗어던지면서 그는 소리쳤다.

그는 마틸드에게 편지를 썼다.

"이런, 아가씨, 쥐라 산맥의 가난한 목수에게 너무나 유혹적인 편지를 써서 부친의 하인인 아르센을 시켜 전하시다니요. 그의 순진한 마음을 놀리시려는 건가요……"

그런 다음 그가 받은 편지에서 가장 분명한 구절들을 베껴넣었다.

그의 신중함은 보부아지 기사의 외교적 신중함을 능가했다. 아직 열 시였다. 쥘리앵은 행복과 가난뱅이 악동으로서 너무나 새롭게 느껴보는 자신의 능력에 대한 자신감에 도취하여 이탈리아 오페라를 보러 갔다. 그는 친구인 제로니모가 노래하는 것을 들었다. 일찍이 음악이 이렇게까지 그의 마음을 흔든 적은 없었다. 그는 신(神)이 된 것 같았다.

14장 어느 처녀의 생각

얼마나 당황했던가! 헤아릴 수 없이 잠 못 들던 밤!
오, 하느님! 나는 경멸받을 자가 될 것인가?
그도 나를 경멸할 것이다.
그러나 그는 떠나고, 멀리 사라지는구나.
— 알프레드 드 뮈세

마틸드가 아무런 갈등 없이 편지를 쓴 것은 아니었다. 쥘리앵에 대한 그녀의 관심이 어떻게 시작되었든 간에 철이 든 이래로 그녀의 마음을 지배하고 있던 자존심을 이내 그가 차지해버린 것이다. 오만하고 냉정한 이 영혼은 처음으로 정열적인 감정에 휩쓸렸다. 그러나 그가 그녀의 자존심을 눌렀다 해도 그녀는 여전히 자존심의 습관에 충실했다. 갈등과 새로운 감정을 겪은 두 달 동안 그녀의 정신은 새롭게 태어났다.

마틸드는 행복을 보았다고 믿었다. 탁월한 정신과 결합한 용감한 영혼 위에 아주 강력하게 작용한 이 전망은 통속적인 일체의 의무감과 위엄에 대항하여 오랜 투쟁을 벌여야만 했다. 하루는 아침 일곱시에 어머니 방에 가서 빌키에에 조용히 가 있고 싶으니 허락해달라고 조르기도 했다. 후작부인은 대답조차 하지 않고 가서 잠이나 더 자라고 타일렀다. 이것이 통속적인 지혜와 통념을 존중하려는 최후의 노력이었다.

그릇되게 행동하는 건 아닐까. 혹은 켈뤼스와 뤼즈, 크루아즈누아같은 사람들이 신성하게 여기는 생각들과 충돌하는 건 아닐까 하는 염려는 그녀의 영혼에 별로 힘을 쓰지 못했다. 그런 자들은 그녀를 이해할 인물이 못 되는 것 같았다. 사륜마차나 토지를 사는 문제라면 그들과 의논할지도 모른다. 그녀의 진정한 공포는 쥘리앵이 그녀를 마음에 들어하지 않으면 어쩌나 하는 것이었다.

그도 역시 뛰어난 인물의 외양만 지닌 것은 아닐까?

그녀는 개성이 없는 것을 싫어했다. 그것이 그녀를 둘러싸고 있는 근사한 청년들을 물리치는 유일한 이유였다. 유행과 어울리지 않는 모든 것에 대해 그들이 우아하게 조롱을 하면 할수록 그들은 그녀의 눈 밖에 났다.

그들은 용감하기는 하다. 그러나 그것이 전부다. 더구나 어떻게 용감한가? 그녀는 생각했다. 결투에서. 하지만 결투는 이제 의식에 불과해. 다 미리 짜고 하는 짓이야. 심지어 쓰러지면서 하는 말까지. 잔디 위에 뻗어 심장에 손을 얹고 상대방에게 관대한 용서의 말을 하고는 미모의 여인에게 한마디 전하는 거지. 대개는 상상 속의 여인이거나 그 사람이 죽은 날 의심을 살까 두려워 무도회에 가는 여인이야.

칼날이 번뜩이는 기병대의 선두에 선다면 위험을 무릅쓰는 거지. 그러나 고독하고 특이하며 예측할 수 없는, 참으로 끔찍한 위험은?

아아! 신분의 위대함처럼 성격의 위대함을 갖춘 남자는 앙리 3세의 궁정에나 있었지! 아! 쥘리앵이 자르나크나 몽콩투르 밑에서 복무했다면 틀림없었으련만. 그 활기와 힘의 시대에 프랑스인들은 꼭두각시 같지 않았는데. 전투가 벌어지는 날이 오히려 가장 편안한 날이었지.

그들의 생활은 모두 공동의 껍데기에 싸여 항상 똑같은, 이집트의 미라 같은 중독된 생활은 아니었어. 그래, 그 시대에 카트린 드 메디치가 살던 수아송의 저택을 밤 열한시에 혼자 나서려면 오늘날 알제리로 달려가는 것 이상의 용기가 필요했어. 남자의 생활은 우연의 연속이었지. 지금은 문명이 우연을 몰아냈고 더이상 예기치 않은 일이란 없어. 우연이 사상 속에 모습을 보인다 해도 그것을 담을 만한 경구가 없어. 사건 속에 그것이 나타난다 해도 어떠한 비겁자도 우리가 느끼는 공포 이상으로 느끼지는 않아. 공포가 불러일으킨 어떤 광기도 변명이 되거든. 타락한 지루한 시대여! 보니파스 드 라 몰이 잘린 머리를 무덤 밖으로 내밀고 1793년 열일곱 명의 후손이 이틀 뒤 단두대에서 처형되기 위해 어린 양처럼 끌려가는 것을 보았다면 무슨 말을 했을까? 죽음은 확실한 것이었다. 그러나 자신을 방어하며 자코뱅을 한두 명 죽였다면 나쁜 짓이었을까? 아! 프랑스의 영웅시대, 보니파스 드 라 몰의 시대라면 쥘리앵은 기병 대위가 되었을 거고 오빠는 젊은 사제가 되어 눈에 예지를 담고 입에는 이성을 담은, 풍습에 어울리는 사람이 되었을 것이다.

몇 달 전만 해도 마틸드는 상식적인 틀과 조금이라도 다른 사람을 만나는 것에 절망하고 있었다. 그녀는 사교계의 몇몇 젊은이에게 편지를 쓰는 것에서 어떤 행복을 찾아냈다. 처녀에게는 어울리지 않고 너무나 경솔한 이런 대담함이 크루아즈누아나 그녀의 외할아버지인 숀 공작, 그리고 숀 공작의 저택 사람들이 볼 때는 그녀에게 흠이 되는 행동일 수도 있었다. 계획했던 결혼이 깨지는 것을 보면 그들은 이유를 알고 싶어할 것이다. 그 무렵 그녀는 편지를 쓰는 날에는 잠을 이룰 수가 없었다. 그러나 그 편지들은 답장일 뿐이었다.

그런데 이번에는 그녀가 사랑한다고 용감하게 말한 것이다. 그녀가 사회의 최하층계급 남자에게 먼저(얼마나 무서운 말인가!) 편지를 쓴 것이다.

이런 사실이 발각되는 날에는 씻을 수 없는 불명예를 안게 될 것이다. 어머니 쪽 부인들 중 과연 누가 그녀의 편을 들어줄 것인가? 살롱의 끔찍한 경멸을 무마하기 위해 어떤 말을 들려줄까?

말하는 것도 끔찍한데 하물며 편지를 쓰지 않았나! 벨랑의 항복 조인 소식을 들은 나폴레옹은 "글로 써서는 안 될 일이다"라고 외쳤다. 미리 교훈을 주기라도 하듯 이 말을 그녀에게 해준 사람이 바로 쥘리앵이었다!

그러나 그 모든 것은 여전히 아무것도 아니었다. 마틸드의 불안의 원인은 다른 데 있었다. 자기 계급을 모독했다는 이유로 사교계에 불러일으킬 끔찍한 결과와 경멸로 가득 찬 지울 수 없는 오점도 잊어버리고, 마틸드는 크루아즈누아 집안이나 뤼즈, 켈뤼스 집안과는 아주 다른 성분의 한 남자에게 편지를 쓰려는 것이었다.

쥘리앵의 심오하고 알 수 없는 성격은 그와 평범하고 일상적인 관계를 맺을 때조차도 두려운 것이었다. 그런데 그녀는 그를 자신의 연인으로, 어쩌면 자신의 주인으로 삼으려 하고 있다!

그가 영원히 나를 지배할 수 있다면 어떤 포부인들 품지 못하겠어?

좋아, 나는 메데이아*처럼 말할 거야! "이 숱한 위험 가운데에서 나는 나 자신으로 남아 있다."

쥘리앵은 고귀한 혈통에 대한 경배심이 전혀 없다고 마틸드는 생각했다. 게다가 그는 그녀를 사랑하는 것 같지도 않았다.

마지막에 이런 끔찍한 의혹이 들면 마틸드의 여성적 자존심이 고개를 드는 것이었다. 나 같은 여자의 운명에서는 모든 것이 남달라야 해. 초조해진 마틸드는 혼자 소리질렀다. 그러면 요람에서부터 불어넣어진 자존심이 덕성과 싸우는 것이었다. 쥘리앵의 출발 소식이 사태를 급진전시킨 것은 바로 이때였다.

(그런 성격은 다행히 아주 희귀하다.)

간교하게도 쥘리앵은 아주 늦은 밤 시간에 문지기 방에 꽤 무거운 가방을 내려보냈다. 라 몰 양의 하녀에게 들락거리는 하인을 불러 그 가방을 운반하게 했다. 이런 계략은 성공하지 못할지도 모른다. 하지만 성공한다면 그녀는 내가 떠났다고 생각할 거야. 쥘리앵은 이렇게 중얼거렸다. 그는 이것을 재미있어하며 기분 좋게 잠을 푹 잤다. 반면 마틸드는 눈을 붙이지 못했다.

쥘리앵은 다음날 아주 이른 새벽에 아무의 눈에도 띄지 않게 저택을 나섰다가 여덟시 전에 돌아왔다.

그가 서재에 들어서기가 무섭게 라 몰 양이 문에 나타났다. 쥘리앵은 답장을 내밀었다. 그녀에게 뭔가 말을 해야 한다고 생각했다. 적어도 더없이 편안한 기회였다. 그러나 라 몰 양은 그의 말을 들으려 하

---

* 그리스 신화에 나오는 마녀.

지 않고 자리를 떴다. 쥘리앵은 그것이 오히려 기뻤다. 그녀에게 무슨 말을 해야 할지 몰랐으니까.

이 모든 것이 노르베르 백작과 함께 하는 연극이 아니라면 이 귀한 신분의 아가씨가 나에게 품고 있는 기이한 사랑에 불을 붙인 것은 냉정한 내 눈빛임이 분명해. 언젠가 내가 저 금발머리 커다란 인형에게 호감을 갖고 끌려들어간다면 나는 나답지 않게 바보짓을 하는 거야. 이런 추론이 그로 하여금 지금까지의 그보다 더욱 차갑고 더욱 계산적이 되게 했다.

앞으로 예비된 전투에서 신분에 대한 자존심은 그녀와 나 사이에 자리잡은 전투 고지처럼 올라가야 할 언덕 같은 것이겠지. 그는 생각을 이어갔다. 바로 그 위에서 싸움이 벌어지는 것이다. 내가 파리에 남은 것은 아주 잘못한 일이다. 이 모든 것이 연극에 불과하다면 출발을 연기한 것은 나를 천하게 하고 나를 노출시킨 셈이 된다. 떠나는 것에 무슨 위험이 있었지? 그들이 나를 조롱한다면 나도 그들을 조롱한 것이다. 나에 대한 그녀의 관심이 어느 정도 사실이라면 그 관심을 백배쯤 키웠을 것이다.

라 몰 양의 편지가 쥘리앵에게 너무나 활기찬 허영심의 만족을 주었으므로, 쥘리앵은 자신에게 일어난 일에 웃음지으며 출발의 적절함을 진지하게 생각해보는 것을 잊어버렸던 것이다.

자신의 과오에 지나칠 만큼 예민한 것이 쥘리앵의 치명적 약점이었다. 그는 자신의 잘못에 몹시 화가 나서 그 작은 잘못에 앞서 있었던 믿을 수 없는 승리를 거의 생각하지 않고 있었다. 그럴 즈음 아홉시경에 라 몰 양이 서재의 문턱에 모습을 보이더니 그에게 편지를 던지고 달아나버렸다.

이러다가는 서한체 소설이 되겠는데. 그 편지를 집어들며 쥘리앵이 말했다. 적군이 거짓 행동을 하고 있군. 그렇다면 나는 냉정함과 덕을 보여줘야지.

편지는 그의 내적 유쾌함을 증가시키는 오만함을 지니고 결정적인 대답을 요구하고 있었다. 그는 자신을 놀리려는 사람들에게 연막을 피우는 즐거움을 만끽하며 두 쪽의 답장을 썼다. 편지 말미에 그의 확실한 출발은 다음날 아침이라고 알리는 것도 아직 농담조였다.

편지를 다 쓰고 나서 그는 생각했다. 정원이 편지를 전하기에는 좋겠다. 그는 정원으로 갔다. 그리고 라 몰 양의 방 창문을 바라보았다.

어머니의 침실 옆에 위치한 그녀의 방은 2층이기는 하나 다소 높은 중이층(中二層)이 그 사이에 놓여 있었다.

2층은 너무 높아서, 손에 편지를 들고 보리수가 늘어선 산책로 아래를 거닐고 있는 쥘리앵의 모습이 라 몰 양 방의 창문에서는 보이지 않았다. 보리수가 이루는 둥근 천장이 우거져 시야를 막고 있었다. 이게 뭐람! 쥘리앵이 역정을 내며 혼잣말을 했다. 또 경솔한 짓을 했군! 편지를 손에 든 모습을 보이다니, 나의 적들에게 이용되겠어.

노르베르의 방은 정확히 자기 누이동생 방 밑에 있었다. 만일 쥘리앵이 보리수 가지로 이루어진 아치 밖으로 나온다면 백작과 그의 친구들이 그의 행동을 전부 지켜볼 수 있었다.

라 몰 양이 창문 뒤에 모습을 드러냈다. 그는 편지를 반쯤 내보였다. 그녀가 머리를 숙였다. 쥘리앵은 즉시 달음질쳐 그녀의 방으로 올라갔다. 그러다가 우연인 듯 커다란 계단에서 아름다운 마틸드와 마주쳤다. 그녀는 그의 편지를 아주 편안하게, 눈웃음을 지으며 받아갔다.

내밀한 관계를 맺은 지 여섯 달이 지나서도 내 편지를 받을 때 레날 부인의 눈에는 얼마나 정열이 담겨 있었던가! 쥘리앵은 생각했다. 생각해보니 그때 그녀는 웃음짓는 눈으로 나를 바라보지 않았다.

그는 답장의 나머지 부분을 그리 명백하게 표현하지 않았다. 동기의 경박함에 부끄러움을 느꼈던 것일까? 그러나 라 몰 양의 아침 의상의 우아함과 자태의 우아함은 레날 부인과 얼마나 차이가 큰가! 그의 생각은 이어졌다. 서른 발자국쯤 떨어진 곳에서 라 몰 양을 보게 된다 해도, 안목이 있는 남자라면 그녀가 사교계에서 차지하는 서열을 알아맞힐 것이다. 그것이 바로 사람들이 명백한 자질이라고 부르는 어떤 것이다.

농담을 하면서도 쥘리앵은 아직 자기 생각을 모두 고백하지는 않았다. 레날 부인에게는 그를 위해 제물로 바칠 크루아즈누아 후작 같은 남자가 없었다. 경쟁자라고는 무식한 샤르코 군수뿐이었다. 그는 자신을 모지롱이라고 부르라고 했다. 모지롱에게는 더이상 후예가 없었기 때문이다.

다섯시에 쥘리앵은 세번째 편지를 받았다. 편지는 서재의 문에서 그에게 던져졌다. 라 몰 양은 또다시 달아났다. 편지 쓰는 데 이골이 났군! 쥘리앵은 웃으면서 중얼거렸다. 이렇게 편안하게 서로 이야기할 수 있는데 말이야! 적군이 내 편지들을 손에 넣고 싶어할 거야. 분명해. 그것도 여러 통을! 그는 편지를 서둘러 뜯어보려 하지도 않았다. 여전히 우아한 문장들이겠지, 하고 생각했으나 읽는 순간 그는 얼굴이 창백해졌다. 편지는 단지 여덟 줄이었다.

"당신에게 할말이 있어요. 오늘밤에 당신에게 말해야겠어요. 새벽 한시 종이 울릴 때 정원에 나오세요. 우물 곁에 있는 정원사의 커다란 사다리를 가져오세요. 그 사다리를 창문에 걸치고 내 방으로 올라오세요. 달이 밝겠군요. 하지만 무슨 상관이겠어요."

15장 이것은 음모인가?

아아! 마음에 품은 큰 뜻과 실행 사이의 간극은 잔인하여라!
헛된 두려움과 망설임이 얼마나 많은가!
이것은 삶의 문제,
아니, 그 이상으로 명예의 문제로다!
—실러

이거 문제가 심각하구나…… 쥘리앵은 생각했다. 그런데 너무나 분명해. 그는 한참 생각하다가 덧붙였다. 이런! 저 아름다운 아가씨는 서재에서 얼마든지 나와 얘기할 수 있어. 그곳은 완전히 자유로운 곳이니까. 후작은 내가 계산서를 보여줄까봐 두려워서 거기에 좀처럼 들어오는 법이 없잖아! 거기 들어오는 사람이라고는 라 몰 후작과 노르베르 백작뿐인데, 그들은 거의 하루 종일 집에 없어. 그들의 거동은 그들이 저택에 들어서는 순간부터 쉽사리 살필 수 있어. 고상한 마틸드에게는 고귀한 왕자도 모자랄 판인데 마틸드는 내가 가증스럽고 경솔한 짓을 하기를 원하고 있어.

분명하다. 나를 파멸시키거나 적어도 나를 놀리려는 것이다. 우선 내 편지를 가지고 나를 파멸시키려 할 거야. 편지들은 책잡힐 데 없어. 그렇다면! 누가 뭐라 해도 분명한 행동이 그들에게는 필요하다. 저 귀여운 귀족 청년들이 나를 너무 바보로 알거나 허풍선이로 아는 거야.

제기랄! 세상에서 가장 밝은 달밤에 25피트나 높이 솟은 2층으로 사다리를 타고 올라오라니! 사람들 눈에 띌 텐데. 이웃 저택에서도 다 보일 거야. 사다리를 기어오르는 내 모습이 볼 만하겠군! 쥘리앵은 자기 방으로 올라가서 휘파람을 불면서 가방을 꾸리기 시작했다. 그는 떠나기로 결심했고 답장조차 하지 않기로 했다.

그러나 이런 분별 있는 결심도 그의 마음을 평화롭게 놔두지 않았다. 하지만 만약 마틸드가 진심이라면! 쥘리앵은 가방을 꾸리다 말고 생각했다. 그러면 나는 그녀에게 완전히 비겁한 놈이 된다. 나는 신분이 보잘것없다. 나에게는 뛰어난 자질이 필요하다. 믿을 수 있는 재산, 가정이 필요 없고 웅변하는 행동이 증명하는 자질이 필요해……

생각하는 데 십오 분이 걸렸다. 부인해봐야 무슨 소용인가? 마침내 그는 말했다. 나는 그녀가 볼 때 비겁한 놈이 될 거야. 레츠 공작의 무도회에서 모두들 입을 모아 말한 상류사회에서 가장 찬란하게 빛나는 여인을 잃어버릴 뿐만 아니라, 공작의 아들이며 그 자신도 공작이 될 크루아즈누아 후작이 패배하는 것을 바라보는 성스러운 기쁨도 잃고 마는 것이다. 기지, 가문, 재산 등 내게는 없는 모든 자질을 지닌 매력적인 젊은이를 이기는 기쁨 말이다.

이 후회는 일생 동안 나를 따라다닐 것이다, 그녀 때문이 아니다. 여자는 많으니까!

그러나 명예는 하나뿐!

늙은 동 디에그*는 이렇게 말했지. 그런데 지금 나는 분명하고도 명백하게 내게 닥친 첫 위험 앞에서 뒷걸음치고 있다. 보부아지 씨와의 결투는 장난 같은 것이었다. 하지만 이건 완전히 달라. 나는 하인에게 총을 맞고 빈사 상태가 될 수도 있다. 하지만 그건 사소한 위험이고, 나는 명예를 잃을 수도 있다.

애야, 이것은 심각한 문제다. 쥘리앵은 가스코뉴 억양으로 명랑하게 말했다. 명예가 걸린 문제가 아닌가. 나처럼 우연에 의해 맨 밑바닥에 던져진 가엾은 악마는 이런 기회를 다시는 얻지 못할 거야. 나는 행운을 얻을 수도 있어. 하지만 하류의 행운이겠지……

그는 오래 생각에 잠겼다. 가끔씩 멈춰 서면서 초조한 걸음으로 왔다갔다했다. 방 안에는 리슐리외 추기경의 위엄 있는 대리석 흉상이 놓여 있었다. 그것이 자기도 모르게 그의 시선을 끌었다. 그 흉상은 엄격한 시선으로 그를 바라보는 것 같았다. 프랑스인들이 천성적으로 지니고 있는 대담함이 부족하다고 비난하는 것 같았다. 위대한 분이시여, 당신의 시대라면 내가 주저했을까요?

마침내 쥘리앵은 중얼댔다. 최악의 경우 이 모든 것이 함정이라고 가정해보자. 젊은 처녀로서 이건 아주 음험하고 아주 위험한 짓이다. 내가 가만있을 사람이 아니라는 것을 사람들은 알고 있다. 그러니까 나를 죽여야 할 것이다. 보니파스 드 라 몰의 시대, 1574년이라면 괜

---

* 프랑스의 고전 비극 작가 코르네유의 운문비극 「르 시드」에 등장하는 인물.

찾을 것이다. 그러나 오늘날에는 감히 그렇게 하지 못할 것이다. 저들은 그때 사람들하고는 다르지 않은가. 그리고 라 몰 양은 세상 사람들의 선망의 대상이 아닌가! 내일 400개의 살롱이 그녀의 수치에 대해 웅성거릴 것이다. 게다가 그들이 얼마나 쾌감을 느끼겠는가!

하인들은 저희들끼리 내가 마틸드의 호감의 대상이라고 수군거리지. 나도 알고 있다. 그들이 말하는 것을 들었다……

또 그녀의 편지!…… 그들은 내가 그 편지들을 지니고 있다고 생각할 수 있다. 내 방에서 나를 붙잡고 내게서 편지를 빼앗으려 하겠지. 나는 두 명, 세 명, 네 명을 상대하게 될까? 하지만 그 사람들을 어디서 데려오겠는가? 파리에서 신중한 하인들을 어디 가서 구하겠는가? 정의가 그들을 겁나게 할 테지…… 아무렴! 켈뤼스, 크루아즈누아, 뤼즈 집안 사람들도 그런데 말이야. 지금 그들 사이에서 내가 취하는 어리석은 모습이 그들을 유혹한 거겠지. 자, 비서님, 아벨라르*처럼 되지 않게 조심하시오.

아무렴! 여러분, 여러분은 얼굴에 내 칼자국을 지니고 다니게 될 거요. 내가 파르살라**의 카이사르 군대처럼 당신들 얼굴에 일격을 가할 테니…… 편지로 말하면 내가 안전한 곳에 숨길 수 있소.

쥘리앵은 마지막 두 통의 편지를 베껴 서가에 있는 볼테르의 책 안에 숨겨놓았다. 그리고 원본은 직접 우체국으로 가지고 갔다.

우체국에서 돌아온 쥘리앵은 놀라고 두려워하며 생각했다. 내가 무

---

* 중세의 신학자. 자신의 제자이자 후에 가톨릭 수녀가 된 엘로이즈와의 사랑으로 유명하다.
** 그리스의 도시. 카이사르가 폼페이우스 군대를 무찌른 곳.

슨 미친 짓을 하려는 것인가! 다가오는 밤에 그가 하려는 행동을 직시하지 않은 채 한참이 지났던 것이다.

하지만 거절한다면 곧바로 나 자신을 경멸하게 될 거야. 그런 행동은 일생 동안 커다란 회의의 주제가 될 거야. 나에게 그런 회의는 가장 쓰라린 불행이지. 아망다의 애인 때문에 이미 그런 회의를 맛보지 않았나! 훨씬 분명한 범죄를 저지른다 해도 쉽사리 용서할 수 있을 거야. 일단 자백하고 나면 더이상 그 생각을 하지 않을 테니까.

뭐라고! 프랑스에서 가장 훌륭한 이름을 달고 다니는 사내와 경쟁자가 되는 건데 나 자신이 그보다 못하다고 즐거운 마음으로 선언하라고! 사실 그녀의 방에 올라가지 않는 것은 비겁한 일이야. 이 말이 모든 것을 결정했다. 일어서면서 쥘리앵은 소리쳤다. 게다가 그녀는 아주 예쁘지 않은가.

이것이 배반이 아니라면 그녀는 내게 무슨 미친 짓을 하는 것이냐!…… 이것이 속임수라면, 좋다, 여러분! 이 장난을 진지하게 만드는 건 내게 달려 있다. 나는 그렇게 할 것이고.

그러나 방에 들어설 때 그들이 내 팔을 붙잡는다면, 그들이 어떤 신기한 기계를 갖다놓은 건지도 모른다.

이건 결투와도 같군. 쥘리앵은 웃으면서 생각했다. 어떠한 공격에도 방어책은 있다고 내 무술 선생은 말했다. 그렇지만 끝장을 내기를 원하는 하느님께서는 두 사람 중 하나가 방어하는 걸 잊게 만드는 것이다. 더구나 여기 그들에게 답해줄 것이 있다. 그는 주머니에서 권총을 꺼냈다. 뇌관이 번쩍번쩍하는데도 새것으로 바꾸었다.

아직도 여러 시간을 기다려야 했다. 무엇인가를 하기 위해서 쥘리앵은 푸케에게 편지를 썼다.

친구여, 동봉한 편지는 사고가 일어날 경우에만 열어보게. 어떤 이상한 일이 내게 일어났다는 소리를 듣게 되면 말일세. 편지를 열어보게 되면 내가 자네에게 보내는 편지에서 고유명사는 지워버리고 여덟 통의 사본을 만들어 마르세유, 보르도, 리옹, 브뤼셀 등등의 신문사에 보내게. 그런 다음 열흘이 지난 후에 그 편지를 인쇄해서 첫번째 것을 라 몰 후작님께 보내게. 그리고 보름 후에는 나머지 인쇄물들을 밤사이에 베리에르 거리에 뿌려주게.

사고가 난 경우에만 푸케가 뜯어볼 수 있다는 콩트 형식으로 꾸민 이 짤막한 증거자료는 쥘리앵이 가능한 한 라 몰 양에게 위험하지 않게 만든 것이었다. 그러나 결국에는 쥘리앵 자신의 입장을 정확하게 보여주었다.

쥘리앵이 편지를 봉하고 나자 저녁 식사를 알리는 종이 울렸다. 그 종소리에 가슴이 두근거렸다. 자신이 방금 구상한 이야기에 몰두하는 그의 상상력이 비극적 예감으로 가득 차 있었던 것이다. 자신이 하인들에게 붙잡혀 손발이 묶이고 입에는 재갈이 물린 채 지하실로 끌려가는 모습이 보이는 듯했다. 거기서 하인 한 명이 그를 감시할 것이다. 귀족 가문의 명예가 사건의 비극적 결말을 요구한다면, 흔적을 조금도 남기지 않는 독약과 함께 일생을 마치는 것은 쉬운 일일 것이다. 그러면 사람들은 내가 병으로 죽었다고 말하겠지. 사람들이 죽은 나를 내 방으로 옮겨놓을 거야.

극작가처럼 자신의 이야기에 가슴이 뭉클해진 쥘리앵은 식당으로 들어설 때 정말로 겁이 났다. 그는 제복을 입고 있는 하인들을 모두 둘러보았다. 그들의 표정을 유심히 살폈다. 오늘밤 거사를 위해 누가 뽑혔나? 이 가문에서는 앙리 3세 궁정의 추억이 너무나 생생하고 또 자주 추모되고 있어서, 모욕당했다고 여기면 같은 서열의 다른 어떤 인물들보다 더 단호할 것이다.

그는 라 몰 양의 눈에서 그들 가족의 계획을 읽어내기 위해 그녀를 응시했다. 그녀는 창백했다. 그리고 완전히 중세풍의 표정을 짓고 있었다. 지금까지 한 번도 그녀에게서 그렇게 위대한 표정을 발견하지 못했다. 그녀는 참으로 아름답고 기품 있었다. 그는 거의 사랑에 빠질 뻔했다. 팔리다 모르테 푸투라.* 쥘리앵이 중얼거렸다.

저녁 식사 후에 쥘리앵은 정원을 오래 산책하는 척했으나 허사였다. 라 몰 양은 모습을 드러내지 않았다. 그 순간 그녀와 이야기할 수 있다면 그의 마음은 무거운 억눌림에서 벗어날 것 같았다.

어째서 그녀에게 털어놓지 못하지? 그는 두려웠다. 행동하기로 결심했을 때 그는 부끄러움도 없이 그 감정에 몸을 맡겼다. 행동의 순간에 필요한 용기를 찾아내기만 한다면 지금 이 순간 내가 무엇을 느끼든 무슨 상관이람? 그는 상황이 어떤지 그리고 사다리의 무게가 얼마나 되는지 알아보러 자리를 떴다.

그는 웃으면서 중얼거렸다. 베리에르에서처럼 여기서도 이것이 내 운명에 소용되는 도구란 말인가! 하지만 얼마나 차이가 나는가! 그때

---

* 창백한 얼굴은 위대한 계획을 예고한다.

는 내가 찾아가는 여인을 의심하지 않아도 되었다. 위험 면에서도 또한 얼마나 차이가 있는가!

그때 내가 레날 씨의 정원에서 죽임을 당했다 해도 나에게 불명예가 될 것은 전혀 없었다. 사람들은 내 죽음을 쉽사리 의문의 죽음으로 만들 수 있었을 것이다. 그러나 여기서는, 숀 저택 살롱, 켈뤼스 저택 살롱, 레츠 저택 살롱 등 곳곳에서 얼마나 구역질나는 이야기들을 만들어낼 것인가. 나는 후손들에게 괴물 같은 놈이 될 것이다.

이삼 년 동안 그런 비난을 면하기 어려울 것이다. 쥘리앵은 웃으면서, 자신을 비웃으면서 또다시 생각했다. 그런데 이런 생각이 그를 허무하게 했다. 나는 어디에서 변명을 찾을 수 있을까? 내가 죽고 난 뒤 푸케가 내 팸플릿을 인쇄한다고 하자. 그건 치욕을 더하는 일이 될 것이다. 흥! 나는 한 집안에 받아들여졌다. 그런데 내가 거기서 받은 호의와 사람들이 내게 지나칠 만큼 베푼 친절의 대가로 거기서 일어난 일에 대해 팸플릿을 인쇄한다고! 여인의 명예를 공격하겠다고! 아! 차라리 속아넘어가는 것이 천만배 낫겠다.

그날 밤은 무서웠다.

16장 새벽 한시

> 그 정원은 아주 넓었다.
> 그 정원이 완벽한 취향으로 가꾸어진 것은
> 채 몇 해도 되지 않았다.
> 그래도 나무들은 백 년 이상 된 것들이었다.
> 그곳에서 사람들은 전원의 풍치를 찾았다.
> ─마생제

쥘리앵이 푸케에게 부탁을 취소하는 편지를 쓰려고 할 때 열한시 종이 울렸다. 그는 마치 자기 방에 갇혀 있기라도 한 듯이 자기 방의 자물쇠를 소리내어 이리저리 돌렸다. 그는 집 안 전체에서, 특히 하인들이 기거하는 5층에서 무슨 일이 일어나고 있는지를 살금살금 살펴보고 다녔다. 특별할 것은 하나도 없었다. 라 몰 후작부인 방의 하녀 하나가 파티를 벌여서 하인들은 유쾌하게 펀치를 마시고 있었다. 밤의 거사에 가담한 사람들이 이렇게 웃고 있을 리는 없다. 그럴 계획이라면 좀더 진지할 것이다. 쥘리앵은 생각했다.

마침내 그는 정원의 보이지 않는 구석으로 가서 자리를 잡았다. 그들의 계획이 집안의 하인들에게 비밀이라면 정원의 담 너머로 나를 붙잡을 사람들을 오게 했을 거야.

만일 크루아즈누아 씨가 냉정함을 갖고 이번 일을 꾸몄다면, 내가 그녀의 방으로 들어서려는 순간에 나를 붙잡는 것이 그가 결혼하려고 하는 젊은 여인에게 덜 위험하다고 생각할 거야.

그는 군대식으로 아주 정확하게 정찰을 했다. 내 명예에 관한 문제야. 그는 생각했다. 내가 만일 실수를 저지를 경우 '나는 그 생각을 미처 하지 못했어'라고 내게 말하는 것이 나 자신에게 변명이 되지는 못할 거야.

날씨는 절망적으로 맑았다. 열한시쯤 되자 달이 떠올랐고, 열두시 반이 되자 달빛은 정원에 면해 있는 저택의 정면을 환하게 비추었다.

그녀는 미쳤군. 쥘리앵이 중얼거렸다. 한시가 울렸을 때 아직 노르베르 백작의 방 창문에는 불빛이 비치고 있었다. 살아오는 동안 쥘리앵은 이때처럼 겁이 난 적이 없었다. 그가 하려는 일의 위험만 보였다. 어떤 열광도 없었다.

그는 커다란 사다리를 가지러 갔다. 약속이 취소될 수도 있으므로 오 분을 기다렸다. 한시 오분에 그는 마틸드의 방 창문에 사다리를 걸쳤다. 그는 한 손에 권총을 들고 아무도 공격하지 않는 것을 놀라워하며 가만가만 올라갔다. 그가 창문에 다가갔을 때 마틸드가 소리 없이 문을 열었다.

"오셨군요."

몹시 감격하며 마틸드가 그에게 말했다.

"한 시간 전부터 당신의 거동을 지켜보고 있었어요."

쥘리앵은 매우 당황했다. 어떻게 행동해야 할지 알 수 없었다. 그는 전혀 사랑을 느끼지 않았던 것이다. 당황하면서도 그는 용감해야 한다고 생각했다. 그는 마틸드를 껴안으려고 했다.

"어머!"

마틸드가 쥘리앵을 밀어내면서 말했다.

그는 거절당한 것을 오히려 다행스러워하며 서둘러 주변을 살펴보았다. 달빛이 너무나 훤해 라 몰 양의 방에 드리워진 그림자들이 검었다. 내가 보지 못해서 그렇지 여기 누군가 숨어 있을 수도 있어. 쥘리앵은 생각했다.

"당신 옷 옆주머니에 무엇이 들어 있죠?"

화젯거리를 찾아낸 것을 기뻐하며 마틸드가 그에게 말했다. 그녀는 이상하게 고통스러워했다. 좋은 가문에 태어난 처녀가 천성적으로 지닐 수 있는 조심성과 온갖 수줍은 감정이 그녀의 왕국을 다시 차지하여 그녀를 벌하고 있었다.

"갖가지 무기와 권총입니다."

쥘리앵 역시 뭔가 할말이 생겨 반갑게 대답했다.

"사다리를 치워야 해요"

마틸드가 말했다.

"사다리가 큽니다. 아래층 살롱이나 중간층이 깨질지도 몰라요."

"유리창을 깨면 안 돼요."

마틸드가 평상시 대화 같은 어조를 취하려고 헛되이 애쓰면서 응수했다.

"사다리 첫 단에 밧줄을 매서 사다리를 낮출 수 있을 거예요. 제 방에는 언제나 준비해두는 밧줄이 있어요."

그야말로 사랑에 빠진 여인이군! 쥘리앵은 생각했다. 그녀는 용감하게도 사랑한다고 말하고 있는 것이다! 염려 속의 저 대단한 냉정함과 지혜는 내가 어리석게 생각한 것처럼 크루아즈누아 씨를 이긴 게 아니라는 걸 말해주고 있어. 아주 간단히 말해서 내가 그의 뒤를 이은 거야. 하지만 그렇다고 해도 사실 무슨 상관이야! 내가 이 여자를 사랑하나? 결국 내가 후작을 이기는 것이다. 후계자가 생긴 것을 알면 그가 화를 낼 테고, 그 후계자가 나라는 것을 알면 더욱 화를 낼 테니까. 어제 저녁 그는 토르토니 카페에서 나를 모르는 체하며 얼마나 거만하게 나를 바라보았던가! 더이상 모르는 체할 수 없어서 내가 인사했을 때 얼마나 고약한 표정을 지었던가!

쥘리앵은 사다리 맨 윗단에 밧줄을 묶고 가만히 사다리를 내려놓았다. 그는 사다리 때문에 유리창이 깨지지 않도록 발코니 밖으로 많이 몸을 숙이고 있었다. 누군가 마틸드의 방에 숨어 있다면 나를 죽이기 좋은 순간이다. 쥘리앵은 생각했다. 그러나 어디서도 깊은 정적만 흐르고 있었다.

사다리가 땅에 닿았다. 쥘리앵은 벽을 따라 만들어놓은, 이국의 꽃들을 심은 화단에 사다리를 뉘일 수 있었다.

"예쁜 꽃들이 망가진 것을 보면 어머니가 뭐라고 하실까!…… 밧줄을 치워야 해요. 밧줄이 발코니로 올라와 있는 걸 누가 보면 이상하게 여길 거예요."

그녀가 아주 냉정하게 덧붙였다.

"그러면 나는 어떻게 돌아가죠?"

쥘리앵이 농담조로 식민지 어투를 흉내내며 말했다(이 집의 하녀 하나가 산토 도밍고 출신이었다).

"당신요, 당신은 문으로 나가면 되죠."

마틸드가 이 생각에 들떠서 말했다.

아! 이 남자는 내 모든 사랑을 받을 자격이 있어! 그녀는 생각했다.

쥘리앵은 정원에 밧줄을 떨어뜨려놓았다. 마틸드가 그의 팔을 잡았다. 그는 적에게 붙잡혔다고 여겨 단검을 빼들고 날렵하게 돌아섰다. 그러나 그녀는 창문을 여는 소리가 들렸다고 생각했던 것이다. 그들은 꼼짝 않고 숨도 못 쉬고 있었다. 달빛이 환하게 그들을 비추었다. 소리는 다시 들려오지 않았다. 불안도 더이상 없었다.

그러자 어색함이 다시 시작되었다. 양쪽 모두 심했다. 쥘리앵은 문의 빗장이 다 잘 잠겼는지 확인했다. 침대 밑도 보려고 생각했으나 감히 그러지는 못했다. 침대 밑에 한두 명의 하인이 숨어 있을지도 몰랐다. 결국 그는 자신이 신중치 못했음을 나중에 후회하게 될까 두려워 침대 밑도 들여다보았다.

마틸드는 극도의 수줍음 때문에 온갖 불안에 빠져 있었다. 그녀는 자기 처지가 염려되었다.

"당신 제 편지를 어떻게 하셨어요?"

마침내 그녀가 물었다.

그들이 듣고 있다면 그들을 당황케 하고 전투를 피할 수 있는 아주 좋은 기회구나! 쥘리앵은 생각했다.

"처음 편지는 두꺼운 신교도 성서 속에 숨겨서 어제 저녁 우편마차로 멀리 가져갔습니다."

그는 아주 분명하고 세세하게 말했다. 미처 살펴보지 못한 두 개의 커다란 마호가니 장롱 속에 숨어 있을지도 모를 사람들에게 잘 들리도록 말이다.

"나머지 두 통도 우편으로 부쳤으니 첫번째 편지와 같은 길을 따라갈 겁니다."

"세상에! 왜 그렇게 조심하시죠?"

마틸드가 놀라며 물었다.

무엇 때문에 거짓말을 하겠는가? 쥘리앵은 생각했다. 그는 그녀에게 자신의 모든 의심을 털어놓았다.

"그래서 당신의 편지들이 그토록 냉정했군요!"

애정보다는 광기가 어린 억양으로 마틸드가 소리쳤다.

쥘리앵은 그런 뉘앙스는 눈치채지 못했다. 당신의 편지들이라는 말에 정신이 없어졌다. 아니, 적어도 의심은 사라졌다. 그는 용기를 내 그토록 우러러보이던 그 아름다운 처녀를 품에 안았다. 그녀는 그를 약간 밀쳐낼 뿐이었다.

그는 예전에 브장송에서 아망다 비네 곁에서 그렇게 했듯이 기억에 의지해서 『누벨 엘로이즈』의 아름다운 구절들을 여러 줄 암송했다.

그 구절들을 귀담아듣지도 않은 채 마틸드가 대답했다.

"당신은 남자다운 사람이에요. 솔직히 말해서 당신의 용기를 시험해보고 싶었어요. 당신의 첫 의심과 결심은 내가 생각했던 것 이상으로 당신이 용감하다는 걸 보여주네요."

마틸드는 그에게 허물없이 말하려고 애썼다. 그녀는 자신이 하는 말의 내용보다 말하는 방식에 더욱 신경을 쓰고 있었다. 그러나 다정함이 없는 이 말투는 쥘리앵에게 전혀 기쁨을 주지 않았다. 그는 자신이 행복하지 않은 것에 스스로 놀랐다. 결국 억지로라도 행복을 느끼려고 이성의 도움을 청했다. 그는 결코 조건 없이 남을 칭찬하는 법이 없는 이 오만한 처녀에게 자신이 존경받고 있다는 것을 알았다. 이런 생각을 하니 자존심이 만족되었다.

사실 이것은 그가 레날 부인 곁에서 가끔씩 발견했던 영혼의 황홀함은 아니었다. 이 최초의 순간 그가 느낀 감정 안에는 부드러움이 전혀 없었다. 그것은 야망에서 우러나오는 가장 강렬한 행복이었다. 그리고 쥘리앵은 특히 야망이 컸다. 그는 그가 의심했던 사람들과 그가 만들어낸 조심스러운 대책에 대하여 또다시 말했다. 말하면서 그는 자신의 승리를 이용할 방법을 생각했다.

마틸드는 아직도 몹시 당황스러운 상태에서 자신의 방식에 지쳐 있는 기색이었는데, 대화의 주제를 찾게 되어 기뻐하는 것 같았다. 그들은 밀회의 방법에 대해 이야기했다. 쥘리앵은 이 의논에서 또다시 그가 증명해 보인 재치와 용기를 감미롭게 즐겼다. 눈치가 빠른 사람들이 문제였다. 어린 탕보는 틀림없이 염탐꾼이었다. 하지만 마틸드와 그도 술책이 없는 것은 아니었다.

모든 점으로 미루어보아 서재에서 만나는 것보다 더 쉬운 일이 있겠는가?

"나는 아무 의심 받지 않고 저택의 어느 곳이든 갈 수 있어요. 라 몰 후작부인의 방에까지도요."

쥘리앵이 말했다.

마틸드의 방에 가려면 반드시 후작부인의 방을 거쳐야만 했다. 만일 마틸드가 사다리를 타고 오는 것을 더 좋아한다면 그 별것 아닌 위험에 몸을 던지는 것쯤은 기꺼이 할 수 있었다.

쥘리앵이 말하는 것을 들으면서 마틸드는 그 의기양양한 태도에 감정이 상했다. 그러니까 그가 내 주인인 거야! 그녀는 혼자 생각했다. 이미 그녀는 후회에 사로잡혀 있었다. 그녀의 이성은 그녀가 방금 범한 터무니없고 미친 짓을 두려워하고 있었다. 할 수만 있다면 자신과 쥘리앵을 없애버리고 싶었다. 잠깐씩 의지의 힘이 후회를 잠재울 때면 수줍음과 고통스러운 수치심이 그녀를 몹시 불행하게 만들었다. 그녀는 지금 그녀가 느끼는 두려움을 조금도 예상하지 못했다.

그렇지만 나는 그에게 말해야 해. 마침내 그녀는 생각했다. 자기 애인에게 말하는 것이 적절한 일이니까. 그러더니 목소리보다 사용하는 말에 더 많은 애정을 담고 이 며칠 동안 그녀가 의무를 완수하기 위해 취했던 여러 가지 해결책들을 이야기했다.

그녀는 쥘리앵이 자기가 하라는 대로 정원사의 사다리를 타고 자기 방에 올라온다면 그에게 몸을 맡기리라 결심했었다. 그런데 이런 애정의 말을 이보다 더 냉정하고 더 예의 바르게 말하는 사람은 없을 것이다. 그때까지 이 만남은 싸늘한 것이었다. 그것은 사랑을 증오케 하기에 충분했다. 경솔한 젊은 아가씨에게 이보다 좋은 도덕적 교훈은 없으리라! 이런 순간을 위해 자신의 미래를 망치는 것이 가치가 있는 일일까?

표면적으로만 관찰한 사람이 보기에는 가장 단호한 증오의 결과로 보일 수 있는 오랜 망설임 끝에 한 여인이 자기 자신에게 부과한 많은 감정들은 그만큼 확고한 의지에 간신히 맡겨졌다. 마틸드는 마침내 그의 사랑스러운 애인이 되었다.

진실을 말하자면 이런 기쁨에는 약간의 의지가 개입했다. 정열적인 사랑은 그들에게 아직 실제라기보다는 모방하고 싶은 모델에 가까웠다.

라 몰 양은 자기 자신과 애인에게 의무를 완수하고 있다고 믿었다. 가엾은 소년이 완벽한 용기를 보여주었으니 그는 행복해야 해. 그렇지 않으면 내가 비겁한 여자야, 라고 그녀는 생각했다. 그러나 그녀는 자신이 처해 있는 끔찍한 필연성을 떨쳐버릴 수만 있다면 영원한 불행이라도 대가로 치르고 싶은 심정이었다.

그녀는 끔찍할 정도로 격렬한 감정을 느끼고 있었지만 하는 말로 보면 완벽한 애인이었다.

어떤 후회도, 어떤 비난도 쥘리앵에게 행복하다기보다는 기이해 보이는 그날 밤을 망치지는 못했다. 오오, 레날 부인과 함께 보낸 베리에르에서의 마지막 이십사 시간과는 얼마나 다른가! 파리의 근사한 방식은 모든 것을, 심지어 사랑까지도 망쳐놓는 비법을 찾아내는구나. 극도의 부당함을 느끼며 쥘리앵은 생각했다.

라 몰 부인의 방인 바로 옆방에서 들려온 잠에서 깨어나는 소리에 마틸드는 그를 커다란 마호가니 장롱 속에 들어가게 했고, 쥘리앵은 거기에 선 채로 이런 생각들을 했다. 마틸드는 어머니를 따라서 미사에 갔고 하녀들도 이내 방을 나갔다. 쥘리앵은 하녀들이 일을 마치러 다시 돌아오기 전에 쉽사리 방을 빠져나갔다.

그는 말을 타고 파리 근교의 숲으로, 가장 호젓한 장소로 갔다. 행복하다기보다는 놀라웠다. 행복감이 때때로 그의 영혼을 점령했다. 그것은 어떤 놀라운 무훈을 세운 뒤에 총사령관에게서 단번에 연대장으로 임명받은 청년 소위의 행복감 같은 것이었다. 자신이 무한히 드

높아진 느낌이었다. 바로 전날까지만 해도 그의 위에 있었던 모든 것이 지금은 바로 곁에 혹은 아래에 있었다. 쥘리앵의 행복은 멀리 달려 갈수록 점점 커져갔다.

그의 마음속에 다정함이 전혀 없는 것은, 이 말이 약간 이상하게 들리겠지만, 마틸드가 그와 함께 있을 때 보인 모든 행동이 의무를 완수하는 것이었기 때문이다. 그날 밤 일어난 모든 일 중에 그녀가 예기치 못한 일이라고는 소설에서 말하고 있는 완전한 환희 대신 그녀가 불행과 수치심만 발견했다는 사실뿐이었다.

내가 잘못 생각한 걸까? 내가 그를 사랑하지 않는 것일까? 그녀는 생각했다.

17장 오래된 칼

나도 이제 심각해져야겠다. 그럴 때가 되었다.
요즘엔 웃음도 너무 심각하게 보이니까.
악덕을 한 번 조롱해도 도덕군자들은 이를 죄악이라 한다.
—『돈 후안』13가

그녀는 저녁 식사 때 모습을 보이지 않았다. 밤에 잠깐 살롱에 나타났지만 쥘리앵을 쳐다보지 않았다. 이런 행동은 쥘리앵에게 이상하게 보였다. 하지만 그는 이렇게 생각했다. 나는 그들의 풍습을 모르니까. 그녀가 모든 것을 내게 설명해주겠지. 그렇다 해도 견딜 수 없는 호기심에 마음이 흔들린 그는 마틸드의 얼굴 표정을 연구했다. 그녀가 메마르고 심술궂은 표정을 하고 있음은 숨길 수 없었다. 지난밤 너무나 지나쳐서 진실이라고 믿기 어려운 행복의 기쁨을 누렸던 혹은 누리는 척했던 바로 그 여인이라고는 할 수 없었다.

다음날도, 그 다음날도 그녀는 싸늘했다. 그녀는 그를 쳐다보지도 않았다. 그의 존재를 알아채지도 못하는 것 같았다. 쥘리앵은 극심한 불안에 사로잡혀 첫날 그를 의기양양하게 했던 승리감으로부터 1000

리외나 떨어져 있었다. 부덕(婦德)으로 되돌아간 걸까? 그는 되는대로 생각했다. 하지만 부덕이라는 단어는 오연한 마틸드로서는 꽤 부르주아적인 말이었다.

일상적인 삶에서 그녀는 종교를 믿지 않지. 그녀는 자기 계급의 이해관계에 매우 유용한 것으로서 종교를 좋아해. 쥘리앵은 생각했다.

그러나 단순히 미묘한 감정 때문에 자기가 저지른 잘못을 극심하게 비난할 수는 없는 것 아닌가? 쥘리앵은 자기가 그녀의 첫 애인이라고 믿었다.

그러나 다음 순간 그는 이렇게 생각했다. 그녀의 태도에 순진하고 단순하고 부드러운 것이 하나도 없다는 것을 솔직히 말해야겠지. 이보다 더 오만한 그녀를 본 적이 없다. 나를 경멸하는 걸까? 오직 내 출생이 비천하다는 이유로 그녀가 나에게 한 일을 스스로 비난하는 것은 그녀다운 일 아닌가.

책들과 베리에르의 추억에서 끌어온 선입견에 가득 찬 쥘리앵이 연인을 행복하게 해주는 순간에는 자신의 존재마저 잊어버리는 다정한 애인에 대한 공상에 빠져 있는 동안 마틸드의 허영심은 그를 향해 노여워하고 있었다.

두 달 전부터 그녀는 더이상 권태롭지 않았으므로, 이제는 권태를 두려워하지 않았다. 이렇게 해서 쥘리앵은 손톱만큼도 의심하지 못한 채 자신의 가장 유리한 입지를 잃은 셈이었다.

나에게 주인이 생겼어! 몹시 우울한 근심에 사로잡혀 라 몰 양은 생각했다. 그는 명예를 얻은 셈이지. 잘된 거야. 하지만 내가 그의 허영심을 끝까지 밀어붙이면 그는 우리 관계를 세상에 알려서 내게 복수하겠지. 마틸드는 한 번도 애인을 가져본 적이 없었다. 가장 메마른 영혼에게도 어떤 달콤한 환상을 주게 마련인 이러한 인생의 국면에서도 그녀는 쓸쓸한 성찰의 포로가 되어 있었다.

그는 내 위에 커다란 왕국을 세웠어. 두려움으로 나를 지배하고 있으니까. 내가 그를 몰아붙이면 지독한 고통으로 나를 벌할 수 있으니까. 이런 생각만으로도 라 몰 양이 그를 모욕하고 싶어지기에 충분했다. 용기는 그녀 성격의 으뜸가는 자질이었다. 전 존재를 걸고 도박을 한다는 생각 말고는 어떤 생각도 그녀에게 흥분을 줄 수 없고, 끝없이 다시 태어나는 내면의 권태로부터 그녀를 치유할 수 없었다.

사흘째 되는 날에도 라 몰 양이 고집스럽게 그를 처다보지 않았으므로, 쥘리앵은 확실히 그녀가 싫어하는데도 불구하고 저녁 식사 후에 당구장으로 그녀를 쫓아갔다.

"당신은 나를 마음대로 휘두를 수 있는 권리를 가졌다고 생각하나요? 분명히 내 의사를 밝혔는데도 굳이 내게 말을 걸겠다는 건가요? 이 세상에서 그 누구도 그렇게 해본 적이 없다는 걸 아나요?"

분노를 간신히 억제하며 그녀가 말했다. 이 두 연인의 대화처럼 재미있는 것도 없었다. 그들은 자기도 모르게 서로에 대한 증오의 감정으로 흥분하고 있었다. 어느 한쪽도 참을성 있는 성격이 아니었고 둘 다 괜찮은 부류의 관습을 지니고 있었으므로, 즉시 영원한 절교를 분명하게 선언한 셈이었다.

"맹세하건대 영원한 비밀로 해드리지요. 또한 너무 눈에 띄는 변화여서 당신의 평판에 누가 되지 않는다면 결코 당신에게 말을 걸지 않겠다고 덧붙여 말씀드립니다."

그는 공손하게 인사하고 자리를 떴다.

그는 그다지 힘들이지 않고 의무라고 생각되는 일을 완수했다. 그는 라 몰 양을 사랑한다고 믿지는 않았다. 사흘 전 마호가니 장롱 안에 숨어 있을 때에도 그녀를 사랑하지는 않았다. 그러나 그녀와 영원히 절교했다는 걸 알게 된 순간 그의 마음속에서는 모든 것이 재빠르게 변해갔다.

그의 잔인한 기억이 실제로는 그토록 냉정했던 그날 밤의 세세한 상황을 그에게 다시 그려 보이기 시작했다.

영원한 절교를 선언한 바로 그날 밤, 쥘리앵은 자신이 라 몰 양을 사랑하고 있다는 걸 어쩔 수 없이 고백할 수밖에 없음을 깨닫고는 미칠 지경이 되었다.

괴로운 투쟁이 이 깨달음에 뒤따랐다. 그의 모든 감정들은 뒤죽박죽이 되었다.

이틀 후, 그는 크루아즈누아 씨에게 의기양양하기는커녕 눈물을 흘리면서 그를 껴안고 싶은 심정이었다.

불행의 습관이 그에게 양식(良識)의 섬광을 비추었다. 그는 남쪽 랑그도크로 떠나기로 결심했다. 가방을 꾸리고 역마차 정거장으로 갔다.

역마차 사무실에 도착하여 신기한 우연으로 다음날 툴루즈 행 역마차에 자리가 하나 남아 있다는 것을 알자 그는 무너져내리는 느낌이 들었다. 그는 그 자리를 예약하고 후작에게 자신의 출발을 알리기 위해 라 몰 저택으로 돌아왔다.

라 몰 씨는 외출중이었다. 쥘리앵은 다 죽어가는 모습으로 그를 기다리기 위해 서재로 갔다. 그곳에서 라 몰 양을 발견했을 때 그의 기분이 어땠을까?

그가 나타난 것을 보자 마틸드는 못된 표정을 지었다. 쥘리앵도 그 못된 표정을 뚜렷이 알아볼 수 있었다.

자신의 불행에 휘둘리고 놀라움에 정신 없어진 쥘리앵은 마음에서 우러나는 부드러운 어조로 간신히 그녀에게 말했다.

"그러니까 당신은 이제 저를 사랑하지 않는군요?"

"아무에게나 몸을 맡긴 것이 끔찍해요."

자기 자신에 대한 분노로 눈물을 흘리면서 마틸드가 말했다.

"아무에게나라고요!"

쥘리앵이 소리쳤다. 그는 골동품으로 서재에 보관하고 있는 중세의 오래된 칼을 향해 달려갔다.

라 몰 양에게 말을 거는 순간 극도에 달해 있던 그의 고통은 그녀가 쏟아내는 수치의 눈물을 보자 백배는 더 커졌다. 그녀를 죽일 수 있었다면 그는 남자들 중에서 가장 행복했을지도 모른다.

그가 고풍스러운 칼집에서 약간 힘을 들여 칼을 빼든 순간, 마틸드는 너무나 새로운 감동에 행복해져서 당당하게 그를 향해 다가갔다. 그녀의 눈물은 말라 있었다.

은인인 라 몰 후작에 대한 생각이 쥘리앵의 머리에 생생히 살아났다. 내가 그의 딸을 죽이다니! 끔찍한 일이야! 그는 중얼거렸다. 그는 칼을 던지려고 움직였다. 그는 생각했다. 그녀가 이런 멜로드라마 같은 동작을 보면 틀림없이 웃음을 터뜨릴 것이다. 이 생각 덕분에 그는 냉정을 되찾았다. 그는 오래된 칼날을 신기한 듯이 살펴보았다. 녹슨 얼룩이라도 찾아내려는 것처럼. 그리고 나서 칼을 칼집에 도로 꽂았다. 그러고는 더할 수 없이 침착한 태도로 칼이 걸려 있던 금도금한 청동 못에 칼을 다시 걸었다.

이 모든 동작들은 마지막에는 아주 느리게 행해져서 꼬박 일 분이 걸렸다. 라 몰 양은 놀라워하며 그를 바라보았다. 그러니까 내가 애인의 손에 죽임을 당할 뻔했구나! 그녀는 생각했다.

이 생각이 샤를 9세와 앙리 3세의 저 아름다운 시대로 그녀를 데려갔다.

그녀는 칼을 제자리에 두고 온 쥘리앵 앞에 꼼짝 않고 서 있었다. 그녀는 이제 증오가 담기지 않은 눈빛으로 그를 바라보았다. 그 순간 그녀가 유혹적이었다고 하는 게 맞을 것이다. 확실히 파리 인형 같은 여인들과 닮은 데라고는 없는 여인이었다(파리 인형이란 파리 여인들에 대한 쥘리앵의 대단한 반감을 표현하는 말이었다).

내가 그에게 다시 나약해지려 하는구나. 마틸드는 생각했다. 자신이 내 군주이자 주인이라는 생각을 하면 공세를 취하기 좋을 거야. 한번 지고 난 후에, 내가 그에게 그토록 단호하게 말하고 난 직후에 말이야. 그녀는 달아나버렸다.

아아! 그녀는 참 아름답구나! 뛰어가는 그녀를 보면서 쥘리앵은 말했다. 일주일도 채 안 된 그날 그토록 열렬하게 내 품에 뛰어들었던 바로 그 여인이다…… 그런 순간은 다시는 돌아오지 않겠지! 내 잘못 때문에! 그렇게 특별하고 관심 있어하는 행동을 나에게 했을 때도 내가 그걸 못 느꼈으니까!…… 나는 아주 평범하고 불행한 성격을 타고 났다고 인정하지 않을 수 없다.

후작이 나타났다. 쥘리앵은 서둘러 그에게 출발을 알렸다.

"어디로 가려고 하는가?"

라 몰 씨가 물었다.

"랑그도크입니다."

"아니, 안 되겠네. 자네는 더 중요한 일을 해야 해. 자네가 떠난다면 북부로 가게 될 걸세. 군대식으로 말해서, 자네에게 금족령을 내리겠네. 절대로 두세 시간 이상 자리를 비워서는 안 되네. 언제 자네가 필요할지 몰라서 하는 말이네."

쥘리앵은 인사를 하고는 몹시 놀라워하는 후작을 남겨두고 한 마디도 없이 물러났다. 그는 말할 상태가 아니었다. 그는 자기 방에 틀어박혔다. 거기서 그는 자기 운명의 온갖 잔혹함을 자유롭게 과장해볼 수 있었다.

이제 나는 멀리 떠날 수도 없구나! 후작이 나를 얼마나 더 파리에 잡아둘지 알 수가 없어. 아아! 나는 어떻게 될까? 의논할 친구 한 명도 없다. 피라르 신부님은 첫마디도 못 꺼내게 하실 거야. 알타미라 백작은 무슨 음모에나 가담하라고 제안하겠지.

그런데 나는 미쳤어. 그렇게 느껴져. 나는 미친 거야!

누가 나를 인도할까? 나는 어떻게 될까?

18장 잔인한 순간들

그리고 그녀는 내게 그것을 고백하는구나!
그녀는 세세한 상황까지 모두 말하는구나!
나만을 쳐다보고 있는 그녀의 아름다운 눈이
다른 사람에 대한 사랑을 담고 있구나!
— 실러

황홀해진 라 몰 양은 죽임을 당할 뻔했다는 행복만을 생각했다. 그녀는 이렇게까지 생각하는 것이었다. 그는 내 주인이 될 만해. 나를 죽이려고까지 했으니까. 정열이 그 정도까지 행동으로 나타나려면 근사한 사교계의 젊은이를 한꺼번에 몇 명이나 합쳐놓아야 할까?

그가 칼을 제자리에 걸기 위해 의자 위에 올라서서 정확히 벽걸이 장식가가 시킨 듯한 그림 같은 자세를 취했을 때 그는 정말 멋있었어. 결국 그를 사랑한 것이 그렇게 미친 짓은 아니었지.

그 순간 다시 화해할 수 있는 좋은 방법이 떠올랐다면 그녀는 기꺼이 그 방법을 택했을 것이다. 쥘리앵은 이중으로 방문을 걸어잠그고 자기 방에 틀어박혀서 더욱 격렬한 절망에 사로잡혔다. 제정신이 아닌 그는 마틸드의 발 아래 몸을 던질 생각까지 했다. 만일 그가 외딴

곳에서 몸을 숨기고 있는 대신 기회를 노리는 태세로 정원이나 저택을 돌아다녔다면 그의 지독한 불행을 단번에 너무도 생생한 행복으로 바꿀 수 있었을 것이다.

그러나 우리가 쥘리앵이 갖추지 못했다고 비난하는 그 능란함을 쥘리앵이 갖고 있었다면 그때 라 몰 양의 눈에 그토록 멋있게 보였던 칼을 빼드는 동작은 할 수 없었을 것이다. 쥘리앵에게 유리하게 작용하는 변덕은 하루 종일 계속되었다. 마틸드는 쥘리앵을 사랑했던 짧은 순간들의 매혹적인 이미지를 그려보았다. 그녀는 그때가 그리웠다.

사실 쥘리앵이 보기에는 이 가난한 청년을 향한 내 열정이 그가 양복 옆주머니에 온갖 권총을 넣고서 사다리를 타고 내 방에 올라온 새벽 한시부터 아침 여덟시까지만 지속된 것이겠지. 그가 스스로 내 주인이라고 여기며 겁을 주고 나를 자기 마음대로 휘두르려 할지도 모른다고 생각하기 시작한 것은 생트 발레르에서 미사를 드리고 십오 분쯤 지나서였어. 그녀는 생각했다.

저녁 식사 후에 라 몰 양은 쥘리앵을 피하기는커녕 그에게 말을 걸고는 정원으로 따라나서지 않겠느냐고 권했다. 그는 그녀의 말을 따랐다. 이런 시험은 처음이었다. 마틸드는 쥘리앵에게 다시 느끼는 사랑에 대한 의심을 조금씩 거두고 있었다. 그녀는 그의 곁에서 산책하는 것에 말할 수 없는 기쁨을 느꼈다. 아침에 그녀를 죽이려고 칼을 빼들던 그의 손을 신기하게 바라보았다.

그런 행동이 있은 후에, 그간의 모든 일이 일어난 후에, 그들의 지나간 대화들은 더이상 문제가 되지 않았다.

차츰 마틸드는 자신의 마음 상태를 친밀한 속내 이야기로 그에게 털어놓기 시작했다. 그녀는 이런 유의 대화에서 특이한 쾌감을 맛보았다. 그녀는 크루아즈누아 씨나 켈뤼스 씨에게 자신이 느꼈던 일시적인 열광의 마음까지 그에게 이야기하기에 이르렀다……

"뭐라고요! 켈뤼스 씨에게도요!"

쥘리앵이 소리쳤다. 버림받은 연인의 쓰디쓴 질투심이 터져나왔다. 마틸드는 그렇게 판단했다. 그리고 그런 생각은 그리 나쁘지 않았다.

그녀는 몹시 생생하고 내밀한 진심의 어조로 예전의 감정들을 그에게 설명함으로써 계속해서 쥘리앵을 괴롭혔다. 그는 그녀가 눈앞에 있는 것을 그려 보이는 것이라고 생각했다. 말하면서 그녀가 당시의 마음을 되찾아가는 것 같아 괴로웠다.

질투의 불행처럼 괴로운 것은 없는 법이다.

연적이 사랑을 받는다고 의심하는 것은 이미 너무나 잔인한 일이다. 하물며 사랑하는 여인이 연적에 대한 사랑을 자세하게 고백하는 것을 듣는다는 것은 말할 것도 없이 고통의 절정이다.

그 순간, 자신이 켈뤼스와 크루아즈누아보다 우월하다고 생각했던 쥘리앵의 자존심은 얼마나 상처를 받았을까! 얼마나 불행한 마음으로 그들의 아주 작은 장점들까지 과장했을까! 얼마나 솔직하게 자기 자신을 경멸했을까!

마틸드는 그에게 감탄할 만한 여인으로 보였다. 그의 숭배심은 온갖 말로도 표현할 수 없었다. 그녀 곁에서 산책하면서 그는 그녀의 팔, 그녀의 손, 그녀의 여왕 같은 자태를 훔쳐보았다. 그는 사랑과 불행으로 기진맥진하여 "불쌍히 여기소서!"라고 외치며 그녀의 발 아래에 쓰러질 지경이었다.

이토록 아름답고 누구보다도 뛰어난 여인이, 한때 나를 사랑했던 여인이, 머지않아 켈뤼스 씨를 사랑하려 하는구나!

쥘리앵은 라 몰 양의 진실성을 의심할 수 없었다. 그녀가 말하는 모든 것이 진실을 담고 있음은 너무나 분명했다. 쥘리앵의 불행을 완벽하게 하려는 듯이, 켈뤼스 씨에게 한때 그녀가 느꼈던 감정에 몰두한 나머지, 마틸드는 현재 그를 사랑하고 있는 것처럼 쥘리앵에게 말하기도 했다. 확실히 그녀의 어조에는 사랑이 담겨 있었다. 쥘리앵은 그것을 분명하게 알 수 있었다.

그의 가슴속에 납덩이가 녹아 넘친다 해도 이보다는 덜 고통스러웠을 것이다. 켈뤼스나 뤼즈에게 옛날에 느꼈던 사랑의 흔적을 다시 생각하면서 그녀가 그토록 기쁨을 얻는 것은 바로 그에게 말하고 있기 때문이라는 것을 극심한 불행감을 느끼는 이 가난한 청년이 어떻게 짐작이나 할 수 있었겠는가?

그 무엇도 쥘리앵의 번뇌를 표현할 수 없을 것이다. 그는 바로 며칠 전 그녀의 방에 침입하기 위해 한시 종소리를 기다리던, 보리수가 늘어진 바로 그 산책로에서 지금은 다른 사람을 향한 그녀의 사랑의 자세한 속내 이야기를 듣고 있는 것이다. 사람이 이보다 더 지독한 불행을 견뎌낼 수는 없는 법이다.

이 잔인한 속내 이야기는 일주일간 이어졌다. 마틸드는 그에게 말할 수 있는 기회를 때로는 찾는 것 같았고, 때로는 피하지 않는 것 같았다. 두 사람 모두에게 일종의 잔인한 쾌감을 안겨주며 되돌아오는 대화의 주제는 그녀가 다른 남자들에게 느꼈던 감정 이야기였다. 그녀는 자신이 썼던 편지들을 이야기하고 했던 말들까지 기억해냈다.

그에게 전체 문장을 외워 들려주기도 했다. 나중에 그녀는 일종의 심술궂은 기쁨을 느끼며 쥘리앵을 바라보는 것 같았다. 그의 고통이 그녀에게는 생생한 기쁨이었다.

쥘리앵은 인생 경험이 별로 없었다. 그는 소설조차도 읽지 않았다. 그가 조금만 덜 서툴러서 그에게 사랑받으면서 이상한 속내 이야기를 그에게 하고 있는 이 처녀에게 냉정한 어조로 '그 모든 남자분들보다 제가 가치가 없긴 합니다만, 당신이 사랑하는 사람은 나입니다'라고 말했더라면……

그랬더라면 그녀는 그가 자기 마음을 알아준 것에 행복해했을지도 모른다. 적어도 쥘리앵이 이런 생각을 완벽하고 우아하게, 적절한 시기에 표현했다면 성공했을 것이다. 마틸드가 보기에 단조롭게 되어가는 상황에서 그는 유리함을 안고 잘 빠져나왔다.

"당신은 이제 저를 사랑하지 않으시는군요. 저는 당신을 이토록 사모하는데!"

어느 날 사랑과 불행으로 정신이 없어진 쥘리앵이 마틸드에게 말했다. 이 바보 같은 말은 어쩌면 그가 범한 가장 큰 실수였다.

이 말은 라 몰 양이 자기 마음 상태를 그에게 말하면서 느끼고 있던 모든 기쁨을 눈 깜짝할 사이에 날려버렸다. 그녀는 이 모든 일에도 그가 기분 상해하지 않는 것에 놀라워하려는 참이었다. 그녀는 그가 이 바보 같은 말을 하려는 순간 어쩌면 그가 그녀를 더이상 사랑하지 않는지도 모른다고 생각하기에 이른 참이었다. 자존심이 그의 사랑의 불길을 꺼버렸을지도 모른다고 생각했다. 그는 내가 켈뤼스나 뤼즈, 크루아즈누아 같은 사람들을 더 좋아하는 것을 가만히 보고 있을 사람이 아니야. 그들이 자기보다 훨씬 잘났다고 말하고 있기는 하지만. 아니, 나는 결코 그를 아래로 보지 않을 거야! 이런 생각을 하던 참이었다.

지난 며칠 동안 불행으로 순진해진 쥘리앵은 이 신사들의 빛나는 자질에 대한 진지한 찬사를 마틸드에게 자주 늘어놓았다. 그는 그것을 과장하기까지 했다. 이런 뉘앙스를 라 몰 양이 놓칠 리 없었다. 그녀는 놀랐다. 하지만 원인을 전혀 알지 못하고 있었다. 쥘리앵의 광적인 영혼은 사랑받는다고 생각되는 연적을 찬양함으로써 그의 행복을 함께 느껴보고 싶었던 것이다.

매우 솔직하나 어리석기 짝이 없는 그의 말이 일순간에 모든 것을 바꿔놓았다. 마틸드는 자신이 사랑받고 있다고 확신하자 그를 철저히 경멸했다.

쥘리앵이 이 서투른 말을 하던 순간에 마틸드는 그와 함께 걷고 있었다. 그녀는 그를 떠났다. 헤어질 때 그녀의 눈길은 지독한 경멸을 품고 있었다. 그녀는 살롱으로 돌아와서 저녁나절 내내 그를 쳐다보지 않았다. 다음날도 이 경멸은 그녀의 마음을 온통 차지하고 있었다. 지난 일주일 동안 쥘리앵을 가장 친밀한 친구로 대하면서 느꼈던 그 큰 기쁨들이 이제는 사라져버렸다. 그녀는 그의 눈길이 기분 나빴다. 마틸드의 감정은 혐오로까지 발전했다. 쥘리앵을 눈앞에서 보면서 그녀가 느낀 경멸이 어느 정도인지는 이루 말할 수 없었다.

쥘리앵은 일주일 전부터 마틸드의 마음속에서 무슨 일이 일어나고 있는지 전혀 이해하지 못했다. 그러나 그도 경멸은 눈치챌 수 있었다. 그는 분별력을 발휘하여 아주 드문 경우를 제외하고는 그녀 앞에 나타나지 않았다. 그녀를 바라보지도 않았다.

그러나 마틸드 앞에 나타나지 않는 것은 지독한 고통을 수반했다. 그는 불행이 여전히 커지는 것을 느꼈다. 남자의 용기도 속수무책이라고 그는 중얼거렸다. 그는 저택의 지붕 밑에 있는 조그만 방의 창가에서 시간을 보냈다. 덧문은 조심스럽게 닫혀 있었지만 적어도 창문을 통해 정원에 나타나는 라 몰 양을 알아볼 수 있었다.

저녁 식사 후에 그녀가 켈뤼스 씨, 뤼즈 씨, 또는 그녀가 예전에 약간의 사랑을 느꼈었다고 그에게 말한 다른 남자들과 함께 산책하는 것을 보았을 때 그의 심정이 어떠했겠는가?

쥘리앵은 그런 격심한 불행은 한 번도 생각해본 적이 없었다. 거의 비명을 지를 지경이었다. 그처럼 강한 영혼도 마침내 뒤죽박죽이 되고 말았다.

라 몰 양과 관계가 없는 모든 생각은 그에게 지겨운 것이 되었다. 그는 아주 간단한 편지도 쓸 수 없게 되었다.

"자네 이상하군."

후작이 그에게 말했다.

쥘리앵은 속마음을 들킨 것에 떨면서 아프다고 말했고 후작이 믿게 만들었다. 그로서는 다행스럽게도 후작은 저녁 식사 때 그의 다음 여행에 대해 농담을 던졌다. 마틸드는 여행이 아주 오래 걸릴 수 있다는 것을 이해했다. 쥘리앵이 그녀를 피한 지 이미 여러 날이 되었다. 그리고 이 창백하고 음울한 청년에게 부족한 모든 것을 갖고 있는 빛나는 젊은이들, 예전에 그녀가 사랑했던 그들은 그녀를 공상에서 끌어낼 힘을 더이상 갖고 있지 못했다.

평범한 처녀는 살롱에서 눈길을 끄는 이 젊은이들 가운데에서 자신이 좋아할 남자를 찾을 거야. 하지만 천재적인 성격을 지닌 사람은 속물들이 걸어간 자취 속으로 자기 생각을 끌고 가지 않는 법이야. 그녀는 생각했다.

내가 재산이 없는 쥘리앵 같은 남자의 반려가 되면 나는 계속해서 주목을 받을 거야. 나는 일생 동안 이름 없이 지내고 싶지는 않아. 나는 민중이 무서워서 마차를 잘못 모는 마부에게도 감히 호통을 못 치는 사촌들처럼 끊임없이 혁명을 두려워하지 않고 틀림없이 훌륭한 한몫을 해낼 거야. 내가 선택한 남자는 기개가 있고 원대한 야망을 지녔으니까. 그에게 부족한 것이 무엇일까? 친구? 돈? 내가 그에게 줄 거야. 그러나 그녀는 쥘리앵을 약간 아랫사람으로, 원하는 대로 자기를 사랑하게 만들 수 있는 사람으로 취급하고 있었다.

19장 희가극

오, 사랑의 봄은
4월 어느 날의 덧없는 영광과 닮았구나.
지금은 태양의 온갖 아름다움을 보여주고 있지만
구름이 차츰 모든 것을 쓸어가버리는 4월!
— 셰익스피어

자신이 바라는 미래와 특이한 역할에 대한 생각에 몰두한 마틸드는 이윽고 쥘리앵과 함께 자주 벌이던 메마르고 형이상학적인 토론이 그리워지기에 이르렀다. 그런 고상한 생각들에 지치면 그녀는 때때로 그의 곁에서 맛보았던 행복의 순간들이 그리워졌다. 최근의 추억들에 후회가 전혀 없는 것은 아니었다. 어떤 순간에 대한 후회에 짓눌리기도 했다.

그러나 사람에게 약점이 있다면, 나 같은 처녀가 의무를 망각할 때가 있다면, 그것은 뛰어난 남자를 만났을 때뿐일 거야. 나를 유혹한 것은 그의 근사한 콧수염이 아니야. 말에 올라탈 때 보이는 우아함도 아니야. 나는 프랑스가 기대하는 미래에 대한 그의 심오한 토론과, 우리에게 닥쳐올 사건들이 1688년 영국에서 일어난 혁명과 흡사하다는 그의 생각에 매혹되었어. 나는 그의 회한에 끌렸어. 그녀는 중얼거렸다. 나는 약한 여인이지만 적어도 내가 누리는 외적인 혜택 때문에 꼭 두각시처럼 길을 잃어버리지는 않았어.

혁명이 일어난다면 쥘리앵 소렐이 롤랑* 역할을 하고 내가 롤랑 부인** 역할을 못 하겠어? 나는 스탈 부인 역할보다는 그 역할이 더 좋아. 행동의 비도덕성은 우리 시대에 걸림돌이 될 거야. 틀림없이 사람들은 나의 두번째 약점을 비난하지는 않을 거야. 만약 그런다면 나는 수치심으로 죽을 거야.

솔직히 말해서 마틸드의 몽상이 모두 방금 말한 것처럼 심각한 것은 아니었다.

그녀는 쥘리앵을 바라보았다. 그녀는 그의 사소한 행동에서도 매혹적인 우아함을 발견하곤 했다.

내가 그에게서 그가 지니고 있던 아주 사소한 생각들까지 파괴해버린 모양이야. 그녀는 이렇게 생각했다.

저 가엾은 청년이 일주일 전 내게 사랑의 고백을 할 때 짓고 있던 불행하고 심오한 정열의 표정이 그것을 증명해. 많은 존경과 많은 정열이 빛나던 그 말에 화를 낸 것은 내가 아주 이상했기 때문일 거야. 나는 그의 여인이잖아? 이 말은 아주 자연스러운 것이지. 그에게 말해야겠어. 그가 아주 사랑스러웠다고. 쥘리앵은 그 기나긴 대화 이후

---

* 프랑스의 정치가. 1792년 내무장관이 되었으나 이듬해 1월 루이 16세가 처형되자 반(反)산악파 입장을 표명하였고, 정치적 동반자였던 아내가 처형된 후 스스로 목숨을 끊었다.
** 프랑스 혁명기의 여걸. 정치가인 남편과 함께 활약했으나 루이 16세 처형 이후 반산악파 입장을 표명하여 처형되었다.

에도 아직 나를 사랑하고 있어. 그때 내가 나를 끌고 가던 권태 때문에 그가 그토록 질투하는 사교계 청년들에게 품었던 사랑의 흔적들을 참으로 거칠게 말했던 것은 사실이야. 아! 그들이 내 인생에서 그리 대수로운 존재가 아니라는 것을 그가 알았더라면! 내가 볼 때 그들은 쥘리앵과 비교하면 모두 무기력하기 짝이 없는 판박이들이야!

이런 생각을 하면서 마틸드는 되는대로 연필로 자기 앨범에 얼굴들을 그려보았다. 그녀는 자기가 그린 옆얼굴 가운데 하나를 보고 놀라고 기뻤다. 그것은 놀랍게도 쥘리앵을 닮아 있었다. 이건 하늘의 뜻이야! 이게 바로 사랑의 기적이로구나! 그녀는 기뻐하며 소리쳤다. 생각도 해보지 않았는데 내가 그의 초상화를 그리다니.

그녀는 방으로 달려가 문을 잠그고 진지하게 몰두하여 쥘리앵의 초상화를 그리려고 했다. 하지만 잘 그려지지 않았다. 되는대로 그린 초상화가 그를 가장 닮았다. 마틸드는 그 사실에 매혹되었다. 그녀는 거기에서 위대한 정열의 분명한 증거를 보았다.

그녀는 아주 늦게, 후작부인이 이탈리아 오페라 공연에 가자고 그녀를 부르러 사람을 보냈을 때에야 앨범을 손에서 놓았다. 그녀에게는 한 가지 생각밖에 없었다. 쥘리앵을 찾아내어 그도 함께 가게 하자고 어머니에게 부탁하는 것이었다.

하지만 쥘리앵은 좀처럼 보이지 않았다. 후작부인 일행은 그들의 특별석에 속물들만 두게 되었다. 오페라의 1막이 상연되는 동안 마틸드는 열렬한 정열의 기쁨 속에서 자기가 사랑하고 있는 한 남자를 꿈꾸었다. 그러나 2막에서 치마로사*의 선율에 실려 노래되는 사랑의 잠언은 그녀의 마음 깊숙이 스며들었다. 오페라의 여주인공은 말하고 있었다. 그를 향해 느끼는 내 과도한 사랑을 벌해야 해. 나는 그를 너무 많이 사랑해!

이 숭고한 찬가를 듣는 동안 세상에 존재하는 모든 것이 마틸드에게 모습을 감췄다. 누군가가 그녀에게 말을 걸었지만 그녀는 대답하지 않았다. 어머니는 그녀를 나무랐다. 그러나 그녀는 겨우 어머니를 바라볼 뿐이었다. 그녀의 도취는 쥘리앵이 요사이 며칠 동안 그녀에게 느꼈던 격렬한 감정들과 비교할 만한 정열과 격앙의 상태에 이르렀다. 쥘리앵에 대한 직접적인 생각에서 잠시 벗어나는 순간은 신성한 우아함이 넘치는 찬가가 온통 차지했다. 찬가에 나오는 잠언들은 마치 그녀의 처지를 그대로 적용한 듯했다. 음악에 대한 사랑 덕분에 그녀는 그날 저녁 언제나 쥘리앵만을 생각하던 레날 부인처럼 되었다. 머리로 하는 사랑은 진짜 사랑보다 더 많은 재기를 지니고 있다. 그러나 그 사랑은 열광의 순간만을 가질 뿐이다. 그 사랑은 너무 많이 알고 있다. 그 사랑은 끊임없이 자신을 판단한다. 생각이 흩어지기는커녕 그 사랑은 생각에 힘입어서만 존재한다.

집으로 돌아온 마틸드는 후작부인이 무슨 말을 하든 열이 있다는 핑계를 댔다. 그리고 피아노 앞에 앉아 그 찬가를 되풀이해 치면서 시간을 보냈다. 그녀는 자신을 매혹한 그 노래를 불러보기도 했다.

나를 벌해야 해, 나를 벌해야 해,
내 사랑이 지나치다면.

---

* 이탈리아의 작곡가.

미칠 듯한 밤을 보내고 나서 그녀는 자신의 사랑을 극복하게 되었다고 믿었다.(이제부터 쓰는 내용은 불행한 저자에게 여러 가지 면에서 해로울 것이다. 냉담한 영혼들은 저자의 무례함을 비난할 것이다. 그러나 여기에 쓰는 내용은 파리의 살롱에서 빛나는 존재들인 젊은 여성들 중 한 명이 마틸드의 성격을 타락시키는 광기의 움직임에 민감하게 반응하리라 가정하여 그들을 모욕하려는 것은 아니다. 마틸드는 순전히 상상의 인물이며 온 세기를 통틀어 19세기 문명에서 그토록 뚜렷이 드러나는 사회적 관습 밖에서 상상되었다.

올 겨울 무도회를 장식할 처녀들에게 신중함이 부족하다는 말은 전혀 아니다.

그녀들이 어마어마한 재산과 말(馬)과 훌륭한 토지와 세상에서 잘 살 수 있는 지위를 보장해주는 모든 것을 너무 경멸한다고 비난할 수 있다고도 생각하지 않는다. 이 모든 혜택은 권태의 대상이기는커녕 일반적으로 가장 변함 없는 욕망의 대상인 것이다. 그리고 사람들의 마음속에 정열이 있다면 바로 그런 것들을 향한 정열이다.

쥘리앵처럼 재능을 타고난 젊은이들의 행운을 책임지는 것이 사랑이라는 말도 아니다. 그들은 물리칠 수 없는 중압감으로 파벌에 집착한다. 그 파벌이 행운을 잡으면 사회의 온갖 좋은 것들이 그들 위로 쏟아진다. 어떤 파벌에도 속하지 않고 연구하는 사람은 불행하다. 사람들은 아주 불확실한 작은 성공에도 그들을 비난할 것이다. 그리고 높은 지위를 가진 세력가가 그 성공을 가로채 승리를 구가할 것이다. 그런데 독자여, 소설이란 큰 길을 어슬렁거리는 거울이다. 때로는 당신 눈앞에 창공을 비춰줄 것이고, 때로는 도로에 파인 웅덩이의 진흙을 비춰줄 것이다. 그런데 채롱에 거울을 가지고 다니는 사람을 비도 덕적이라고 비난하다니! 그의 거울이 진흙을 비추는데 당신은 거울을 탓하는 것이다! 차라리 웅덩이가 파인 큰길을, 아니, 그보다는 물이 괴어 웅덩이가 파이도록 방치한 도로 감시인을 비난하는 것이 마땅할 것이다.

마틸드의 성격이 덕성스러운 것 못지않게 신중하기도 한 우리 시대에는 있을 수 없는 성격이라는 것에 동의했으니, 이 사랑스러운 처녀의 광기에 대해 이야기를 써내려가도 독자께서는 화내지 않으시리라 기대한다.)

다음날 하루 종일 마틸드는 자신의 미친 듯한 정열에 대한 승리를 확신할 수 있는 기회를 엿보았다. 그녀의 목적은 모든 면에서 쥘리앵을 기분 나쁘게 하는 것이었다. 그러나 그녀의 행동은 어느 것 하나 그의 눈을 피하지 못했다.

쥘리앵은 너무나 불행하고 너무나 흥분해서 그렇게 복잡한 정열의 술책을 짐작할 수 없었다. 더욱이 자기에게 유리한 모든 것을 볼 수도 없었다. 그는 정열의 희생자였다. 일찍이 그가 이보다 더 불행한 적은 없었다. 그의 행동은 정신의 지배를 별로 받지 못했다. 어떤 우울한 철학자가 그에게 "자네에게 유리해진 처지를 재빨리 이용하도록 하게. 이런 종류의 머리로 하는 사랑은, 자네가 파리에서 보고 있는 사랑이 바로 그런 것인데, 같은 태도가 이틀 이상 지속되지 못한다네"라고 말했어도, 그는 그 말을 이해하지 못했을 것이다. 그러나 얼마나 격앙되어 있었든 간에 쥘리앵은 명예를 지니고 있었다. 그의 으뜸가는 의무는 조심성이었다. 그는 그것을 이해했다. 충고를 구하고, 누구든 만나는 사람을 붙잡고 자신의 신세를 하소연하는 것은 불타는 사막을 건너가면서 하늘로부터 얼음 물방울을 선물받는 불행한 사람의 행복에 비교할 만한 행복이었다. 그는 위험을 알고 있었다. 그에게 질문을 던지는 조심성 없는 사람에게 눈물을 쏟으며 대답하게 될까 걱정이었다. 그는 자기 방에 틀어박혔다.

그는 마틸드가 오래 정원을 산책하는 것을 보았다. 마침내 그녀가 정원을 떠났을 때 그는 정원으로 내려갔다. 그녀가 꽃 한 송이를 꺾어 간 장미 나무로 다가갔다.

밤이 깊었다. 그는 눈에 띄지 않을까 염려하지 않고 자신의 모든 불행에 몸을 맡길 수 있었다. 그가 보기에는 라 몰 양이 그토록 명랑하게 이야기하던 젊은 장교들 중 하나를 사랑하는 것이 분명했다. 그녀는 그를 사랑했었다. 하지만 그가 별볼일 없다는 것을 알아버린 것이다.

사실 나는 가진 게 별로 없잖아! 쥘리앵은 확신을 갖고 혼자 말했다. 나는 전적으로 평범하고, 속물스럽고, 다른 사람에게는 아주 권태롭고, 나 자신에게는 아주 참을 수 없는 존재야. 그는 자신의 모든 좋은 자질들과 자신이 열광적으로 좋아했던 모든 것들이 죽도록 혐오스러웠다. 이처럼 상상력이 뒤집힌 상태에서 그는 그 상상력으로 인생을 판단하려고 들었다. 이것은 뛰어난 인간이 저지르는 실수다.

죽어버릴까 하는 생각이 여러 차례 엄습했다. 자살은 매혹적이었다. 그것은 마치 감미로운 휴식 같았다. 그것은 사막에서 목마름과 더위로 죽어가는 불쌍한 사람에게 베풀어진 얼음물 한 잔이었다.

내가 죽으면 그녀는 나에 대한 경멸을 배가하겠지! 그는 소리질렀다. 나는 어떤 기억을 남겨두게 될 것인가!

이런 불행의 심연에 빠져 있을 때 인간에게 용기 말고는 구원이 없다. 용감해야 한다. 그러나 쥘리앵은 이렇게 말할 충분한 정력이 남아 있지 않았다. 하지만 마틸드의 창문을 바라보다가 덧문을 통해 그녀가 불을 끄는 것을 보게 되었다. 아! 그는 단 한 번 보았던 그 아름다운 방을 머릿속에 그려보았다. 그의 상상은 더이상 멀리 가지 못했다.

한시를 알리는 종이 울렸다. 쥘리앵은 종소리를 듣고 생각했다. 사다리를 타고 올라가야지. 잠깐이면 돼.

그것은 천재의 섬광 같은 생각이었다. 충분한 이유들이 무더기로 떠올랐다. 내가 더이상 불행할 수 있을까? 그는 생각했다. 그는 사다리로 달려갔다. 정원사가 사다리를 사슬로 묶어놓았다. 그는 가지고 있던 권총의 공이치기를 부러뜨린 뒤 초인적인 힘을 발휘하여 사다리를 묶고 있는 사슬 가운데 하나를 비틀었다. 얼마 지나지 않아 그는 사다리를 마음껏 쓸 수 있게 되었다. 그는 사다리를 마틸드의 방 창문에 걸쳤다.

그녀는 화를 낼 거야. 나를 실컷 경멸할 거야. 하지만 무슨 상관이람? 나는 그녀에게 입을 맞출 거야. 마지막 입맞춤. 그리고 내 방으로 와서 죽는 거야…… 죽기 전에 내 입술이 그녀의 뺨에 닿겠지!

그는 나는 듯 사다리를 올라갔다. 그리고 덧문을 두드렸다. 마틸드는 그 소리를 듣고 잠시 후에 덧문을 열려고 했다. 사다리가 거기에 걸려 있었다. 쥘리앵은 열어놓은 덧문을 고정하는 데 쓰는 쇠갈고리에 매달렸다. 여러 번 떨어질 위험을 무릅쓰고 사다리를 격렬하게 흔들어 약간 옮겨놓았다. 마침내 마틸드는 문을 열 수 있었다.

그는 다 죽어가는 얼굴로 방 안에 몸을 던졌다.

당신이군요! 그의 품안으로 뛰어들며 마틸드가 말했다.

쥘리앵의 행복을 누가 다 표현할 수 있을까? 마틸드의 행복도 거의 마찬가지였다. 그녀는 결심했던 바와는 전혀 다르게 그에게 말하고 있었다. 그녀는 자신의 행동을 뉘우치는 말을 그에게 하고 있었다.

"내 지독한 자존심을 벌주세요."

숨이 막히도록 그를 껴안으면서 마틸드가 말했다.

"당신은 내 주인이에요. 그리고 나는 당신의 노예예요. 반항하려고 했던 것에 대해 당신에게 무릎을 꿇고 용서를 빌겠어요."

그녀는 그의 품을 빠져나가 그의 발 아래에 엎드렸다. 그래요, 당신은 내 주인이에요. 여전히 사랑과 행복에 도취하여 그녀가 말했다. 영원히 나를 지배해줘요. 그리고 내가 반항하려고 하면 당신의 노예를 엄하게 벌해줘요.

다음 순간 그녀는 그의 품을 빠져나가 촛불을 켰다. 쥘리앵은 그녀가 머리카락 한쪽을 잘라내려는 걸 말리느라 온 힘을 써야 했다.

내가 당신의 노예라는 걸 기억하고 싶어요. 또다시 몹쓸 자존심이 내 정신을 잃게 만들면 이 머리카락을 보이고 말하세요. '이건 사랑의 문제가 아니오. 당신의 영혼이 이 순간 느끼는 정서의 문제가 아니란 말이오. 당신은 순종하겠다고 맹세했소. 그러니 명예를 걸고 복종하시오.' 이렇게요.

그러나 이 광란과 행복의 도취를 묘사하는 일은 그만두는 편이 더 현명할 것이다.

쥘리앵의 미덕은 그의 행복과 같은 수준이었다. 나는 사다리로 내려가야 해요. 정원 너머 동쪽 멀리 굴뚝들 위로 여명이 비치는 것을 보았을 때 쥘리앵이 마틸드에게 말했다.

"내가 바치는 이 희생은 당신에게 마땅한 것입니다. 인간 영혼이 맛볼 수 있는 놀라운 행복의 몇 시간을 내게서 거두는 것은 내가 당신의 평판을 위해 바치는 희생이에요. 만일 당신이 내 마음을 안다면, 내가 취하는 난폭함을 이해할 겁니다. 지금 당신이 보여준 대로 언제나 나를 위해 그렇게 해주겠어요? 이건 명예의 문제입니다. 그것으로 족해요. 우리의 첫 밀회 이후 모든 의심이 도둑에게만 쏠려 있는 것은 아니랍니다. 라 몰 씨는 정원에 보초를 세우라고 했고, 크루아즈누아 씨는 스파이들에게 둘러싸여 있어요. 매일 밤 그가 무슨 짓을 하는지 지켜보고 있다고요……"

그 말을 듣고 마틸드는 웃음을 터뜨렸다. 그녀의 어머니와 하녀 하나가 잠에서 깨어났다. 갑자기 누가 문에서 말을 건네왔다. 쥘리앵은 그녀를 바라보았다. 그녀는 하얗게 질린 얼굴로 하녀를 나무랐다. 감히 어머니의 말에는 대꾸하지 못했다.

"창문을 열어볼 생각을 한다면 사다리를 보게 될 텐데요!"

쥘리앵이 그녀에게 말했다.

그는 마틸드를 한 번 더 껴안고 사다리에 몸을 던지고는 미끄러지듯 내려갔다. 눈 깜짝할 사이에 땅에 내려섰다.

삼 초 만에 사다리는 보리수 산책로 아래로 옮겨졌고, 마틸드의 명예는 위험을 면했다. 쥘리앵이 정신을 차려보니 온통 피투성이에 거의 벌거벗은 몸이었다. 조심하지 않고 미끄러져 내려오는 동안 상처를 입은 것이다.

극도의 행복이 그의 성격의 정력적인 면을 되찾아주었다. 스무 명의 장정이 나타난다 해도 이 순간만큼은 혼자서 그들을 공격하는 것이 기쁨 하나를 추가하는 일이 되었을 것이다. 다행히 군인다운 그의 덕성은 시험에 빠지지 않았다. 그는 사다리를 원래 자리에 눕혀놓았다. 그리고 사다리를 묶었던 사슬을 다시 원래대로 해놓았다. 그는 마틸드의 방 창문 아래, 외국 꽃들을 심어놓은 화단에 난 사다리 자국을 없애는 것도 잊지 않았다. 그는 손 위로 무엇인가가 떨어지는 것을 느꼈다. 그것은 마틸드의 한쪽 머리카락이었다. 그녀가 잘라서 그에게 던진 것이다.

그녀가 창가에 있었다.

"당신의 종이 당신에게 보내는 거예요."

그녀가 꽤 큰 목소리로 쥘리앵에게 말했다.

"영원한 복종의 표시예요. 나는 내 이성의 시험을 포기했어요. 내 주인이 되어주세요."

쥘리앵은 너무나 감동하여 다시 사다리를 가져다가 그녀의 방에 올라가고 싶은 심정이었다. 결국 이성이 좀더 강하게 그를 붙잡았다.

정원에서 저택으로 돌아가는 것도 쉬운 일은 아니었다. 그는 지하실의 문을 억지로 여는 데 성공했다. 집에 이르러서는 자기 방의 문을 최대한 소리내지 않고 부숴서 열어야 했다. 혼란 속에서 방금 그토록 재빠르게 빠져나오느라 열쇠를 넣어둔 양복 저고리까지 두고 온 것이다. 그 치명적인 증거품을 감출 생각을 그녀가 해야 할 텐데! 그는 이렇게 생각했다.

마침내 피로가 행복을 압도했다. 해가 떠올랐을 때 그는 깊은 잠에 빠져들었다.

점심 식사를 알리는 종소리가 가까스로 그를 깨웠다. 그는 식당으로 갔다. 곧이어 마틸드가 들어왔다. 쥘리앵의 자존심은 많은 찬사에 둘러싸인 그토록 아름다운 이 여인의 눈에 사랑이 빛나고 있음을 보면서 행복한 순간을 누렸다. 그러나 곧 그의 신중함이 질겁할 일이 생겼다.

머리를 매만질 시간이 별로 없었다는 핑계로 마틸드는 지난밤에 쥘리앵을 위해 머리칼을 잘라낸 자리를 그가 단번에 알아볼 수 있도록 머리를 빗은 모습이었다. 그렇게 아름다운 얼굴도 무언가로 망가질 수 있다는 것을 보여줄 수 있다면 마틸드가 꼭 그 꼴이었다. 아름다운 잿빛 금발 머리카락의 한쪽 옆이 머리에서부터 반 인치가량 뭉텅 잘려 있었다.

점심 식사 때 마틸드가 보여준 모든 태도는 이런 처음의 경솔함에 부응하는 것이었다. 그녀는 쥘리앵에게 품고 있는 미친 듯한 정열을 모든 사람들이 알게 하려고 일부러 애쓰는 것 같았다. 다행히 그날 후작 부부는 곧 있게 될 청색훈장 수여 문제로 몹시 바빴다. 숀 씨가 명단에 빠져 있었기 때문이다. 식사가 끝나갈 무렵 쥘리앵은 마틸드에게 갔는데, 그녀는 쥘리앵에게 말을 하다가 그를 나의 주인이라고 불렀다. 그는 눈의 흰자위까지 빨개질 정도로 얼굴을 붉혔다.

우연이었는지, 아니면 후작부인 쪽에서 일부러 그렇게 했는지 마틸드는 그날 잠시도 혼자 있지 않았다. 저녁에 살롱의 식당을 지나면서 그녀는 쥘리앵에게 말할 기회를 잡았다.

"내 계획이 모두 어긋났어요. 그래도 내가 핑계를 댄다고 생각하세요? 어머니가 하녀들 중 한 명을 밤에 내 방에 두기로 하셨어요."

그날 하루는 번개처럼 흘러갔다. 쥘리앵은 행복의 절정에 있었다. 다음날, 쥘리앵은 아침 일곱시부터 서재에 자리잡았다. 그는 라 몰 양이 거기 나타나주었으면 하고 바랐다. 그녀에게 길고긴 편지를 써보냈던 것이다.

그는 여러 시간이 지난 후에야 그녀를 볼 수 있었다. 점심시간이었다. 그녀는 그날 정성껏 머리를 손질한 모습이었다. 놀라운 솜씨로 머리카락 잘라낸 자리를 감추고 있었다.

그녀는 한두 번 쥘리앵을 바라보았다. 그러나 예의 바르고 침착한 눈빛이었다. 나의 주인이라고 부르는 것은 이제 문제가 아니었다.

쥘리앵은 놀라서 숨도 못 쉴 지경이었다…… 그리고 마틸드는 그녀가 그를 위해 한 거의 모든 일을 후회하고 있었다.

마틸드는 곰곰이 생각하면서 그가 완전히 평범하지는 않지만 적어도 그녀가 그에게 용감히 행한 모든 이상한 광기에 걸맞은 자격을 가진 인물은 아니라고 결론지었다. 요컨대 그녀는 별로 사랑을 생각하고 있지 않았다. 그날 그녀는 사랑에 지쳐 있었다.

쥘리앵으로 말하자면 열여섯 살 난 소년처럼 마음의 격동을 느꼈다. 무서운 의심과 놀라움, 절망이 점심 식사를 하는 동안 차례차례 그의 마음을 점령했다. 식사 시간이 그에게는 영원처럼 길게 느껴졌다.

그는 단호하게 자리에서 일어서기 무섭게 마구간으로 달려갔다. 아니, 달려갔다기보다는 돌진해갔다. 스스로 말에 안장을 얹고 속보로 내달렸다. 그는 나약함을 보여 명예를 더럽힐까봐 두려웠다. 육체적 피로로 이 마음의 격동을 가라앉혀야 해. 뫼동의 숲을 내달리며 그는 생각했다. 이렇게 사랑을 잃어버리다니, 내가 무슨 짓을 했지? 내가 무슨 말을 했지?

오늘은 아무 일도 하지 말고 아무 말도 하지 말아야겠다. 저택으로 돌아오면서 그는 생각했다. 정신적으로 죽은 것과 마찬가지로 육체적으로도 죽어야 해. 쥘리앵은 더이상 살아 있는 몰골이 아니었다. 움직이고 있는 것은 그의 해골이었다.

20장 일본 꽃병

처음에 그의 마음은 극심한 불행을 이해하지 못했다.
그는 감동했다기보다 혼란스러웠다.
그러나 이성이 돌아옴에 따라
자신의 불운의 심각함을 느끼게 되었다.
인생의 모든 기쁨이 그에게서 사라졌다.
그는 자신을 찢어놓는 절망의 격렬한 통증만을 느낄 수 있을 뿐이었다.
그러나 육체의 고통을 말하는 것이 무슨 소용인가?
육체가 느끼는 고통이 어찌 이 고통과 비교될 수 있겠는가?
—장 폴

저녁 식사를 알리는 종이 울렸다. 쥘리앵은 겨우 옷을 입을 시간밖에는 없었다. 그는 살롱에서 마틸드를 보았다. 그녀는 자기 오빠와 크루아즈누아 씨에게 쉬렌에 있는 페르바크 원수부인 댁에서 열리는 야회에 가지 말라고 조르고 있었다.

그들에게는 그런 마틸드가 더없이 유혹적이고 더없이 사랑스러웠다. 저녁 식사 후에 뤼즈, 켈뤼스 그리고 여러 명의 친구들이 모습을 보였다. 라 몰 양은 자애로운 우정에 대한 숭배심과 가장 올바른 예법에 대한 숭배심을 되찾은 것 같았다. 그날 저녁엔 날씨가 매우 좋았지만 그녀는 정원에 나가지 않겠다고 고집을 부렸다. 그녀는 사람들이 라 몰 부인이 앉아 있는 안락의자에서 멀리 가지 않기를 바랐다. 겨울철처럼 푸른 소파는 모임의 중심이었다.

마틸드는 정원이 싫었다. 적어도 매우 지겨워 보였다. 정원은 쥘리앵과의 추억과 연관이 있었다.

불행은 정신을 갉아먹는다. 우리의 주인공은 서투르게도 이 조그만 밀짚 의자 곁에 멈추고 말았다. 그 의자는 예전에 그의 혁혁한 승리의 증인이었다. 그러나 오늘은 아무도 그에게 말을 건네지 않았다. 그의 존재를 못 알아본 것 같았다. 아니, 그 이상으로 비참했다. 라 몰 양의 친구들은 그의 곁에 있는 소파 가장자리에 자리잡았는데, 일부러 그에게 등을 돌리고 있는 것 같았다. 적어도 그는 그런 생각이 들었다.

궁정의 총애를 잃은 꼴이구나. 쥘리앵은 생각했다. 경멸로 그를 짓누르려고 하는 사람들을 그 순간 자세히 보고 싶어졌다.

뤼즈 씨의 숙부는 왕의 곁에서 막대한 책임을 맡고 있었다. 그래서 이 근사한 장교는 상대방과 대화를 시작할 때 이 자극적이고 특별한 이야기를 꺼내놓곤 했다. 그의 숙부는 일곱시에 생 클루로 길을 떠났고 저녁에 거기서 잘 예정이라고 했다. 이러한 자세한 사정 이야기를 사람 좋은 태도로 꺼내놓고는 계속 되풀이하는 것이었다.

불행으로 인해 엄격해진 눈으로 크루아즈누아 씨를 관찰하면서 쥘리앵은 이 사랑스럽고 선량한 젊은이의 심각한 버릇에 주목하게 되었다. 그는 어떤 일의 신비스러운 원인을 가정해보곤 하는 것이었다. 중요한 사건이 단순하고 아주 자연스러운 원인에 귀속되는 것을 보면 그는 우울해하거나 기분 나빠할 정도였다. 약간 광적인 데가 있군. 쥘리앵이 중얼댔다. 이런 성격은 코라소프 공이 내게 말해준 알렉산더 대왕의 성격과 놀랍게도 비슷해. 파리에서 살게 된 첫해에 신학교를 갓 나온 가엾은 쥘리앵은 이 사랑스러운 젊은이들의 우아함이 너무나 새롭게 여겨져 오직 찬탄할 뿐이었다. 그런데 이제는 그들의 진짜 성격이 눈앞에 보이는 것이었다.

나는 여기서 가당치 않은 역할을 하고 있어. 갑자기 그는 이런 생각이 들었다. 너무 어색하지 않은 태도로 작은 밀짚 의자에서 벗어나야 했다. 그는 뭔가 좋은 생각을 해내려고 했다. 그는 완전히 다른 데 정신이 팔려 있는 상상력에 새로운 무언가를 요구했다. 그는 기억의 힘을 빌려야 했다. 그러나 그의 기억력은 이런 종류의 일에는 별로 아는 것이 없었다. 이 가엾은 청년은 아직 관습을 잘 몰랐다. 살롱을 떠나느라 자리에서 일어설 때 그의 태도는 형편없이 어색했고, 모두 그런 그의 모습을 보게 되었다. 그의 거동에는 불행의 흔적이 너무나 분명히 드러났다. 그는 사십오 분 전부터 재수 없는 아랫사람의 역할을 하고 있었고, 사람들은 그에 대해서 생각하는 바를 애써 숨기려 하지 않았다.

그렇지만 자신의 경쟁자들에 대해 아까 한 것처럼 비판적인 관찰을 한 것이 자신의 불행을 너무 비극적으로 생각하지 않게 해주었다. 그는 자존심을 유지할 만큼 그저께 있었던 일들의 추억을 간직하고 있었다. 그들이 나보다 유리한 점이 무엇이든 간에, 마틸드는 두 번이나 나를 위해 했던 행동을 그들 중 그 누구에게도 하지 않았다. 혼자 정원으로 들어서면서 그는 생각했다.

그의 지혜는 더이상 나아가지 않았다. 그는 우연히 자신의 행복을 완전히 지배하는 애인이 되어버린 이상한 처녀의 성격을 전혀 이해하지 못하고 있었다.

다음날도 지쳐 쓰러질 만큼 말을 탔다. 저녁이 되었지만 그는 마틸드가 언제나 자리를 지키고 있는 푸른 소파에 가까이 가지 않았다. 그는 노르베르 백작이 집에서 그와 마주쳐도 그를 쳐다보지도 않는다는 것을 눈치챘다. 천성적으로 그렇게 예의 바른 사람이 이상하게 거칠게 구는군, 하고 쥘리앵은 생각했다.

쥘리앵에게는 잠이 행복이었을 것이다. 그러나 육체적 피로에도 불구하고 너무나 유혹적인 추억들이 그의 상상 속을 헤집고 들어오기 시작했다. 그는 파리 근교의 숲을 말을 타고 질주하는 것이 그 자신에게만 관계될 뿐 마틸드의 마음이나 정신과는 전혀 관계가 없다는 것, 자신의 운명을 우연에 맡겨야 한다는 것을 알아챌 능력이 없었다.

한 가지 일만이 그의 고통을 한없이 가볍게 해줄 수 있을 것 같았다. 그것은 바로 마틸드와 이야기하는 것이었다. 그러나 그가 그녀에게 감히 말을 할 수 있을까?

어느 날 아침 일곱시에 쥘리앵이 그 일로 깊은 몽상에 잠겨 있을 때 갑자기 그녀가 서재에 들어오는 것이 보였다.

"당신이 나와 이야기하고 싶어한다는 걸 알아요."

"뭐라고요! 누가 그러던가요?"

"무슨 상관이에요? 아무튼 난 알아요. 만약 당신이 명예심이 없는 사람이라면 당신은 나를 곤경에 몰아넣거나 적어도 그런 시도를 할 수 있겠죠. 실제로 그런 일이 일어나리라 생각하진 않지만, 그럴 위험이 있다 해도 내가 진실해지는 것을 막을 수는 없어요. 나는 당신을 사랑하지 않아요, 쥘리앵 씨. 내 미친 공상에 속았던 거예요……"

이런 무서운 말을 듣고 사랑과 불행으로 제정신을 잃은 쥘리앵은 자신의 입장을 설명하려고 애썼다. 이보다 더 어리석을 수 없었다. 상대방을 불쾌하게 하려고 자기 변명을 한단 말인가? 그러나 이성은 더이상 그의 행동을 지배하지 못했다. 맹목적인 본능이 그의 운명에 대한 선고를 지연시키도록 몰아갔다. 그의 이야기는 끝이 나지 않을 것 같았다. 마틸드는 그의 말을 듣고 있지 않았다. 그의 말소리가 그녀를 짜증나게 했다. 그녀는 그가 자신의 말을 가로막을 정도로 대담하리라고는 생각지 않았던 것이다.

덕성과 자존심을 잃었다는 후회 때문에 그날 아침 그녀도 마찬가지로 불행했다. 그녀는 자신에 대한 권리를 일개 농부의 아들인 예비 사제에게 주어버렸다는 끔찍한 생각에 아연해하고 있었다. 하인 하나 때문에 내 약점을 비난해야 한단 말인가. 자신의 불행을 과장하는 순간에 그녀는 이렇게 뇌까렸다.

겁이 없고 당당한 성격을 가진 사람에게는 자기 자신에게 화를 내는 것과 다른 사람에게 화를 내는 것이 한 걸음 차이일 뿐이다. 이 경우에는 무섭게 화내는 것이 강렬한 기쁨이 되기도 한다.

단숨에 라 몰 양은 도를 넘은 경멸의 표시로 쥘리앵을 짓눌러버리기에 이르렀다. 그녀의 기지는 끝이 없었다. 자존심을 짓밟고 잔인한 상처를 입히는 기술로는 아무도 따를 자가 없었다.

난생처음 쥘리앵은 자신에 대한 극심한 증오로 들끓는 뛰어난 정신의 행동에 굴복하고 있었다. 그 순간 그는 자신을 방어하기 위해 조금이라도 머리를 굴리기는커녕 자기 자신을 경멸하게 되어버렸다. 그가 자기 자신에 대해 품을 수 있었던 모든 좋은 생각을 무너뜨릴 만큼 잔인하고 계산된 경멸의 말을 들으면서 쥘리앵은 마틸드가 옳고 자신이 그녀가 말한 것 이상으로 못났다고 생각했다.

마틸드로 말하자면 며칠 전에 자신이 느꼈던 사랑에 대해 자신과 그를 질책하는 것에서 감미로운 자존심의 기쁨을 맛보고 있었다.

그녀가 무한한 만족감을 느끼며 그에게 퍼붓고 있는 잔인한 말들을 이 자리에서 지어내거나 생각할 필요는 없었다. 그녀는 일주일 전부터 사랑에 반대하는 변호사가 그녀의 마음속에서 말했던 것을 되풀이하고 있을 뿐이었다.

그녀의 말 한마디 한마디가 쥘리앵의 끔찍한 불행을 훨씬 더 크게 만들었다. 쥘리앵은 달아나고 싶었다. 그러나 라 몰 양이 뿌리칠 수 없는 권위 있는 몸짓으로 그의 팔을 붙들었다.

"목소리가 너무 커요. 옆방에 들리겠어요."

쥘리앵이 그녀에게 말했다.

"무슨 상관이에요!"

라 몰 양이 거만하게 대꾸했다.

"누가 감히 내 말을 엿들었다고 말하겠어요? 나는 나에 관해 이런 저런 추측을 하는 당신의 그 사소한 자존심을 영원히 고쳐놓으려는 거예요."

서재를 나올 때 쥘리앵은 너무나 놀라서 자신의 불행을 잘 느끼지 못할 정도였다. 그래! 그녀는 이제 나를 사랑하지 않아. 그는 자신의 위치를 스스로 이해시키려는 듯이 아주 큰 소리로 되풀이해 중얼거리는 것이었다. 그녀는 나를 일주일에서 열흘 정도 사랑했던 것 같아. 그런데 나는 평생 동안 그녀를 사랑하게 될 거야.

그녀가 아무것도 아니었다는 것이 가능할까! 바로 며칠 전까지만 해도 그녀가 내 마음속에서 아무것도 아니었다는 것이!

마틸드의 마음에는 자존심의 기쁨이 넘쳐흘렀다. 결국 그녀는 영원히 모든 것을 끊어버릴 수 있었던 것이다! 그토록 강력하게 쏠리던 마음을 이토록 완전히 억누를 수 있었다는 사실이 그녀에게 완벽한 행복을 가져다주었다. 이제 이 하찮은 남자는 내 위에 결코 군림할 수 없음을 이해했겠지. 그녀는 너무나 행복해서 정말로 그 순간 사랑을 조금도 느끼지 못했다.

쥘리앵보다 덜 정열적인 사람이라면 그렇게 끔찍하고 굴욕적인 일을 겪은 뒤 사랑한다는 것이 불가능해졌을 것이다. 라 몰 양은 단 한순간도 자신이 할 일에서 벗어나지 않고, 기분 나쁘고 아주 잘 계산된 말들을 그에게 쏟아냈던 것이다. 너무 잘 계산되어서 냉정하게 생각해봐도 진실이라 여겨질 말들이었다.

이렇게 놀라운 일을 처음 겪고 난 쥘리앵이 끌어낸 결론은 마틸드가 한없이 드높은 자존심을 지닌 여자라는 사실이었다. 쥘리앵은 그들 사이의 모든 것이 영원히 끝났다고 굳게 믿게 되었다. 그러나 다음 날 점심 식사 자리에서 그는 그녀 앞에서 어색하고 수줍게 굴었다. 그것까지 비난할 수는 없는 노릇이었다. 그러나 큰 일에서와 마찬가지로 작은 일에서도 그는 자신이 해야 할 일과 원하는 일을 분명하게 알았고 그것을 실행에 옮겼다.

그날 점심 식사 후에 라 몰 부인이 그날 아침 교구 사제가 그에게 은밀히 건네주었던 선동적이긴 해도 꽤 구하기 힘든 팸플릿을 달라고 했을 때, 쥘리앵은 콘솔 위에서 그것을 집다가 아주 흉하고 오래된 푸른색 도자기 꽃병을 넘어뜨렸다.

라 몰 부인은 절망스러운 비명을 지르며 자리에서 일어서서 귀한 꽃병의 깨어진 조각들을 살피러 가까이 갔다. "이것은 일본 꽃병인데 셸 수녀원장인 대고모님으로부터 받은 것이며, 네덜란드 사람들이 섭정 오를레앙 공께 선물한 것을 섭정께서 다시 따님에게 물려주었고……" 부인이 말했다.

마틸드는 자신이 보기에는 몹시도 보기 흉한 그 푸른 꽃병이 깨어진 것을 기뻐하면서 어머니의 거동을 눈으로 따라갔다. 쥘리앵은 매우 심란한 마음으로 말없이 있었다. 그는 라 몰 양이 자기와 아주 가까운 곳에 있는 것을 보았다.

"이 꽃병은 영원히 깨어졌군요. 예전에 제 마음을 지배했던 감정들처럼요. 부디 그 감정들 때문에 제가 저지른 모든 미친 짓을 용서하시기 바랍니다."

쥘리앵은 이렇게 말하고 나가버렸다.

"소렐 씨는 자기가 방금 저지른 짓을 자랑스럽고 만족스럽게 여기는 것 같구나."

그가 나갈 때 라 몰 부인이 말했다.

이 말은 곧바로 마틸드의 마음에 와서 꽂혔다. 그래, 어머니가 정확하게 보셨어. 그를 흥분시킨 감정은 그런 것이야. 그러자 그녀가 전날 그에게 한 행동이 가져다주었던 기쁨이 사라져버렸다. 그래, 모든 게 끝난 거야. 그는 내게 좋은 본보기를 남겼어. 이런 실수는 끔찍하고 굴욕적이야! 내 앞으로의 인생 전체를 위한 지혜로 삼을 만해. 겉보기에는 평온한 모습으로 그녀는 생각했다.

왜 나는 진심을 말하지 않았을까? 왜 저 미친 여자에게 품었던 사랑이 아직도 나를 괴롭힐까? 쥘리앵은 생각했다.

그 사랑은 그가 바라는 대로 꺼지기는커녕 빠른 속도로 커가고 있었다. 그녀는 정신이 나갔다. 그건 사실이다. 그렇다고 해서 그녀가 덜 사랑스러운가? 그녀보다 더 귀여운 존재가 있을 수 있을까? 가장 우아한 문명이 가장 생생한 기쁨으로 선사할 수 있는 모든 것을 라 몰 양은 한 몸에 지니고 있지 않은가? 지나간 행복에 대한 추억이 쥘리 앵을 사로잡고 이성의 모든 작업을 빠르게 파괴해버렸다.

이성이 이런 추억들을 상대로 싸워봐야 소용없다. 이성의 엄격한 노력은 매혹을 증가시킬 뿐이다.

오래된 일본 꽃병이 깨어진 지 이십사 시간이 지났을 때, 쥘리앵은 확실히 세상에서 가장 불행한 남자 가운데 한 명이었다.

21장 비밀 각서

왜냐하면 내가 이야기하는 모든 것을 내가 보았기 때문입니다.
내가 그것들을 보면서 잘못 생각할 수는 있었겠지만,
당신에게 그것을 이야기하면서 당신을 속인 것은 전혀 없습니다.
— 저자에게 보내는 편지

후작이 쥘리앵을 불렀다. 라 몰 씨는 다시 젊어진 것 같았고 눈이
빛나고 있었다.

"자네의 기억력에 대해 좀 말해보게. 기억력이 놀랍다던데! 신문
네 페이지를 외워가지고 런던에 가서 암송해줄 수 있겠나? 단어 하나
틀리지 않고 말일세……"

후작이 쥘리앵에게 말했다.

후작은 그 날짜의 〈코티디엔〉을 역정을 내며 뒤적거리고 있었다.
그는 심각한 표정을 감추려고 했지만 소용없었다. 쥘리앵이 프릴레르
소송 건을 다룰 때도 한 번도 본 적이 없는 표정이었다.

쥘리앵은 사람들이 그에게 보여주는 가벼운 어조에 완전히 속아넘
어간 듯이 행동해야 한다는 것을 느낄 만큼 상류사회의 관습에 충분

232

히 익숙해졌다.

"이 〈코티디엔〉지는 아주 재미있지는 않지만 후작님께서 허락하신 다면 내일 아침에 완전히 외워드리는 것을 영광으로 알겠습니다."

"뭐라고! 광고까지도 말인가?"

"아주 정확하게 외우겠습니다. 한 단어도 빼놓지 않고 말입니다."

"틀림없는가?"

갑자기 후작이 엄숙하게 말을 받았다.

"네, 후작님. 물론 빼먹을 수도 있지 않을까 하고 걱정하는 것이 제 기억력에 방해가 될 수는 있겠지요."

"어제 자네에게 이 질문을 한다는 게 깜박 잊고 말았네. 자네가 듣 게 될 이야기를 누설하지 않겠다는 서약을 요구하는 것은 아니네. 나 는 자네를 잘 아니까 자네에게 그런 요구를 하면 모욕이 되겠지. 내가 자네를 보증했네. 자네를 열두 명이 모이는 살롱으로 데리고 가려 하 네. 자네는 거기서 사람들이 각자 말하는 것을 기록하게 될 걸세. 걱 정 말게. 그건 되는대로 주고받는 대화는 아닐 거야. 저마다 자기 차 례가 오면 말을 할 텐데, 순서가 있다고는 말할 수 없어."

후작은 그에게는 매우 자연스러운 가볍고 섬세한 표정을 다시 지으 면서 이렇게 덧붙였다.

"우리가 말하는 동안 자네는 이십여 페이지를 기록하겠지. 그것을 나에게 다시 가져오게. 그러면 우리가 그 이십여 페이지를 네 페이지 로 다시 요약할 거고, 그 네 페이지가 바로 내일 아침 〈코티디엔〉을 외우는 대신 자네가 내게 외워주어야 하는 내용이네. 그런 다음 자네 는 즉시 출발하는 거야. 여가 삼아 여행을 다니는 젊은이처럼 역마차를 타고 가야 할 걸세. 자네의 목표는 아무의 눈에도 띄지 않는 거야. 자네는 한 고위인사 곁에 있게 될 거야. 거기서 자네는 더 많은 노련함을 발휘해야 하네. 그분 주위의 모든 사람을 속여야 한다고. 왜냐하면 그분의 비서나 하인들 가운데 우리의 적들에게 매수된 사람들이 있고, 그들이 우리의 밀사를 저지하려고 노리고 있기 때문이네.

자네는 아무 의미 없는 추천서 한 장을 받게 될 걸세.

각하께서 자네를 쳐다보는 순간 여기 있는 내 시계를 꺼내 보이게. 여행하는 동안 내가 자네에게 빌려줄 걸세. 이걸 몸에 지니게. 이것이 언제나 사실의 증명이 되는 거야. 자네 시계는 나에게 주게.

공작께서는 자네가 외우는 네 페이지를 손수 받아적으실 걸세.

잘 알아두게. 각하께서 다 받아적으신 후 자네에게 물으시면 자네가 참석하게 될 모임에 대해 이야기하도록 하게. 그러나 먼저 얘기해서는 안 되네.

여행을 하는 동안 지루하지는 않을 걸세. 파리와 대신의 공관 사이에는 소렐 사제에게 총구를 겨눌 일만 생각하는 사람들이 많이 있다는 뜻이네. 만약 실제로 그런 일이 일어나면 자네의 임무는 끝장날 것이고, 나는 일이 몹시 지체된다고 생각하겠지. 여보게, 우리가 자네의 죽음을 어떻게 알 수 있겠는가? 자네가 아무리 열심이어도 우리에게 본인의 죽음까지 알릴 수는 없는 노릇 아닌가."

후작은 다시 심각한 표정이 되었다.

"당장 가서 양복 한 벌을 사도록 하게. 이 년쯤 유행이 지난 옷으로 입게. 오늘 저녁에 자네는 신경 쓰지 않은 옷차림을 해야 하네. 여행 중에는 반대로 평상시대로 입게. 놀라운가? 자네의 조심성으로 미루어 짐작이 되나? 그렇다네, 친구. 자네가 의견을 듣게 될 존경스러운 인물들 중 하나가 자네에 대한 정보를 충분히 보낼 수 있다네. 밤에 자네가 야식을 주문하게 될 어떤 숙소에서 자네에게 아편을 먹이는 것도 방법이지."

"지름길로 가지 않고 삼십 리외쯤 돌아서 가는 게 나을 듯합니다. 제 생각에 목적지는 로마가 아닌가 하는데요……"

후작은 쥘리앵이 브레 르 오 이후로 본 적이 없는 오만하고 불만스러운 표정을 지었다.

"내가 판단해서 필요하다고 생각될 때 자네에게 알려줄 걸세. 나는 질문은 좋아하지 않아."

"맹세코 제가 방금 말씀드린 것은 질문은 아니었습니다. 그저 머릿속으로 가장 확실한 길을 찾아본 겁니다."

쥘리앵이 진심을 토로하듯 말했다.

"알겠네. 자네의 기지가 너무 앞서나간 것 같네. 밀사라는 것은 말이야, 더구나 자네 나이에서는 윗사람에게 신임을 강요하는 기색을 보여서는 안 된다는 것을 잊지 말도록."

쥘리앵은 몹시 수치스러웠다. 그가 실수한 것이다. 그의 자존심이 변명거리를 찾았지만 발견할 수 없었다.

"사람이 어떤 어리석은 짓을 저질렀을 때에는 언제나 자기 마음에 호소한다는 것을 잊지 말게."

라 몰 씨가 덧붙였다.

한 시간 후에 쥘리앵은 낡은 양복에 어울리지 않는 하얀 넥타이를 매고, 전체적으로 사환처럼 보이는 하급자의 복장을 하고 후작의 응

접실에 나타났다.

그를 보자 후작은 웃음을 터뜨렸다. 그제야 쥘리앵의 변명이 완성된 셈이었다.

만일 이 젊은이가 나를 배반한다면 누구를 믿겠는가? 그렇지만 행동을 할 때는 누군가를 믿어야만 한다. 내 아들이나 그와 같은 부류의 똑똑한 친구들도 용감하고 충성심이 있기는 하지. 만약 싸워야 한다면 그들은 왕좌의 계단 위에서 싸우다 죽을 것이다. 그들은 모든 것을 알고 있어…… 당장에 필요한 것만 빼고. 그들 가운데 글 네 페이지를 외워서 들키지 않고 백 리외를 갈 수 있는 사람이 있느냔 말이다. 노르베르는 자기 조상들처럼 목숨을 바칠 줄은 알지만 그것은 신병들도 갖고 있는 용기다……

후작은 깊은 상념에 잠겼다. 그리고 목숨을 바치는 일에서도 어쩌면 소렐도 그만큼은 할 수 있을 거야…… 한숨을 쉬면서 후작은 중얼거렸다.

"마차에 오르세."

귀찮은 생각을 떨쳐버리기라도 하듯 후작이 말했다.

"후작님, 이 옷을 차려입는 동안 오늘자 〈코티디엔〉지 1면을 외웠습니다."

후작이 신문을 집어들었다. 쥘리앵은 단 한 단어도 틀리지 않고 외웠다.

"좋아."

그날 저녁따라 후작은 아주 외교적인 태도로 말했다. 외우는 동안 이 젊은이는 우리가 지나가는 길을 주의해서 보지 못하겠지.

그들은 커다란 살롱에 도착했다. 벽면의 일부는 판자를 대고 일부는 초록색 벨벳을 둘러서 겉보기에는 꽤 썰렁한 살롱이었다. 얼굴을 찌푸린 하인 하나가 살롱 한가운데에 커다란 식탁을 들여다놓았다. 잠시 후, 어느 공관에서 벗겨온 듯한 잉크 얼룩이 잔뜩 묻은 넓은 초록색 천을 씌우자 식탁은 회의용 테이블로 바뀌었다.

　그 집의 주인은 몸집이 큰 남자였는데, 그의 이름은 한 번도 불리지 않았다. 쥘리앵이 보기에 그는 이해가 빠른 남자의 외모와 언변을 갖추고 있었다.

　후작의 신호에 따라 쥘리앵은 테이블의 가장 말석에 자리를 잡았다. 태연한 태도를 보이려고 그는 펜을 다듬기 시작했다. 곁눈으로 세어보니 일곱 명의 대화자가 있었다. 그러나 쥘리앵은 그들의 등만을 볼 수 있을 뿐이었다. 두 사람은 후작과 동등한 어조로 말하고 있었고, 다른 사람들은 다소간 존대를 하고 있었다.

　새로운 사람이 호명되지 않은 채로 들어왔다. 이상하다. 이 살롱에서는 내방객의 이름을 알리지 않는군. 쥘리앵은 생각했다. 이런 조심성은 나를 의식해서일까? 모두들 새로 온 사람을 맞이하기 위해 일어섰다. 그는 이미 살롱에 와 있는 다른 세 사람과 마찬가지로 매우 대단한 훈장을 달고 있었다. 사람들은 낮은 소리로 말을 주고받았다. 쥘리앵은 새로 온 사람의 표정과 차림새로만 그를 판단할 수 있을 뿐이었다. 그는 키가 작고 뚱뚱했다. 혈색이 좋고 눈이 빛났다. 멧돼지 같은 고약한 표정 외에 다른 표정은 없었다.

　완전히 다른 또 한 사람이 거의 동시에 도착하여 쥘리앵의 주의력은 정신 없이 분산되었다. 그는 매우 야위고 키가 큰 사람이었다. 그는 서너 벌의 조끼를 겹쳐입고 있었다. 눈은 부드러웠고 태도는 정중했다.

브장송의 늙은 주교 같은 외모구나, 라고 쥘리앵은 생각했다. 이 사람은 틀림없이 교회에 속한 사람이야. 쉰 살에서 쉰다섯 살 이상으로는 보이지 않았지만 더없이 온화한 표정을 하고 있었다.

아그드의 젊은 주교가 나타났다. 참석자들을 둘러보다가 쥘리앵에게 눈길이 미치자 그는 매우 놀란 기색이었다. 그는 브레 르 오에서 의식이 있은 후로 그에게 말을 건 적이 없었다. 놀란 그의 시선이 쥘리앵을 당황하게 하고 역정나게 했다. 도대체 이게 뭐람! 사람을 아는 것이 나에게는 언제나 불행이 된단 말인가? 쥘리앵은 생각했다. 내가 한 번도 본 적이 없는 이 높으신 양반들은 나를 전혀 주눅들게 하지 않는데 이 젊은 주교의 시선이 나를 얼어붙게 하다니! 나는 참 이상하고 불행한 인간이야.

곧 무척 험상궂고 키 작은 남자가 요란스럽게 들어서며 문에서부터 말을 하기 시작했다. 그는 안색이 노랗고 약간 광적인 데가 있었다. 이 무지막지한 떠버리가 들어서자 사람들은 삼삼오오 무리를 지었다. 그의 말을 들어야 하는 지겨움을 피하기 위한 행동인 듯했다.

사람들은 벽난로에서 먼 곳으로 자리를 잡으면서 쥘리앵이 앉아 있는 테이블 끝 쪽으로 다가왔다. 쥘리앵은 점점 당황스러워졌다. 왜냐하면 아무리 애를 써도 그들의 말을 듣지 않을 도리가 없었고, 그의 경험 부족에도 불구하고 사람들이 여과 없이 하는 말들에서 사태의 중요성을 파악했기 때문이다. 눈앞에서 분명히 보게 된 고위 인사들은 자기네들이 하는 말이 비밀로 지켜져야 한다고 엄중히 요구했다!

될 수 있는 대로 천천히 했는데도 쥘리앵은 벌써 스무 개 남짓한 펜을 다듬어놓았다. 그 일거리도 이제 다 떨어져가고 있었다. 그는 라몰 씨의 눈에서 뭔가 명령을 기다렸지만 소용없었다. 후작은 그를 잊고 있었다.

내가 하고 있는 짓도 참 우습군. 펜을 다듬으면서 쥘리앵은 생각했다. 하나같이 평범하게 보이긴 하지만, 타의에 의해서건 자기 자신의 뜻에 의해서건 이만큼 거창한 이해관계를 떠맡은 사람들이라면 매우 예민한 상태일 거야. 게다가 나의 시선은 무엇인가 의문을 담은데다가 별로 존경심을 품고 있지 않으니 틀림없이 이들의 기분을 상하게 할 테지. 그렇다고 내가 눈을 확실하게 내리깔면 그들이 하는 말을 전부 열심히 듣고 있는 것처럼 보일 거야.

그의 당황스러움은 극도에 달했다. 그는 참으로 심상치 않은 말들을 듣고 있었던 것이다.

22장 토론

공화국! 오늘날 공공의 행복을 위해
희생할 수 있는 사람이 한 명이라면,
자신의 향락과 허영밖에 모르는 사람은
수천 명, 수백만 명이다.
파리에서는 덕성 때문에 존경받는 게 아니라
마차 때문에 존경받는다.
—나폴레옹, 『비망록』

"○○○ 공작님이 오십니다."

하인이 황급히 들어서며 말했다.

"조용히 하게, 어리석기는."

공작이 들어오면서 말했다. 그가 이 말을 하도 위엄 있고 근사하게 하였으므로 쥘리앵은 하인에게 화를 낼 줄 아는 것이 이 높은 사람이 가진 학식의 전부라고 생각했다. 쥘리앵은 눈을 들었다가 이내 아래로 깔았다. 이 새로운 인물의 영향력을 충분히 짐작할 수 있었기 때문에 자신의 시선이 경솔하지 않을까 겁이 났다.

이 공작은 쉰 살가량의 멋쟁이로, 탄력 있게 걸었다. 그는 머리가 작고 코가 컸다. 얼굴은 앞으로 튀어나온 구부러진 얼굴이었다. 그보다 더 고상하고 더 무심한 표정을 짓기는 어려워 보였다. 그가 도착하자 회의가 시작되었다.

쥘리앵은 라 몰 씨의 목소리를 듣고 용모에 대한 관찰에서 황급히 깨어났다.

"여러분께 소렐 사제를 소개합니다. 이 사람은 놀라운 기억력을 지 녔습니다. 자신이 맡을 사명에 관해 이야기한 지 한 시간도 되지 않아 서 자신의 기억력을 증명하기 위해 〈코티디엔〉 신문 1면을 다 외워버 렸습니다."

후작이 말했다.

"아! 그 가엾은 N에 대한 이상한 기사 말이군요……"

집주인이 말했다. 그는 급히 신문을 집어들고는 중요한 사람이 되 려고 애쓴 나머지 재미있어진 표정으로 쥘리앵을 쳐다보았다.

"어디 외워보시오."

그가 쥘리앵에게 말했다. 쥘리앵이 너무 잘 외웠으므로, 스무 줄쯤 암기했을 때 공작이 "충분하오"라고 말했다. 멧돼지 같은 눈을 한 작 은 남자가 자리에 앉았다. 그가 의장이었다. 그는 자리에 앉자마자 곁 에 있는 테이블을 가리키면서 그것을 가까이 가져오라는 시늉을 했 다. 쥘리앵이 기록하는 데 필요한 그 테이블을 갖다놓았다. 초록색 천 을 깐 테이블 주위에 앉은 사람은 모두 열두 명이었다.

"소렐 씨는 옆방으로 가 계시오. 나중에 부르겠소."

공작이 말했다.

집주인은 매우 불안한 표정이었다.

"덧문이 닫혀 있지 않은데."

그가 옆사람에게 목소리를 낮춰 말했다.

"창문으로 들여다봐도 소용없소."

그는 어리석게도 쥘리앵을 보고 크게 말했다. 내가 적어도 어떤 음모에 끼어든 거로구나. 쥘리앵은 생각했다. 다행히 이 음모는 그레브 광장으로 끌려갈 일은 아니다. 위험이 발생하면 내게 책임이 있지만 그 이상으로 후작에게 책임이 있다. 내 미친 사랑이 언젠가 그에게 주게 될 모든 근심을 보상할 수 있는 기회를 내게 주었으니 차라리 다행이다!

자신의 미친 사랑과 불행을 생각하면서도 그는 결코 잊어버리지 않을 방식으로 그 장소를 바라보았다. 그때 후작이 하인에게 거리의 이름을 말하는 걸 듣지 못했다는 사실이 생각났다. 후작은 삯마차를 대절했다. 그런 일은 좀처럼 없던 일이었다.

쥘리앵은 오랫동안 곰곰이 생각에 잠겨 있었다. 그는 넓은 금줄 장식이 달린 붉은 벨벳을 친 살롱에 혼자 있었다. 작은 탁자에 커다란 상아 십자가가 놓여 있었고, 벽난로 위에는 가장자리에 금박을 입히고 멋지게 제본한 메스트르 씨의 『교황론』이 놓여 있었다. 쥘리앵은 엿듣지 않는 것처럼 보이려고 책을 펼쳤다. 이따금 옆방에서 사람들이 큰 소리로 말하는 것이 들렸다. 마침내 문이 열리고 그는 불려갔다.

"여러분 우리가 지금 ○○○ 공작 앞에서 말하고 있다는 것을 생각하십시오."

의장이 말했다. 그러고는 쥘리앵을 가리키면서 "이분은 우리의 성스러운 대의에 헌신할 젊은 성직자입니다. 이분이 놀라운 기억력으로 우리의 사소한 이야기까지 쉽게 되풀이해 말해줄 것입니다"라고 말했다.

"말씀하시지요."

의장이 서너 벌의 조끼를 겹쳐입은 온화한 표정의 인물을 가리키면서 말했다. 쥘리앵은 그를 조끼 신사라고 부르는 게 훨씬 자연스럽겠다고 생각했다. 그는 종이를 가져다가 많이 적어나갔다.

(이 대목에서 저자는 한 페이지를 점선으로 처리하고 싶었다. 그러자 "그건 별로 보기 안 좋을 겁니다"라고 편집자가 말했다. "이렇게 경박한 책이 맵시마저 없다면 그건 책을 죽이는 일이에요." "정치란 문학의 목에 달아맨 돌이라오"라고 저자는 응수했다. "그리하여 여섯 달도 못 가서 문학을 침몰시키고 말지요. 상상력의 재미 가운데 끼어든 정치는 연주회 중간에 들려온 총소리라오. 그 소리는 힘도 없으면서 찢어질 듯 소란스럽지요. 그 소리는 다른 어떤 악기와도 어울리지 않소. 이런 정치는 절반의 독자에게는 치명적인 언짢음을 줄 것이고, 아침 신문에서 특별하고 활기찬 정치 기사를 읽은 나머지 절반의 독자에게는 지루함을 줄 거요……" 편집자가 다시 말했다. "만일 선생의 인물들이 정치 이야기를 하지 않는다면 그들은 1830년의 프랑스인이 아닙니다. 그리고 선생의 책은 더이상 선생이 주장하시듯 거울이 아닐 것입니다……")

쥘리앵이 작성한 기록은 스물여섯 페이지나 되었다. 여기 그 기록의 아주 재미없는 요약이 있다. 언제나 그렇듯이 과도해서 추악하거나 사실 같지 않아 보이는 우스운 얘기들을 삭제해야 했기 때문이다(법정신문을 참고할 것).

온화한 표정의 조끼 신사(아마 그가 주교인 것 같다)는 자주 미소를 지었다. 그럴 때면 사람들의 눈은 깜박이는 눈꺼풀에 둘러싸여 이상한 빛을 발하며 평소보다 좀 덜 우유부단한 표정을 띠었다. 공작 앞에서(그런데 어느 공작이지? 쥘리앵은 생각했다.) 맨 처음으로 발언권을 얻어 의견들을 제시하고 검사의 역할을 했던 그 사람은 쥘리앵이 보기에 곧잘 법관들이 비난받는 불확실성과 확고한 결론의 부재에 빠져버리는 것 같았다. 토론이 진행되는 동안 공작이 그 점을 비난하기에 이르렀다.

조끼 신사는 도덕과 너그러운 철학 이야기를 여러 줄 늘어놓은 뒤에 말했다.

"불멸의 위대한 인물 피트*가 인도한 고귀한 영국은 혁명에 반대하기 위해 사백억 프랑의 돈을 썼습니다. 만약 여기 모이신 분들이 제가 서글픈 생각 하나를 좀 솔직하게 털어놓도록 허락해주신다면, 영국은 보나파르트 같은 인물에 맞설 경우 개인적인 방법 외에는 결정적인 방법이 없음을 충분히 이해하지 못하고 있다고 말하고 싶습니다. 특히 선량한 의도를 가진 집단 외에는 그에게 대항할 수 없을 때 그렇습니다……"

"아! 또 그 암살 예찬이군요!"

집주인이 불안한 표정으로 말했다.

"그런 감상적인 설교는 집어치우시오."

의장이 화를 내며 소리질렀다. 그의 멧돼지 같은 눈이 사나운 빛을 띠었다.

---

* 영국의 정치가. 젊은 나이에 수상이 되었으며 나폴레옹에 대항하여 삼국동맹을 결성했다.

"계속하시오."

의장이 조끼 신사에게 말했다. 의장의 뺨과 이마가 시뻘게졌다.

"고귀한 영국은 오늘날 지쳐 있습니다. 영국인들은 저마다 빵값을 지불하기 전에 자코뱅에 대항하기 위해 사용한 사백억 프랑의 이자를 지불해야만 하기 때문입니다. 그리고 영국에는 이제 피트 같은 지도자도 없습니다……"

"영국에는 웰링턴 공작이 있지요."

몹시 위엄을 부리는 군인이 말했다.

"여러분, 제발 조용히 하십시오. 만일 우리가 또 언쟁을 하게 되면 소렐 씨를 들어오게 한 것이 아무 소용 없습니다."

의장이 소리질렀다.

"당신이 많은 생각을 갖고 있다는 것은 모두들 알고 있습니다."

조끼 신사의 말을 가로막은, 나폴레옹 휘하의 옛 장군이었던 사람을 쳐다보면서 공작이 기분 상한 표정으로 말했다. 쥘리앵은 이 말이 개인적인 무언가를 암시하는 몹시 모욕적인 언사라는 것을 알 수 있었다. 모두들 미소를 지었다. 변절한 그 장군은 화가 머리끝까지 난 것 같았다.

"여러분, 이제 피트 같은 인물은 없습니다. 설사 영국에 새로운 피트가 나타난다 해도 똑같은 방법으로 국민을 두 번 이상 속이지는 못합니다……"

"그러니까 정복자 보나파르트 장군이 앞으로 프랑스에서 나올 수 없다는 거죠."

남의 말을 가로막기 좋아하는 군인이 또다시 말했다.

쥘리앵은 그들의 눈에서 화내고 싶어하는 표정을 읽을 수 있었지만 이번에는 의장도 공작도 화를 내지 않았다. 그들은 눈을 내리깔았다. 공작은 모두 들을 수 있게 한숨을 내쉬는 것으로 끝냈다.

그러나 발언자는 화를 냈다.

"제가 빨리 끝내도록 몰고 가시는군요."

그는 쥘리앵이 그의 성격의 특징이라 생각했던 미소를 머금은 정중함과 절도 있는 말투를 완전히 내버리고 벌컥 화를 내며 말했다.

"제가 빨리 끝내도록 몰고 가시는군요. 제가 합당한 길로 누구의 귀에도 거슬리지 않게 하려고 기울이고 있는 노력은 조금도 고려하지 않으시는군요. 좋습니다. 여러분, 간단히 끝내겠습니다.

속된 말로 이야기하겠습니다. 영국은 이제 대의를 위해 쓸 돈이 한푼도 없습니다. 피트가 모든 재능을 지니고 다시 돌아온다 해도 영국의 소지주들을 속이지 못할 것입니다. 왜냐하면 그들은 짧았던 워털루 전투 하나만에도 십억 프랑이 들어갔다는 것을 알게 되었기 때문입니다. 분명한 말을 원하시니 하는 말인데, '당신 자신을 도우십시오'라고 말씀드리겠습니다."

발언자는 점점 흥분하면서 말을 덧붙였다.

"왜냐하면 영국은 여러분을 위해 쓸 돈이 한푼도 없고, 영국이 돈을 내지 않으면 오스트리아, 러시아, 프로이센 등 용기만 있지 돈이 없는 나라들은 프랑스를 상대로 한두 번 이상 전투를 벌일 수 없기 때문입니다.

급진주의 진영에 모여든 젊은 병사들이 첫번째, 어쩌면 두번째 전투에서 패배할 것으로 기대하실 수 있습니다. 하지만 세번째 전투에서는, 선입견을 가진 여러분이 저를 혁명주의자로 여길지 모르지만, 세번째 전투에서는 1794년의 군인들을 보게 될 것입니다. 그들은 1792년에 모집된 농민병이 더이상 아닐 겁니다."

그 대목에서 서너 명이 동시에 말을 가로막고 나섰다.

"이보시오, 옆방에 가서 당신이 작성한 기록의 첫 부분을 정리하도록 하시오."

의장이 쥘리앵에게 말했다. 쥘리앵은 유감스러워하며 방을 나왔다. 발언자가 하려는 말이 그가 늘 생각하는 주제에 닿아 있었기 때문이다.

이 사람들은 내가 자기들을 비웃을까봐 두려운 모양이군. 그는 생각했다. 그가 다시 불려갔을 때에는 라 몰 씨가 진지하게 발언을 하고 있었다. 그를 알고 있는 쥘리앵은 그의 그런 모습이 매우 재미있었다.

"……그렇습니다, 여러분. 우리는 특히 저 불행한 민중에 관해서 이렇게 말할 수 있습니다.

그는 신이 될 것인가?
탁자가 될 것인가, 아니면 대야가 될 것인가?

'그는 신이 될 것이다!'라고 우화 작가는 외치고 있습니다. 이렇게 고귀하고 이렇게 심오한 말은 바로 여러분의 것입니다. 여러분, 스스로 행동하십시오. 고귀한 프랑스는 우리의 조상들이 이룩해놓은 거의 그대로의 모습으로, 그리고 루이 16세가 처형되기 전 우리가 보았던 그 모습으로 다시 태어날 것입니다.

영국은, 적어도 영국의 귀족들은 우리와 마찬가지로 무지막지한 급진주의를 증오하고 있습니다. 영국의 재화 없이는 오스트리아, 러시아, 프로이센은 두세 번의 전투밖에 치를 수 없습니다. 리슐리외 경이 1817년에 그토록 어리석게 허비해버린 것처럼 외국 점령군을 끌어들이기에 이걸로 충분할까요? 나는 그렇게 생각하지 않습니다."

여기서 또다시 말이 잘렸다. 그러나 모두 "쉿" 하는 소리를 내자 잠잠해졌다. 말을 자르고 나선 사람은 여전히 옛 제국의 장군이었다. 그는 청색훈장을 받고 싶어서 이 비밀 각서 작성자들 중에서 두각을 나타내길 원했던 것이다.

"나는 그렇게 생각하지 않습니다."

소란이 잦아든 뒤에 라 몰 씨가 다시 말을 시작했다. 그는 쥘리앵을 매혹시키는 오만함을 지니고 '나'라는 말을 강조했다. 참 멋진 연기구나. 후작의 말과 거의 같은 속도로 펜을 놀리면서 쥘리앵은 생각했다. 멋진 한마디로 라 몰 씨는 이 변절자의 스무 차례의 전투를 잠재웠다.

후작은 매우 절제된 어조로 말을 이어갔다.

"우리가 새로운 군사적 점령을 하려면 외국의 힘만으로는 안 됩니다. 〈르 글로브〉지에 열정적인 기사를 써대는 젊은 층이 우리에게 삼사천 명의 젊은 장교를 제공해 줄 것입니다. 그들 가운데 클레베르나 오슈나 주르당이나, 또 이들보다 호의는 덜하겠지만 피슈그뤼* 같은 인물이 있을 수 있습니다."

---

* 프랑스의 장군. 대혁명기와 나폴레옹 시대에 활동했다. 1795년 무렵부터 공화정에 등을 돌리고 1796년 관직을 사임한 뒤 1797년에는 왕당파를 지지했다. 1804년 나폴레옹을 전복시키기 위한 음모를 준비했으나 발각되어 수감되었다가 목졸려 죽은 채 발견되었다.

"우리는 그를 영예롭게 해주지 못했습니다. 그를 불후의 인물로 만들어주어야 합니다."

의장이 말했다.

"결국 프랑스에는 두 개의 당이 있습니다."

라 몰 씨가 다시 말을 시작했다.

"그런데 두 당은 이름만 다른 것이 아니라 분명히 분리된 두 개의 당입니다. 무엇이 없어져야 하는지 알아봅시다. 한쪽에는 저널리스트, 유권자들, 한마디로 여론이 있습니다. 젊은 층과 그들을 지지하는 모든 것입니다. 그들이 떠들어대는 헛된 소리에 정신이 없는 동안 우리는 예산을 소비할 수 있는 확실한 이점이 있습니다."

여기서 또다시 말이 잘렸다.

라 몰 씨는 감탄할 만큼 오만하고 편안한 태도로 훼방자를 향해 말했다.

"당신은 말이지요, 당신은 소비하지 않습니다. 이 말이 충격적이겠지만, 당신은 국가 예산에서 받은 사만 프랑과 시민 명목으로 받은 팔만 프랑을 먹어치우는 것입니다.

당신이 그렇게 강요하니 대담하게 당신을 예로 드는 것입니다. 십자군 전쟁에 성 루이 대왕을 따라나섰던 고귀한 우리 조상들처럼 당신은 십이만 프랑으로 연대 하나라도, 아니, 중대 하나, 중대가 못 되면 그 반이라도 결성해야 한다는 것입니다. 대의에 몸 바쳐서 싸울 태세가 되어 있는 오십 명의 병사뿐이면 어떻습니까. 그런데 당신은 혁명이 일어날 경우 당신 자신을 위협할 하인들밖에는 거느리고 있지 않습니다.

여러분, 왕좌와 제단과 귀족은 내일 멸망할지도 모릅니다. 각 현에서 헌신적인 오백 명의 병사로 구성된 하나의 병력을 만들어놓지 않는다면 그렇다는 말입니다. 내가 한 헌신적이라는 말은 프랑스적인 용감성만이 아니라 스페인적인 끈기도 포함합니다.

그 부대의 절반은 우리 아이들과 조카들, 즉 진정한 귀족들로 구성해야 할 것입니다. 각각의 귀족 곁에는 1815년의 사태가 다시 발생하면 삼색기를 착용할 태세가 되어 있는 말 많은 소시민이 아니라 카틀리노*처럼 소박하고 솔직하고 선량한 농부를 배치해야 합니다. 우리 귀족은 농부를 교화해, 가능하면 같은 유모의 손에 자란 형제처럼 되어야 합니다. 우리 각자는 도마다 오백 명의 병사로 구성한 헌신적인 소부대를 만들기 위해 각자 수입의 오분의 일을 희생해야 합니다. 그럴 경우에만 외국군의 점령에 기대를 걸 수 있습니다. 각 도마다 오백 명의 우군이 있다는 것을 확신할 수 없는 한 외국 군대는 디종까지도 들어오려 하지 않을 것입니다.

외국의 왕들은 그들에게 프랑스의 문을 열어주기 위해 이만 명의 귀족이 무기를 들 채비를 하고 있음을 알려주어야 비로소 여러분의 말에 귀를 기울일 것입니다. 그런 일은 곤란하다고 말씀하시겠지요. 그러나 여러분, 우리의 목은 이만 한 값을 치러야 합니다. 언론의 자유와 귀족으로서의 우리의 생존 사이에는 생사를 건 싸움이 있을 뿐입니다. 직공이나 농부가 되거나 아니면 총을 드십시오. 원하신다면

---

* 프랑스의 직조공. 1793년 3월 국민공회가 강제 징병령을 발동한 것을 계기로 농민 등 평민들이 일으킨 반란에서 주요 역할을 담당했다.

소심해도 좋지만 어리석지는 마십시오. 눈을 뜨십시오.

급진주의자들의 노래를 가지고 말씀드릴까요. '전선을 형성하라.' 그러면 고귀한 귀스타브 아돌프 같은 인물이 나타나 위험에 직면한 군주제의 원칙을 지키려고 자기 나라로부터 천이백 킬로미터를 달려와 귀스타브가 신교도 왕자를 구하기 위해 감행했던 일을 여러분을 위해 해줄 것입니다. 행동하지 않고 계속 말만 하시렵니까? 오십 년 후에 유럽에는 공화국의 대통령만 남아 있고 국왕은 한 사람도 없을 것입니다. 왕(ROI)이라는 이 세 글자 R, O, I는 목자들, 귀족들과 더불어 사라질 것입니다. 나에게는 더러운 다수에게 아첨하는 후보자만 보입니다.

프랑스에는 이제 모든 이들이 알고 사랑하는 명망 있는 장군은 하나도 없고, 군대는 왕좌와 제단의 이익에 맞게 조직되어 있으며, 프로이센과 오스트리아의 각 연대에는 전쟁 경험이 있는 하사관이 오십 명씩이나 있는 반면 프랑스 군대는 노병들을 모두 퇴역시켰다고 말해봤자 소용없는 일입니다.

소시민에 속하는 이십만의 젊은이들은 전쟁을 바랍니다……"

"불편한 진실은 그만둡시다."

근엄해 보이는 한 인물이 거만한 어조로 말했다. 위엄으로 볼 때 고위 성직자 같았다. 왜냐하면 라 몰 씨가 화를 내는 대신 미소를 지어 보였기 때문이다. 그것은 쥘리앵이 보기에는 대단한 표시였다.

"불편한 진실은 그만 얘기하기로 하고 요약해봅시다, 여러분. 썩은 다리 하나를 잘라내야 하는 사람이 외과 의사에게 가서 '이 다리는 아주 성해요'라고 말한다면 잘못이겠지요. 여러분, 제가 이런 표현을 쓰는 것을 눈감아주십시오. 고귀하신 ○○○ 공작께서 바로 우리의 외과 의사이십니다."

자, 드디어 중요한 말이 나왔군. 오늘밤 내가 말을 타고 달려갈 곳은 ○○방면이 되겠군. 쥘리앵은 생각했다.

23장 성직, 삼림, 자유

> 모든 존재의 첫째 법칙은 자기 보존, 즉 생존이다.
> 여러분은 독당근의 씨를 뿌리고
> 곡식 이삭이 여무는 것을 보려고 한다.
> —마키아벨리

근엄해 보이는 인물이 계속 얘기했다. 그는 사태를 잘 알고 있는 듯
했다. 그는 온화하고 절제된 웅변으로 설명해나갔다. 쥘리앵은 그것
이 몹시 마음에 들었다. 다음은 그가 알려준 진실이다.

"첫째, 영국은 우리를 위해 쓸 돈이 한푼도 없습니다. 거기에서는
절약과 흄*의 사상이 유행하고 있습니다. 성자라 해도 우리에게 돈을
주지 않을 것입니다. 브룸** 씨는 우리를 조롱하고 있습니다.

둘째, 영국의 재화가 없이는 유럽의 국왕들은 두 번 이상의 전투를
치를 수 없습니다. 그런데 두 번의 전투로는 소시민계급을 대적하기

---

* 영국의 철학자. 홉스의 계약설을 비판하고 공리주의를 지향했다.
** 영국의 역사가 · 정치가. 자유를 옹호하고 사회개혁에 공헌했다.

에 충분치 않습니다.

셋째, 프랑스에 무장한 정당을 형성할 필요가 있습니다. 그것 없이는 유럽 군주정체는 두 번의 전투조차 치를 수 없습니다.

확실한 사실로서 여러분에게 제안하고자 하는 넷째 관점은 이런 것입니다.

성직계급 없이는 무장한 정당을 구성할 수 없다는 점입니다. 여러분, 여러분께 그것을 증명할 수 있으므로 대담하게 말씀드리는 바입니다. 성직자에게 모든 것을 주어야 합니다.

왜냐하면 첫째, 성직자들은 밤낮으로 자신의 업무에 전념하며, 우리의 국경에서 삼백 리외나 떨어진 곳에서 폭풍우로부터 멀리 벗어나 고급 능력을 키워온 사람들이 이끌고 있기 때문입니다……"

"아! 로마, 로마!"

집주인이 외쳤다……

"그렇습니다, 로마입니다!"

추기경이 의기양양하게 말을 받았다.

"여러분이 젊었을 때 유행하던 다소 재치 있는 농담이 무엇이었든 간에, 1830년인 지금 내가 큰 소리로 말씀드리는 바입니다. 로마가 이끄는 성직자만이 서민들에게 말을 할 수 있습니다. 오만 명의 성직자가 수장들이 정해준 날에 일제히 같은 말을 합니다. 그리고 서민들은 무엇보다도 군인을 배출하는 데 사교계의 온갖 시시한 감언이설보다 그네들의 사제의 목소리에 더욱 감동할 것입니다……(이 인물의 말은 웅성거림을 유발했다.)

"성직자계급은 여러분 계급보다 뛰어난 재능을 지니고 있습니다."

목소리를 높이며 추기경이 말했다.

"이 중요한 안건, 즉 프랑스에 무장한 정당을 세운다는 안건을 향해 여러분이 걸어온 모든 행보는 바로 우리들이 이끈 것입니다. 여기서 사실들이 보입니다…… 누가 방데에 팔만 정의 총을 보냈습니까?……

삼림을 소유하지 못하는 한 성직자들은 아무것도 유지할 수 없습니다. 첫번째 전투에서 재무대신은 부하들에게 더이상 사제들을 위한 돈은 없다고 밝힐 것입니다. 사실 프랑스는 믿음이 없고 전쟁을 좋아합니다. 누구든 프랑스가 전쟁을 하게 하는 사람은 두 배의 인기를 얻을 것입니다. 왜냐하면 전쟁을 한다는 것은 속된 말로 예수회 교도들을 굶주리게 하기 때문입니다. 전쟁을 한다는 것은 오만의 괴물인 프랑스인들을 외국의 간섭에서 해방시키기 때문입니다."

모두들 추기경의 말을 호의적으로 듣고 있었다.

"네르발 씨는 내각을 떠나야 할 것입니다. 그의 이름은 공연히 분노를 자아냅니다."

추기경이 말했다.

이 말에 사람들이 일제히 일어서서 말했다. 나를 또다시 내보내려 하겠군. 쥘리앵은 생각했다. 그런데 지혜로운 의장마저도 쥘리앵이 거기 있다는 것뿐만 아니라 그의 존재 자체를 잊어버리고 있었다.

모든 사람의 눈이 한 사람을 찾았다. 쥘리앵도 그를 알고 있었다. 수상인 네르발 씨였다. 쥘리앵은 그를 레츠 공작의 무도회에서 본 적이 있었다.

무질서가 절정에 달했다. 의회에 관하여 보도하면서 신문들이 말하는 것처럼. 소란스러운 십오 분이 지나자 어느 정도 다시 조용해졌다.

그때 네르발 씨가 일어섰다. 그는 사도와 같은 태도를 취했다.

"제가 내각에 집착하지 않는다고 단언할 수는 없습니다."

그가 특이한 목소리로 말했다.

"여러분, 많은 온건주의자들이 우리에게 반대함으로써 제 이름이 급진주의자들의 힘을 배가시켰다는 것을 제게 알려주시는군요. 그러므로 저는 스스로 물러날 수도 있습니다. 하지만 주님의 길은 소수의 사람들에게만 보이는 법입니다."

그러더니 추기경을 똑바로 쳐다보면서 덧붙였다.

"제게는 사명이 있습니다. 하늘이 제게 말씀하셨습니다. '너는 머리를 단두대에 얹게 될 것이다. 아니면 프랑스에 군주제를 부활시킬 것이다. 그리하여 의회를 루이 15세 치하의 의회로 축소시킬 것이다.' 여러분, 저는 그렇게 하겠습니다."

그가 말을 마치고 다시 자리에 앉았다. 무거운 침묵이 흘렀다.

참으로 훌륭한 배우군. 쥘리앵은 생각했다. 그러나 그는 잘못 생각했다. 사람들에게 정신적 능력이 많다고 여김으로써 평소처럼 잘못 생각한 것이다. 이렇게 열렬한 저녁 토론과 특히 그 순간 토론의 진지함에 힘을 얻은 네르발 씨는 정말로 자신의 사명을 믿었다. 그러나 이 사람은 대단한 용기를 지녔지만 상식은 갖고 있지 못했다.

저 근사한 말, '저는 그렇게 하겠습니다'에 뒤이어 침묵이 이어질 때 자정을 알리는 종이 울렸다. 쥘리앵은 시계추의 소리가 장중하고 불길한 무언가를 담고 있다는 생각이 들었다. 가슴이 벅찼다.

힘이 더욱 넘치는 상태로, 특히 믿을 수 없을 정도로 솔직하게 토론이 곧 재개되었다. 이 사람들은 나를 독살할지도 몰라. 어느 순간 쥘리앵은 그런 생각이 들기도 했다. 어떻게 하층민 앞에서 이런 얘기들을 하지?

새벽 두시를 쳤는데도 사람들은 아직도 얘기하고 있었다. 집주인은 오래 전에 잠이 들었다. 초를 갈기 위해 라 몰 씨는 초인종을 눌러야만 했다. 수상인 네르발 씨는 한시 사십오분에 떠났다. 수상은 자기 옆에 두고 있던 거울 속으로 쥘리앵의 모습을 종종 유심히 살펴보기를 잊지 않았다. 그가 떠나자 모든 사람들이 편안해하는 것 같았다.

초를 가는 동안 조끼 신사가 옆자리에 앉은 사람에게 나지막이 말했다.

"저 사람이 왕에게 가서 무슨 말을 고할지는 아무도 모릅니다. 우리를 웃음거리로 만들고 우리의 미래를 망쳐놓을 수도 있어요.

이 자리에 나타나다니, 참 보기 드물게 뻔뻔스럽고 자만심 강한 사람입니다. 수상이 되기 전부터 그렇게 보이긴 했지만 수상 자리란 모든 것을 바꾸고 개인의 이해관계를 덮어버리는 것이지요. 그도 그걸 느꼈을 텐데요."

수상이 떠나자마자 보나파르트의 장군이었던 사람은 눈을 감았다. 그러다가 자기 건강이며 자기가 당한 부상에 대해 말을 하고 시계를 꺼내 보더니 나가버렸다.

"장군은 수상을 따라나선 거요. 그는 이 자리에 온 것을 변명하고 자기가 우리를 이끌고 있다고 주장하려는 것이오."

조끼 신사가 말했다.

졸음에 겨운 하인들이 초를 가는 일을 마쳤다.

"여러분, 잘 생각해봅시다. 이제 서로 설득하려고는 하지 맙시다. 사십팔 시간 후에 외부에 있는 우리 친구들이 보게 될 각서의 내용을 생각합시다. 우리는 내각에 대해서 이야기했습니다. 네르발 씨가 우리를 떠났는데 우리에게 내각이 무슨 상관이냐고 말할 수 있습니까? 우리는 그들을 끌어들여야 할 겁니다."

추기경이 엷은 미소를 띠고 동의했다.

"우리의 처지를 요약해보는 것보다 더 쉬운 일은 없습니다."

아그드의 젊은 주교가 매우 격앙된 광신이 지배하는 부자연스러운 격정을 보이며 말했다. 그때까지 그는 침묵을 지키고 있었다. 쥘리앵이 관찰한 바에 따르면 처음에 온화하고 차분하던 그의 눈빛이 토론이 한 시간쯤 진행된 후부터 타오르기 시작했다. 지금 그의 영혼은 베수비오 화산의 용암처럼 끓어넘치고 있었다.

"1806년부터 1814년까지 영국은 단 하나의 과오를 범했습니다. 그것은 나폴레옹에 대항해서 직접적으로, 개인적으로 행동하지 않은 것입니다. 그 인물이 공작과 시종 들을 만들어낼 때부터, 왕좌를 다시 세웠을 때부터, 신께서 그에게 맡긴 사명은 끝났습니다. 이후 그는 제물로 바치기에 알맞은 인물이었습니다. 성서는 여러 군데에서 폭군을 멸망시키는 방법을 우리에게 가르쳐주고 있습니다(이 대목에서 그는 여러 번 라틴어를 인용했다).

여러분, 오늘날 제물로 바쳐야 하는 것은 한 인물이 아닙니다. 그것은 파리입니다. 프랑스 전역이 파리를 본뜨고 있습니다. 각 도마다 오백 명의 남자들을 무장시키는 것이 무슨 소용이 있습니까? 그것은 마구잡이식으로 계획되어 결말이 나지 않을 것입니다. 파리에만 있는 일을 프랑스 전체와 섞는 것이 무슨 소용이 있습니까? 오로지 신문과 살롱을 거느리고 있는 파리가 불행을 만들어냅니다. 새로운 바빌론은 멸망시켜야 합니다.

제단과 파리 사이에서 끝장을 내야 합니다. 이런 재앙은 왕좌의 세속적 이해관계와도 관련이 있습니다. 어째서 파리는 보나파르트 치하에서 제대로 숨을 쉬지 못했을까요? 그 점은 생 로슈의 대포에게 물어보십시오……"

쥘리앵이 라 몰 씨와 함께 방에서 나온 것은 새벽 세시가 되어서였다.

후작은 부끄럽고 피곤했다. 처음으로 쥘리앵에게 말을 할 때 그는 간청의 어조를 띠었다. 그는 결코 저 과도한 열성을(이것이 그의 표현이었다), 어쩌다가 그가 증인이 되어버린 그 광기를 누설하지 말아달라고 부탁했다. 외국에 있는 우리 친구들이 우리의 젊은 열혈분자들에 대해 알아보려고 진지하게 요구하지 않는 한 그것에 대해 말하지 말게. 국가가 전복되는 것이 그들에게 무슨 상관이겠나? 그들은 추기경이 되어 로마로 피신할 거야. 우리는 우리의 성에서 농부들에게 학살될 거고.

쥘리앵이 기록한 스물여섯 페이지에 이르는 조서에 따라 후작이 작성한 비밀 각서는 네시 사십오분에야 완성되었다.

"죽도록 피곤하군. 이 각서를 보면 내 피로함을 알아볼 수 있겠어. 끝부분으로 갈수록 명료함이 부족하니 말이야. 내 일생에 이룬 그 어떤 일보다 불만스러워. 자, 가져가게, 친구. 그리고 몇 시간 눈을 좀

붙이도록 하게. 누가 자네를 채갈까봐 두렵네. 자네를 자네 방에 두고 열쇠로 잠가야겠네."

다음날 후작은 쥘리앵을 파리에서 꽤 멀리 떨어진 외딴 성으로 데려갔다. 그곳에는 이상한 손님들이 와 있었다. 쥘리앵은 그들이 사제들이라고 판단했다. 가명이 적힌 통행증이 교부되었으며, 마침내 그가 계속 모르는 체해온 여행의 진짜 목적이 지시되었다. 그는 혼자 사륜마차에 올라탔다.

후작은 그의 기억력에 대해서는 전혀 불안해하지 않았다. 쥘리앵은 그에게 여러 차례에 걸쳐 비밀 각서를 암송해 보였다. 하지만 후작은 누가 그를 가로채가지 않을까 몹시 두려워했다.

"특히 시간을 때우기 위해 여행하는 거들먹거리는 사람의 표정을 짓도록 하게."

쥘리앵이 살롱을 떠나는 순간에 후작은 우의를 표하며 말했다.

"어젯밤 집회에는 어쩌면 가짜 형제들이 한 명 이상 있었을 테니까."

여행은 빠르고 아주 우울했다. 후작의 시야에서 벗어나자마자 쥘리앵은 비밀 각서도 사명도 잊어버렸다. 오직 자신에 대한 마틸드의 경멸만을 생각했다.

메츠를 지나 몇 리외 떨어진 마을에서 역장이 그에게 마차를 끌 말이 없다는 말을 하러 왔다. 밤 열시였다. 쥘리앵은 몹시 난처해져서 야식을 주문했다. 그는 문 앞을 서성거리다가 눈에 띄지 않게 마구간 마당으로 들어섰다. 말이 한 필도 보이지 않았다.

그렇지만 그 남자의 태도는 이상했어. 커다란 눈으로 나를 이리저리 살폈거든. 쥘리앵은 생각했다.

우리가 보았다시피 그는 사람들이 자기에게 하는 말을 글자 그대로 믿지 않게 되었다. 야식을 먹은 후에 그는 빠져나갈 궁리를 했다. 그 고장에 대해 무언가를 알아내기 위하여 자기 방을 나와서 부엌의 불가에 몸을 녹이러 갔다. 거기서 유명한 가수 제로니모를 보았을 때 그의 기쁨이 얼마나 컸겠는가!

그 나폴리 남자는 불 곁에 갖다놓아달라고 한 안락의자에 몸을 파묻고 아주 큰 소리로 불평하고 있었다. 어리둥절한 표정으로 그를 에워싸고 있는 독일 농민 스무 명보다 그 혼자서 더 많은 말을 하고 있었다.

"이 사람들이 나를 파멸시키고 있어요."

그가 쥘리앵에게 소리쳤다.

"나는 내일 마인츠에서 노래하기로 약속했어요. 일곱 명의 군주가 내 노래를 들으러 달려올 거요. 그런데 바람이나 좀 쐬러 갑시다."

그가 의미심장한 표정으로 덧붙여 말했다.

길을 나서서 백 보쯤 갔을 때, 즉 들을 사람이 없으리라 여겨졌을 때 그가 쥘리앵에게 말했다.

"도대체 어찌 된 일인지 알아요? 이 역장은 사기꾼이에요. 산책을 하던 중 내가 어떤 아이에게 잔돈을 쥐여주고 얘기를 모두 들었소. 마을 반대편 끝에 있는 마구간에 말이 열두 필 있대요. 어떤 사절을 지체시키려고 그러는 겁니다."

"정말입니까?"

쥘리앵이 무심한 표정으로 말했다.

속임수를 찾아내는 것이 전부가 아니었다. 어떻게든 떠나야만 했다. 그러나 제로니모와 그의 친구는 성공할 수 없었다. "날이 새기를 기다립시다." 마침내 가수가 말했다. "누군가가 우리를 감시하고 있어요. 사람들이 원하는 건 당신일 수도 있고 나일 수도 있어요. 내일 아침에 근사한 식사를 주문합시다. 그런 다음 그들이 준비하는 동안 산책을 나가는 척하고 빠져나갑시다. 말을 빌려 타고 다음 역까지 가는 겁니다."

"당신 짐은요?"

쥘리앵이 물었다. 그는 어쩌면 제로니모가 자신을 납치하기 위해 파견된 자일지도 모른다는 생각을 하고 있었다. 야식을 먹고 잠자리에 드는 수밖에 없었다. 방 안에서 너무 조심하지 않고 말하는 두 사람의 목소리에 깜짝 놀라 깨어났을 때 쥘리앵은 여전히 잠이 덜 깬 상태였다.

그는 흐릿한 초롱을 들고 있는 역장을 알아보았다. 불빛은 쥘리앵이 방으로 올려봐달라고 했던 짐궤를 향하고 있었다. 역장 옆에는 열린 짐궤를 조용히 뒤적이는 한 남자가 있었다. 쥘리앵은 그의 옷소매만을 알아볼 수 있었다. 그것은 검고 아주 좁은 소매였다.

저건 사제복인데. 그는 머리맡에 두었던 권총을 가만히 움켜쥐었다.

"저 사람이 깨어날까 염려하지 않아도 됩니다, 신부님."

역장이 말했다.

"저 사람에게 먹인 포도주는 신부님께서 손수 마련하신 포도주입니다."

"서류의 흔적을 전혀 못 찾겠는데요. 내복 여러 벌, 화장수, 포마드

같이 쓸데없는 것만 있어요. 향락에 정신이 팔린 요즘 젊은이예요. 사절은 이 사람이 아니라 다른 사람인 것 같군요. 이탈리아 억양으로 말하는 척하는 사람 말이오."

그들은 여행복의 주머니를 뒤지려고 쥘리앵에게 다가왔다. 쥘리앵은 그들을 도둑놈으로 몰아 죽이고 싶은 유혹을 느꼈다. 앞으로 일어날 일들 중에 이보다 덜 위험한 일은 없을걸…… 쥘리앵은 그렇게 하고 싶어졌다…… 하지만 그러면 나는 어리석은 놈이 되고 말 거야. 내 사명이 위태로워질 테니까. 그의 옷을 뒤지고 나서 사제가 말했다. "이놈은 사절이 아니오." 그는 쥘리앵 곁을 떠났다. 그로서는 잘한 짓이었다.

그가 침대에서 나를 건드리는 날에는 불행해지고 말걸! 그가 나를 칼로 찌르러 올 수도 있어. 하지만 나도 그렇게 당하고 있지는 않을 거야. 쥘리앵은 이런 생각을 하고 있었다.

사제가 머리를 돌렸다. 쥘리앵은 눈을 반쯤 떴다. 그때 그의 놀라움을 어떻게 표현해야 할까! 그는 다름 아닌 카스타네드 사제였던 것이다! 사실 두 사람은 아주 나지막이 말하고 있었지만 처음부터 두 목소리 중 하나는 귀에 익은 목소리로 여겨졌다. 쥘리앵은 그들의 비겁한 동료들 중 하나를 제거해 세상을 정화하고 싶은 참을 수 없는 욕망에 사로잡혔다.

하지만 나는 사명이 있어! 쥘리앵은 생각했다.

사제와 그의 수행원이 나갔다. 십오 분 후에 쥘리앵은 잠에서 깬 척했다. 그리고 온 집 안 사람들을 소리쳐 불러 깨웠다.

"내가 독약을 마셨어요. 참을 수 없이 괴로워요!"

그는 소리질렀다. 제로니모를 구하러 갈 구실을 만들어야 했다. 제로니모는 포도주에 든 아편 성분 때문에 반쯤 기절해 있었다.

쥘리앵은 이런 종류의 술책을 염려하여 파리에서 가져온 초콜릿과 함께 야식을 들었다. 그는 제로니모가 떠날 결심을 하게 할 만큼 그를 완전히 깨울 수가 없었다.

"내게 나폴리 왕국 전체를 준다고 해도 지금 이 순간 달콤한 잠을 포기하지 않을 거요."

가수는 이렇게 말하는 것이었다.

"그렇지만 일곱 명의 군주는 어쩌고요?"

"기다리라지요."

쥘리앵은 혼자 떠났다. 그리고 별다른 사건 없이 저명인사에게 다다를 수 있었다. 쥘리앵은 면회를 간청하느라 아침나절을 다 허비했지만 허사였다. 다행히 오후 네시경 공작이 바람을 쐬러 가기를 원했다. 쥘리앵은 그가 걸어서 나가는 것을 보고 주저 없이 그에게 다가갔다. 그의 두 발자국 앞에 이르러 라 몰 후작의 시계를 꺼내 넌지시 보여주었다.

"멀리 떨어져서 나를 따라오게."

공작은 쥘리앵을 처다보지도 않고 말했다.

거기서 약 사분의 일 리외쯤 갔을 때 공작이 갑자기 조그만 여인숙의 카페로 들어갔다. 이 최하급 여인숙의 한 방에서 쥘리앵은 비밀 각서 네 페이지를 공작에게 암송해주었다. 그가 외우기를 마쳤을 때 공작은 "다시 시작해보게. 좀더 천천히"라고 말했다. 공작은 그 내용을 기록했다.

"길어서 다음 역까지 가시오. 여기에 당신의 짐과 마차를 놔두고, 갈 수 있다면 스트라스부르까지 가시오. 그리고 이달 22일(그날은 10일이었다) 열두시 반에 바로 이 카페로 다시 오시오. 삼십 분 후에 여기서 떠나시오. 그리고 아무 말도 하지 마시오!"

쥘리앵이 들은 말은 그게 전부였다. 그 말만으로도 쥘리앵을 최고의 찬탄에 빠뜨리기에 충분했다. 일은 이렇게 처리하는 거구나. 그는 생각했다. 사흘 전에 있었던 격렬한 논쟁을 들었다면 이 고위인사는 뭐라고 말했을까?

쥘리앵이 스트라스부르에 도착하는 데는 이틀이 걸렸다. 거기서는 할 일이 하나도 없을 것 같았다. 그는 먼 길을 돌아서 갔다. 그 못된 카스타네드 사제는 나를 알아보았다면 내 자취를 쉽게 놓칠 사람이 아닌데…… 나를 조롱하고 내 사명을 좌초시킨다면 그가 얼마나 기뻐할까!

카스타네드 사제는 북쪽 국경 전체에 걸쳐 있는 수도원 경찰조직의 우두머리로서, 다행히도 쥘리앵을 알아보지 못했다. 그리고 스트라스부르의 예수회 교도들은 매우 열성적이기는 했지만, 십자가와 푸른 프록코트를 걸치고 멋에만 신경 쓰는 젊은 군인 같은 쥘리앵을 염탐할 생각은 전혀 하지 않았다.

24장 스트라스부르

매혹! 그대는 사랑의 온갖 에너지와 불행을 맛보게 하는 힘을 지녔구나.
사랑의 황홀한 기쁨, 사랑의 달콤한 즐거움만이
그대의 영역 너머에 있구나.
나는 그녀가 잠자는 모습을 보면서
그 천사 같은 아름다움과 부드러운 연약함을 지닌 그녀가
온전히 나의 것이라고 말할 수 없었다!
한 남자의 마음을 매혹하도록 하늘이 자비롭게도 만든 그녀가
내 힘에 맡겨져 있구나.
―실러, 『오드』

어쩔 수 없이 스트라스부르에서 여드레를 보내지 않을 수 없게 된 쥘리앵은 군인의 영광과 조국에의 헌신이라는 생각으로 기분을 전환하려고 애썼다. 그가 사랑에 빠져 있었나? 그는 아무것도 알지 못했다. 그는 고통받는 마음속에서 오직 자신의 상상과 행복에 절대적인 존재인 애인 마틸드를 발견할 뿐이었다. 절망 속에서 자신을 지탱하기 위해서는 자기 성격의 모든 에너지가 필요했다. 라 몰 양과 관련이 없는 어떤 것들을 생각한다는 것은 그의 능력 너머의 일이었다. 전에는 야망이나 허영심의 단순한 만족이 레날 부인이 그에게 불어넣은 감정들을 내몰았다. 그러나 마틸드는 모든 것을 빨아들였다. 그는 미래의 어디에나 그녀가 있음을 알았다.

이 미래 속의 모든 곳에서 쥘리앵은 성공의 결핍을 보았다. 베리에

르에서 우리가 보았던 그토록 긍지가 가득하고 자신만만하던 청년이 이제 우스운 자기 비하에 빠져 있었다.

사흘 전만 해도 카스타네드 사제를 기꺼이 죽일 수도 있었지만, 만일 스트라스부르에서 한 아이와 싸움이 붙었다면 그는 아이에게 네가 옳다고 말했을 것이다. 반대자들과 그가 인생에서 마주쳤던 적들을 다시 생각해볼 때 자기가 틀렸다는 생각이 드는 것이었다.

지금 그의 무자비한 적은 바로 이 강력한 상상력이었다. 전에는 미래의 찬란한 성공을 끊임없이 그려 보여주는 데 사용되던 그 상상력이었다.

여행자 생활의 절대적 고독이 이 어두운 상상력의 힘을 크게 키워주었다. 친구를 갖는다는 것은 보물을 갖는 것이다! 그러나 나를 위해 고동치는 심장이 있는가? 쥘리앵은 생각했다. 내게 친구가 하나 있다 해도 명예는 내게 영원한 침묵을 명령하지 않을까?

그는 말을 타고 쓸쓸하게 켈 근방을 산책했다. 그곳은 드제*와 구비옹 생시르**에 의해 유명해진 라인 강변의 마을이었다. 한 독일 농부가 그에게 저 위대한 장군들의 용기로 이름이 난 작은 개울이며 길, 라인 강에 떠 있는 작은 섬들을 보여주었다. 쥘리앵은 왼손으로는 말고삐를 잡고 오른손으로는 생시르 원수의 『회상록』에 붙은 근사한 지도를 펼쳐 쥐고 있었다. 쾌활한 탄성이 들려와 그는 고개를 쳐들었다.

코라소프 공작이었다. 몇 달 전 탁월한 자만의 규칙을 그에게 알게

---

* 프랑스의 영웅적 군인. 스트라스부르 전투, 마인츠 전투, 만하임 전투, 바이에른 전투에서 활약했다.
** 프랑스의 군인. 나폴레옹 시절 원수를 지냈으며 쿨름 전투를 지휘했다.

해준 런던의 친구였다. 그 탁월한 규칙에 충실한 코라소프는 전날 스트라스부르에 도착했다. 한 시간 전에 켈에 온 코라소프는 일생 동안 1796년의 함락에 대해서 단 한 줄도 읽은 적이 없었지만 쥘리앵에게 모든 것을 설명하기 시작했다. 독일 농부가 놀라서 그를 쳐다보았다. 왜냐하면 그는 프랑스어를 웬만큼 알아서, 공작이 빠져 있는 커다란 오류를 구별해낼 수 있었기 때문이다. 반면 쥘리앵은 농부의 생각과는 아주 동떨어져 있었다. 쥘리앵은 놀라서 이 미남 청년을 바라보았다. 쥘리앵은 그의 승마 솜씨에 감탄하고 있었다.

행복한 성격이구나! 쥘리앵은 생각했다. 그의 바지는 얼마나 잘 어울리는가. 머리는 또 얼마나 우아하게 잘 다듬었는가! 아아! 내가 이 사람 같았다면, 어쩌면 그녀는 사흘 동안 나를 사랑한 후에 나를 싫어하게 되지 않았을 텐데.

공작이 켈 함락에 대한 설명을 마치더니 "당신은 수도승 같은 얼굴을 하고 있군요. 내가 런던에서 알려주었던 근엄의 원칙을 지나치게 지키고 있어요. 슬픈 표정은 좋은 표정이 아닙니다. 권태로운 표정을 보여야지요. 만일 당신이 슬프다면 그건 당신이 성공하지 못했거나 당신에게 뭔가 부족하기 때문입니다"라고 쥘리앵에게 말했다.

"그것은 못난 모습을 보여주는 것입니다. 반대로 당신이 권태롭습니까. 그렇다면 그것은 못난 사람이 당신의 마음에 들려고 애썼으나 잘되지 않았기 때문입니다. 그러니 친애하는 친구여, 오해가 얼마나 심각한지 보세요."

쥘리앵은 입을 반쯤 벌리고 그들의 말을 듣고 있던 농부에게 동전 한 닢을 던져주었다.

"좋아요, 우아함이 있어요. 고상한 경멸, 아주 훌륭해요!"

공작이 말했다. 그리고 그는 말을 달렸다. 쥘리앵은 어리석은 감탄을 가득 담고 그를 따라갔다.

아! 내가 이 사람 같았다면 그녀는 나보다 크루아즈누아를 더 좋아하지 않았을 텐데! 그의 이성은 공작의 우스운 말에 기분이 상하면 상할수록 더욱더 그에게 감탄하고 자신을 경멸하게 되었다. 그리고 자신은 그런 것을 갖추지 못했으니 불행한 사람이라고 간주했다. 자신에 대한 혐오가 말로 표현 못 할 정도였다.

공작은 그가 확실하게 우울한 상태라고 생각하였다. 공작은 스트라스부르로 돌아가면서 그에게 말했다.

"아, 친애하는 친구, 돈을 몽땅 잃기라도 했습니까? 아니면 어떤 귀여운 여배우와 사랑에 빠지기라도 했습니까?"

러시아인들은 프랑스의 풍습을 모방한다. 그런데 항상 오십 년쯤 차이가 난다. 그들은 지금 루이 15세 시대에 있었다.

사랑에 대한 이런 농담이 쥘리앵의 눈물을 자아냈다. 나는 어째서 이 호감 가는 남자에게 의논하지 않는 걸까? 갑자기 그런 생각이 들었다.

"네, 그렇습니다, 친구. 당신은 스트라스부르에서 사랑에 빠지고 버림받은 저를 보신 겁니다. 매력적인 한 여인이 이웃 마을에 살고 있는데, 정열적인 사흘을 보낸 후에 나를 버렸어요. 이 변심에 죽을 것 같습니다."

그는 가명을 써가며 공작에게 마틸드의 행동과 성격을 그려 보였다.

"그만하면 알겠습니다."

코라소프가 말했다.

"당신의 의사로서 당신에게 신뢰를 주기 위해 내가 당신의 이야기를 마무리하지요. 그 젊은 여인의 남편은 굉장한 부를 누리고 있습니다. 아니면 그 여인은 그 고장에서 가장 높고 고귀한 계층에 속합니다. 그녀는 무언가 자랑스러운 것을 갖고 있겠지요."

쥘리앵은 머리를 끄덕였다. 그는 이제 말할 용기도 없었다.

"아주 잘 알았어요. 당신이 지체 없이 마셔야 할 꽤 쓴 약이 세 가지 있습니다. 첫째, 매일 부인을 만날 것…… 그 부인의 이름이 뭐지요?"

"뒤부아 부인."

"무슨 이름이 그런가요!"

공작이 웃음을 터뜨리며 말했다.

"하지만 용서하세요. 당신에게는 소중한 이름일 테니까요. 당신은 매일같이 뒤부아 부인을 만나야 합니다. 특히 그녀에게 차갑고 날카로운 눈빛을 보이지 마세요. 우리 시대의 대원칙을 기억하시지요. 기대하는 것과 반대로 행하라. 일주일 전 당신이 그녀의 사랑을 받을 때의 모습을 그대로 보이세요……"

"아! 그때 저는 침착했어요. 제가 그녀를 동정한다고 생각했지요."

쥘리앵이 절망적인 목소리로 외쳤다.

"나방은 촛불에 제 몸을 태웁니다. 세상만큼 낡은 비유지요."

코라소프가 계속 말했다.

"첫째, 매일 그녀를 만날 것.

둘째, 그녀의 계층에 속한 다른 여인에게 접근할 것. 그러나 정열의 티를 내지는 말 것. 아시겠습니까? 당신에게 다 말씀드리지만 당신의 역할은 어렵습니다. 당신은 연극을 하는 겁니다. 하지만 당신이 연극을 하고 있다는 것을 알게 되면 당신이 지는 거지요."

"그녀는 아주 총명해요. 저는 별로 그렇지 못하고요! 제가 진 겁니다."

쥘리앵이 슬프게 말했다.

"아닙니다. 당신은 다만 내가 생각하는 것 이상으로 그녀를 사랑하고 있는 것입니다. 반면 뒤부아 부인은 자기 자신에게 깊이 몰두해 있어요. 하늘로부터 너무 많은 고귀함과 너무 많은 재물을 받은 모든 여인들이 그러하듯이요. 그녀는 당신을 바라보는 대신 자기 자신을 바라보고 있어요. 그래서 그녀는 당신을 알지 못합니다. 당신에 대한 호감으로 자기 자신을 주었던 두세 번의 사랑에 가까이 가는 동안 상상력을 발휘하여 당신 안에서 자신이 꿈꾸어온 영웅을 본 것이지 실제의 당신을 본 것이 아닙니다……

그런데 이게 웬일입니까. 요점은 이렇습니다. 친애하는 소렐 씨, 당신은 초등학생입니까?……

자, 저 상점으로 들어갑시다. 여기 멋진 검은 칼라가 있네요. 버링턴 거리의 존 앤더슨 제품 같군요. 이걸 제가 사도 괜찮겠지요. 당신이 목에 매고 있는 그 초라한 검은 칼라는 멀리 던져버리세요."

스트라스부르 최고의 잡화점을 나오면서 공작은 말을 이었다.

"뒤부아 부인이 속한 사회는 어떤 사회입니까? 맙소사, 이름이 이상해서! 소렐 씨, 언짢아하지 마십시오. 나도 어쩔 수가 없네요…… 당신은 누구에게 접근하실 겁니까?"

"엄청난 부자인 양말 장수의 딸로, 유난히 정숙한 체하는 여자입니다. 그녀는 세상에서 가장 아름다운 눈을 가졌어요. 그게 무척 마음에 듭니다. 그녀는 말할 것도 없이 이 고장에서 제일가는 신분이지요. 하지만 온갖 위엄을 부리다가도 누군가가 장사나 상점 얘기를 하면 정신이 없어져서 얼굴을 붉히곤 하지요. 불행히도 그녀의 아버지는 스트라스부르에서 가장 유명한 상인 중 하나입니다."

"그렇다면 누가 '사업'에 대해 말을 하면 틀림없겠군요. 그 여인은 분명히 당신이 아니라 자기 생각만 하겠지요. 그런 우스움은 성스럽고 아주 유용합니다. 그녀의 아름다운 눈 곁에서 아주 잠시라도 정신을 잃지 않게 해줄게요. 성공은 확실합니다."

사실 쥘리앵은 라 몰 저택에 자주 오는 페르바크 원수부인을 생각하고 있었다. 원수가 죽기 일 년 전에 그와 결혼한 아름다운 외국 여자였다. 그녀의 일생은 자신이 '사업가'의 딸이라는 것을 잊게 만드는 것 말고 다른 목표는 없는 것처럼 보였다. 파리에서 인정받기 위해 그녀는 부덕의 선두에 서 있었다.

쥘리앵은 진심으로 공작에게 감탄했다. 그의 허풍을 위해서라면 무엇이라도 내놓을 수 있을 것 같았다! 두 친구의 대화는 끝이 없었다. 코라소프 역시 매혹되었다. 프랑스인이 이렇게 오랫동안 그의 얘기를 들어준 적은 한 번도 없었다. 내가 드디어 우리 스승뻘 되는 국민들에게 가르침을 주면서 내 말에 귀 기울이게 하는 정도가 되었구나!

"우리는 이제 의견의 일치를 보았군요."

그는 쥘리앵에게 두 번 되풀이해 말했다.

"뒤부아 부인이 있는 데서 젊은 미인, 즉 스트라스부르의 양말 장

수 딸에게 말할 때는 성열의 그림자도 보여서는 안 됩니다. 반대로, 편지를 쓸 때는 열렬한 정열을 보이십시오. 잘 쓰인 연애편지를 읽는 것은 정숙한 체하는 여인에게는 최고의 기쁨입니다. 그때가 휴식의 순간이지요. 그녀는 연극을 하지 않을 겁니다. 그녀는 자기 마음에 귀 기울일 겁니다. 그러니 하루에 두 통씩 보내세요."

"안 돼요, 안 됩니다."

쥘리앵이 기가 죽어 말했다.

"문장 세 개를 짓느니 차라리 회반죽 통에서 기둥을 만들겠어요. 나는 산송장입니다. 내게 아무것도 바라지 마십시오. 길가에서 죽게 내버려두세요."

"누가 당신더러 문장을 지으랍니까? 나는 가방 안에 필사본 연애편지 여섯 권을 가지고 있어요. 온갖 성격의 여인들을 위한 편지들이 거기 들어 있어요. 가장 높은 부덕을 지닌 여인을 위한 것도 있습니다. 칼리스키는, 당신도 알고 있겠지만 런던에서 삼 리외 떨어진 리치먼드 라 테라스에서 영국 전체에서 가장 아름다운 퀘이커교 여신자에게 접근하지 않았던가요?"

새벽 두시에 친구와 헤어졌을 때 쥘리앵은 훨씬 덜 불행한 느낌이었다.

다음날 공작은 필경사를 불러오게 했다. 이틀 후에 쥘리앵은 가장 고상하고 가장 슬픈 부덕을 지닌 여인에게 보내는, 번호가 매겨진 쉰세 통의 연애편지를 갖게 되었다.

"쉰네번째 편지는 없습니다. 왜냐하면 칼리스키가 퇴짜를 맞았으니까요. 하지만 양말 장수 딸에게 잘못 보이는 게 당신과 무슨 상관이겠어요? 뒤부아 부인의 마음을 얻는 것만이 문제니까요."

그들은 매일 말을 탔다. 공작은 쥘리앵을 미친 듯이 좋아했다. 자신의 갑작스러운 우정을 어떻게 그에게 증명해 보일지 알지 못하던 그는 마침내 모스크바의 부유한 상속녀인 자기 사촌 가운데 한 명과 결혼하라는 제안을 하기에 이르렀다.

그는 "일단 결혼하면 나의 영향력과 당신이 가지고 있는 훈장이 당신을 이 년 안에 대령으로 만들어줄 것입니다"라고 말하는 것이었다.

"하지만 이 훈장은 나폴레옹에게 받은 것이 아닌데요. 그것이 필요하지 않겠습니까?"

"무슨 상관입니까. 어쨌든 그가 제정한 것 아닙니까? 그것은 아직 유럽에서 제일가는 것입니다."

공작이 말했다.

쥘리앵은 거의 그렇게 하자고 할 뻔했다. 그러나 의무 때문에 고위 인사 곁으로 다시 가야 했다. 코라소프와 헤어지면서 그는 편지를 쓰겠노라고 약속했다. 그는 비밀 각서에 대한 답장을 받고 파리로 달려갔다. 그러나 연이어 이틀을 혼자 지내고 나자 프랑스와 마틸드를 떠난다는 것이 죽음보다 못한 고통으로 여겨졌다. 코라소프가 제안한 수백만 금의 재산과 결혼하지는 않겠어. 하지만 그의 충고는 따라야겠어. 쥘리앵은 생각했다.

결국 유혹의 기술이 그의 직업이다. 그는 서른 살이니까 십오 년 이상을 오로지 그 일만 생각해온 거야. 그가 총명하지 않다고는 말할 수 없다. 그는 섬세하고 빈틈없다. 그런 성격에는 열정과 시(詩)가 있을 수 없다. 그는 검사 같은 사람이다. 그것이 그가 잘못을 범하지 않는 이유지.

그래, 페르바크 부인에게 접근해야겠다.

그녀는 어쩌면 내게 약간 지겨울지도 몰라. 하지만 그토록 아름다운 눈, 이 세상에서 나를 가장 사랑했던 사람의 눈을 너무나 닮은 그 눈을 바라보게 되겠지.

그녀는 외국인이다. 그러니 관찰할 만한 새로운 성격을 갖고 있을 거야.

내가 미쳤나보다. 이러다가는 정말 파멸이야. 친구의 충고를 따라야만 해. 그리고 나 자신을 믿지 말아야 해.

25장 덕성의 임무

그토록 신중하고 용의주도하게
이 기쁨을 받아들인다면
그건 이미 내게 기쁨이 아닐 것이다.
—로페 데 베가

파리로 돌아오자마자, 그리고 답신에 몹시 당황해 있는 라 몰 후작의 서재를 나서자마자 우리의 주인공은 알타미라 백작의 집으로 달려갔다. 사형 선고까지 받았던 경력이 있는 이 멋진 외국인은 근엄함과 신앙심 덕분에 많은 성공을 거두고 있었다. 이 두 가지 장점에 더하여 출신까지 훌륭해서 백작은 페르바크 부인의 마음에 들었고 그녀를 자주 만나고 있었다.

쥘리앵은 백작에게 부인을 깊이 사랑하고 있다고 심각하게 고백했다.

"그 부인은 가장 순수하고 가장 고귀한 덕성을 갖고 있지요. 약간 위선적이고 과장된 데가 있긴 하지만요."

알타미라가 대답했다.

"어떤 때는 그녀가 사용하는 단어들 하나하나는 이해하지만 문장 전체는 이해가 되지 않을 때가 있어요. 그녀의 말을 듣고 있으면 곧잘 내가 사람들이 말하는 만큼 프랑스어를 알지 못한다는 생각이 듭니다. 부인을 알게 되면 당신의 이름이 화제에 오르게 되고 당신은 사교계에서 비중 있는 인물이 될 겁니다. 하지만 부스토스에게 가봅시다. 그는 원수부인에게 접근했었어요."

순서에 대한 총기가 있는 알타미라 백작이 말했다.

돈 디에고 부스토스는 아무 말도 하지 않고, 사무실에 앉아 있는 변호사처럼 한참 동안 사태에 대한 설명을 하게 했다. 그는 수도사 같은 커다란 얼굴에 검은 콧수염을 길렀고 비할 데 없는 중후함을 지녔다. 적어도 그는 자유를 위해 투쟁하는 훌륭한 비밀 결사 회원 카르보나로였다.

"알겠습니다."

마침내 그가 쥘리앵에게 말했다.

"페르바크 원수부인에게 애인이 있었나, 없었나, 당신이 성공하리라는 희망이 있는가, 질문은 이런 것이군요. 나로 말하면 실패했다는 것을 당신에게 말해야겠군요. 이제는 마음이 더이상 상하지 않으니 이런 말씀을 드리지요. 그녀는 종종 화를 냅니다. 곧 당신에게 이야기하겠지만 그녀는 꽤 복수심이 강한 편입니다.

나는 부인의 기질이 모든 행동에 정열적으로 몰입하는 천재들의 특징인 성 잘 내는 기질이라고는 생각하지 않습니다. 오히려 그녀는 반대로 드문 미모와 그토록 신선한 피부색이 말해주는 네덜란드인의 평온함과 냉정함을 지녔습니다."

쥘리앵은 이 스페인 사람의 느릿함과 흔들리지 않는 침착성에 조바심이 났다. 때때로 자기도 모르게 몇 가지 간단한 말이 입에서 튀어나왔다.

"제 이야기를 듣고 싶으십니까?"

돈 디에고 부스토스는 근엄하게 말했다.

"푸리아 프란세세*를 용서하십시오. 열심히 듣고 있습니다."

쥘리앵이 말했다.

"페르바크 원수부인은 증오심이 무척 강합니다. 그녀는 한 번도 본 적이 없는 사람들, 변호사나 콜레처럼 노래 가사를 짓는 가난뱅이 문사들을 무자비하게 추적합니다. 이 노래를 아십니까?

　내가 미쳤지
　마로트를 사랑하다니……"

쥘리앵은 이 노래의 인용을 끝까지 참고 들어야 했다. 그 스페인 사람은 프랑스어로 노래하는 것을 아주 편안해했다.

이 성스러운 노래를 이렇게 조바심을 내며 들은 사람은 없었을 것이다. 노래가 끝났을 때 돈 디에고 부스토스가 말했다.

"'어느 날 카바레에서 사랑을……'이라는 노래가 있습니다. 원수부인은 이 노래의 작사가를 쫓아냈어요."

---

* 스페인어로 '프랑스인의 조급함'이라는 뜻.

그가 그 노래를 할까봐 쥘리앵은 조마조마했다. 다행히 그는 그 노래를 분석하는 것으로 만족했다. 사실 노래는 부도덕하고 약간 퇴폐적이었다.

"원수부인이 이 노래에 대해 화를 냈을 때 나는 그녀에게 지적했지요. 그런 지위에 있는 부인은 시중에 출판되는 온갖 바보 같은 글들을 읽으면 안 된다고 말입니다. 신앙심과 근엄함이 아무리 깊어진다 해도 프랑스에는 언제나 카바레 문학이 있을 테니까요. 페르바크 부인이 가난뱅이 반급(半給) 생활자인 그 작사가에게서 천팔백 프랑의 일자리를 빼앗았을 때 나는 '조심하십시오, 당신은 당신의 무기로 그 서툰 시인을 공격하신 겁니다. 그는 자신의 노래로 당신에게 응수할 수 있어요. 그는 부덕에 대한 노래를 지을 수도 있어요. 물론 황금을 두른 살롱은 당신 편에 서겠지요. 비웃기 좋아하는 사람들은 그 잠언을 되뇔 테고요'라고 부인에게 말했어요. 그랬더니 원수부인이 내게 뭐라고 대답했는지 아십니까? '주님께 이로운 일이라면 내가 순교의 길을 걷는 것을 파리 전체가 보게 될 거예요. 이건 프랑스의 새로운 구경거리가 될 겁니다. 서민들은 품격을 존중하는 법을 배울 거고요. 그렇게 되면 그날은 내 일생에서 가장 아름다운 날이 될 거예요'라고 하더군요. 그녀의 눈이 그때보다 더 아름다웠던 적은 없습니다."

"부인은 최고로 아름다운 눈을 가졌어요."

쥘리앵이 크게 말했다.

"당신이 사랑하고 있다는 것은 압니다…… 사실 그녀는 복수심 많고 성 잘 내는 체질은 아닙니다. 그녀가 남에게 해를 끼치는 것을 좋아한다면 그것은 그녀가 불행하기 때문입니다. 나는 '내면의 불행'

때문이 아닌가 생각해봅니다. 그녀는 자신의 역할에 지친 정숙한 여자가 아닐까요?"

그 스페인 사람은 말없이 한참 동안 쥘리앵을 바라보았다.

"자, 문제는 바로 이거군요."

그가 심각하게 덧붙였다.

"그런데 당신이 어떤 희망을 끌어낼 수 있다면 바로 이 지점으로부터입니다. 그녀의 하찮은 시종 역할을 하던 이 년 동안 나는 그 점을 많이 생각해보았습니다. 사랑에 빠진 당신, 당신의 미래 전체가 이 큰 문제에 달려 있습니다. 그녀는 자기 역할에 지친 정숙녀일까요? 자기가 불행하기 때문에 심술을 부리는 걸까요?"

"그건 내가 스무 번쯤 당신에게 말했던 것 같은데요? 아주 간단히 말해서 프랑스적 허영 말입니다."

오랜 침묵을 깨고 알타미라가 말했다.

"이것은 부인의 아버지에 대한 추억입니다. 그는 유명한 천 장수였는데, 천성적으로 타고난 음울하고 메마른 성격 때문에 불행했던 분이지요. 부인에게는 한 가지 행복만이 있을 겁니다. 톨레도에 살면서 매일 문이 열린 지옥의 모습을 그녀에게 그려 보여주는 고해사제에게 괴롭힘을 당하는 것 말입니다."

쥘리앵이 자리에서 일어설 때 돈 디에고가 더욱 엄숙한 목소리로 말했다.

"알타미라에게서 당신이 우리 편이라고 들었습니다. 어느 날 우리가 자유를 도로 찾는 데 당신이 우리를 도와주리라 믿소. 이런 사소한 놀이에서 내가 당신을 돕듯이 말입니다. 당신이 원수부인의 문체를 알아두면 좋겠지요. 여기 부인이 손수 쓴 네 통의 편지가 있습니다."

"제가 복사하고 돌려드리겠습니다."

쥘리앵이 크게 말했다.

"결코 아무도 우리가 말한 내용을 단 한 마디도 모르게 해주시겠습니까?"

"명예를 걸고 기필코 그렇게 하지요."

쥘리앵이 큰 소리로 말했다.

"하느님의 가호가 있기를!"

스페인 사람이 한마디 덧붙이고는 알타미라와 쥘리앵을 말없이 계단까지 배웅했다.

이 사건은 우리의 주인공을 약간 명랑하게 해주었다. 그는 미소를 지을 정도가 되었다. 독실한 알타미라가 나의 간통 계획을 돕는 셈이군. 그는 생각했다.

돈 디에고 부스토스의 심각한 이야기를 듣는 내내 쥘리앵은 알리그르 저택의 시계가 내는 소리에 귀를 기울였다.

저녁 식사 시간이 다가오고 있었다. 이제 마틸드를 다시 만나게 될 것이다! 그는 집으로 돌아가 정성껏 차려입었다.

첫번째 실수로군. 계단을 내려오면서 그는 생각했다. 공작이 하라는 대로 해야지.

그는 다시 방으로 올라가 여행복으로 갈아입었다. 더없이 간단한 복장이었다.

이제 시선이 문제야. 그는 생각했다. 아직 다섯시 반밖에 되지 않았다. 식사 시간은 여섯시였다. 그는 살롱으로 내려갈 생각을 했다. 살롱에는 아무도 없고 쥘리앵 혼자였다. 푸른 소파를 보자 가슴이 뭉클하여 눈물이 나려고 했다. 곧 그의 뺨은 발그레 달아올랐다. 이 바보 같은 감정을 없애야 해. 화가 나서 그는 혼자 중얼거렸다. 그녀는 나를 배반했어. 그는 태연함을 유지하려고 신문을 집어들었다. 그리고 살롱에서 정원까지 서너 번을 왔다갔다했다.

그는 커다란 떡갈나무에 몸을 숨기고 몸을 떨면서 눈을 들어 라 몰 양의 방 창문을 쳐다보았다. 창문은 굳게 닫혀 있었다. 그는 쓰러질 지경이었다. 오랫동안 떡갈나무에 몸을 기대고 있었다. 그런 다음 비틀거리는 걸음으로 정원사의 사다리를 다시 보러 갔다.

아아! 전에, 지금과는 너무나 다른 상황에서 그가 억지로 부순 사슬은 조금도 고쳐지지 않은 채 그대로 있었다. 미칠 듯한 감동에 휩쓸린 쥘리앵은 입술로 그것을 지그시 눌러보았다.

오랫동안 살롱과 정원을 배회한 터라 쥘리앵은 몹시 지쳐 있었다. 이것은 그가 확실히 느끼는 첫번째 성공이었다. 내 눈빛이 피로 때문에 꺼져 있어서 내 본심을 드러내지 않겠지! 식사할 사람들이 하나둘씩 살롱에 모여들었다. 문이 열릴 때마다 쥘리앵의 마음은 심란하게 흔들렸다.

사람들이 식탁에 앉았다. 마침내 라 몰 양이 등장했다. 사람들로 하여금 자기를 기다리게 만드는 습관은 여전했다. 그녀는 쥘리앵을 보자 얼굴을 많이 붉혔다. 사람들이 그녀에게 쥘리앵의 도착을 말해주지 않았던 것이다. 코라소프 공작의 충고에 따라 쥘리앵은 그녀의 손을 쳐다보았다. 그녀의 손은 떨리고 있었다. 그런 모습을 보고 쥘리앵도 마음이 흔들렸지만 피곤해 보이는 것이 다행이었다.

라 몰 씨는 그를 칭찬했다. 그후 후작부인이 잠깐 그에게 말을 걸고 그의 피곤한 기색에 대해 물었다. 쥘리앵은 매순간 생각했다. 라 몰 양을 지나치게 쳐다보면 안 돼. 하지만 그렇다고 그녀의 시선을 피해서도 안 돼. 불행해지기 일주일 전과 똑같이 보여야 해…… 그는 성공에 만족해하며 살롱에 남아 있었다. 처음으로 집의 여주인에게 주의를 기울이면서 함께한 사람들이 말을 하고 활기찬 대화를 유지하도록 무척 애를 썼다.

그의 예절 바른 행동은 보상을 받았다. 여덟시경이 되자 페르바크 원수부인이 도착했다는 소식이 전해졌다. 쥘리앵은 자리를 빠져나왔다가 정성껏 옷을 갈아입고 다시 돌아왔다. 라 몰 부인은 쥘리앵의 이런 존경의 표시에 무한한 감사를 표시하며 페르바크 부인에게 그의 여행 이야기를 꺼냄으로써 자신의 만족감을 나타내 보이려 했다. 쥘리앵은 마틸드에게 들키지 않게 원수부인 곁에 자리를 잡았다. 온갖 유혹의 규칙에 따라 그렇게 자리잡고 나니 페르바크 부인이 그에게는 가장 경탄할 만한 찬미의 대상이 되었다. 코라소프 공작이 그에게 선물한 쉰세 통의 편지 중 첫째 편지가 바로 이러한 감정에 대한 장광설로 시작하고 있었다.

원수부인은 오페라에 가겠다고 말했다. 쥘리앵은 그리로 달려갔다. 그는 거기서 보부아지 기사를 만났는데, 그가 쥘리앵을 페르바크 부인의 자리 바로 옆에 있는 국회의원들 자리로 데려갔다. 쥘리앵은 계속 그녀를 바라보았다. 그러면서 그는 생각했다. 저택으로 돌아가면서 함락작전 일지를 써야겠다. 그러지 않으면 내 공격법을 잊어버릴지도 몰라. 이 지겨운 주제에 대하여 두세 페이지를 써야만 했다. 그랬더니 라 몰 양을 생각하지 않게 되었다. 신기한 일이었다!

마틸드는 그가 여행하는 동안 그를 거의 잊고 있었다. 결국 그는 평범한 인물에 불과했어. 그의 이름은 내 일생의 가장 큰 실수로 기억되겠지. 정숙과 명예에 대한 세속적인 통념으로 돌아가야 해. 그런 것을 잊으면 여인은 모든 것을 잃게 되는 거야. 마침내 그녀는 오래 전부터 준비해온 크루아즈누아 후작과의 혼사를 결정짓도록 허락하기로 했다. 크루아즈누아는 기뻐서 어쩔 줄 몰라했다. 그러나 그를 그토록 자랑스럽게 만든 마틸드의 태도 저 밑바닥에 체념이 깔려 있다는 것을 누군가가 그에게 말했다면 그는 놀랐을 것이다.

라 몰 양의 모든 생각은 쥘리앵을 보자 변했다. 사실 이 남자가 내 남편이야. 그녀는 생각했다. 내가 정숙에 대한 일반적 관념에 충실해진다면 분명 내가 결혼해야 할 사람은 이 사람이야.

그녀는 쥘리앵이 치근거리고 불행한 표정을 지을 거라 예상했다. 그에 대한 대답도 준비가 되어 있었다. 저녁 식사를 마치고 나오면서 그가 틀림없이 그녀에게 몇 마디 말을 걸 것이기 때문이다. 그러나 그는 말을 걸기는커녕 꿋꿋이 살롱에 남아 있었다. 시선이 정원 쪽을 향하지도 않았다. 쥘리앵이 얼마나 고통스러운지 누가 알아줄 것인가! 라 몰 양은 당장 그 연유를 알아보아야겠다고 생각했다. 그녀는 혼자 정원으로 갔다. 하지만 쥘리앵은 거기 나오지 않았다. 마틸드는 살롱의 유리문 근처를 거닐었다. 그리고 쥘리앵이 페르바크 부인에게 라인 강변의 언덕을 왕관처럼 둘러싼 채 기막힌 풍광을 자아내는 고성들을 묘사하는 데 열중해 있는 것을 보았다. 쥘리앵은 어떤 살롱에서 사람들이 '재치'라고 일컫는 감상적이고 회화적인 문장을 별로 어렵지 않게 지어내고 있었다.

코라소프 공작이 파리에 있었다면 아주 자랑스러워했을 것이다. 그 날 저녁은 정확하게 그가 예상한 대로 진행되었다.

다음날에도 공작은 쥘리앵이 취한 행동에 맞장구를 쳐주었을 것이다.

숨은 권력자들 사이에서는 몇 개의 청색훈장 수여를 놓고 음모가 진행되고 있었다. 페르바크 원수부인은 자신의 종조부가 수훈자가 되어야 한다고 주장했다. 라 몰 후작은 자기 장인에 대해 똑같은 주장을 하고 있었다. 그들은 함께 노력하기로 했다. 원수부인은 매일 라 몰 저택에 왔다. 후작이 대신이 되려 한다는 것을 쥘리앵은 페르바크 부인을 통해 알았다. 후작은 아무런 소요를 일으키지 않고 삼 년 안에 헌장을 파기하기 위한 매우 교묘한 계획을 '왕실 측근들'에게 제공하고 있는 것 같았다.

만일 라 몰 씨가 대신이 된다면 쥘리앵은 주교 자리를 바라볼 수도 있었다. 그러나 그가 보기에 이러한 큰 이해관계는 모두 베일에 싸여 있는 것 같았다. 그의 상상력으로는 막연하게, 다시 말해 멀리서 그려볼 수밖에 없었다. 그를 미치광이로 만들어놓은 끔찍한 불행 때문에 그에게는 라 몰 양과의 관계 안에 인생의 모든 이해관계가 존재하는 듯이 보였다. 그는 오륙 년 정성을 들이면 또다시 그녀가 자신을 사랑하게 되리라는 계산을 하고 있었다.

우리가 알다시피 그토록 냉정한 그의 머리도 정신 나간 상태가 되어버렸다. 예전에 그를 돋보이게 했던 모든 자질들 중에서 그에게 남은 것이라고는 약간의 고집뿐이었다. 그는 코라소프 공작이 일러준 행동지침을 실제로 그대로 따랐으므로, 매일 저녁 페르바크 부인의 안락의자 가까이에 자리를 잡았다. 하지만 할말을 찾기란 어려운 일이었다.

마틸드의 눈에 사랑의 상처에서 회복된 듯이 보이기 위해 그가 기울이는 노력이 그의 영혼의 힘을 모두 빨아들인 듯했다. 그는 간신히 살아 있는 존재로서 원수부인 주위에 머물러 있었다. 극심한 육체적 고통 속에 있을 때 그러하듯이 그의 눈빛마저도 모든 광채를 잃고 있었다.

한편 라 몰 부인이 세상을 보는 관점은 그녀를 공작부인으로 만들어줄 수 있는 남편 의견의 모방에 불과했으므로, 그녀는 얼마 전부터 쥘리앵의 장점을 치켜올리고 있었다.

26장 도덕적 사랑

아델라인의 태도에는 귀족적인 침착한
애교가 담겨 있었으나
그것은 자연스러운 감정 표현을
뛰어넘지는 못했다.
관리가 아름다운 것을 아무것도 보지 못하듯
그의 태도는 자기가 보는 것이 남을 즐겁게 할 수 없음을
괴로워하는 듯했다.
—『돈 후안』13가 84절

이 집안 사람들이 세상을 보는 방식에는 약간 광기가 있구나. 원수 부인은 생각했다. 아름다운 눈빛으로 남의 말을 들을 줄밖에 모르는 젊은 사제에게 빠져 있으니 말이야. 그런데 그의 눈빛이 아름다운 건 사실이야.

쥘리앵 쪽에서는 원수부인의 태도에서 정확한 예절과 어떤 살아 있는 감정도 불가능하게 만드는 '귀족적 평정'의 거의 완벽한 본보기를 발견했다. 움직임 속에 예기치 못한 부분이 발견되거나 자제력이 부족해 보인다면 아랫사람에 대한 위엄의 부족과 마찬가지로 페르바크 부인의 빈축을 사는 일일 것이다. 감정의 아주 작은 표시도 그녀의 눈에는 얼굴을 붉혀야 하는 '도덕적 혼미'의 일종인 듯했다. 그것은 지체 높은 사람으로서 자기 자신에게 부과한 본분을 해치는 것이라 여

기는 듯했다. 그녀의 커다란 행복은 왕의 최근 사냥 이야기나 『생 시몽 공작의 회상록』 같은 왕의 애독서, 특히 족보에 대한 이야기를 하는 것이었다.

쥘리앵은 빛의 방향에 따라 페르바크 부인의 아름다움이 돋보이는 자리를 알고 있었다. 그는 미리 그 자리에 가 있었다. 그러나 애써 마틸드의 눈에 띄지 않도록 의자를 돌려놓았다. 자신을 숨기려는 쥘리앵의 이런 지속적인 태도에 놀란 마틸드는 어느 날 푸른 소파를 떠나 원수부인의 안락의자 옆에 있는 작은 탁자 곁으로 와서 뜨개질을 했다. 쥘리앵은 페르바크 부인의 모자 아래로 꽤 가까이에서 마틸드를 보았다. 그 눈길, 그의 운명을 좌지우지하는 그 눈길은 우선 그를 겁먹게 했다. 이어서 그것은 그를 습관적인 무감각 상태에서 격렬하게 각성시켰다. 그는 아주 유창하게 이야기를 했다.

그는 원수부인에게 말을 걸었다. 그러나 그의 유일한 목적은 마틸드의 마음을 움직이는 것이었다. 그는 페르바크 부인이 그가 하는 말을 더이상 이해하지 못할 정도로 신나게 떠들었다.

그것이 그의 첫째가는 재능이었다. 만일 쥘리앵이 독일식의 신비스러움과 드높은 종교성, 예수회에 관한 몇 마디를 보탤 생각을 했다면 원수부인은 단번에 그를 시대를 쇄신할 탁월한 인물들 가운데 하나로 올려놓았을 것이다.

이렇게 오랫동안 뜨거운 열정을 갖고 페르바크 부인에게 말을 하다니 꽤나 못된 취향이네. 나는 더이상 그가 하는 말을 듣지 않겠어. 그날 저녁 시간이 끝날 무렵까지 마틸드는 내내 그 말을 지켰다. 속으로는 힘이 들었지만.

자정에 그녀가 라 몰 부인을 방에 모셔다드리려고 촛대를 들고 가는데 라 몰 부인이 계단에 멈춰 서서 쥘리앵에 대해 완벽한 칭찬을 늘어놓았다. 마틸드는 결국 화가 났다. 그녀는 잠을 잘 수가 없었다. 한 가지 생각이 그녀를 진정시켰다. 내가 경멸하는 점이 원수부인의 눈에는 훌륭한 남자의 자질로 보이는 모양이지.

쥘리앵 편에서 보자면 행동을 감행한 것이었고, 덜 불행했다. 그의 눈길이 어쩌다가 러시아 가죽 가방 위에 멈추었다. 거기에는 코라소프 공작이 그에게 선물한 쉰세 통의 연애편지가 들어 있었다. 쥘리앵은 첫째 편지 아래에 적혀 있는 메모를 보았다. '1번 편지는 첫 만남 후 일주일 후에 보낼 것.'

늦었구나! 쥘리앵은 소리쳤다. 내가 여행에서 돌아와 페르바크 부인을 본 지 오래되었으니까. 그는 즉시 그 첫째 편지를 베끼기 시작했다. 그것은 미덕에 관한 문장으로 가득한 설교였다. 죽도록 지겨운 내용이었다. 다행히도 쥘리앵은 2페이지에서 잠이 들었다.

몇 시간 후, 탁자에 기대어 잠들었던 그는 환한 햇빛에 놀라 잠이 깼다. 그의 삶에서 가장 힘든 순간 중 하나는 매일 아침 눈을 뜨면서 자신의 불행을 알게 되는 순간이었다. 그런데 그날 그는 거의 웃으면서 편지의 복사를 마쳤다. 이렇게 편지를 쓰는 젊은이가 있을 수 있을까! 그는 생각했다. 그는 아홉 줄로 이루어진 여러 개의 문장을 세어보았다. 원본 밑에 연필로 쓴 메모가 있었다.

'이 편지들을 직접 배달할 것. 검은 넥타이를 매고 푸른 프록코트를 입을 것. 회개한 듯한 태도로 문지기에게 이 편지를 전할 것. 시선에 깊은 우수를 담을 것. 하녀를 만나게 되면 눈시울을 닦을 것. 하녀

에게 몇 마디 말을 건넬 것.'

이 모든 것은 아주 충실하게 수행되었다.

페르바크 저택을 나서면서 쥘리앵은 생각했다. 코라소프에게는 안 된 말이지만 내가 하는 짓은 참으로 대담하군. 그렇게 덕성으로 유명한 여인에게 그런 편지를 쓰다니! 나는 최악의 멸시를 받을 거야. 그런데 이보다 더 재미있는 일도 없을 거야. 사실 이건 내가 재미를 느낄 수 있는 유일한 연극이야. 그래, 이런 가증스러운 존재, 나라고 불리는 그 존재를 조롱거리로 만드는 것도 재미있을 거야. 자신만 있다면야 기분을 전환하기 위해서 무슨 범죄라도 저지를 것 같군.

한 달 전부터 쥘리앵의 삶에서 가장 아름다운 순간은 말을 마구간에 도로 넣는 순간이었다. 코라소프는 어떤 구실로도 그를 떠난 애인을 쳐다보지 말라고 간곡하게 말했었다. 그러나 마틸드는 이 말발굽 소리를 너무 잘 알고 있었고 쥘리앵이 마구간 문에서 사람을 부르기 위해 채찍으로 두드리는 소리도 너무 잘 알고 있어서 자기 방 창문 커튼 뒤로 이끌려 나왔다. 모슬린 커튼이 아주 얇아서 쥘리앵은 커튼을 통해 그녀를 볼 수 있었다. 모자 챙 아래로 힐끗 쳐다보면 마틸드의 자태를 알아볼 수 있었다. 그녀는 내 눈을 볼 수 없으니까 내가 자기를 바라본다는 걸 모를 거야. 그는 생각했다.

저녁에 페르바크 부인은 쥘리앵이 보기에 아침에 그가 짙은 애수의 표정으로 문지기에게 전달한 철학적·신비적·종교적인 짧은 논술을 받은 적이 없다는 듯이 행동했다. 전날 쥘리앵은 우연히 웅변적인 태도를 드러냈다. 그는 마틸드의 눈을 볼 수 있게 자리를 잡았다. 잠시 후 그녀의 옆에 원수부인이 오자 마틸드는 푸른 소파에서 자리를 떴다. 그것은 그 자리에 늘 모이던 사람들을 떠난다는 뜻이었다. 크루아즈누아 씨는 이 새로운 변덕에 당황한 것 같았다. 분명하게 드러나는 그의 고통에 쥘리앵은 자신의 씁쓸한 불행을 잊을 수 있었다.

이 뜻하지 않은 사태에 쥘리앵은 천사처럼 말을 할 수 있게 되었다. 사원에서나 볼 수 있는 가장 엄숙한 덕성에 대한 자부심이 마음속까지 스며들었으므로, 원수부인은 마차에 오르면서 이렇게 생각했다. 라 몰 부인의 말이 맞군. 이 젊은 사제 후보는 남다른 데가 있어. 처음 며칠은 내가 있어서 수줍었던 모양이지. 사실 이 집에서 만나는 사람들은 모두 경박하잖아. 노년에 이르러 얻게 된 덕성이나 세월의 공을 필요로 하는 덕성만을 볼 수 있을 뿐이야. 하지만 저 젊은이는 달라. 그는 글을 잘 쓰지. 하지만 그의 편지 내면에 깔린 자기 자신도 알 수 없는 감정을 내가 읽고 충고를 해줌으로써 자기 앞길을 밝혀달라는 부탁은 정말 걱정스럽군.

하지만 그렇게 시작된 회심이 얼마나 많아! 이번 경우에 내가 좋게 시작할 수 있는 것은 그의 문체가 다른 젊은이들의 편지 문체와 다르기 때문이야. 이 젊은 사제의 산문에서는 감동적인 어투와 심오한 진지함, 확고한 신념을 인정하지 않을 수 없거든. 그는 마시용*의 온화한 덕성을 갖추게 될 거야.

---

* 프랑스의 설교사. 단순하고 설득력 있으면서도 세련된 문장으로 유명했다.

27장 교회의 가장 좋은 자리

봉사! 재능! 능력! 어리석은 짓이오!
당파에 가담하시오.
— 텔레마크

이렇게 해서 주교 자리에 대한 생각과 쥘리앵에 대한 생각이 조만간 프랑스 교회의 가장 좋은 자리를 분배하게 될 부인의 머릿속에서 처음으로 얽혔다. 그런데 이런 이점도 쥘리앵을 전혀 감동시키지 못했다. 그 순간 그에게는 현재의 자기 불행과 관계 없는 것은 아무것도 일어나지 않은 것이나 다름없었다. 모든 것이 그의 불행을 배가했다. 예를 들면 자기 방을 둘러보는 것도 그에게는 견디기 힘든 일이 되었다. 저녁에 촛불을 들고 방에 들어오면 가구들 하나하나, 작은 장식 하나하나가 그의 불행의 새로운 세세함을 날카롭게 고하기 위해 목소리를 내는 것 같았다.

그날 나는 강제노동을 한 거야. 방으로 들어서면서 그는 오래 전부터 잊고 살아온 생기를 띠고 생각했다. 둘째 편지도 첫째 편지만큼 재미없겠지.

둘째 편지는 더 재미없었다. 베끼고 있는 내용이 너무나 말도 안되는 소리여서 그는 의미를 생각하지 않고 한 줄 한 줄 옮겨적을 뿐이었다.

이건 런던에서 외교를 가르치던 선생이 내게 베끼게 했던 문스터 조약의 공식 문서보다도 훨씬 과장되었군. 그는 이렇게 생각했다.

그제야 그는 엄숙한 스페인 사람 돈 디에고 부스토스에게 받아두고는 돌려주는 것을 잊고 있었던 페르바크 부인의 편지가 생각났다. 그는 그것을 찾았다. 그 편지들은 젊은 러시아 귀족의 편지와 거의 다를 바 없이 애매모호했다. 애매함 그 자체였다. 그것은 모든 것을 말하고자 하면서 아무것도 말하고 있지 않았다. 이건 마치 초등학생의 하프 연주 같잖아. 쥘리앵은 생각했다. 허무, 죽음, 무한에 대한 가장 고고한 생각들 가운데 내 눈에는 웃음거리가 되는 것에 대한 가증스러운 두려움밖에 보이지 않아.

방금 우리가 간단히 요약한 이러한 독백이 이 주일 동안 계속해서 되풀이되고 있었다. 묵시록의 주석과 같은 글을 베껴쓰다가 잠들고 다음날 애수 띤 표정으로 편지를 전하러 가기, 마틸드의 옷자락이라도 볼까 하는 희망을 품고 마구간에 말을 도로 갖다두기, 일하기, 저녁에 페르바크 부인이 라 몰 저택에 오지 않을 때는 오페라에 가기, 이런 것이 쥘리앵의 생활을 차지하는 단조로운 사건들이었다. 페르바크 부인이 집에 올 때가 좀더 흥미 있었다. 그러면 그는 원수부인의 모자 챙 아래로 마틸드의 눈을 흘낏 볼 수 있었다. 그는 말을 아주 잘했다. 그의 회화적이고 감상적인 문장들은 더욱 우아하고 더욱 감동적인 색채를 띠기 시작했다.

자신이 말하는 것이 마틸드가 보기에는 어처구니없다는 것을 그는 잘 느끼고 있었다. 그러나 그는 웅변의 우아함으로 그녀를 감동시키고 싶었다. 자신이 말하는 것이 거짓이면 거짓일수록 자신은 그녀의 마음에 들어야 한다고 생각했다. 그럴 때면 그는 밉살스러운 대담함으로 본성의 어떤 측면을 과장했다. 그는 원수부인의 눈에 속물로 보이지 않기 위해서는 특히 단순하고 합리적인 생각들을 조심해야 한다는 것을 빨리 알아차렸다. 그는 이렇게 그가 기쁘게 해주어야 할 두 귀부인의 눈 속에서 성공을 읽느냐 무관심을 읽느냐에 따라 과장된 이야기를 계속하거나 생략했다.

요컨대 그의 생활은 할 일 없이 지낼 때보다 덜 괴로웠다.

그러나 어느 날 저녁 그는 이 가증스러운 논설을 열다섯번째로 베껴쓰고 있구나 하고 생각했다. 먼저 보낸 열네 통의 편지는 원수부인의 수위에게 충실하게 전달되었다. 내 편지가 그녀의 책상 서랍을 가득 채우게 되겠군. 그런데도 부인은 내가 편지를 쓰지 않은 것처럼 나를 대한단 말인가! 이 모든 일의 결말은 어떻게 될까? 나의 한결같음이 나만큼이나 그녀를 지겹게 했을까? 코라소프의 친구라는 그 러시아인은, 리치먼드의 아름다운 퀘이커 교도를 사랑했다는 그 친구는 당시로서는 참 끔찍한 남자였군. 이보다 더 지겨운 일은 없을 거야.

우연히 위대한 장군의 전술에 걸려든 모든 별볼일 없는 존재들과 마찬가지로 쥘리앵은 아름다운 영국 여인의 마음을 향해 젊은 러시아인이 행한 전술을 하나도 이해할 수 없었다. 먼저 보낸 마흔 통의 편지는 편지를 쓰는 대담함에 대해 용서를 청하는 것에 불과했다. 어쩌면 극도로 권태로워하고 있을 그 다정한 여인에게 그녀의 매일의 삶보다 약간 덜 무미건조한 편지를 받는 습관을 길러주어야 했던 것인지도 몰랐다.

어느 날 쥘리앵은 한 통의 편지를 건네받았다. 그는 그 편지에서 페르바크 부인의 가문(家紋)을 알아보았다. 며칠 전만 해도 있을 수 없어 보였던 일인 만큼 그는 서둘러 봉투를 찢었다. 하지만 그것은 만찬회 초대장일 뿐이었다.

그는 코라소프의 지침서를 펴보았다. 불행히도 그 젊은 러시아인은 단순하고 지적인 것이 필요할 때 도라*처럼 경쾌하게 굴기를 원하고 있었다. 쥘리앵은 원수부인의 만찬회에서 어디에 마음을 쏟아야 할지 정신적 위치를 짐작할 수 없었다.

그녀의 살롱은 최고의 화려함을 보여주고 있었다. 튈르리 궁의 디안 회랑처럼 금박을 둘렀고 판자에는 유화들이 걸려 있었다. 그 그림들 속에는 눈에 띄는 자국들이 있었다. 집의 안주인이 보기에 그림의 주제가 약간 퇴폐적으로 여겨져 그림들을 고쳐 그리게 했다는 것을 쥘리앵은 나중에 알게 되었다. '도덕의 시대로군' 하고 그는 생각했다.

살롱에서는 비밀 각서 작성에 참여했던 세 명의 인물이 그의 주의를 끌었다. 그들 중 하나인 ○○주교는 원수부인의 숙부로서 성직 임명권을 쥐고 있었고 자기 조카딸의 청은 거절할 줄 모른다고 했다. 나는 정말이지 굉장한 걸음을 내디뎠구나. 쥘리앵은 애수 띤 미소를 지으며 생각했다. 그런데 나와는 참으로 무관해! 아무튼 내가 여기서 유

---

* 16세기 프랑스의 시인. 플레이아드파 이론 형성에 큰 영향을 끼쳤다.

명한 ○○주교와 함께 만찬을 들고 있구나.

만찬은 평범했고 대화는 참기 어려웠다. 이건 마치 형편없는 책의 목차 같잖아. 쥘리앵은 생각했다. 인간 사고의 모든 위대한 주제들이 거기서 당당하게 다루어졌다. 삼 분만 들어서는 말하는 사람이 과장하는 건지 그가 가공할 만큼 무식한 것인지 알 수 없었다.

독자는 아마도 탕보라는 어린 문사를 잊어버렸을 것이다. 아카데미 회원의 조카이며 미래의 교수인 그는 천박한 중상으로 라 몰 저택 살롱에 독을 풀어놓는 사람이었다.

페르바크 부인이 그의 편지에 답장을 하지 않는다 해도 거기 쓰인 감정들을 너그럽게 보고 있을 수 있다는 생각을 쥘리앵이 처음으로 하게 된 것은 이 어린 문사를 통해서였다. 탕보의 음흉한 마음은 쥘리앵의 성공을 생각하면서 상처를 입고 있었다. 그러나 한편으로 잘난 놈도 바보나 마찬가지로 동시에 두 자리를 차지할 수는 없는 것이니, 만일 쥘리앵이 고귀한 원수부인의 애인이 된다면 그녀는 그를 교회의 유리한 자리에 앉힐 것이고 나는 라 몰 저택에서 저 녀석을 보지 않아도 되겠군, 하고 미래의 교수는 생각하였다.

피라르 사제도 쥘리앵에게 페르바크 저택에서 거둔 그의 성공에 대해 긴 설교를 했다. 엄격한 얀센주의자와 덕성 높은 원수부인의 풍속 교정적이고 군주주의적이고 예수회적인 살롱 사이에는 '종파적 질투심'이 있었던 것이다.

28장 마농 레스코

그런데 일단 수도원장이
어리석고 우둔하다는 것을 알자
그는 검은 것을 희다 하고 흰 것은 검다 하여
아주 평범하게 성공을 거두었다.
—리히텐베르크

러시아인의 지침은 편지를 보내는 상대방에게 큰 소리로 반대해서
는 결코 안 된다고 지시하고 있었다. 어떤 구실이 있어도 가장 열렬한
찬미자의 역할을 벗어나서는 안 된다는 것이다. 편지는 언제나 이러
한 가정하에 보내져야 했다.

어느 날 저녁 쥘리앵은 오페라 극장 페르바크 부인의 칸막이 좌석
에서 발레극 〈마농 레스코〉를 극찬하고 있었다. 그가 그렇게 말한 유
일한 이유는 그것이 아무 의미 없어 보였기 때문이다.

원수부인은 이 발레극이 프레보 사제의 원작소설보다 아주 못하다
고 말했다.

뭐라고! 이렇게 높은 덕성을 지닌 여인이 소설을 찬양하다니! 쥘리
앵은 놀랍고 흥미로운 마음으로 생각했다. 페르바크 부인은 일주일에

두세 번 작가들에 대해 가장 완벽한 멸시를 표명해왔다. 작가들이란 평범한 작품을 통해 관능의 실수에 내맡겨져 있을 뿐인 젊은이들을 타락시키려 한다는 것이었다.

원수부인은 계속해서 말했다.

"이런 부도덕하고 위험스러운 장르 중에서 그래도 『마농 레스코』가 일급이라고 하더군요. 죄에 물든 영혼이 치러야 하는 약점과 고뇌가 거기에 어떤 심오한 진실성을 갖추고 묘사되어 있다고요. 하지만 당신의 보나파르트는 세인트헬레나에서 그건 하인들을 위해 쓴 소설이라고 말했지요."

이 말을 듣고 쥘리앵은 정신이 번쩍 들었다. 누가 나를 원수부인에게 모함하고 있구나. 누군가가 부인에게 나폴레옹에 대한 나의 열광을 말해준 거야. 그 사실에 그녀는 꽤 기분이 상해서 내게 그것을 느끼게 해주려는 의도로 이런 말을 하는 거야. 이런 사실을 알자 저녁 내내 흥미로웠고 재미를 느꼈다. 오페라 극장 현관에서 작별인사를 할 때 원수부인이 말했다.

"나를 사랑하려면 보나파르트를 사랑해서는 안 된다는 것을 기억하세요. 우리는 그를 기껏해야 하느님의 뜻에 따라 주어진 인물 정도로 받아들이죠. 게다가 그 인물은 걸작 예술을 느낄 수 있을 만큼 유연한 영혼을 지니지 못했어요."

'나를 사랑하려면'이라고! 쥘리앵은 되뇌었다. 이것은 아무 말도 하지 않은 것이거나 모든 것을 말한 것이다. 이게 바로 우리 시골 사람들에게 부족한 언어의 비밀인 거야. 원수부인에게 보내는 편지를 끝없이 베끼면서 그는 레날 부인을 많이 생각했다.

다음날 그녀는 쥘리앵이 보기에 어설프게 가장한 무관심한 표정으로 그에게 말했다.

"어젯밤 오페라 극장에서 돌아가서 쓴 것 같은데 편지에 런던이니 리치먼드니 하고 말한 것은 어떻게 된 일이죠?"

쥘리앵은 매우 당황했다. 그는 편지를 아무 생각 없이 한 줄 한 줄 베끼기만 했다. 그러느라 원본에 나오는 런던과 리치먼드를 파리와 생클루로 바꿔놓는 것을 잊었던 것이다. 그는 두세 문장을 말하기 시작했으나 끝을 맺을 수가 없었다. 그는 미친 듯이 웃고 싶은 상태였다. 결국 할말을 찾다가 이런 생각을 하게 되었다. '인간의 영혼에 관한 가장 크고 고상한 관심을 나눈 토론에 격앙된 나머지 제 영혼도 당신에게 편지를 쓰면서 한눈을 팔았나 봅니다'라는 대답이었다.

내가 깊은 인상을 주었으니 오늘 저녁의 남은 권태는 면해도 되겠지. 그는 혼잣말을 하고 페르바크 저택을 뛰듯이 빠져나왔다. 저녁에 전날 베껴쓴 편지의 원본을 다시 읽어보니 젊은 러시아인이 런던과 리치먼드에 관해 말한 문제의 대목을 금방 찾을 수 있었다. 쥘리앵은 그 편지가 꽤나 다정한 편지임을 알고 매우 놀랐다.

원수부인에게 쥘리앵을 두드러져 보이게 한 것은 그 화제의 외형적인 가벼움과 그의 편지가 가진 숭고하고 거의 묵시록적인 깊이가 이루는 대조였다. 문장이 긴 것이 특히 원수부인의 마음에 들었다. 그것은 볼테르가 유행시킨 톡톡 튀는 문체가 아니었다. 볼테르는 얼마나 부도덕한 인물인가! 우리의 주인공은 자기의 대화에서 온갖 건전한 상식을 제거하려고 했지만 그의 대화는 반군주적이고 불경한 색채를 아직 지니고 있었다. 페르바크 부인 역시 그것을 눈치채고 있었다. 도덕적으로 뛰어난 인물들에 둘러싸여 있지만 저녁 모임에서 독창적인 생각을 하나도 발견하지 못했던 그 부인은 새로움을 닮은 모든 것에 깊이 감명받았다. 그러나 동시에 부인은 그런 것에 모욕을 느끼는 것이 자신의 의무라고 생각했다. 그녀는 이런 결점을 '시대의 경박함의 흔적을 지닌 것'이라고 불렀다.

그러나 그런 살롱의 풍경은 보기를 간절히 원하는 사람이 아니면 보기에 좋지 않다. 쥘리앵이 영위하고 있는 재미없는 생활의 모든 권태를 아마도 독자 여러분은 함께했을 것이다. 그것은 우리의 여행에서 만나는 황무지인 것이다.

쥘리앵의 생활이 페르바크 부인으로 가득 차 있는 동안 라 몰 양은 쥘리앵을 생각하지 않기 위해 자신을 이겨내야만 했다. 그녀의 영혼은 격렬한 싸움에 사로잡혀 있었다. 때때로 그녀는 그 서글픈 젊은이를 경멸하느라 콧대를 세워보았다. 그러나 그의 이야기는 그녀도 모르는 사이에 그녀를 사로잡았다. 특히 놀라운 것은 그의 완벽한 거짓이었다. 그가 원수부인에게 하는 말 중 거짓이 아닌 것은 하나도 없었다. 아니면 적어도 자신의 사고방식에 대한 가증스러운 위장이었다. 마틸드는 거의 모든 주제에 대하여 그의 사고방식을 너무나 잘 알고 있었기 때문이다. 이 마키아벨리즘이 그녀를 감동시켰다. 참 속이 깊다! 탕보 같은 평범한 사기꾼이나 허풍쟁이들과는 얼마나 달라. 그들은 같은 말만 되풀이하잖아! 마틸드는 이렇게 생각했다.

그렇지만 쥘리앵은 끔찍한 하루하루를 보내고 있었다. 원수부인의 저택에 매일 나타나는 가장 힘든 의무를 완수하기 위해서였다. 연극을 하기 위한 모든 노력이 그의 영혼의 힘을 모두 앗아갔다. 밤에 자주 페르바크 저택의 드넓은 안마당을 가로질러 가면서 절망을 가까스로 억제하고 자신을 지탱하는 것은 성격과 추론의 힘 덕분이었다.

나는 신학교에서도 절망을 극복했다. 그는 생각했다. 그때는 내가 얼마나 끔찍한 전망을 갖고 있었던가! 내가 행운을 만들고 있었든 놓치고 있었든 간에 나는 하늘 아래 더없이 멸시받고 더없이 혐오스러운 사람들과 친밀한 관계를 맺으며 일생을 보내지 않을 수 없는 처지였다. 그리고 다음해 봄, 겨우 십일 개월이 지난 후에 나는 어쩌면 내 또래의 젊은이들 중 가장 행복한 인간이 되었다.

그러나 이런 모든 멋진 추론도 끔찍한 현실에 맞닥뜨려서는 아무 효과가 없었다. 그는 매일 점심 식사나 저녁 식사 때 마틸드를 보았다. 그는 라 몰 씨가 그에게 불러주는 많은 편지를 통해 그녀가 크루아즈누아 씨와의 결혼을 앞두고 있음을 알게 되었다. 그 사랑스러운 젊은이는 이미 하루에 두 번이나 라 몰 저택에 모습을 보이곤 했다. 버림받은 애인의 질투 어린 눈은 그의 거동을 하나도 놓치지 않았다.

라 몰 양이 자기 구혼자를 잘 대해주는 것을 보면 쥘리앵은 자기 방으로 돌아가 사랑의 감정으로 자신의 권총을 바라보지 않을 수 없었다.

아! 내 속옷의 표시를 없애버리고 파리에서 20리외 떨어진 한적한 숲으로 가서 이 지겨운 삶을 끝장내는 것이 좀더 지혜롭지 않을까! 그 고장에서는 내가 누구인지 모르니 내 죽음은 보름 동안 알려지지 않을 거야. 그렇게 보름이 지나면 누가 나를 생각해주겠어!

이런 생각은 아주 지혜로운 것이었다. 그러나 다음날, 옷소매와 장갑 사이로 보이는 마틸드의 팔이 우리의 젊은 철학자를 잔인한 추억에 잠기게 했다. 그리고 그를 삶에 집착하게 했다. 그는 생각했다. 그렇다면 나는 이 러시아 책략가를 끝까지 따를 거야. 도대체 어떻게 끝이 날 것인가?

원수부인에게는 이 쉰세 통의 편지만 베끼고 나면 더이상은 편지를 쓰지 않겠다.

마틸드로 말하자면 그토록 힘든 육 주간의 연극이 그녀의 분노를 하나도 바꿔놓지 않았을 것이다. 아니면 화해의 순간을 내게 가져다줄지도 모르지. 제기랄! 행복에 겨워 죽을 지경이군! 그는 더이상 생각을 할 수 없었다.

긴 몽상 끝에 그는 다시 추론을 해보게 되었다. 그래, 그녀의 엄격함이 다시 시작된다면 내가 행복을 얻게 될지도 모르지. 아아! 하지만 나는 그녀를 기쁘게 할 힘이 별로 없으니, 내게는 더이상 어떤 재능도 없으니, 나는 파멸할 거고 그녀를 영원히 잃어버릴 거야……

그런데 그녀의 성격이 내게 어떤 보장을 줄 수 있을까? 아아! 모두 내가 보잘것없는 탓이야. 내 태도에는 우아함도 없고 내가 말하는 방식은 무겁고 단조로워. 아! 왜 나는 이 모양인가?

29장 권태

자기 정열에 몸을 바치는 것, 그것은 좋다.
그러나 있지도 않은 정열에 몸을 바친다!
오, 슬픈 19세기여!
— 지로데

처음에는 기쁨 없이 쥘리앵의 긴 편지를 읽던 페르바크 부인은 차츰 그에게 관심을 갖게 되었다. 그러나 한 가지가 그녀를 아쉽게 했다. 소렐 씨가 확실한 사제가 아닌 것이 매우 유감이었다! 만일 그가 진짜 사제라면 그를 가까이 지내는 사제로 받아들일 수도 있을 텐데. 그 훈장과 거의 부르주아적인 옷차림을 보면 틀림없이 사람들이 잔인한 질문을 하겠지. 그러면 뭐라고 대답해야 할까? 그녀는 거기서 더 이상 생각을 이어갈 수 없었다. 고약한 몇몇 부인들은 그가 내 아버지 쪽의 하층민 사촌이라거나 국민군으로서 훈장을 탄 어떤 상인이라고 가정하고 소문을 내기까지 하겠지.

쥘리앵을 보기 전까지 페르바크 부인의 가장 큰 기쁨은 자기 이름 옆에 원수부인이라는 단어를 적어넣는 것이었다. 그러던 그녀의 병적이고 모든 것에 화를 잘 내는 허영심이 쥘리앵에 대한 관심의 시작과 갈등을 빚었다.

그를 파리에 이웃해 있는 어떤 교구의 부주교로 만드는 것은 내게는 쉬운 일이야! 그러나 소렐 씨는 평민이고 아직 라 몰 씨의 일개 비서일 뿐이니! 참 안됐군.

처음으로 '모든 것을 걱정' 하게 된 이 영혼은 자신의 사회적 특권과 서열에 대한 긍지를 벗어난 이 관심에 감동되었다. 한편 그녀의 늙은 문지기는 매우 슬픈 표정을 짓고 있는 그 미남 청년의 편지를 가져다줄 때 원수부인의 얼굴에서 손님들이 올 때마다 애써 짓는 무심하면서도 불만스러운 표정이 사라진다는 사실을 눈치채고 있었다.

세상 사람들에게 자신이 어떤 인상을 주는지 야심적으로 살피는 삶의 방식이 가져다주는 권태, 그런 것이 가져다주는 성공에는 마음 깊은 곳에서 우러나오는 실제적인 기쁨이 없는 법이다. 쥘리앵을 생각하면서부터 그런 권태가 참을 수 없는 것이 되어버렸다. 하녀들이 하루 종일 그녀에게 야단을 맞지 않으려면 전날 저녁 그녀가 이 특이한 젊은이와 한 시간을 보내는 것으로 충분했다. 그에 대한 그녀의 신임은 두터워져서 아주 잘 쓰인 익명의 투서에도 아랑곳하지 않게 되었다. 어린 탕보가 뤼즈나 크루아즈누아, 켈뤼스 씨에게 두세 가지 중상거리를 제공했고, 이 신사들이 진상을 확인해보지도 않고 기쁘게 소문을 퍼뜨렸지만 소용없었다. 원수부인의 정신은 이런 세속적인 방식에 꿋꿋할 수 없는 편이어서 자신의 의심을 마틸드에게 이야기했고, 그러면 언제나 마틸드에게서 위로를 받았다.

어느 날 페르바크 부인은 편지가 왔느냐고 세 번이나 물어본 끝에 갑자기 쥘리앵에게 답장을 쓰기로 결심했다. 이것은 권태의 승리였다. 두번째 편지에서 원수부인은 '라 몰 후작 댁 내 소렐 씨 귀하'라는 저속한 주소를 자기 손으로 쓰는 것이 어색해져서 쓰기를 멈추려고 했다.

그날 저녁 그녀는 쥘리앵에게 메마른 표정으로 "당신 주소를 적은 봉투를 내게 갖다주세요"라고 말했다.

애인이 된 종놈이 바로 나로구나, 하고 쥘리앵은 생각했다. 그는 후작의 늙은 하인 아르센처럼 기꺼이 얼굴에 주름을 지으며 허리를 굽혀 보였다.

그날 저녁으로 쥘리앵은 원수부인에게 봉투를 가져다주었다. 그리고 다음날 아주 이른 시각에 세번째 편지를 받았다. 그는 처음 대여섯 줄을 읽고 나서 마지막 두세 줄을 읽었다. 그녀는 작은 글씨로 빽빽하게 네 페이지를 썼다.

원수부인은 차츰 거의 매일 편지를 쓰는 달콤한 습관을 들이게 됐다. 쥘리앵은 러시아인의 편지를 충실히 베껴 답장을 보냈다. 과장된 문체의 좋은 점이란 바로 그런 것이다. 페르바크 부인은 자신의 편지와 쥘리앵의 답장 사이에 관련성이 별로 없는 것에 놀라지 않았다.

만일 쥘리앵의 거동을 살피는 탐정 노릇을 자청하고 있는 탕보가 그녀가 쓴 모든 편지들이 뜯기지도 않은 채 되는대로 쥘리앵의 서랍에 던져진다는 것을 그녀에게 알렸다면 자존심 강한 그녀가 얼마나 화를 냈을까!

아침에 문지기가 원수부인의 편지를 서재에 있는 쥘리앵에게 가져다주었다. 마틸드는 문지기와 마주쳤고, 편지와 쥘리앵의 필적으로 쓰여 있는 주소를 보았다. 문지기가 서재에서 나오자 그녀는 안으로 들어갔다. 편지는 책상 모서리에 아직 놓여 있었다. 쥘리앵은 글을 쓰는 데 열중하느라 미처 편지를 서랍 안에 넣지도 못하고 있었다.

"나는 참을 수 없어요."

편지를 움켜쥐며 마틸드가 소리쳤다.

"당신은 나를 완전히 잊었군요. 나는 당신의 아내예요. 당신의 행동은 정말 끔찍해요."

이렇게 말하고 난 그녀는 자신의 터무니없이 부적절한 행동에 놀라 숨이 막혔다. 그녀는 눈물을 쏟았다. 쥘리앵이 보기에 그녀는 숨도 쉴 수 없는 상태였다.

놀라고 혼란스러워진 쥘리앵은 이 장면이 그에게 의미하는 감탄스럽고 행복한 면을 잘 알아채지 못했다. 그는 마틸드를 부축해 자리에 앉혔다. 그녀는 거의 그의 팔에 안긴 채였다.

이 동작을 알아본 처음 순간 그는 기쁨이 극에 달했다. 그러나 다음 순간 코라소프 생각이 떠올랐다. 내가 한마디만 잘못하면 모든 것을 잃는다.

그의 팔이 뻣뻣하게 굳었다. 계략대로 하는 노력이란 그렇게 힘이 드는 법이다. 이 부드럽고 매혹적인 몸을 내 가슴에 꼬옥 품어서는 안 돼. 그러면 그녀는 나를 경멸하고 푸대접할 거야. 얼마나 끔찍한 성격인지!

마틸드의 성격을 저주하면서도 그는 그녀가 백배 더 사랑스러웠다. 마치 자기 품안에 여왕을 품고 있는 것 같았다.

쥘리앵의 냉정한 무감동이 라 몰 양의 영혼을 찢어놓은 자존심의 불행을 배가시켰다. 그녀는 이 순간 그녀에 대해 그가 느끼는 감정을 그의 눈에서 읽어내는 데 필요한 냉정함을 갖고 있지 못했다. 그녀는 그를 쳐다볼 마음조차 내지 못했다. 그에게서 경멸의 표정을 보게 될까 떨렸던 것이다.

서재의 소파에 쥘리앵과 반대편으로 머리를 돌린 채 꼼짝 않고 앉아서, 그녀는 자존심과 사랑이 인간의 영혼에게 맛보게 해주는 더없이 생생한 고통에 사로잡혀 있었다. 그야말로 쓰디쓴 상태에 빠져 있었다!

나는 얼마나 불행한 여자야! 가장 정숙하지 못한 접근을 해놓고 거절당해야 하다니! 그런데 누구에게 거절당하는 거지? 아버지의 하인에게 거절당하는 거잖아. 고통스러워 미칠 듯한 그녀는 이렇게 생각했다.

"이건 도저히 참을 수가 없어요."

그녀가 언성을 높이며 말했다.

그리고 분노에 차 몸을 일으키고는 그녀로부터 두 발자국쯤 앞에 놓인 쥘리앵의 책상 서랍을 열었다. 문지기가 방금 올려보낸 것과 똑같은 편지 여덟 통 내지 열 통이 뜯어보지도 않은 채 놓여 있는 것을 보고 그녀는 질겁하여 얼어붙은 듯 서 있었다. 다소간 변조를 하긴 했지만 모든 주소에서 그녀는 쥘리앵의 필적을 알아보았다.

"당신은 그녀와 잘 지낼 뿐만 아니라 이런 식으로 그녀를 무시하기까지 하는군요. 당신이, 아무것도 아닌 당신이 페르바크 부인을 이토록 무시하다니!"

그녀는 제정신이 아닌 듯이 부르짖었다.

"아! 용서해줘요."

그녀는 쥘리앵의 발 아래에 몸을 던지며 말했다.

"하고 싶은 대로 나를 경멸해도 좋아요. 하지만 나를 사랑해줘요. 나는 당신의 사랑 없이는 더이상 살 수가 없어요."

그리고 그녀는 완전히 기절해버렸다.

그러니까 이 오만한 여자가 나에게 무릎을 꿇었단 말인가! 쥘리앵은 생각했다.

30장 희가극 극장 칸막이 좌석

캄캄한 하늘이
무서운 폭풍우를 예고하듯이.
—『돈 후안』 1가 75절

이 모든 격동중에 쥘리앵은 행복하다기보다는 놀라고 있었다. 마틸드의 모욕감은 러시아인의 책략이 얼마나 현명한지 그에게 알려주었다. '별로 말하지 않기, 별로 행동하지 않기.' 이것이 내 유일한 구원의 길이구나.

그는 마틸드를 일으켜 아무 말 없이 다시 소파에 앉게 했다. 찔끔찔끔 눈물이 그녀의 뺨을 적셨다.

침착해지려고 마틸드는 페르바크 부인의 편지를 손에 집어들고 천천히 봉투를 뜯었다. 원수부인의 필적을 알아보자 그녀는 눈에 띄게 신경질적인 표정이 되었다. 그녀는 읽지도 못한 채 편지를 한 장 한 장 넘겼다. 대부분이 여섯 장씩 되었다.

감히 쥘리앵을 바라보지도 못하고 마침내 마틸드가 완전히 애원하는 목소리로 말했다.

"뭐라고 좀 대답이라도 해봐요. 당신도 내가 오만한 걸 잘 알고 있잖아요. 내 여건과 성격이 만들어낸 불행이에요. 그건 인정해요. 그러니까 페르바크 부인이 당신의 사랑을 내게서 뺏어갔군요…… 운명적인 사랑이 나를 이끌어간 모든 희생을 부인도 당신을 위해 바쳤나요?"

침통한 침묵만이 쥘리앵의 대답을 대신했다. 무슨 권리로 이 여자는 신사답지 않은 경솔한 얘기를 하라는 것일까? 쥘리앵은 생각했다.

마틸드는 편지를 읽어보려 했다. 그러나 눈물이 글썽거려 읽을 수가 없었다.

한 달 전부터 그녀는 불행하다고 느꼈으나 오만한 마음은 그런 감정을 스스로 인정하려 들지 않았다. 그런데 오직 우연만으로 이렇듯 감정이 폭발한 것이다. 한순간 질투심과 사랑이 자존심을 압도해버린 것이다. 그녀는 소파 위에서 쥘리앵과 아주 가까이 있었다. 쥘리앵은 그녀의 머리칼과 눈처럼 희디흰 목을 보았다. 순간 쥘리앵은 자기가 취해야 할 모든 의무를 잊어버리고 팔을 마틸드의 허리에 두르고 가슴에 닿을 듯이 그녀를 껴안았다.

그녀는 쥘리앵 쪽을 향하여 천천히 고개를 돌렸다. 그는 마틸드의 눈에 어려 있는 극심한 고통의 빛에 놀랐다. 평소의 표정은 찾아볼 수조차 없었다.

쥘리앵은 몸에서 힘이 빠져나가는 느낌이었다. 스스로 부과하는 용감한 행동은 그처럼 죽음만큼이나 힘겨웠던 것이다.

이 여자를 사랑하는 행복에 몸을 맡긴다면 곧 그녀의 눈은 냉담한 경멸만을 나타내게 될 것이다. 쥘리앵은 생각했다. 그러나 그녀는 지금 꺼져가는 목소리로 지나친 자존심으로 인한 온갖 행위를 진심으로 후회한다는 말을 띄엄띄엄 몇 번이나 되풀이하고 있었다.

"나 역시 자존심이 있습니다."

쥘리앵도 간신히 이렇게 말했다. 그의 얼굴에는 육체적으로 극도로 기진맥진했음이 드러나 있었다.

마틸드가 쥘리앵 쪽으로 획 얼굴을 돌렸다. 쥘리앵의 목소리를 듣는다는 것은 거의 체념하고 있던 행복이었다. 이 순간 그녀가 자신의 거만함을 상기하는 것은 다만 그것을 저주하기 위해서였다. 마틸드는 자기가 얼마나 쥘리앵을 사모하며 얼마나 자기 자신을 미워하는지 증명하기 위해서라면 믿을 수 없는 엉뚱한 짓이라도 찾아내고 싶은 심정이었다.

쥘리앵이 말을 이었다.

"아마도 당신은 그 자존심 때문에 한순간이나마 나에게 주목했겠지요. 당신이 지금 나를 높이 평가하는 것은 분명 이 사나이답고 용감한 의연함 때문이겠지요. 내가 원수부인에게 사랑을 느낄 수도 있는 일이지만……"

마틸드는 몸을 떨었다. 그녀의 눈에 야릇한 표정이 떠올랐다. 자기에게 내려지는 선고문의 낭독을 들으려는 참이었다. 이런 마음의 동요를 쥘리앵이 알아차리지 못할 리가 없었다. 그는 용기가 약해지는 것을 느꼈다.

쥘리앵은 자기 입에서 나오는 공허한 말의 울림을 마치 괴상한 소리처럼 속으로 부르짖었다. 아! 이 창백한 뺨을 내 입맞춤으로 뒤덮을 수 있다면! 그런데 너는 이런 내 마음을 느끼지 못하고 있구나!

쥘리앵은 이야기를 계속했지만 목소리는 약해지고 있었다.

"내가 원수부인에게 사랑을 느낄 수도 있는 일이지만, 부인이 나에게 관심을 가지고 있다는 뚜렷한 증거는 없습니다."

마틸드가 그를 바라보았다. 그도 그 시선을 견뎌냈다. 그는 적어도 자기 표정에 자신의 속마음이 드러나기를 바랐다. 자신의 가슴속 가장 은밀한 구석구석까지 사랑이 스며드는 느낌이었다. 마틸드가 이토록 사랑스럽게 여겨진 적은 결코 없었다. 그는 마틸드와 거의 마찬가지로 미칠 듯했다. 만약 그녀가 쥘리앵을 조종하려는 냉정함과 용기를 되찾았다면 쥘리앵은 모든 헛된 연극을 포기하고 그녀 발 아래에 무릎을 꿇었을지도 모른다. 그는 얘기를 계속할 기력을 아직 지니고 있었다. 아! 코라소프여, 지금 그대가 여기 있다면 얼마나 좋을까! 내 행동을 이끌어줄 한마디 말이 얼마나 필요한지! 쥘리앵은 속으로 이렇게 외치면서 말을 이어갔다.

"달리 어떤 감정은 없다 해도 감사하다는 생각만으로도 원수부인께 충분히 마음이 끌렸을 겁니다. 사람들이 나를 멸시할 때 그분은 너그러운 태도를 보여주시고 나를 위로해주셨으니까요. 물론 겉으로는 더없이 제 기분을 맞춰주지만 그만큼 오래 지속되지는 못할 호의를 내가 무한정 믿을 수는 없지요."

"아! 세상에!"

마틸드가 부르짖었다.

"그렇다면 당신은 내게 무슨 보장을 해줄 겁니까? 어떤 보장이, 어떤 신이 당신이 이 순간 나에게 보여주는 태도가 이틀 이상 지속되리라고 증명할 수 있을까요?"

쥘리앵은 외교적인 신중한 말투를 그 순간 포기한 듯 날카롭고 단호한 어조로 계속 말했다.

"내 이 열렬한 사랑과 당신이 더이상 사랑해주지 않는다면 내가 겪게 될 무서운 불행이 그 증거입니다."

그녀는 쥘리앵의 손을 잡고 그에게로 고개를 돌리면서 말했다.

격렬하게 몸을 움직이는 통에 그녀의 어깨에 걸친 숄이 약간 미끄러졌다. 그녀의 매혹적인 어깨가 쥘리앵의 눈에 들어왔고, 약간 헝클어진 그녀의 머리칼을 보자 감미로운 추억이 상기되었다.

쥘리앵은 유혹에 굴복해버릴 뻔했다. 그는 생각했다. 신중하지 못한 말 한마디만 했다가는 절망 속에서 보낸 그 길고긴 나날들이 다시 시작되고 말 거야. 레날 부인의 경우 자기 마음에서 우러나오는 언행을 위하여 어떤 구실을 찾아냈는데, 이 상류사회 아가씨는 감동해야 할 합당한 이유가 있어야 감동해.

그는 일순간에 이와 같은 진실을 깨달았고 역시 눈 깜짝할 사이에 용기를 되찾았다.

그는 마틸드가 꼭 잡고 있는 손을 빼내고 눈에 띄게 공손한 태도를 취하며 그녀로부터 조금 비켜났다. 남자의 용기가 이 이상일 수는 없었다. 그는 소파 위에 흩어진 페르바크 부인의 편지들을 주워모으기에 골몰했다. 그는 겉으로는 더없이 정중하지만 이런 경우로는 너무 잔인한 듯한 한마디를 덧붙였다.

"라 몰 양께서는 이 모든 것에 대해 제가 곰곰 생각하도록 해주시리라 믿습니다."

그는 재빨리 밖으로 나와 서재를 떠났다. 마틸드는 문들이 차례차

례로 닫히는 소리를 들었다.

저 괴물은 조금도 당황하지 않는구나. 마틸드는 혼자 중얼거렸다……

아니, 내가 무슨 말을 하는 거지. 괴물이라고! 저 사람은 현명하고 신중하고 착해. 잘못한 사람은 나야. 사람들이 상상하는 것 이상으로 말이야.

이런 식의 생각은 계속되었다. 그날 마틸드는 거의 행복한 느낌이었다. 온통 사랑에 빠져 있었기 때문이다. 마틸드의 영혼은 한 번도 자존심 때문에 시달려본 적이 없었던 것 같았다. 그러나 그 얼마나 대단한 자존심이었던지!

저녁에 살롱에서 하인이 페르바크 부인의 내방을 알렸을 때 마틸드는 두려움에 몸을 떨었다. 하인의 목소리는 그녀에게 불길하게 들렸다. 원수부인을 보는 것을 견딜 수 없어 그녀는 재빨리 자리를 피했다. 고통스러운 승리가 별로 자랑스럽지 않았던 쥘리앵은 자신의 시선에 자신이 없어 라 몰 저택의 저녁 식사에 참석하지 않았다.

그의 사랑과 행복은 싸움으로부터 시간이 흘러감에 따라 급속도로 증가했다. 그는 벌써 그 싸움에 대해 스스로 책망하고 있었다. 그는 생각했다. 어쩌자고 내가 마틸드에게 맞섰단 말인가. 그녀가 날 사랑하지 않으면 어떻게 하려고! 그 거만한 마음은 한순간에 변할 수 있어. 그리고 내가 심하게 굴었던 것도 사실이잖아.

저녁에 그는 희가극 극장의 페르바크 부인 칸막이 좌석에 무슨 일이 있어도 얼굴을 내밀지 않으면 안 된다고 생각했다. 부인이 일부러 그를 초대했던 것이다. 마틸드는 필경 그가 극장에 가는지 혹은 무례하게도 가지 않는지 알아낼 터였다. 그렇긴 하지만 그는 초저녁에는 사교장에 나갈 힘이 없었다. 다른 사람들과 얘기했다가는 자신의 행복을 반이나 잃을 것 같았다.

열시가 울렸다. 절대적으로 모습을 나타내야만 했다.

다행히 원수부인의 칸막이 좌석은 부인들로 만원이었다. 그는 문 가까이로 밀려나 부인들의 모자에 완전히 가려졌다. 이런 위치 덕택에 그는 웃음거리가 되지 않을 수 있었다. 〈마트리모니오 세그레토〉*에 나오는 카롤린의 절망에 찬 숭고한 노래를 듣고 그는 눈물을 마구 흘렸다. 페르바크 부인이 그 눈물을 보았다. 그 눈물은 평상시 그에게서 보던 남성다운 꿋꿋함과 너무 대조적이어서 자신만만한 벼락출세자들이 갖고 있는 부패한 그 무엇인가에 질려버린 이 귀부인의 마음을 감동시켰다. 그녀는 자신에게 남아 있는 얼마 안 되는 여성다운 심성으로 쥘리앵에게 말을 걸었다. 부인은 그 순간 그의 목소리를 음미하고 싶었던 것이다.

"라 몰 댁 부인들을 보셨나요? 셋째 줄에 있군요."

그녀가 말했다. 그 순간 쥘리앵은 칸막이 좌석 앞으로 무례하게도 몸을 내밀어 홀 안을 둘러보았다. 마틸드가 보였다. 그녀의 눈이 눈물로 반짝였다.

오늘은 오페라 보러 오는 날이 아닌데 몹시 서둘렀나보군! 쥘리앵은 생각했다.

그 집안에 드나드는 아첨꾼 부인 하나가 서둘러 그녀들에게 칸막이

---

* 이탈리아 작곡가 치마로사의 오페라. '비밀 결혼'이라는 뜻.

좌석을 제공했다. 그 칸막이 좌석의 위치가 라 몰 댁에 어울리지 않았음에도 마틸드는 어머니를 졸라 오페라 극장에 왔다. 그녀는 그날 밤 쥘리앵이 원수부인과 함께 지내는지 보고 싶었던 것이다.

31장 그녀를 두렵게 하라

이것이 여러분 문명의 멋진 기적이다!
사랑을 일상의 사건으로 만들어버렸으니.
— 바르나브

쥘리앵은 라 몰 부인의 칸막이 좌석으로 달려갔다. 그의 눈에는 먼저 눈물에 젖은 마틸드의 눈이 들어왔다. 그녀는 주위를 아랑곳하지 않고 울고 있었다. 그곳에는 지위가 낮은 사람들과 좌석을 제공해준 부인, 그리고 그녀가 아는 남자 몇 명이 있었다. 마틸드는 자기 손을 쥘리앵의 손 위에 놓았다. 자기 어머니에 대한 염려도 잊고 있는 듯했다. 그녀는 눈물로 거의 숨이 막혀 쥘리앵에게 '사랑의 보장!'이라는 단 한 마디만을 했을 뿐이었다.

최소한 나는 이 여자에게 말을 하지 않아야 한다. 셋째 줄 칸막이 좌석을 눈부시게 비추는 샹들리에 불빛을 핑계로 눈을 손으로 엉성하게 가린 채 몹시 감동되어 쥘리앵은 생각했다. 만일 내가 말을 걸면 그녀는 내가 극도로 감동하고 있음을 확신할 것이고, 내 목소리가 내 마음을 드러낸다면 또다시 모든 것을 잃을 수 있다.

그의 투쟁은 아침보다 더욱 힘들었다. 그의 영혼이 감동할 만큼 시간이 흘렀던 것이다. 그는 마틸드가 허영심을 뽐내는 것을 보게 될까 두려웠다. 사랑과 쾌감에 도취되어 있으면서도 그는 꿋꿋하게 그녀에게 말을 건네지 않았다.

내 생각으로는 이러한 면이 쥘리앵의 성격 중 가장 훌륭한 면 중 하나이다. 자기 자신을 제어하는 데 그만 한 노력을 할 수 있는 사람은 성공할 수 있는 법이다.

라 몰 양은 쥘리앵에게 저택으로 데려가달라고 졸랐다. 다행히도 비가 많이 오고 있었다. 그러나 후작부인이 쥘리앵을 자기 맞은편에 앉히고 끊임없이 말을 걸어 그가 자기 딸에게 한 마디도 건네지 못하게 했다. 후작부인은 쥘리앵의 행복을 염려해주는 것 같았다. 과도한 감동으로 만사를 그르치지 않을까 염려하지 않아도 되자 쥘리앵은 마음껏 감동에 몸을 맡겼다.

자기 방으로 돌아온 쥘리앵이 무릎을 꿇고 코라소프 공작이 준 연애편지들에 입맞춤을 퍼부었다는 것을 굳이 말해야겠는가?

오, 위대한 이여! 당신 덕이 아닌 것이 없습니다! 쥘리앵은 미친 듯이 소리쳤다.

쥘리앵은 차츰 냉정을 되찾았다. 그는 큰 전쟁에서 절반은 승리한 장군에 자신을 비유했다. 얻은 것은 확실하고 무한하다. 하지만 내일은 무슨 일이 일어날 것인가? 한순간에 모든 것을 잃을 수도 있다. 그는 생각했다.

그는 정열적인 감동을 느끼며 나폴레옹의 『세인트헬레나 회상록』

318

을 펼쳤다. 그리고 장장 두 시간 동안 그것을 읽었다. 그는 그저 눈으로만 읽어 내려갔다. 아무러면 어떠랴. 그는 억지로 그렇게 했다. 이런 이상한 독서를 하는 동안 그의 머리와 가슴은 위대한 행위의 수준까지 고양되어 자기도 모르게 활동하고 있었다. 이 여자의 마음은 레날 부인의 마음과는 달라. 그는 이렇게 중얼거렸다. 하지만 더이상은 알 수 없었다.

"그녀를 두렵게 하라."

갑자기 책을 멀리 내던지면서 그가 소리질렀다. 적은 내가 두려움을 줄 때에만 내게 복종할 거야. 그러면 적은 나를 감히 경멸하지 못할 것이다.

그는 자기의 작은 방을 기쁨에 취해 왔다갔다했다. 사실 그 행복은 사랑에서 온 것이라기보다는 자존심에서 온 것이었다.

"그녀를 두렵게 하라."

그는 의기양양하여 되풀이해서 말했다. 그가 자랑스러워하는 것은 무리가 아니었다. 가장 행복한 순간에조차 레날 부인은 언제나 그의 사랑이 자신의 사랑과 같은지 못 미더워했다. 여기서 내가 굴복시켜야 하는 것은 악마다. 기필코 굴복시켜야만 한다.

다음날 아침 여덟시부터 마틸드가 서재에 와 있으리라는 것을 쥘리앵은 잘 알고 있었다. 그는 아홉시가 되어서야 나타났다. 마음이 사랑으로 불타올랐지만 머리가 마음을 지배하고 있었다. 그는 단 일 분도 쉬지 않고 되뇌었다. 그녀로 하여금 언제나 이런 의심을 갖게 해야 해. '그가 나를 사랑할까?' 찬란한 지위와 자신에게 아첨하는 사람들 때문에 그녀는 약간 지나치게 자신을 믿고 있거든.

그는 마틸드가 창백한 안색으로 침착하게 소파에 앉아 있는 것을 보았다. 그러나 그녀는 꼼짝할 수 없는 상태인 것이 분명했다. 그녀가 그에게 손을 내밀었다.

"내가 당신 기분을 상하게 했어요. 그건 사실이에요. 내게 화낼 만해요……"

쥘리앵은 이렇게 솔직한 어조를 기대하지 않았다. 그는 하마터면 본심을 드러낼 뻔했다.

"당신은 보장을 바랐지요."

쥘리앵이 무슨 말인가 해주기를 기대하느라 잠깐 침묵이 흐른 뒤 그녀는 덧붙였다.

"마땅한 일이에요. 나를 데려가요. 런던으로 도망쳐요…… 나는 영원히 명예를 버리고 모든 것을 버리겠어요……"

그녀는 용감하게 쥘리앵에게서 손을 빼내어 두 눈을 가렸다. 절제와 여성적 미덕의 모든 감정이 그녀의 마음속으로 들어온 것이다……

"자! 나를 망신시켜요."

마침내 그녀가 한숨을 쉬며 말했다.

"이것이 나의 '보장'이에요."

어제 나는 행복했다. 내가 나 자신에게 엄격할 수 있는 용기를 발휘했기 때문이지. 쥘리앵은 생각했다. 잠깐 침묵이 흐른 뒤에 차가운 어조로 말하기 위해 그는 마음을 다스려야 했다.

"당신 표현대로 일단 런던으로 떠나고 명예를 버린다 해도 당신이 나를 사랑하리라는 것을 누가 장담하겠습니까? 역마차에 나와 함께 타는 것이 당신에게 불운해 보이지 않으리라고 무엇이 보장하겠습니까? 나는 괴물이 아닙니다. 당신이 세상 사람들에게 망신당하는 것은 내게는 불행을 하나 더하는 것일 뿐입니다. 장애가 되는 것은 세상에서의 당신의 지위가 아닙니다. 당신의 성격이 불행입니다. 당신 자신에게 일주일 동안 나를 사랑하리라 약속할 수 있습니까?"

(아! 이 여자가 나를 일주일 동안 사랑한다면, 단지 일주일만이라도 나를 사랑한다면 나는 죽도록 행복할 거야. 미래가 무슨 상관이야? 인생이 무슨 상관이야? 내가 원하면 이 순간부터라도 숭고한 행복이 시작될 수 있어. 그건 오직 나에게 달려 있어!)

마틸드는 그가 생각에 잠겨 있는 것을 보았다.

"그렇다면 나는 당신의 사랑을 받을 자격이 없군요."

그녀가 쥘리앵의 손을 잡으며 말했다.

쥘리앵은 그녀를 껴안았다. 그러나 그 순간 쇠 같은 의무의 손이 그의 마음을 붙잡는 것이었다. 내가 얼마나 그녀를 숭배하는지 그녀가 알게 되면 나는 그녀를 잃는 거야. 팔을 풀기 전에 그는 남자에게 어울리는 모든 위엄을 되찾고 있었다.

그날 그리고 그 이후 그는 자신의 과도한 행복감을 감출 줄 알게 되었다. 그녀를 품에 안는 행복까지도 거부하는 순간들이 있었다.

또 어떤 순간에는 행복의 광란이 신중함의 충고를 넘어설 때도 있었다.

그가 습관적으로 멀리서 마틸드의 창문을 바라보며 그녀의 변덕스러움에 눈물짓던 곳은 정원의 사다리를 감추기 좋은 인동덩굴 무더기 곁이었다. 아주 큰 떡갈나무가 바로 곁에 있었고, 그 나무의 그루터기가 그가 사람들의 눈에 띄는 것을 막아주었다.

그의 극심한 불행을 생생하게 생각나게 하는 바로 그 자리를 마틸
드와 함께 지나려니 지나간 절망과 현재의 행복이 이루는 대조가 그
의 성격이 견디기에는 너무나 강렬했다. 그의 눈에서 눈물이 넘쳐흘
렀다. 그는 애인의 손을 입술에 갖다대면서 말했다.

"나는 여기서 당신을 생각하며 지냈습니다. 여기서 저 덧문을 바라
다보았지요. 여러 시간 동안 이 손이 그 덧문을 여는 행운의 순간을
기다렸어요……"

그의 나약함이 완전히 드러났다. 그는 누구도 지어낼 수 없는 진정
한 어조로 그 당시의 극심한 절망을 그녀에게 그려 보였다. 간간이 던
지는 짧은 감탄사가 그 지독한 고통을 멈추게 한 현재의 그의 행복을
증거해주었다……

맙소사, 지금 내가 무엇을 하고 있지! 다 잃게 생겼군. 갑자기 정신
이 들어 쥘리앵은 생각했다.

지나친 경계심 속에서 벌써 라 몰 양의 눈에서 사랑이 줄어드는 것
이 보이는 듯했다. 하지만 그것은 환상이었다. 쥘리앵의 안색이 순식
간에 변하더니 죽은 듯한 창백함이 얼굴을 덮었다. 그의 눈은 그 순간
빛을 잃었다. 가장 진실하고 가장 방심한 사랑의 표정이 이내 심술궂
다고 할 정도의 거만한 표정으로 바뀌었다.

"무슨 일이세요?"

애정과 불안을 품고 마틸드가 그에게 물었다.

"나는 거짓말을 했습니다."

쥘리앵이 화난 듯이 말했다.

"내가 당신에게 거짓말을 했습니다. 그것을 자책하고 있습니다. 그

렇지만 내가 당신을 거짓으로 대하지 않을 만큼 존중한다는 것은 하느님도 아실 겁니다. 당신은 나를 사랑합니다. 당신은 내게 헌신적입니다. 그러니 내가 당신의 마음에 들기 위해 말을 꾸미지 않아도 되지요."

"어머나! 방금 전에 당신이 내게 한 매혹적인 그 모든 말이 꾸며낸 것이라고요?"

"그것을 몹시 자책하고 있습니다. 전에 나를 사랑했지만 나를 지겹게 했던 여인을 위해 지어낸 것입니다…… 이것이 내 성격의 결함입니다. 당신에게 내 잘못을 고백합니다. 용서하십시오."

쓰라린 눈물이 마틸드의 뺨에 흘러내렸다.

"마음이 상하는 어떤 낌새가 있으면 즉시 나는 몽상에 빠집니다. 지금 이 순간 그 기억력을 저주하고 싶습니다만, 나의 몹쓸 기억력이 내게 어떤 자료를 제공하고 나는 그걸 함부로 써먹게 되거든요."

쥘리앵이 말을 계속했다.

"내가 나도 모르게 당신의 마음을 상하게 하는 행동을 했나요?"

마틸드가 매력 있는 순진함을 보이며 물었다.

"생각이 나는데요. 어느 날 이 인동덩굴 곁을 지나면서 당신이 꽃 한 송이를 땄어요. 뤼즈 씨가 당신에게서 그 꽃을 뺏으려 했고 당신은 그에게 그 꽃을 주었어요. 나는 두 걸음쯤 떨어져 있었지요."

"뤼즈 씨라고요? 그럴 리 없어요. 나는 그런 짓을 한 적이 없어요."

마틸드가 그녀에게는 자연스러운 오만함으로 말을 받았다.

"틀림없습니다."

쥘리앵이 활발하게 대꾸했다.

"그렇다면 그게 사실이겠지요."

마틸드가 슬픈 듯이 눈을 내리깔며 말했다. 그녀는 몇 달 동안 자기가 뤼즈 씨에게 그런 행동을 한 적이 없다는 것을 잘 알고 있었다.

쥘리앵은 이루 말할 수 없는 애정을 담고 그녀를 바라보았다. 아니다, 이 여자는 나를 여전히 사랑하는구나, 하고 그는 생각했다.

그날 저녁 그녀는 웃으면서 페르바크 부인에 대한 그의 취향을 나무랐다.

"부르주아가 벼락출세자를 사랑하다니! 나의 쥘리앵이 그런 부류의 사람들에게 마음을 빼앗길 리 없지. 어쨌든 그녀는 당신을 진짜 멋쟁이로 만들어주었군요."

그녀는 그의 머리카락을 만지면서 말했다.

마틸드에게 경멸받고 있다고 여기는 동안 쥘리앵은 파리에서 가장 잘 차려입는 남자들 중 하나가 되어 있었다. 그러나 그는 그런 유의 사람들보다 유리함을 지니고 있었다. 일단 꾸미고 나면 더이상 거기에 신경을 쓰지 않는다는 점이었다.

한 가지 일이 마틸드의 마음을 상하게 했다. 쥘리앵이 러시아인의 편지를 베끼고 그것을 원수부인에게 보내는 일을 멈추지 않았던 것이었다.

32장 호랑이

아아! 왜 다른 것은 안 되고 꼭 이것이어야만 하는가?
— 보마르셰

호랑이와 함께 친하게 살았던 한 영국 여행가의 이야기다. 그는 호랑이를 기르면서 귀여워해주었지만 항상 탁자 위에 장전된 권총 한 자루를 놓아두었다고 한다.

쥘리앵은 마틸드가 그의 눈에서 행복한 표정을 알아볼 수 없을 때에만 마음껏 행복에 빠져들었다. 그는 때때로 그녀에게 매정한 말을 몇 마디 던지는 자신의 의무를 어김없이 이행했다.

그가 보기에 놀라운 마틸드의 다정함과 지극한 헌신이 그의 자제력을 잃게 할라치면, 그는 용기를 내어 돌연 그녀 곁을 떠나버리곤 했다.

마틸드는 처음으로 사랑을 했다.

삶은 그녀에게 항상 거북이 걸음 같았는데, 이제는 마치 나는 듯했다.

그렇지만 거만은 어떤 식으로든 드러나는 법이어서, 그녀는 자신의 사랑이 가져올 수 있는 온갖 위험에 무모하게 뛰어들려고 했다. 신중을 기하는 쪽은 오히려 쥘리앵이었다. 그녀가 쥘리앵의 의사에 복종하지 않는 것은 위험이 문제될 때뿐이었다. 그런데 그녀는 그에게는 복종하고 공손하게 굴었지만, 친척이건 하인이건 집 안에서 곁에 다가오는 모든 사람에게 더욱 거만할 뿐이었다.

저녁이면 살롱에 육십 명이 모인 가운데서도 그녀는 쥘리앵을 개인적으로 불러 오랫동안 이야기를 나누곤 했다.

어느 날 어린 탕보가 그들 곁에 자리를 잡고 앉아 있자, 마틸드는 그에게 서재로 가서 1688년의 혁명 이야기가 나오는 스몰레트의 책을 찾아다달라고 부탁했다. 탕보가 꾸물대자 그녀는 "왜 그렇게 꾸물대고만 있는 거지?"라고 모욕적이고 거만한 표정으로 말하여 쥘리앵의 마음을 편하게 해주었다.

"그 어린 녀석의 눈빛을 보았나요?" 쥘리앵이 물었다.

"그의 숙부가 십여 년 동안 이 살롱에서 봉사하지 않았다면 나는 그를 당장 내쫓아버렸을 거예요."

크루아즈누아 씨, 뤼즈 씨 등에 대한 그녀의 행실은 표면상 참으로 정중했지만 마음속으로는 역시 도전적이었다. 마틸드는 전에 쥘리앵에게 속내 이야기를 모두 털어놓은 것이 몹시 후회스러웠다. 그 귀족 청년들에게 품었던 것은 전적으로 순진한 관심이었는데, 그것을 과장해서 말했음을 그에게 고백하지 않은 만큼 후회가 더 컸다.

매일같이 대단한 결심을 하면서도 마틸드는 여자로서의 자존심 때문에 이런 이야기를 하지 못하고 있었다. '크루아즈누아 씨가 대리석

탁자 위에 손을 놓으면서 내 손을 가볍게 스쳤을 때 내가 손을 빼지 않았다고 말한 것은 내 여린 면을 당신에게 보여주는 데서 기쁨을 느꼈기 때문이에요.'

요즘 그녀는 그 귀족 청년들 중 누가 자기에게 잠시라도 말을 걸면 즉시 쥘리앵에게 질문을 던져야겠다고 생각했다. 그를 자기 곁에 붙잡아두려는 구실이었다.

그녀는 자기가 임신한 것을 알고는 기쁜 마음으로 쥘리앵에게 그 사실을 말해주었다.

"지금도 나를 의심해요? 이거야말로 사랑의 증거 아니에요? 나는 이제 영원히 당신의 아내예요."

이 소식에 쥘리앵은 크게 놀랐다. 그는 자신의 행동지침조차 망각할 지경이었다. 나를 위해 자신을 망치는 이 불쌍한 처녀에게 어떻게 고의로 냉정하고 무례할 수 있겠는가? 의무감에서 나오는 무서운 목소리가 마음에 울리는 날들조차도, 그녀가 조금 고통스러운 듯하면 자신의 경험상 그들의 사랑을 지속시키는 데 불가결하다고 생각되는 그 매정한 말을 그녀에게 던질 용기가 나지 않았다.

어느 날 마틸드는 쥘리앵에게 이렇게 말했다

"아버지께 편지를 쓰고 싶어요. 그분은 제게 아버지 이상이에요. 친구이기도 하지요. 그러니 한순간일지언정 당신과 제가 그분을 속이려 든다면 부끄러운 일일 거예요."

"아니! 대체 무슨 짓을 하겠다는 거요?"

쥘리앵이 질겁하며 말했다.

"내 의무를 이행하겠다는 거예요."

마틸드가 대답했다. 그녀의 눈은 기쁨으로 반짝이고 있었다.

마틸드는 자신의 애인보다 더 도량이 컸다.

"그분은 나를 불명예스럽게 쫓아내고 말 겁니다!"

"그건 그분의 권리예요. 그 권리를 존중해드려야 해요. 둘이서 팔짱을 끼고 공공연히 정문으로 나가면 되지요."

쥘리앵은 놀라서 일주일만 연기하자고 부탁했다.

"그럴 순 없어요. 명예가 명령을 내려요. 나는 의무를 알았으니 따라야만 해요. 그것도 당장이요."

마침내 쥘리앵이 말했다.

"그럼 내가 명령합니다! 연기하세요. 당신의 명예는 보호해주겠어요. 나는 당신의 남편입니다. 우리 둘의 처지는 이 중대한 행동으로 변하게 될 거예요. 나 또한 권리가 있습니다. 오늘이 화요일이고, 돌아오는 화요일이 레츠 공작의 초대일입니다. 그날 밤 라 몰 후작께서 집으로 돌아오시면 문지기를 시켜서 그 운명의 편지를 갖다드리게 합시다…… 그분은 당신을 공작부인으로 만들려는 생각밖에 없어요. 그건 확실해요. 그러니 그분이 느낄 불행을 생각해보세요!"

"아버지의 복수를 생각해보라고 말하는 건가요?"

"나는 내 은인을 동정하며, 그분에게 해를 끼치는 일이 몹시 마음 아픕니다. 하지만 나는 결코 아무도 두려워하지 않으며 미래에도 두려워하지 않을 겁니다."

마틸드는 쥘리앵의 말에 순종했다. 마틸드가 쥘리앵에게 그녀의 신체 상태를 알린 이후로 그가 그녀에게 강압적으로 말한 것은 이번이 처음이었다. 그가 그녀를 이토록 사랑한 적은 일찍이 없었다. 그의 마음의 부드러운 면은 마틸드가 처한 신체 상태에서 그녀에게 매정한 말을 내뱉지 않을 구실을 포착하고는 행복해했다. 그러나 라 몰 후작에게 고백할 일을 생각하니 쥘리앵은 마음이 몹시 불안해졌다. 그는 마틸드와 헤어지게 될까? 그러면 그녀는 얼마나 고통스럽게 쥘리앵이 떠나는 것을 바라볼까? 그가 떠나고 한 달이 지난 뒤에도 그녀는 과연 쥘리앵을 생각할까?

그는 후작으로부터 마땅히 받게 될 질책 못지않게 이와 같은 두려움을 가지게 되었다.

그날 저녁에 쥘리앵은 마틸드에게 자신을 우울하게 하는 그 두번째 원인을 고백했다. 이어서 사랑으로 마음이 혼미해진 그는 첫번째 원인도 털어놓고 말았다.

그녀는 얼굴빛이 변하더니 쥘리앵에게 이렇게 말했다.

"혹시라도 저와 떨어져 반년쯤 살게 되면 당신 정말 슬프겠어요?"

"굉장히 슬플 겁니다. 내가 세상에서 두려운 건 그 슬픔뿐이오."

마틸드는 행복했다. 쥘리앵이 너무도 열심히 연기를 했기에, 지금까지 둘 중에 더 사랑하는 쪽은 그녀라고 마틸드는 믿고 있었다.

운명의 화요일이 왔다. 자정이 되어 집으로 돌아온 후작은 편지를 한 통 발견했는데, 봉투에는 아무도 보는 사람이 없을 때 손수 뜯어서 읽어달라고 쓰여 있었다.

아버지,

아버지와 저 사이의 모든 사회적 관계는 끊어졌어요. 자연의 관계밖에 남아 있지 않아요. 아버지는 저의 남편 다음으로 제게 가장 소중한 분이며, 앞으로도 항상 그럴 그예요. 저의 눈은 벌써 눈물로 가득해요. 제가 아버지께 끼쳐드릴 괴로움을 생각하니 말이에요. 그렇지만 저의 부끄러움이 세상에 알려지지 않기 위해, 아버지께서 숙고하신 뒤 조치를 취하실 시간을 드리기 위해 저는 제가 해야 할 고백을 더이상 미룰 수 없어요. 저는 저에 대한 아버지의 사랑이 지극하신 것을 알고 있어요. 그 사랑이 제게 조금의 생활비를 주실 것을 허락하신다면 저는 아버지께서 원하시는 곳이면 어디든, 이를테면 스위스 같은 곳에라도 남편과 함께 살러 가겠어요. 제 남편의 이름은 너무도 미천하여 베리에르 목수의 며느리인 소렐 부인이 아버지의 딸이라는 것을 아무도 알아보지 못할 거예요. 이 이름을 이렇게 쓰느라 정말 고통스러웠어요. 저는 쥘리앵에 대해 가지실 아버지의 진노가 두려워요. 물론 당연한 일이겠지만 말이에요. 아버지, 저는 공작부인이 되지 못할 거예요. 그 사람을 사랑하면서 그 사실을 알고 있었어요. 그 사람을 먼저 사랑한 것은 저였고, 유혹한 것도 저였으니까요. 저는 아버지로부터 너무도 고매한 영혼을 물려받았기에 평범하거나 그렇게 보이는 사람에게는 관심을 가질 수 없었어요. 아버지를 기쁘게 해드리려고 크루아즈누아 씨를 생각해보았지만 소용이 없었어요. 왜 아버지는 저의 눈앞에 정말 가치 있는 사람을 놓아두셨나요? 제가 이에르에서 돌아왔을 때 "저 소렐 청년이야말로 나를 즐겁게 해주는 유일한 청년이란다"라고 말씀하신 분은 다름 아닌 아버지 자신이셨잖아요. 그 불쌍한 사내는 이 편지가 아버지께 끼칠 고통에 대해 저만큼이나 괴로워하고 있어요. 저는 아버지께서 아버지로서 노여워하시는 것까지 막을 수는 없어요. 하지만 친구로서 변함없이 저를 사랑해주세요.

쥘리앵은 저를 존경했어요. 그가 때로 저와 이야기를 나눈 것은 단지 아버지에 대한 깊은 고마움 때문이었지요. 왜냐하면 천성적으로 고매한 성격을 가진 그는 자신보다 월등히 신분이 높은 모든 사람에게 공식적으로밖에 대답하려 하지 않기 때문이에요. 그 사람은 사회적 신분의 차이를 선천적으로 예민하게 느껴요. 저였어요. 이와 같은 고백은 다른 누구에게도 하지 않겠지만 저의 가장 좋은 친구이신 아버지께만 얼굴 붉히면서 고백할게요. 어느 날 정원에서 그의 팔에 매달린 것은 바로 저였어요.

하루가 지난 뒤에도 아버지는 그 사람에 대해 노여워하실 건가요? 어쨌든 저의 잘못은 돌이킬 수 없어요. 만일 아버지께서 요구하시면 제가 보증하겠어요. 그 사람이 아버지를 깊이 존경하고 있으며 아버지의 마음을 언짢게 하는 것에 대해 크게 걱정하고 있다고 말이에요. 아버지는 그 사람을 다시는 보지 않으시겠지요. 하지만 저는 그가 가는 곳이면 어디든 따라가겠어요. 그것은 그 사람의 권리이며 저의 의무예요. 그는 제 아이의 아비니까요. 만일 아버지께서 너그럽게 우리에게 생활비로 6000프랑을 허락하신다면 감사히 받을게요. 그렇지 않으면 쥘리앵은 브장송으로 내려가 라틴어와 문학 교사 일을 시작할 생각이에요. 그가 아무리 낮은 지위에서 출발하더라도 나중에는 높은 지위에 오를 것임을 저는 확신해요. 그 사람과 함께라면 신분의 비천함도 두렵지 않아요. 만일 혁명이라도 발발하면 저는 그 사람이 중요한 역할을 해낼 거라고 확신해요. 제게 구혼한 사람들 중 그럴 만한 사람이 누가 있는지 아버지께서는 말씀해주실 수 있으신지요? 그들은 막대한 땅을 가지고 있지요! 하지만 저는 그 한 가지만으로는 탄복할 만한 이유를 발견하지 못해요. 저의 쥘리앵은 현 체제에서도 높은 지위에 오를 수 있을 거예요. 100만 프랑의 돈과 아버지의 후견만 있으면 말이에요……

후작이 처음 느낀 마음의 움직임에 크게 좌우되는 사람이라는 것을 알고 있는 마틸드는 무려 여덟 장이나 되는 편지를 썼다. 라 몰 씨가 편지를 읽는 사이 쥘리앵은 이런 생각을 하고 있었다.

어떻게 해야 할까? 첫째, 나의 의무는 무엇인가? 둘째, 어떻게 해야 내 이익에 합당한가? 나는 그분께 큰 신세를 졌다. 그분이 없었다면 나는 그저 그런 놈이 되어 있을 것이다. 남들의 미움과 학대에서 벗어나지 못하는 그저 그런 놈 말이다. 그분은 나를 사교계의 인사로 만들어주셨다. 불가피했던 나의 비행은 첫째, 다른 비행보다는 보기 드문 일이지만, 둘째, 그것들보다 비열함은 덜하다. 그분이 내게 해준 것은 100만 프랑을 준 것보다 더 크다. 나는 그분 덕택에 이 십자훈장을 받았으며, 겉으로 탁월한 외교 임무를 수행한 것으로 되어 있는 것도 다 그분 덕택이다.

만일 그분이 나의 행동을 규정하기 위해 펜을 든다면 뭐라고 쓸 것인가?……

쥘리앵의 이런 생각은 라 몰 씨의 시종이 들어옴으로써 돌연 중단되었다.

"후작님께서 지금 당장 오시랍니다. 옷을 갖춰입지 않아도 상관없다고 하십니다."

시종은 쥘리앵을 따라 걸으면서 낮은 목소리로 이렇게 말했다.

"극도로 화가 치밀어 계시니 조심하십시오."

33장 무력함의 지옥

이 다이아몬드를 자르면서 서툰 보석 세공인은
그 가장 강렬한 광채를 다소 잃게 해버렸다.
중세에는, 아니, 리슐리외 치하에서도
프랑스인들은 의지의 힘을 가지고 있었다.
— 미라보

쥘리앵은 몹시 화가 나 있는 후작을 만났다. 이 대귀족이 그렇게 상스러운 언사를 보인 것은 아마도 태어나서 처음이었을 것이다. 그는 입에서 나오는 대로 쥘리앵에게 온갖 욕설을 마구 퍼부었다. 우리의 주인공은 놀라기도 하고 화가 나기도 했지만 그 때문에 감사의 마음이 약화되지는 않았다. 저 가엾은 사람은 오래 전부터 마음속에 고이 간직해온 그토록 많은 훌륭한 계획이 한순간에 무너져내리는 것을 보고 있구나! 하지만 나는 저분께 뭔가 답변을 해야 한다. 내 침묵은 오히려 저분의 분노를 더 키울 것이다. 쥘리앵의 답변은 타르튀프의 역할에서 본뜬 것이었다.

"저는 천사가 아닙니다…… 저는 후작님을 잘 모셨고, 후작님께서는 제게 후하게 보상해주셨습니다…… 감사드리고 있습니다만, 저는 지금 스물두 살입니다…… 이 댁에서 저의 생각을 이해해주시는 분은 후작님과 그 사랑스러운 사람뿐이었습니다……"

"이 극악무도한 놈 같으니!"

후작이 고함을 쳤다.

"사랑스럽다고! 사랑스러워! 그애가 사랑스럽다고 생각되던 날 네놈은 달아났어야 했어."

"그러려고 했습니다. 랑그도크로 떠나겠다고 후작님께 청했습니다."

분노에 겨워 방 안을 왔다갔다하다가 지친 후작은 고통에 억눌려 안락의자에 몸을 던지고 말았다. 쥘리앵은 그가 작은 소리로 이렇게 말하는 것을 들었다.

"그렇게까지 악한 놈은 아니로군."

"그렇습니다. 저는 후작님께 그렇게 악한 놈은 아닙니다."

쥘리앵은 무릎을 꿇으면서 이렇게 외쳤다. 하지만 그 행동이 몹시 수치스러워 재빨리 다시 일어섰다.

후작은 정말 얼이 빠져 있었다. 쥘리앵의 그런 행동을 보자 그는 다시 마차꾼에나 어울리는 추악한 욕설을 마구 퍼부어댔다. 그렇게 욕설을 퍼붓고 난 후 그는 어쩌면 마음이 좀 풀렸을 것이다.

"아니, 뭐라고! 내 딸이 소렐 부인으로 불린다고! 뭐! 내 딸이 공작 부인이 되지 못한다고!"

이 두 생각이 선명하게 떠오를 때마다 라 몰 후작은 몹시 괴로워 감정을 억제하지 못했다. 쥘리앵은 얻어맞지나 않을까 두려웠다.

그러나 사이사이 제정신이 들고 자신의 불운에 익숙해지자 후작은 쥘리앵에게 꽤 분별 있는 질책을 해댔다.

"자네는 달아났어야 했어."

후작이 쥘리앵에게 말했다.

"달아나는 게 자네의 의무였어…… 자네는 인간말짜야……"

쥘리앵은 책상으로 다가가 이렇게 글을 썼다.

오래 전부터 저는 삶을 견딜 수 없었습니다. 이제 저의 삶에 종지부를 찍습니다. 저의 한없는 감사의 마음을 받아주시길 빌며, 아울러 저의 죽음이 이 저택에 야기할 수 있는 거추장스러움에 대해 용서를 빕니다.

그러고 나서 쥘리앵은 후작에게 말했다.

"이 쪽지를 대강 훑어봐주시기를 빕니다…… 저를 죽여주십시오. 아니면 시종을 시켜 저를 죽여주십시오. 지금 시각은 새벽 한시입니다. 저는 정원의 뒷담 쪽으로 거닐고 있겠습니다."

"악마한테나 잡혀가버려!"

쥘리앵이 나갈 때 후작이 그에게 소리쳤다.

쥘리앵은 생각했다. 그럴 테지. 그는 내가 자신의 시종의 손에 죽는 것을 유감스럽게 여기지 않을 거야…… 잘됐어. 시종에게 나를 죽이게 하라지. 그거야말로 내가 그를 만족스럽게 해줄 수 있는 일이니까…… 하지만 나는 살고 싶어…… 나는 내 아들에게 헌신할 의무가 있어.

위험을 느끼며 몇 분 동안 거닐고 있을 때, 처음으로 그의 상상 속에 선명하게 떠오른 아들에 대한 의무가 온통 그를 사로잡았다.

전혀 새로운 그 관심은 그를 신중한 사람으로 만들었다. 저 격한 사람을 대하려면 내게 조언이 좀 필요해…… 그는 지금 완전히 이성을 잃었어. 그는 무슨 짓이든 할 수 있어. 푸케는 멀리 있지. 게다가 그는 후작 같은 사람의 감정을 이해하지 못할 거야.

알타미라 백작이 있다…… 그가 영원히 비밀을 지켜줄까? 하지만 내가 조언을 청했다가 어떤 분란이 생겨 내 처지가 복잡해져서는 안 돼. 아아, 그렇다면 그 침울한 피라르 사제밖에 없구나…… 그런데 그분은 얀센주의 때문에 편협한 정신을 가지고 있어…… 예수회파 망나니라면 세상을 잘 알고 있어서 내 일에 더 도움이 될 텐데…… 피라르 신부님은 내가 나의 죄에 대해 단 한 마디만 발설해도 내게 매질을 할 수 있어.

이윽고 타르튀프의 재능이 쥘리앵을 도우러 왔다. 그래, 그에게 고해하러 가야겠다. 그것이 장장 두 시간이나 정원을 거닌 후 내린 최후의 결심이었다. 그는 이제 기습적으로 총격을 받을 수 있다는 생각은 하지 않게 되었다. 반면 잠이 그를 엄습했다.

다음날 아주 이른 아침 쥘리앵은 파리에서 몇 리외 떨어진 그 엄격한 얀센주의자의 집 문을 두드리고 있었다. 사제가 자신의 고백에 그렇게 크게 놀라지 않는 것을 보고 도리어 쥘리앵이 크게 놀랐다.

"어쩌면 나 자신을 책망해야 할지도 모르겠군."

사제는 화를 내기보다는 걱정하는 태도로 이렇게 말하는 것이었다.

"나는 그 사랑을 간파하고 있었네. 이 불행한 사람아, 자네에 대한 우정 때문에 후작에게 말하지 않았던 거야……"

"그분은 어떻게 하실까요?"

쥘리앵이 급히 물었다(그 순간 그는 사제에게 애정을 느꼈으므로 사제 앞에서 연극을 하기는 무척 어려웠을 것이다).

"저는 세 가지를 예측하고 있습니다. 첫째, 라 몰 후작께서는 저를 죽일 수 있습니다."

그러면서 그는 그가 후작에게 남긴 자살하겠다는 편지에 대해 이야기했다.

"둘째, 그분은 노르베르 백작으로 하여금 저에게 결투를 청하게 하여 저를 사살할 수 있습니다."

"자네는 그 결투를 받아들이겠단 말인가?"

사제가 분격하여 일어서면서 말했다.

"제 말씀은 아직 끝나지 않았습니다. 물론 저는 제 은인의 아들에게 절대로 총을 쏘지 않을 겁니다.

셋째, 그분은 저를 먼 곳으로 보내버릴 수 있습니다. 만일 그분이 에든버러나 뉴욕으로 가라고 하시면 저는 따르겠습니다. 그렇게 되면 라 몰 양의 처지를 숨길 수 있겠지요. 하지만 저는 제 아들을 없애는 일만은 절대 참지 않겠습니다."

"바로 그것이 그 타락한 양반이 맨 먼저 생각하는 일일 걸세……"

한편 파리에서 마틸드는 절망에 빠져 있었다. 그녀는 일곱시경에 아버지를 만났다. 그는 딸에게 쥘리앵의 편지를 보여주었다. 그녀는 쥘리앵이 스스로 목숨을 끊는 것을 고귀한 일로 생각하지나 않을까 해서 벌벌 떨었다. 하지만 내 허락도 없이? 그녀는 노기에서 시작된 고통을 느끼며 그렇게 혼잣말을 했다.

"그 사람이 죽으면 저도 죽겠어요."

마틸드는 아버지에게 말했다.

"그 사람을 죽게 한 것은 아버지일 테니까요…… 아버지는 아마도 그 사람의 죽음을 기뻐하시겠지요…… 하지만 저는 그 사람의 망혼을 걸고 맹세하겠어요. 먼저 상을 치른 다음, 공식적으로 미망인 소렐 부인이 되어 그 사실을 사람들에게 알리겠다고요. 그 점에 대해서는 기대하셔도 좋아요. 아버지께서는 저의 비겁한 모습도 겁 많은 모습도 보지 못하실 거예요."

그녀의 사랑은 광적이기까지 했다. 이번에는 라 몰 씨가 당황했다.

그는 사태를 얼마간 분별 있게 바라보기 시작했다. 마틸드는 점심 식사에 모습을 드러내지 않았다. 후작은 엄청난 부담에서 벗어났다. 무엇보다 그녀가 어머니에게 아무 말도 하지 않은 것을 알고는 흐뭇하기까지 했다.

쥘리앵이 말에서 내렸다. 마틸드는 그를 오게 해서 하녀가 보는 앞에서 그의 품에 몸을 던졌다. 쥘리앵은 그 열광이 그다지 고맙지 않았다. 그는 피라르 사제와의 긴 협의를 마치고 아주 외교적이고 타산적인 마음으로 돌아왔던 것이다. 일어날 수 있는 사태에 대한 계산으로 그의 환상은 사라져버렸다. 마틸드는 눈물을 글썽이며 그에게 자살에 대해 언급한 편지를 보았다고 말했다.

"아버지가 생각을 바꾸실 수도 있어요. 지금 당장 빌키에로 떠나주세요. 다시 말에 올라 식사가 다 끝나기 전에 저택을 빠져나가주세요."

쥘리앵이 놀란 듯하면서도 냉정한 태도를 버리지 않자 마틸드는 눈물이 솟구쳤다.

"우리 일은 내가 알아서 하게 내버려두세요."

그녀는 흥분하여 쥘리앵을 품에 꼭 껴안으면서 소리쳤다.

"제가 당신과 헤어지는 것이 좋아서 그러는 것이 아니라는 것을 당신도 잘 알겠죠. 제 하녀 이름으로 된 봉투에 편지를 넣어 보내세요. 주소는 다른 사람이 쓰게 하세요. 책 몇 권 분량의 편지를 쓸게요. 안녕! 어서 달아나세요."

이 마지막 말에 쥘리앵은 불쾌했다. 하지만 그녀의 말을 따랐다. 이 사람들은 최고의 순간에조차도 내 마음을 상하게 하는 비결을 알아내고야 마는구나. 쥘리앵은 생각했다.

마틸드는 아버지의 모든 신중한 계획에 단호하게 반항했다. 그녀는 소렐 부인이 되어 가난하지만 남편과 함께 스위스에서 살든지, 아니면 파리의 아버지 집에서 사는 것 외에 어떠한 기반에 바탕을 둔 타협도 원하지 않았다. 그녀는 이렇게 말하면서 비밀 출산 제안을 깨끗이 거절해버렸다.

"그렇게 하면 저에 대한 중상과 불명예가 시작될 가능성이 있어요. 결혼 후 두 달이 지나면 남편과 함께 여행을 가겠어요. 그러면 아이가 정상적인 시기에 태어난 것으로 꾸미기 쉬울 거예요."

후작은 이런 단호함에 처음에는 노기등등했지만, 마침내 자신의 생각에 의혹을 제기하게 되었다.

그리하여 잠시 후 측은한 마음이 든 그는 딸에게 이렇게 말했다.

"자, 이것은 연수입 만 프랑짜리 증서다. 그것을 네 쥘리앵에게 보내서 내가 그것을 도로 빼앗을 수 없도록 즉시 조처를 취하게 하여

라."

마틸드가 명령하기를 아주 좋아한다는 사실을 잘 알고 있는 쥘리앵은 그녀의 말에 따르기 위해 40리외나 되는 거리를 쓸데없이 달려갔다. 그는 빌키에에 가서 소작인들의 소작료를 결산했다. 그런데 후작의 그 호의가 그가 파리로 돌아오는 기회가 되어주었다. 그는 피라르 사제에게 가서 은신처를 부탁했다. 피라르 사제는 그가 없는 동안 마틸드의 가장 유익한 친구가 되어 있었다. 후작이 의견을 물을 때마다 사제는 그에게 공식적인 결혼 이외의 다른 결정은 무엇이든 신에게 죄악으로 보일 거라고 주장했다. 사제는 이렇게 덧붙였다.

"그런데 다행히 세상의 지혜도 이 문제에 대해서는 종교와 일치합니다. 라 몰 양은 격렬한 성격을 가졌는데, 그 아가씨가 자신의 일을 비밀에 부칠 거라고 잠시라도 기대할 수 있을까요? 만일 공식적인 결혼이라는 숨김없는 진행을 인정하지 않는다면 사교계는 신분 낮은 사람과의 이 이상한 결혼에 대해 더 오랫동안 뒷공론을 할 겁니다. 그러니 조금도 숨기는 것 없이, 그런 기미조차도 보이지 말고 모든 것을 한꺼번에 공표해야 합니다."

"맞습니다."

후작은 생각에 잠긴 듯 말했다.

"이 제도 아래에서는 결혼식이 끝난 사흘 뒤에도 그 결혼에 대해 중언부언 말이 많지요. 생각 없는 사람들의 그런 입방아가 다반사가 되고 있어요. 남몰래 이 일을 실행에 옮기기 위해서는 정부의 반급진주의적인 어떤 조치를 이용해야 할 겁니다."

라 몰 후작의 친구 두세 명도 피라르 사제처럼 생각하고 있었다. 그들의 눈에 가장 큰 장애물은 마틸드의 단호한 성격이었다. 한편 이치를 따져가며 이런저런 그럴듯한 생각을 아주 많이 해보았지만 후작은 자신의 딸을 공작부인으로 만들려는 희망을 포기하는 데 익숙해질 수가 없었다.

후작의 기억은 그가 젊었던 때만 해도 아직 가능했던 온갖 종류의 술책과 배신 행위로 가득 차 있었다. 부득이함에 굴복하는 것과 법을 두려워하는 것은 자기와 같은 신분의 사람에게는 당치도 않은 수치스러운 일로 보였다. 그랬던 그가 지금 사랑하는 딸의 장래에 대해 십 년 전부터 품어온 황홀한 꿈을 포기해야 하는 비싼 대가를 치르고 있었다.

누가 이런 일을 예상할 수 있었겠는가? 후작은 생각했다. 마틸드는 그토록 도도한 성격과 뛰어난 재능을 가졌으며, 자신의 가문에 대해 나보다 더 자랑스럽게 생각하던 아이였는데! 프랑스에서 가장 저명하다는 모든 인사들이 내게 저애와의 결혼을 허락해달라고 청해오지 않았는가!

무엇이 됐든 신중함이라는 것은 모두 포기해야 한다. 이 시대는 모든 것을 뒤죽박죽으로 만들어버렸다! 우리는 혼돈을 향해 나아가고 있다.

34장 재사(才士)

도지사는 말을 타고 가면서 이렇게 생각했다.
나는 왜 대신이, 수상이, 공작이 되지 못하지?
나라면 이런 식으로 전쟁을 할 텐데……
이런 방법으로 개혁자들을
감옥에 처넣을 텐데……
—〈르 글로브〉

어떠한 논지도 십 년 동안 후작이 품은 황홀한 꿈의 위력을 소멸시키지는 못했다. 후작은 화를 내는 것이 분별 있는 일은 아니라고 생각했으나 용서할 결심도 할 수 없었다. 그 쥘리앵이라는 놈이 사고로 죽어버렸으면. 그는 때때로 이렇게 생각하기도 했다. 그런 식으로, 그런 서글프고 터무니없는 망상을 계속하며 얼마간 위안을 얻곤 했다. 그런 망상은 피라르 사제의 지혜로운 조언을 무력하게 만들었다. 협상이 한 발자국도 진전을 보지 못한 채 그렇게 한 달이 지나버렸다.

정치에 관해서처럼 이 가족사에서도 후작은 사흘 동안은 스스로 감격할 정도의 탁월한 통찰력을 가졌다. 그러나 행동방침이 훌륭한 추론에 의해 뒷받침되기에 오히려 그의 마음에 들지 않았다. 추론은 그가 좋아하는 계획을 뒷받침해주는 한에서만 그의 마음에 들었다. 사흘 동안, 그는 시인의 대단한 열정과 열광을 가지고 사태를 어느 지점으로 이끌려고 노력했다. 하지만 다음날이 되자 그는 더이상 그 일에 대해 생각하지도 않았다.

처음에 쥘리앵은 후작의 결정이 지연되는 것에 당황했다. 하지만 몇 주가 지난 후 그는 라 몰 씨가 이 일에 대해 어떠한 확정된 계획도 가지고 있지 않다는 것을 짐작했다.

라 몰 부인과 다른 집안 사람들은 모두 쥘리앵이 영지 관리를 위해 지방으로 여행중이라고 생각하고 있었다. 하지만 그는 피라르 사제의 사제관에 숨어 지내면서 거의 매일 마틸드를 만나고 있었다. 마틸드는 매일 아침 한 시간씩 아버지와 함께 시간을 보냈지만, 때로는 자기들의 생각을 온통 차지하고 있는 일에 대해서 몇 주일씩 한 마디도 나누지 않았다.

"나는 그 인간이 어디 있는지 알고 싶지도 않다." 어느 날 후작이 딸에게 말했다. "그러니 이 편지를 그 인간에게 보내라." 마틸드는 그 편지를 읽어보았다.

랑그도크 영지는 2만 600프랑의 수입이 있네. 만 600프랑은 나의 딸에게 그리고 만 프랑은 자네에게 주라고 하겠네. 물론 영지 자체를 주는 것이네. 증여증서 두 통을 따로 작성하여 내일 내게 가져오라고 공증인에게 말하도록. 그 뒤에는 우리 사이에 더이상 아무 관계도 없는 것이네. 아! 자네, 내가 이 모든 일을 예상했어야 했던가?

라 몰 후작

"아버지, 정말 감사드려요."

마틸드가 즐겁게 말했다.

"우리는 아장과 마르망드 사이에 있는 에기용 저택에 가서 살겠어요. 그곳은 이탈리아만큼이나 아름다운 고장이라고들 해요."

이 증여에 쥘리앵은 대단히 놀랐다. 그는 더이상 우리가 아는 엄격하고 냉정한 남자가 아니었다. 아들의 운명이 이미 그의 생각을 몽땅 차지하고 있었다. 가난한 사람에게 주어진 뜻밖의 상당한 재산은 그를 야심 찬 인간으로 만들었다. 그는 자신과 자신의 아내에게 3만 600프랑의 연수입이 생긴 것을 알게 되었다. 마틸드의 모든 감정은 자기 남편에 대한 열렬한 사랑에 젖어 있었다. 그녀는 자존심 때문에 쥘리앵을 계속해서 자기 남편이라고 부르고 있었다. 그녀가 가진 단 하나의 야심은 자신의 결혼을 알리는 것이었다. 그녀는 자신의 운명을 한 뛰어난 남자의 운명에 접목시킴으로써 자신이 보여준 대단한 신중성을 과장해서 생각하며 지내고 있었다. 그녀는 개인적인 능력이 무엇보다 중요하다고 생각했다.

거의 계속해서 그녀 곁에 있지 못하는 사정, 많은 일, 그리하여 결과적으로 사랑을 속삭일 시간이 거의 없는 상황은 전에 쥘리앵이 만들어낸 슬기로운 연애 술책의 훌륭한 효과를 보충해주었다.

마틸드는 진정으로 사랑하게 된 남자를 거의 만나지 못하는 상황 때문에 마침내 초조해졌다.

화가 나는 순간 그녀는 자기 아버지에게 편지를 썼는데, 그 편지는 마치 『오셀로』에서처럼 이렇게 시작되었다.

사회가 라 몰 후작님의 딸에게 제공하는 즐거움보다 제가 쥘리앵을 더 좋아한다는 사실은 제 선택으로 충분히 증명되었어요. 사회적 존경이나 하찮은 허영이 주는 그런 기쁨은 제게는 아무 가치가 없어요. 제가 남편과 떨어져 산 지도 곧 여섯 주가 돼요. 아버지에게 저의 존경심을 표하는 것은 그것만으로 충분해요. 다음주 목요일이 오기 전에 저는 아버지 집을 떠나겠어요. 아버지가 베푸신 은혜로 저희는 부유해졌어요. 존경할 만한 피라르 사제님 말고는 저의 비밀을 아는 사람은 아무도 없어요. 저는 그분의 집으로 가겠어요. 그분이 우리 결혼식의 주례를 서주실 거예요. 식이 끝나고 한 시간 뒤쯤 우리는 랑그도크로 떠나겠어요. 그리고 아버지의 명령 없이는 결코 파리에 다시 모습을 드러내지 않겠어요. 하지만 저의 가슴을 에는 것은 이 모든 일이 아버지와 저에 대해 신랄한 얘깃거리를 만들어내게 될 거라는 점이에요. 어리석은 대중의 야유 때문에 훌륭한 노르베르 오빠가 쥘리앵에게 싸움을 걸 수도 있지 않을까요? 저는 그 사람을 잘 아는데, 만일 그런 상황이 벌어진다면 저로서도 그 사람을 말리지 못할 거예요. 우리는 그에게서 반항하는 평민의 마음을 보게 될 거예요. 오, 나의 아버지! 무릎 꿇고 간청할게요. 다음주 목요일 피라르 신부님의 교회에서 있을 저의 결혼식에 부디 참석해주세요. 그러면 악의에 찬 그 신랄한 얘깃거리도 완화될 거예요. 그러면 아버지 외아들의 목숨과 제 남편의 목숨에 대해서도 안심할 수 있을 거예요……

후작의 마음은 이 편지로 말미암아 기이한 난처함에 빠지게 되었다. 그는 결국 어떤 결정을 내려야 했다. 모든 자질구레한 습관도, 일상의 친구들도 그에 대한 영향력을 잃었다.

　　그런 기묘한 상황 속에서, 젊은 시절의 사건들에 의해 새겨진 그의 성격상의 큰 흔적들이 다시 그에게 모든 영향력을 행사했다. 망명생활의 불행은 그를 공상가로 만들었다. 그는 이 년 동안 엄청난 재산과 궁정의 온갖 특전을 누린 뒤 1790년에 망명생활의 끔찍한 불행 속으로 내팽개쳐졌던 것이다. 그 가혹한 시련은 당시 스물두 살이던 그의 영혼을 변화시켜놓았다. 결국 그는 현재의 부(富) 가운데 버티고 서 있지만 그 부에 지배당하지는 않았다. 하지만 황금병으로부터 그의 영혼을 지켜준 바로 그 상상력은 그를 딸이 훌륭한 작위로 장식된 모습을 보고 싶은 광적인 집착의 먹이가 되게 만들어버렸다.

　　금세 흘러가버린 여섯 주 동안 후작은 때로는 변덕에 떠밀려 쥘리앵을 부자로 만들어주고 싶기도 했다. 라 몰 씨에게 가난하다는 것은 천하고 수치스럽게 보였고, 자기 딸의 남편이 가난하다는 것은 있을 수 없는 일이었다. 그래서 내던지듯 돈을 주었던 것이다. 그러나 그 다음날 그의 공상은 다른 길로 접어들어, 그렇게 후하게 돈을 주는 자신의 무언의 말을 쥘리앵이 이해하여 성을 바꾼 뒤 미국으로라도 달아나 마틸드에게 자신은 이제 그녀에게 죽은 존재일 뿐이라고 편지를 써보내는 상상을 하는 것이었다…… 라 몰 씨는 그 편지가 정말로 쓰였다고 가정하고는 그 경우 딸의 성격에 그 편지가 미칠 영향에 대해 열심히 생각해보았다……

　　마틸드에게서 온 그 현실적인 편지에 의해 너무도 유치한 그 생각에서 깨어난 그날, 후작은 쥘리앵을 죽여버릴 것인지 아니면 어디로 사라져버리게 할 것인지를 오랫동안 생각해본 뒤, 쥘리앵에게 눈부신 행운을 이룩해주는 것에 대해 곰곰이 생각해보았다. 그는 쥘리앵에게 자신의 영지 중 한 곳의 이름을 성(姓)으로 쓰게 할 생각을 했다. 쥘리앵에게 그의 작위를 물려주지 못할 이유가 있을까? 그의 장인인 숌 공작은 외동아들이 스페인 원정에서 죽자 그의 작위를 노르베르에게 물려주고 싶은 마음을 여러 번 말하기도 했다······

쥘리앵에게 일에 대한 비범한 능력과 대담성 그리고 아마도 번쩍이는 재능까지도 있다는 것을 부인하지는 못할 거야. 후작은 혼자 이렇게 생각했다······ 하지만 그의 성격 밑바닥에 도사리고 있는 어떤 두려운 점이 보여. 모든 사람에게 그런 인상을 갖게 하니, 그에게 두려운 점이 있는 것은 얼마간 사실일 거야(그 두려운 점의 실체를 파악하기 어려울수록 노후작의 공상적인 마음은 더욱 두려움을 느꼈다).

내 딸은 언젠가 (없애버린 한 편지에서) 그 점에 대해 내게 아주 교묘하게 말한 적이 있지. "쥘리앵은 어떤 살롱이나 당파에도 가담하지 않았어요." 그러니 만일 내가 그를 버린다면 그는 내게 맞설 어떠한 지지기반도, 살아갈 아주 미미한 방책도 마련하지 못할 거야······ 그런데 그것은 사회의 현 상황에 대해 무지하기 때문일까?······ 나는 두세 번 그에게 이렇게 말해준 적이 있어. 살롱에 출입하는 길만이 현실적이고 유리한 길이라고 말이야······

그래, 그는 단 한순간도 호기를 놓치지 않는 검사 같은 능란하고 용의주도한 재능은 없어······ 그는 루이 11세 같은 성격이 전혀 아니야. 그런데 다른 한편으로 보면 그에게는 아주 옹졸한 준칙이 있단 말이야…… 뭐가 뭔지 모르겠어…… 그는 자신의 정열에 대한 방파제로 사용하기 위해 그 준칙들을 반복해서 말하는 것일까?

그런데 한 가지 사실이 떠오르는군. 즉 그는 경멸을 참지 못한다는 것 말이야. 나는 그 점을 이용해 그를 제어하고 있어.

그는 높은 신분에 대한 숭배심이 없어. 그가 본능적으로 우리를 존경하지 않는 것은 사실이야…… 그것은 잘못된 거야. 어쨌든 신학생은 오로지 쾌락과 돈에만 안달이 나게 되어 있는 법이거든. 그런데 그 인간은 전혀 달리 어떤 일이 있어도 경멸만은 참지 못한단 말이야.

딸의 편지를 통해 간청을 받은 라 몰 씨는 결정을 해야 할 필요성을 느꼈다. 어쨌든 이 문제가 걸려. 내가 무엇보다 내 딸을 사랑하며 10만 에퀴의 연수입을 가지고 있다는 것을 알기 때문에 쥘리앵의 그 대담성이 내 딸의 마음에 들려고 시도하는 데까지 갔단 말인가?

마틸드는 그 반대라고 주장하고 있어…… 아니야, 쥘리앵. 그 점에 대해서만은 내가 속아넘어가고 싶지 않다. 뜻밖에 진실한 사랑이 찾아온 것일까? 아니면 높은 지위에 오르고 싶은 야비한 욕망이 있었을까? 마틸드는 명민한 아이여서 이런 의심이 쥘리앵에 대한 내 신용을 잃게 할 수 있다는 것을 먼저 느낀 거야. 그래서 고백한 거지. 자기가 먼저 쥘리앵을 사랑했다고 말이야……

그토록 도도한 성격의 계집아이가 그렇게 천박하게 수작을 걸 만큼 자신을 망각했을까!…… 어느 날 저녁 정원에서 그놈의 팔에 매달렸다고. 이 무슨 끔찍한 일인가! 자신이 그의 탁월함을 분명히 알고 있다는 것을 그에게 알릴 수많은 방법 중 그보다 더 추잡스러운 방법은 없는데 말이야.

변명하는 사람은 자신의 잘못을 인정하는 법이다. 그러니 마틸드의 말이 의심스러워…… 그날 후작의 추론은 평소보다 더 명확했다. 그렇지만 습관의 힘이 커서 그는 시간을 좀 벌기 위해 딸에게 편지를 쓰기로 결심했다. 같은 저택 안에 살면서도 그들은 서로 편지를 주고받았던 것이다. 라 몰 씨는 감히 마틸드와 마주 보고 논쟁을 하지 못했다. 갑자기 모든 것을 양보해버리지 않을까 겁이 났던 것이다.

또다시 철없는 짓을 하지 않도록 해라. 여기 기사 쥘리앵 소렐 드라 베르네이를 위한 기병 중위 사령장을 보낸다. 너는 내가 그를 위해 무슨 일을 하고 있는지 잘 알겠지. 내 뜻을 거역하지 마라. 내게 묻지도 마라. 이십사 시간 이내에 그의 연대가 있는 스트라스부르로 그를 떠나게 해라. 여기 은행 수표도 한 장 보낸다. 내 말에 따르도록 해라.

마틸드의 사랑과 기쁨은 한이 없었다. 그녀는 그 승리를 이용하고 싶어 즉각 답장을 썼다.

그를 위해 아버지께서 해주시는 이 모든 일을 알면 라 베르네이 씨는 고마움에 어쩔 줄 몰라 아버지의 발 아래에 꿇어 엎드릴 거예요. 그러나 그와 같은 아량 가운데서도 아버지께서는 저를 잊고 계셨어요. 아버지 딸의 명예가 위험에 처해 있어요. 비밀의 누설은 영원히 오점을 남길 수 있어요. 2만 에퀴의 연수입도 그 오점을 씻을 수 없을 거예요. 저는 라 베르네이 씨에게 기병 중위 사령장을 보내지 않을 거예요. 다음달 안으로 빌키에서 저의 결혼식을 번듯하게 치러주신다는 약속을 제게 해주시지 않는 한 말이에요. 다음달을 넘기지 말아주실 것을 간곡히 말씀드려요. 다음달이 지나면 아버지의 딸은 라 베르네이 부인이라는 이름으로만 행세할 거예요. 감사드려요, 사랑하는 아빠. 소렐이라는 성으로부터 저를 구해주신 것에 대해서요……

그런데 후작의 답장은 뜻밖이었다.

내 말을 들어라. 그러지 않으면 모든 것을 취소하겠다. 두려워할 줄 알아라, 경솔한 아이야. 나는 아직 너의 쥘리앵이라는 자가 어떤 인간인지 모른다. 그런데 사실 너는 나보다 더 모르고 있어. 그로 하여금 스트라스부르로 떠나 바른 길을 걸을 생각을 하게 해라. 보름 내로 내 뜻을 알려주마.

너무 단호한 그 답장에 마틸드는 놀랐다. '나는 쥘리앵이라는 자를 모른다.' 이 말은 그녀를 몽상에 빠지게 하고 마침내 아주 황홀한 가정들에 이르게 만들었다. 하지만 그녀는 그 가정들을 사실로 믿었다. 나의 쥘리앵의 정신은 살롱들의 그 비열하고 하찮은 '제복'을 걸치지 않았어. 그런데 나의 아버지는 쥘리앵의 탁월함을 증명해주는 바로 그 점 때문에 그의 탁월함을 믿지 않으셔……

그렇지만 만일 내가 아버지의 이 단호한 마음에 복종하지 않으면 공개적인 싸움이 벌어질 가능성이 있어. 그 떠들썩한 파열음이 사교계에서 내 입지를 좁히고 나에 대한 쥘리앵의 사랑을 약화시킬 수도 있어. 떠들썩한 파열음 뒤에는…… 십 년간의 가난. 재능만 보고 남편을 택한 터무니없는 짓은 오로지 가장 찬란한 호사에 의해서만 조롱을 피할 수 있어. 만일 내가 아버지로부터 멀리 떨어져 산다면 연로하신 아버지께서는 나는 잊으실 수도 있어…… 노르베르 오빠는 사랑스럽고 능란한 여인과 결혼하겠지. 나이 든 루이 14세도 부르고뉴 공작부인에게 유혹당했잖아.

마틸드는 복종하기로 결심했지만 아버지의 편지를 쥘리앵에게 보내지 않았다. 완강한 성격을 가진 그가 어떤 어리석은 짓을 행할 수도 있었기 때문이다.

저녁에 쥘리앵은 마틸드에게서 자신이 기병 중위가 되었다는 소식을 듣고 기뻐서 어쩔 줄 몰랐다. 필생의 야망과 태어날 아들에 대한 열정을 생각하면 그의 기쁨을 상상할 수 있을 것이다. 하지만 그는 자기 성(姓)이 바뀐 것을 알고 크게 놀랐다.

그는 이렇게 생각했다. 마침내 내 소설이 끝났다. 그리고 모든 공로는 오로지 나 혼자의 몫인 것이다. 그는 마틸드를 바라보면서 생각을 더 이어갔다. 나는 이 지독한 자존심의 소유자로부터 사랑을 쟁취했다. 이 사람의 아버지는 이 사람 없이는 살지 못한다. 그런데 이 사람은 나 없이 살지 못한단 말이야.

35장 폭풍우

신이여, 저를 평범한 사람이 되게 해주소서!
— 미라보

쥘리앵의 마음은 무언가에 골몰해 있었다. 그래서 마틸드가 보이는 격렬한 애정에도 그저 그런 반응을 보일 뿐이었다. 그는 말없이 침울하게 남아 있었다. 마틸드의 눈에 그가 지금처럼 위대하고 숭고하게 보인 적이 없었다. 그녀는 그의 예민한 자존심 때문에 상황이 불안에 빠지지는 않을지 두려워했다.

거의 매일 아침 그녀는 피라르 사제가 아버지 저택에 찾아오는 것을 목격했다. 쥘리앵이 사제를 통해 그녀의 아버지의 어떤 의도를 파악할 수는 없었을까? 변덕이 이는 순간 후작 스스로 쥘리앵에게 편지를 쓸 수는 없었을까? 그게 아니라면 이토록 큰 행복 속에 있는 쥘리앵의 그 근엄한 태도를 어떻게 설명해야 할까? 하지만 그녀는 감히 그에게 물어보지 못했다.

그녀가 '감히 못했다'니! 그녀, 다른 누구도 아닌 마틸드가! 그때부터 쥘리앵에 대한 마틸드의 감정에는 막연하고 예측할 수 없으며 공포에 가까운 어떤 것이 있었다. 그 메마른 영혼은 파리에서 찬미되는 그 과도한 문명 가운데서 자란 인간이 느낄 수 있는 모든 정열을 느꼈다.

다음 날 아침 일찍 쥘리앵은 피라르 사제의 사제관으로 갔다. 말 몇 마리가 가까운 역에서 빌린 파손된 마차를 끌고 사제관 뜰에 도착했다.

"이런 마차는 자네에게 걸맞지 않네."

엄격한 사제가 시무룩한 태도로 쥘리앵에게 말했다.

"자, 여기 라 몰 씨가 자네에게 선물한 이만 프랑이 있네. 올해 안에 이 돈을 다 쓰라고 하시더군. 가능한 한 조롱은 받지 않도록 노력하면서 말이야."(젊은이에게 그토록 큰돈을 주는 것은 사제에게는 오로지 죄를 저지를 기회를 주는 것으로밖에 보이지 않았다.)

"후작은 이렇게 덧붙이셨네. '쥘리앵 드 라 베르네이 씨는 이 돈을 자기 아버지에게서 받은 것으로 할 테니, 다른 식으로 말할 필요는 없습니다. 라 베르네이 씨는 아마도 그의 어린 시절을 돌봐준 베리에르의 목수 소렐 씨에게 선물을 하는 것이 예의 바른 일이라고 판단할 것입니다······'"

사제는 다시 이렇게 덧붙였다.

"그 심부름은 내가 해줄 수 있을 걸세. 나는 마침내 라 몰 씨가 그 위선적인 프릴레르 사제와 화해하도록 결심시켰네. 프릴레르의 세력은 우리가 어떻게 하기에는 너무 세지. 브장송을 지배하는 그 사람이 자네의 높은 귀족 신분을 암암리에 인정하는 것이 화해의 암묵적인 조건이 될 것이네."

쥘리앵은 더이상 흥분을 억제하지 못하고 사제를 포옹했다. 그는 자신이 귀족임을 이미 인정받았다고 생각했다.

그러자 피라르 씨는 쥘리앵을 밀치면서 이렇게 말했다.

"제길, 이런 세속적인 허영이 무슨 의미가 있나?…… 소렐 씨와 그의 아들들에게 나도 연 오백 프랑씩의 연금을 지급하겠네. 물론 그들이 내 마음에 드는 한 말일세."

쥘리앵은 벌써 차갑고 거만해져 있었다. 그는 사제에게 고마움을 표시했으나 아주 모호한 말투여서 아무런 빌미도 주지 않았다. 그는 이런 생각에 잠겼다. 내가 그 무서운 나폴레옹에 의해 우리의 산악지방으로 추방된 어느 대귀족의 사생아라는 것이 정말 가능한 일일까? 그 생각은 시간이 갈수록 그에게 더욱 있을 법한 일로 보였다…… 아버지에 대한 나의 증오심이 그 증거가 될 것이다…… 그러니 나는 이제 아버지를 인정머리 없게 대하지 않을 것이다!

이런 독백이 있고 난 며칠 뒤 프랑스에서 가장 눈부신 연대 중 하나인 제15기병연대가 스트라스부르 연병장에서 전투 대형을 취하고 있었다. 라 베르네이 기사는 6000프랑을 주고 구입한 알자스에서 가장 좋은 말에 올라타 있었다. 그는 전혀 들어보지도 못한 한 연대에서 명부상으로만 소위로 근무한 뒤 바로 중위에 임명되었던 것이다.

그의 의연한 태도, 엄격하고 사납게 보이기까지 하는 눈, 창백한 얼굴, 그리고 조금도 변함없는 침착성은 첫날부터 그에 대해 평판이 일게 했다. 얼마 가지 않아, 아주 절도 있는 그의 완벽한 예의범절과 지나치게 선멋 부리지 않고 보여준 능숙한 권총과 검술 솜씨는 동료들로 하여금 그에 대해 큰 소리로 조롱할 생각을 싹 가시게 해버렸다. 대엿새 동안의 주저 끝에 연대의 여론은 그에게 유리하게 돌아섰다. "저 젊은이는 젊다는 것을 제외하면 모든 것을 갖추고 있는걸." 빈정 대기 좋아하는 나이 든 장교들도 그렇게 말하곤 했다.

쥘리앵은 스트라스부르에서 이제는 너무 늙어버린 베리에르의 옛 사제 셸랑 씨에게 편지를 썼다.

신부님께서는 저의 가문을 부유하게 만들어준 사건들을 아시고 기뻐하셨으리라 믿습니다. 여기 500프랑을 동봉합니다. 예전의 저 처럼 가난하고 불행한 사람들에게 나눠주시기를 간청합니다. 소문 도 내지 마시고 저의 이름도 언급하지 말아주시기 바랍니다. 예전 에 제게 그랬듯이 그들에게도 도움이 될 것입니다.

쥘리앵은 허영이 아닌 야망에 도취해 있었다. 그렇지만 그는 남에 게 보여주는 외적인 문제에 대해서는 크게 주의를 기울였다. 말, 군 복, 하인들의 제복이 꼼꼼한 영국 대귀족의 그것들 못지않게 단정했 다. 특별한 호의에 의해서 겨우 이틀 전에 중위가 되었는데도, 그는 모든 위대한 장군들처럼 늦어도 서른에 사령관으로서 지휘하기 위해 서는 스물세 살에는 중위 이상이 되어야 한다고 이미 계산하고 있었 다. 그는 자신의 영광과 자신의 아들만을 생각했다.

그가 그처럼 야망으로 완전히 흥분해 있는 와중에 라 몰 저택의 젊 은 하인이 우편마차로 갑자기 들이닥쳤다. 마틸드는 이런 편지를 보 내왔다.

모든 것이 끝장이에요. 가능한 한 빨리 달려오세요. 모든 것을 버리세요. 필요하다면 탈영이라도 하세요. 도착하는 즉시 ○○○ 거리 ○○○ 번지에 있는 정원의 작은 문 가까이에서 삯마차를 타고 저를 기다리세요. 제가 가서 말씀드리겠어요. 아마 제가 당신을 정원 안으로 데리고 들어올 수 있을 거예요. 해결책도 없을 정도로 모든 것이 끝난 것은 아닌지 걱정이 돼요. 저를 믿으세요. 역경 속에서도 꿋꿋하며 당신에게 헌신적인 저를 보게 될 거예요. 당신을 사랑해요.

몇 분도 안 되어 쥘리앵은 연대장에게 휴가를 얻어 전속력으로 말을 달려 스트라스부르를 떠났다. 하지만 그를 몹시 괴롭히는 끔찍한 불안 때문에 메츠를 지나서부터는 그런 식으로 계속 달릴 수가 없었다. 그리하여 그는 역마차 안으로 뛰어들었다. 그는 믿을 수 없는 빠른 속도로 라 몰 저택 정원의 작은 문 가까이에 있는 지정된 장소에 도착했다. 문은 열려 있었다. 순간 체면 불구하고 마틸드가 그의 품으로 달려들었다. 다행히도 새벽 다섯시여서 거리는 아직 텅 비어 있었다.

"모든 것이 끝장이에요. 아버지께서는 저의 눈물이 두려워 목요일 저녁에 떠나셨어요. 어디로 가셨냐고요? 어디로 가셨는지는 아무도 몰라요. 여기 아버지의 편지가 있어요. 읽어보세요."

이렇게 말하고 그녀는 쥘리앵과 함께 삯마차에 올라탔다.

나는 모든 것을 용서할 수 있다만 네가 부자이기 때문에 너를 유혹하려 한 계획만은 용서할 수 없구나. 불쌍한 내 딸, 그래, 끔찍한 진실을 말해주마. 그런 인간과의 결혼은 동의하지 않겠다는 것을 내 명예를 걸고 네게 말해둔다. 만일 그 인간이 먼 곳, 이를테면 프랑스 국경 밖이나, 더 나은 일이겠지만 미국에라도 가서 살기를 원하면 내가 만 프랑의 연금을 보장하겠다. 내가 요청한 조사에 대한 회답으로 보내온 편지를 동봉하니 읽어보아라. 그 경솔한 인간이 나로 하여금 레날 부인에게 편지를 쓰도록 권유했다. 그 인간에 관한 네 편지는 단 한 줄도 읽지 않겠다. 나는 파리와 너희들이 혐오스럽다. 네게 권유하니, 앞으로 일어나는 일에 대해서는 철저히 비밀을 지키도록 해라. 그 비열한 인간은 결연히 포기해라. 그래야 너는 네 아비를 되찾을 것이다.

"레날 부인의 편지는 어디 있지요?"
쥘리앵이 냉정하게 물었다.
"여기 있어요. 당신이 마음의 준비가 된 후에나 보여드리고 싶었는데."

신앙과 도덕의 신성한 대의에 대한 의무가 당신에게 이렇게 고통스러운 행동을 하게 만듭니다. 위반할 수 없는 한 원칙이 이 순간 저로 하여금 저의 이웃에게 해를 끼치도록 명령합니다. 하지만 그것은 더 큰 어떤 추문을 피하기 위해서입니다. 제가 느끼는 고통은 의무감에 의해 극복되어야 합니다. 당신께서 모든 진실을 말해달라고 요청한 사람의 행위는 어떻게 설명할 수 없는 것같이 보일 수도 있고, 아니면 정직하게조차 보일 수도 있었습니다. 저는 이 사실의 일부를 숨기거나 거짓으로 꾸미는 것이 적합하다고 생각할 수도 있었습니다. 종교와 마찬가지로 신중함이 그것을 원했습니다. 하지만 당신이 알고 싶어하시는 그 행위는 극히 비난받아 마땅하며, 제가 이루 말씀드릴 수 없을 정도입니다. 가난하고 탐욕스러운 그 사람은 가장 완벽한 위선으로 약하고 불행한 여인을 유혹하여 어떤 신분을 얻고 무언가가 되고자 노력했습니다. 고통스럽긴 하지만 그것이 제 의무의 일부이기에, 저는 J씨가 어떠한 종교원칙도 가지고 있지 않다고 생각하고 있음을 덧붙여 말씀드리지 않을 수 없습니다. 양심적으로 말씀드려, 그가 어떤 가정에서 성공하기 위한 수단 중의 하나는 그 가정에서 가장 신뢰받는 여인을 유혹하려고 노력하는 것이라고 생각하지 않을 수 없습니다. 무사무욕한 외모와 소설 같은 말로 가장한 그의 유일한 큰 목표는 그 집의 주인과 그의 재산을 자유로이 소유하는 것입니다. 그는 영원한 불행과 회한을 남기는 사람입니다……

아주 길고 눈물에 의해 반은 지워진 이 편지는 분명 레날 부인의 필체로 쓰여 있었다. 게다가 여느 때보다 더 정성을 들여 쓴 필체였다.

"나는 라 몰 후작님을 비난할 수 없습니다."

편지를 읽은 뒤 쥘리앵이 말했다.

"그분은 옳은 행동을 하신 겁니다. 어떤 아버지가 이런 자에게 사랑하는 딸을 주려고 하겠습니까! 난 떠나겠습니다!"

쥘리앵은 삯마차에서 뛰어내려 길 끝에 세워둔 역마차로 달려갔다.

그는 마틸드의 존재를 잊어버린 것처럼 보였다. 마틸드는 그를 따라가기 위해 몇 걸음 내디뎠다. 하지만 그녀를 알고 있는 상인들이 가게 문을 열고 내다보고 있어서 황급히 정원으로 돌아가지 않을 수 없었다.

쥘리앵은 베리에르로 떠났다. 마차 안에서 마틸드에게 편지를 쓸 계획이었지만 그렇게 빨리 달리는 마차 안에서는 쓸 수가 없었다. 그의 손은 종이 위에 읽을 수 없는 선들만 끼적거려놓을 뿐이었다.

그는 일요일 아침에 베리에르에 도착했다. 그는 그 도시의 무기 판매점으로 들어갔는데, 그 판매점 주인은 최근에 쥘리앵이 거머쥔 행운에 대해 거침없이 칭찬을 늘어놓았다. 그것은 이미 그 지방의 화젯거리가 되어 있었다.

쥘리앵은 자신이 권총 두 자루를 사고 싶다는 점을 그에게 이해시키는 데 아주 힘이 들었다. 무기 판매점 주인은 그의 요구에 따라 권총 두 자루에 장전을 해주었다.

세 번의 종소리가 울렸다. 프랑스의 시골 마을에서는 아주 잘 알려진 신호로, 오전 중 여러 번의 종소리가 울린 뒤에 미사가 임박했음을 알리는 종소리였다.

쥘리앵은 베리에르의 새로 지은 교회로 들어갔다. 교회의 높은 창에는 모두 진홍빛 커튼이 걸려 있었다. 쥘리앵은 레날 부인이 앉아 있는 의자 뒤 몇 걸음 거리에 가서 섰다. 그녀는 열심히 기도를 하고 있는 것 같았다. 자기를 그토록 사랑했던 그 여인을 보자, 쥘리앵은 너무도 팔이 떨려 처음에는 자신의 계획을 실행에 옮길 수 없었다. 그는 이렇게 생각했다. 못 하겠다. 몸이 이래서는 하지 못하겠어.

바로 그때, 미사를 거들던 젊은 성직자가 거양성체(擧揚聖體)를 위해 종을 울렸다. 레날 부인이 머리를 숙였다. 그녀의 머리가 잠시 솔의 주름에 가려 거의 보이지 않았다. 쥘리앵에게 그녀의 모습이 그리 선명하게 들어오지 않았다. 그는 부인을 향해 권총 한 발을 발사했다. 빗나갔다. 그러자 그는 두번째로 또 발사했다. 부인이 쓰러졌다.

36장 서글픈 일들

내게서 나약함을 기대하지 마세요.
나는 복수했습니다. 나는 죽어 마땅합니다.
여기 내가 있습니다. 내 영혼을 위해 기도해주세요.
—실러

쥘리앵은 꼼짝하지 않았다. 그에게는 아무것도 보이지 않았다. 정신이 조금 들자 모든 신도들이 교회에서 도망가는 것이 보이기 시작했다. 사제는 제단을 떠나고 없었다. 쥘리앵은 비명을 지르면서 도망가는 몇몇 여인을 따라 아주 느리게 걷기 시작했다. 다른 사람들보다 더 빨리 도망치려고 한 어느 부인이 거칠게 떠미는 바람에 그는 넘어져버렸다. 군중에 의해 엎어진 의자에 발이 걸렸던 것이다. 다시 일어나려는 순간, 그는 목이 조여오는 것을 느꼈다. 그를 체포한 것은 정복 차림의 헌병이었다. 쥘리앵의 손이 기계적으로 권총에 갔으나, 두 번째 헌병이 그의 팔을 붙들었다.

그는 감옥으로 끌려갔다. 사람들이 그를 감방에 가둔 뒤 그의 손에 수갑을 채웠다. 그는 혼자 남겨졌다. 그리고 감방 문이 엄중히 잠겼다. 그 모든 일은 아주 빨리 행해졌지만 쥘리앵은 무관심했다.

"그래, 모든 것이 끝났어."

정신을 되찾자 그는 아주 큰 소리로 말했다……

"그래, 보름 뒤에는 단두대형이야…… 아니면 그 전에 자살을 하든가."

그의 생각은 더이상 진전되지 않았다. 그는 머리가 심하게 조여오는 것을 느꼈다. 그는 누가 자기 머리를 잡고 있는지 보기 위해 주변을 둘러보았다. 그리고 잠시 후 깊이 잠들어버렸다.

레날 부인은 치명적인 부상을 입지는 않았다. 첫번째 총알은 그녀의 모자를 꿰뚫었다. 그녀가 뒤를 돌아보았을 때 두번째 총알이 발사되었다. 총알은 그녀의 어깨에 맞았는데, 놀랍게도 어깨뼈에서 튕겨나와 고딕 식 기둥에 다시 맞았고, 커다란 돌 파편이 떨어져내렸다.

고통스럽고 긴 치료를 마친 뒤 근엄한 외과 의사가 레날 부인에게 "당신의 생명에 지장이 없음을 제가 보증합니다"라고 말했을 때 그녀는 몹시 괴로웠다.

오래 전부터 그녀는 진심으로 죽고 싶어했다. 지금의 고해사제의 강압으로 그녀가 라 몰 씨에게 쓴 편지는 변함 없는 불행으로 쇠약해진 그 존재에게 최후의 일격을 가했다. 그 불행은 쥘리앵이 떠나고 곁에 없음에서 온 것이었다. 그런데 그녀는 그 불행을 회한이라고 부르고 있었다. 디종에서 새로 온 덕망 있고 열성적인 젊은 지도신부는 그녀의 마음을 꿰뚫어보고 있었다.

내 손으로 목숨을 끊지 않고 이렇게 죽는 것은 죄가 아니야. 레날 부인은 생각했다. 신은 아마도 내가 죽음을 기뻐하는 것에 대해 용서해주실 거야. 하지만 그녀는 감히 이런 생각까지는 하지 못했다. '쥘리앵의 손에 죽는 것은 더없는 행복이야.'

외과 의사와 떼를 지어 달려온 모든 친구들이 떠나자마자 그녀는 하녀 엘리자를 불렀다.

레날 부인은 매우 얼굴을 붉히면서 하녀에게 말했다.

"간수는 잔인한 사람이야. 그러니 당연히 그 사람을 학대할 거야. 그렇게 하는 것이 나를 기분 좋게 해주는 일인 줄 알고 말이야…… 그런 생각을 하니 견딜 수가 없어. 몇 루이가 든 이 작은 꾸러미를 간수에게 가져다줄 수 있겠지? 네가 스스로 주는 것처럼 말이야. 신앙은 그가 그 사람을 학대하는 것을 허락하지 않는다고 말해줘…… 특히 이 돈을 받은 것에 대해 말해서는 안 된다고 단단히 일러둬라."

쥘리앵이 베리에르의 감옥 간수로부터 관대한 대우를 받은 것은 방금 우리가 이야기한 사정 덕분이었다. 그 간수는 우리가 앞에서 본 것처럼 아페르 씨가 나타났을 때 아주 두려워했던 철저한 여당파 누아루 씨였다.

판사가 감옥에 나타났다.

"나는 계획적으로 죽였습니다." 쥘리앵이 판사에게 말했다.

"나는 무기 판매인 아무개 씨의 집에서 권총을 사서 장전했습니다. 형법 제1342조에 의하면 분명합니다. 나는 죽어 마땅합니다. 사형을 기다리고 있습니다."

쥘리앵이 그런 식으로 답변하는 것에 놀란 판사는 피고가 자가당착적인 답변을 하도록 질문을 되풀이하고 싶었다. 그러자 쥘리앵은 미소를 지으면서 판사에게 이렇게 말했다.

"당신이 바라는 대로 내가 죄인임을 인정하지 않습니까? 자, 보십시오, 당신이 추적하는 먹이를 놓치지 마세요. 당신은 선고를 내리는 데 기쁨을 느낄 것입니다. 이제 내게서 좀 떠나주세요."

이행해야 할 귀찮은 의무가 하나 내게 남아 있구나. 쥘리앵은 생각했다. 라 몰 양에게 편지를 써야 해. 쥘리앵은 그녀에게 이렇게 썼다.

나는 복수했습니다. 불행하게도 내 이름이 신문들에 나올 것입니다. 그러니 나는 이 세상을 남몰래 떠나버릴 수가 없습니다. 나는 두 달 후에는 죽을 것입니다. 복수는 끔찍했습니다. 당신과 헤어지는 고통처럼 말입니다. 이 순간부터 나는 편지를 쓰거나 당신의 이름을 발설하는 것을 금하겠습니다. 나에 대해서는 내 아들에게도 말하지 마세요. 침묵만이 나를 명예롭게 하는 유일한 방법입니다. 일반 대중에게 나는 야비한 살인자로 남을 것입니다…… 이 최후의 순간에는 내 진실을 말해도 괜찮겠지요. 그래요, 나를 잊으세요. 살아 있는 사람에게는 말하지 말 것을 당부하는 이 대참변은 내가 보기에는 당신 성격 속의 낭만적이고 지나치게 모험적인 모든 면을 몇 년 동안 고갈시킬 것입니다. 당신은 중세의 영웅들과 함께 살도록 태어났습니다. 그들의 굳센 성격을 보여주세요. 일어나게 되어 있는 일이기에 당신이 연루되지 않고 비밀리에 행해지기를 바랍니다. 익명을 사용하세요. 그리고 아무에게도 속내 이야기를 하지 마세요. 당신에게 친구의 도움이 꼭 필요하다면 피라르 사제를 찾도록 해요.

그 밖의 누구에게도, 무엇보다 당신과 같은 계급인 뤼즈 가문, 켈뤼스 가문 사람들에게는 말하지 마세요.

내가 죽고 나서 일 년 뒤에 크루아즈누아 씨와 결혼하세요. 부탁합니다. 당신의 남편으로서 명령합니다. 내게 편지를 쓰지 마세요. 나는 답장을 하지 않겠습니다. 내 생각에 나는 이아고처럼 악하지는 않지만 그 인간처럼 말하겠습니다. '프럼 디스 타임 포스, 아이 네버 윌 스피크 워드.*'

나는 말하지도 쓰지도 않겠습니다. 내 이 마지막 말을 내 마지막 열렬한 사랑의 표시로 받아주세요.

J. S.

이 편지를 보낸 뒤 제정신이 좀 들자 쥘리앵은 처음으로 아주 불행하다는 느낌이 들었다. '나는 죽을 것입니다'라는 그 중대한 말에 의해 야심 찬 희망들 하나하나가 그의 마음에서 연달아 빠져나갔다. 그는 죽음 그 자체가 무섭지는 않았다. 지금까지의 그의 생애는 불행에 대한 오랜 각오였을 뿐이다. 그런데 모든 불행 중에서 가장 큰 불행으로 통하는 죽음에 대해서는 잊는 것을 경계하지 않았던 것이다.

그는 이런 생각에 잠겼다. 도대체 이게 뭐란 말인가! 만일 내가 두달 후에 검술이 아주 뛰어난 한 사람과 결투를 해야 한다면 내가 나약하게도 끊임없이 그 일을 생각하며 두려워할까?

그는 이런 관점 아래서 자신을 잘 이해하고자 노력하면서 한 시간 이상을 보냈다.

---

* 이 시간부터 나는 결코 말하지 않겠습니다. 『오셀로』 5막 2장.

자신의 마음속을 환히 들여다보고 자신이 있는 감옥의 기둥만큼이나 진상이 선명하게 드러나 보이자, 그는 양심의 가책에 대해 생각해보았다!

내가 왜 양심의 가책을 느껴야 하는가? 나는 끔찍하게 모욕을 당했기에 죽였으며, 그러기에 죽어 마땅하다. 그게 전부다. 나는 모든 인간들에 대해 결산을 하고 죽는 것이다. 나는 어떠한 의무도 남겨두지 않았다. 나는 누구에게도 빚진 것이 없다. 단두대에서 죽는다는 것 말고 나의 죽음은 부끄러운 것이 아무것도 없다. 하지만 정말이지 단두대에서 처형당한다는 사실 하나만으로도 베리에르 부르주아들이 보기에 치욕으로는 충분하다. 그러나 지적인 측면에서 보면 그보다 더 멸시할 일도 없다! 그들에게 존경할 만한 인물로 보일 한 가지 방법이 내게 남아 있다. 사형장으로 가면서 사람들에게 금화를 던져주는 것이 그것이다. 그들에게는 나에 대한 기억이 금화라는 관념과 연관되어 번쩍번쩍 빛날 것이다.

이런 생각이 자명한 것으로 보이자, 나는 이 지상에서 더이상 할일이 없다고 그는 생각했다. 그리고 곤히 잠을 잤다.

밤 아홉시경에 간수가 저녁 식사를 가지고 와서 그를 깨웠다.

"베리에르에서는 무슨 말들이 오갑니까?"

"쥘리앵 씨, 나는 이 자리에 임명되는 날 법정의 십자가 앞에서 한 맹세 때문에 침묵을 지키지 않을 수 없습니다."

간수는 침묵을 지켰지만 그곳에 여전히 머물러 있었다. 그런 야비한 위선이 쥘리앵은 재미있었다. 그는 이렇게 생각했다. 이 인간은 내게 자신의 양심을 팔기 위해 5프랑을 원하니 오랫동안 그 돈을 기다리게 할 필요가 있겠구나.

쥘리앵이 매수를 시도하지 않고 식사를 마치는 것을 보자 간수가 정다운 척 꾸민 태도로 이렇게 말했다.

"쥘리앵 씨, 당신에 대한 호의 때문에 말하지 않을 수가 없군요. 법정의 이익에 반하는 행동이라고 할지 모르지만, 말해주는 것이 당신의 변호에 도움이 될 수 있을 테니까요······ 쥘리앵 씨는 선량한 청년이니 레날 부인의 상처가 나아가고 있다고 알려주면 아주 기뻐하겠지요."

"아니, 뭐라고요! 그녀가 안 죽었습니까?"

쥘리앵은 흥분하여 소리쳤다.

"아니! 당신은 아무것도 모르고 있었군요!"

간수는 어리둥절한 표정으로 말했으나, 그 모습은 이내 강한 물욕으로 인한 행복한 표정으로 바뀌었다.

"당신은 외과 의사에게 당연히 얼마간 주어야 할 거요. 법과 정의를 따른다면 그는 아무 말도 하지 말아야 합니다. 그런데 당신을 기쁘게 해주기 위해 내가 외과 의사 집에 갔었는데, 그 사람이 내게 모두 이야기해주었어요······"

"어쨌든 상처가 치명적이지 않다는 말이지요?"

쥘리앵은 초조해져서 간수에게 물었다.

"당신의 목숨을 걸고 내게 보증할 수 있습니까?"

6피트나 되는 거구의 간수는 겁이 나 문 쪽으로 물러섰다. 쥘리앵은 진상을 알기 위해 자신이 취한 방법이 틀렸다는 것을 알고 자리에 다시 앉아 누아루 씨에게 나폴레옹 금화 한 닢을 던져주었다.

그 인간의 이야기가 레날 부인의 상처가 치명적이지 않음을 증명함에 따라 쥘리앵은 눈물이 북받쳐오르는 것을 느꼈다.

"나가세요!"

쥘리앵이 갑자기 소리쳤다.

간수는 그 말에 따랐다. 문이 닫히자마자 쥘리앵은 이렇게 소리쳤다.

"아아! 그녀는 죽지 않았구나!"

그러고 나서 무릎을 꿇고 앉아 뜨거운 눈물을 흘리기 시작했다.

이 숭고한 순간, 그도 신을 믿는 자였다. 사제들의 위선이 무슨 상관인가? 그 위선이 신이라는 개념의 진리와 숭고함에 손상을 입힐 수 있는가?

그제야 비로소 쥘리앵은 자신이 저지른 죄를 후회하기 시작했다. 그가 파리를 떠나 베리에르를 향한 이래 빠져 있던 분노와 반쯤 미친 상태에서 막 벗어나게 된 것은 바로 그 순간, 우연히도 그에게서 절망이 사라진 바로 그 순간이었다.

그의 눈물은 아낌없이 흘러내리는 샘물 같았다. 그는 자기를 기다리고 있는 처형에 대해서는 조금도 의심하지 않았다.

그렇다면 부인은 죽지 않을 거야! 그는 생각했다…… 그녀는 살아서 나를 용서해주고 사랑해줄 거야……

다음 날 아침 아주 느지막이 간수가 그를 깨우면서 이렇게 말했다.

"쥘리앵 씨, 당신은 강심장을 갖고 있는 게 틀림없는 것 같소. 두 번이나 여기에 왔지만 나는 당신을 깨우고 싶지 않았으니까요. 여기 아주 좋은 포도주 두 병을 가지고 왔소. 마슬롱 신부가 당신에게 보낸 것이오."

"뭐라고요? 그 망나니가 아직도 여기에 있단 말이오?"

쥘리앵이 물었다.

"그렇소."

간수가 목소리를 낮추면서 대답했다.

"그런데 그렇게 큰 소리로 말하지 마요. 당신에게 해로울 수 있으니까."

쥘리앵이 기분 좋게 웃었다.

"이보시오, 이런 처지에 있는 나를 해칠 수 있는 사람은 당신뿐이오. 그 동안 당신이 내게 베풀어준 친절과 인정을 끊어버린다면 말입니다……"

쥘리앵은 하던 말을 중단하고 오만한 태도를 다시 취하면서 이렇게 덧붙였다.

"보상은 톡톡히 해드리리다."

이 말은 동전 한 닢 선물로 즉시 증명되었다.

누아루 씨는 레날 부인에 대해 자신이 들은 모든 이야기를 아주 세세하게 다시 이야기하기 시작했다. 그러나 엘리자 양이 온 것에 대해서는 언급하지 않았다.

그 인간은 최대한 몸을 낮췄으며 순종했다. 한 가지 생각이 쥘리앵의 뇌리를 뚫고 지나갔다. 기형으로 키만 큰 이 인간은 300~400프랑밖에 벌지 못할 거야. 감옥에 죄수가 거의 없으니 말이야. 이 인간이 나와 함께 스위스로 도망치기를 원한다면 나는 만 프랑은 보장할 수 있는데…… 그러나 나를 믿도록 설득하는 일이 어려울 거야. 이토록 야비한 인간과 오래 대화를 나눌 생각을 하니 쥘리앵은 불쾌감이 일었다. 그리하여 다른 일로 생각을 돌렸다.

저녁에는 더이상 시간이 없었다. 자정에 역마차가 한 대 와서 그를 태우고 갔다. 쥘리앵은 일행인 헌병들이 아주 만족스러웠다. 아침에 브장송 감옥에 도착하자 감옥측은 친절하게도 쥘리앵을 고딕 식 탑의 꼭대기 층에 넣어주었다. 그는 14세기 초에 지어진 그 건물을 살펴보았다. 그는 그 건물의 우아함과 경쾌한 묘미에 감탄했다. 그는 깊은 안마당 저편 두 벽 사이 좁은 틈새로 내다보이는 매우 아름다운 경치를 바라보았다.

다음날에 심문이 한 번 있었고, 그 뒤로 며칠 동안은 그를 조용히 내버려두었다. 그의 마음은 평온했다. 쥘리앵은 자신이 저지른 사건에 대해 다음과 같은 단순한 생각밖에 하지 못했다. 나는 죽이려 했다. 그러니 죽임을 당해야 한다.

그는 이제 더이상 그런 추론에 집착하지 않았다. 재판, 그리고 그때 사람들 앞에 모습을 드러낼 일, 변론 등 모든 것을 그는 조금 거추장스러운 일 정도로, 그 일이 닥치는 날에나 생각해야 할 따분한 의식 정도로 생각했다. 죽음의 순간은 이제 그의 생각을 거의 붙잡지 못했다. 그것은 재판 후에나 생각하겠다고 마음먹었기 때문이다. 삶은 그에게 전혀 권태롭지 않았다. 그는 모든 것을 새로운 관점에서 바라보았다. 그는 더이상 야망을 가지고 있지 않았다. 라 몰 양에 대해서는 거의 생각하지 않았다. 양심의 가책이 그의 마음을 많이 차지하고 있어서 레날 부인의 모습이 자주 떠올랐다. 그 높은 탑 안, 흰꼬리수리의 울음소리만이 정적을 깨는 밤의 고요 속에서 특히 자주 떠오르곤 했다!

쥘리앵은 그녀에게 치명상을 입히지 않은 것을 하늘에 감사하고 있었다. 놀라운 일이야! 그는 생각에 잠겼다. 나는 그녀가 라 몰 씨에게 보낸 편지로 내 미래의 행복을 영영 파괴해버렸다고 생각했어. 그런데 그 편지를 읽은 지 이 주일도 채 지나지 않아서 당시 내 마음을 온통 채우고 있던 그 모든 것을 더이상 생각하지 않고 있으니 말이야……베르지 같은 산간지방에서 평온하게 살아가기 위해 2000~3000프랑의 연수입이 있다면…… 나는 그때 행복했다…… 그런데 나는 내 행복을 몰랐던 거야!

어떤 때에는 의자에서 벌떡 일어서곤 했다. 만일 내가 레날 부인에게 치명상을 입혔다면 나는 자살을 했을 거야…… 내게는 그러한 확신이 필요해. 나 자신을 혐오하지 않기 위해서.

자살한다! 그것은 중대한 문제야. 그는 생각했다. 불쌍한 피고를 악착스레 괴롭히는, 너무도 형식에 사로잡힌 그 판사들은 목에 훈장을 걸기 위해서라면 가장 훌륭한 시민도 교수형에 처할 거야…… 자살을 하면 나는 그들의 지배력에서도, 지방신문이 웅변적 표현이라고 떠들어댈 그 부정확한 프랑스어로 된 모욕에서도 벗어날 수 있을 텐데……

나는 대략 대여섯 주 더 살 수 있다…… 자살한다! 이런, 안 된다. 나폴레옹도 자살하지 않고 살았다…… 쥘리앵은 며칠 후 이렇게 생각했다.

더군다나 이곳 생활이 유쾌하다. 이곳에 체류하는 것이 편안해. 귀찮은 존재가 아무도 없으니 말이야. 그는 웃으면서 그렇게 생각을 이어갔다. 그러면서 그는 파리에서 보내오기를 원하는 책 목록을 작성하기 시작했다.

37장 성탑

어떤 친구의 무덤.
—스턴

복도에서 큰 소음이 들려왔다. 그의 방으로 누가 올라올 시간도 아니었다. 흰꼬리수리가 소리치며 날아갔다. 문이 열렸다. 연로한 셸랑 사제가 지팡이를 짚고 벌벌 떨면서 들어와 쥘리앵의 품에 안겼다.

"아아, 이런! 이럴 수가! 내 자식이…… 아니, 잔인한 놈이라고 불러야 할 것 같구나."

그러고는 이 선량한 노인은 한 마디도 더 잇지 못했다. 쥘리앵은 사제가 쓰러질까 두려웠다. 그래서 의자로 데리고 가지 않을 수 없었다. 전에는 그토록 기운차던 이분도 시간의 손길에 짓눌려버린 것이다. 쥘리앵은 이분이 셸랑 사제의 그림자로밖에 보이지 않았다.

사제는 숨을 돌리고는 이렇게 말했다.

"그제에야 자네가 스트라스부르에서 보낸 편지를 받았네. 베리에르의 가난한 사람들에게 나눠주라고 한 오백 프랑과 함께 말이야. 리

브뤼 산중으로 그 편지를 전해왔더군. 나는 그곳에 있는 내 조카 장의 집에서 조용히 지내고 있었다네. 그리고 어제 이 참변 소식을 들었어…… 오, 하느님! 이럴 수가!"

그러고는 노인은 더이상 울지 않았다. 그는 아무런 생각도 없는 표정을 짓다가 기계적으로 이렇게 덧붙였다.

"자네가 보낸 돈은 자네에게 필요할 걸세. 그래서 가지고 왔어."

"제게 필요한 것은 신부님을 뵙는 거예요. 돈은 제게도 있어요."

쥘리앵은 눈시울을 붉히며 소리쳤다.

그러나 쥘리앵은 더이상 그에게서 분별 있는 답변을 얻을 수 없었다. 때때로 눈물이 셸랑 사제의 빰을 타고 조용히 흘러내렸다. 사제는 쥘리앵을 바라보았다. 쥘리앵이 자기 손을 잡아 입술로 가져가는 것을 보고도 망연자실해 있었다. 대단히 정력적이고 아주 숭고한 감정을 불러일으키던 옛날의 그토록 활력 넘치는 용모는 더이상 그에게서 찾아볼 수 없었다. 농부 같은 어떤 사람이 곧 노인을 데리러 왔다.

"피곤하게 해드려서는 안 됩니다."

그가 쥘리앵에게 말했다. 쥘리앵은 그가 사제의 조카라는 것을 알았다. 사제의 출현은 쥘리앵을 쓰라린 불행 속으로 던져넣어 눈물조차 멎게 했다. 모든 것이 슬프게 보이고 아무런 위안도 되지 못했다. 그는 가슴속에서 심장이 얼어붙는 느낌을 받았다.

그 순간은 그가 죄를 범한 이후 느낀 가장 가혹한 순간이었다. 그는 죽음의 온갖 추악한 모습을 조금 전에 다 보았던 것이다. 위대한 영혼과 고결함에 대한 모든 환상이 폭풍우 앞의 구름처럼 사라져버렸다.

이 끔찍한 상황은 몇 시간 동안 지속되었다. 정신적인 중독 뒤에는 육체의 치료제나 샴페인이 필요하다. 하지만 쥘리앵은 그런 것들에 도움을 청하는 것은 겁쟁이나 할 짓이라고 생각했다. 좁은 감방 안에서 왔다갔다하면서 보낸 그 끔찍한 하루가 끝나갈 무렵, 그는 이렇게 소리쳤다.

"내가 미쳤지! 그 불쌍한 노인을 보고 이런 끔찍한 비애에 빠져들게 되는 것은 다른 사람처럼 나도 늙어서 죽게 될 경우뿐이잖아. 한창 나이에 빨리 죽어버리는 것은 오히려 그 서글픈 노쇠를 피하는 길이야."

어떤 추론을 하든 쥘리앵은 겁쟁이처럼 마음이 약해져 있는 자신을 발견했다. 결과적으로 그는 사제의 방문으로 불행을 느꼈던 것이다.

그에게는 더이상 강하고 장엄한 모습도, 로마인의 용맹도 없었다. 죽음은 더 높은 어떤 곳에서, 더 힘겨운 것으로 그에게 나타났다.

그는 이렇게 생각했다. 바로 그것이 나의 온도계일 거야. 오늘 저녁 나는 단두대로 끌려갈 때 가져야 할 용기보다 10도나 아래에 있어. 오늘 아침에는 그만 한 용기가 있었어. 하지만 무슨 상관이야! 필요한 순간에 그 용기가 되돌아오기만 한다면 말이야. 온도계에 대한 그 생각에 그는 즐거워졌고 마침내 기분전환을 할 수 있게 되었다.

다음날 잠에서 깨어났을 때 그는 전날의 일이 부끄러웠다. 이것은 나의 행복, 나의 평화가 걸린 문제다. 그는 자기에게 아무도 들여보내주지 말 것을 부탁하기 위해 검사장에게 편지를 쓰려고 마음먹었다. 하지만 푸케가 찾아오면 어떻게 하지? 그는 생각했다. 만일 그가 브장송에 온다면 면회를 거절당하는 고통이 얼마나 클까!

그가 푸케를 생각하지 않은 지 아마도 두 달은 되었을 것이다. 스트라스부르에 있을 때 나는 엄청난 바보였어. 생각이 내 옷깃을 넘어가 보지 못했으니 말이야. 푸케에 대한 추억이 그의 마음을 크게 차지하여 그는 더욱 처량한 심정이 되었다. 그는 불안하여 방 안을 서성거렸다. 나는 지금 죽음의 수준 아래로 20도나 내려와 있어…… 만일 이 나약함이 커지면 자살을 하는 편이 더 나을 거야. 만일 내가 야비한 인간처럼 죽는다면 마슬롱 사제와 발르노 가문 사람들에게 얼마나 큰 기쁨이 될까!

푸케가 왔다. 순박하고 선량한 푸케는 괴로워서 어쩔 줄 몰랐다. 그가 가진 유일한 생각은 그의 전 재산을 팔아 간수를 매수하여 쥘리앵을 구하는 것이었다. 그는 쥘리앵에게 라발레트 씨의 탈주에 대해 오랫동안 말했다.

"자네는 나를 괴롭히고 있어."

쥘리앵이 그에게 말했다.

"라발레트 씨는 결백했어. 하지만 나는 죄인이야. 자네는, 물론 일부러 그러는 것은 아니겠지만, 내게 그 차이를 생각해보게 만드네……"

쥘리앵은 갑자기 관찰력 있고 의심 많은 사람으로 바뀌면서 이렇게 물었다.

"그런데 그게 정말인가? 자네 재산을 전부 팔겠다고?"

푸케는 자신의 마음을 지배하는 생각에 친구가 마침내 반응을 보이는 것을 기뻐하며 쥘리앵에게 오랫동안 자세히 설명해주었다. 그의 소유지를 하나하나 팔 때 받을 수 있는 돈을 100프랑의 오차도 없이 설명했다.

시골의 지주로서 얼마나 숭고한 노력인가! 쥘리앵은 생각했다. 푸케가 그토록 질약하면서 쩨쩨할 정도로 인색한 짓을 하는 것을 볼 때마다 내 얼굴이 그처럼 따가웠는데, 나를 위해 그런 희생을 다 하다니! 내가 라 몰 저택에서 본,『르네』*를 읽는 그 멋진 젊은이들 중 그런 우스꽝스러운 짓을 할 사람은 아무도 없을 거야. 아주 젊은데다가 유산으로 무척 부유해져서, 그래서 돈의 가치를 전혀 모르는 사람들을 제외하고 그 멋쟁이 파리 사람들 중 누가 그 같은 희생을 할 수 있을까?

푸케의 어법상의 모든 실수와 품위 없는 몸짓은 쥘리앵에게 더이상 보이지 않았다. 그리하여 그는 푸케의 품에 몸을 던졌다. 이제껏 지방이 파리에 비교하여 이보다 더 찬사를 받아본 적은 없었다. 푸케는 쥘리앵의 눈에서 본 감격에 기뻐 어쩔 줄 몰라하며 그 감격을 탈주의 동의어로 착각했다.

이 숭고함을 바라보는 일은 셸랑 사제의 출현으로 쥘리앵이 잃었던 모든 힘을 되돌려주었다. 그는 아직 아주 젊었다. 그런데 내 생각에 그는 한 그루의 멋진 식물이었다. 대부분의 사람들처럼 상냥한 마음이 교활한 마음으로 이행하는 대신, 나이가 먹어가면서 오히려 사람들에게 측은함을 느끼는 착한 마음이 생겨났다면 아마도 그는 무모한 불신을 고칠 수 있었을 것이다…… 하지만 이런 쓸데없는 예상이 무슨 소용이 있을까?

쥘리앵이 모든 답변에서 사건을 간단히 줄여서 말했지만 심문은 더 잦아졌다. "나는 사람을 죽였습니다. 그렇지 않으면 적어도 죽이려 했

---

* 프랑스의 낭만파 문인 샤토브리앙이 1802년에 발표한 소설.

습니다. 그것도 계획적으로 말입니다." 그는 매일 이렇게 되풀이했다. 하지만 판사는 무엇보다도 형식에 사로잡혀 있었다. 쥘리앵의 그런 진술은 심문을 전혀 단축시키지 못하고 오히려 판사의 자존심만 상하게 했다. 판사가 그를 끔찍한 지하 독방으로 보내버리려고 했지만 푸케의 청탁 덕분에 180계단 높이의 그 아담한 방에 그대로 내버려둔 것을 쥘리앵은 몰랐다.

프릴레르 사제는 푸케에게서 장작을 구매하는 주요 인사들 중 한 사람이었다. 그 선량한 장사꾼은 무소불위의 권력을 가진 부주교에게까지 접근했다. 푸케는 프릴레르 사제의 말을 듣고 형언할 수 없을 정도로 기뻤다. 사제는 그에게 쥘리앵의 뛰어난 자질과 전에 신학교를 위해 수고한 사실에 감동받아 판사들에게 단단히 부탁할 생각이라고 말해주었던 것이다. 푸케는 그의 친구를 구할 희망을 어렴풋이 엿보고는 나올 때 땅에 엎드리기까지 하면서, 피고의 석방을 탄원하기 위해 미사에서 10루이의 돈을 나누어주게 해달라고 부주교에게 간청했다.

푸케는 이상하게 실수를 저질러버렸다. 프릴레르 씨는 발르노 같은 사람이 아니었다. 그는 푸케의 부탁을 거절하고는, 돈을 도로 가져가는 것이 좋을 거라고 그 선량한 시골 사람을 이해시키려고 노력하기까지 했다. 하지만 조심스럽게 말해서는 확실하게 납득시킬 수 없다는 것을 알고 사제는 그 돈을 모든 것이 부족한 불쌍한 죄수들을 위해 헌금하라고 조언했다.

프릴레르 씨는 이렇게 생각했다. 그 쥘리앵이라는 자는 이상한 인간이다. 그 인간의 행동은 도대체 설명할 수가 없어. 내가 이해 못 할 일이라고는 없는데 말이야…… 어쩌면 그 인간을 순교자로 만들 수 있을지도 몰라…… 하여간 나는 이 사건의 결말을 알게 될 것이며, 어쩌면 우리를 존경하지 않는, 그러니 사실상 우리를 미워한다고 할 수 있는 그 레날 부인에게 두려움을 주는 기회를 찾아낼지도 모른다…… 어쩌면 이 사건에서 그 어린 신학생에게 맥을 못 추는 라 몰 후작과의 훌륭한 화해 수단을 발견할 수도 있을 것이다.

후작과의 소송에 대한 화해는 몇 주 전에 서명을 했다. 그리고 피라르 사제는 그 불행한 인간이 베리에르 교회에서 레날 부인을 살해하려 한 바로 그날 쥘리앵의 수수께끼 같은 신분에 관한 말을 남기고는 브장송을 다시 떠났다.

쥘리앵은 죽음을 앞두고 단 한 가지의 불쾌한 사건을 예상하고 있었다. 그의 아버지의 방문이 그것이었다. 그는 일체의 방문을 피할 수 있도록 부탁하기 위해 검사장에게 편지를 쓰려는 생각에 대해 푸케와 의논했다. 쥘리앵이 이와 같은 순간에도 아버지를 만나기를 싫어하는 것을 보면서 목재 상인의 정직하고 평민적인 마음은 큰 충격을 받았다.

푸케는 많은 사람들이 왜 그의 친구를 그토록 미워하는지 이해할 것 같다고 생각했다. 하지만 친구가 더 불행해질지 몰라 자신의 그런 느낌을 숨겼다.

"어쨌든," 그는 자기 친구에게 냉정하게 대답했다. "면회금지 명령은 자네 아버지에게는 적용되지 않을 걸세."

38장 세력가

그런데 그녀의 행동은 너무도 신비로우며
몸매는 참으로 우아하다! 그 여자는 도대체 누구일까?
— 실러

이틀 후 아침 일찍 감옥 문이 열렸다. 쥘리앵은 소스라쳐 잠이 깼다.

'아, 제기랄! 아버지가 온 모양이구나. 이 무슨 불쾌한 일이야!'

쥘리앵은 생각했다.

그 순간 촌스럽게 옷을 입은 한 여인이 그의 품으로 달려들었다. 그는 그 여자가 누구인지 얼른 알아보기가 어려웠다. 그 여자는 라 몰 양이었다.

"냉정한 사람, 당신이 어디에 있는지 편지를 통해서야 겨우 알았어요. 당신이 당신 죄라고 부르는 것은 이 가슴속에 고동치는 모든 숭고함을 보여주는 고귀한 복수일 뿐이에요. 나는 그것을 이곳 베리에르에서 겨우 알 수 있었어요……"

그는 아주 명백하게 자각하지는 못했지만 라 몰 양에 대해 나쁜 편견을 가지고 있었다. 그럼에도 불구하고 쥘리앵은 그녀가 아주 예쁘다고 생각했다. 그녀의 모든 언행에서 하찮고 속된 영혼이 감히 갖지 못할 고상하고 무사무욕한 감정을 어떻게 보지 못할 수 있단 말인가? 그는 여왕을 사랑하는 것 같은 마음이 다시 들었다. 그리하여 잠시 후 그는 보기 드문 고상한 표현법과 사고로 그녀에게 말했다.

"미래의 윤곽이 아주 뚜렷하게 내 눈앞에 드러나 보였습니다. 내가 죽은 뒤 당신을 크루아즈누아 씨와 결혼시키는 겁니다. 그는 물론 미망인과 결혼을 하는 것이 되겠지요. 그 매력적인 미망인의 고상하지만 약간 낭만적인 영혼은, 기이하고 비극적인 대사건에 놀란 나머지 일상의 지혜를 예찬하도록 개심되어 그 젊은 후작의 진정한 가치를 이해하게 될 것입니다. 당신은 체념하고 모든 사람이 말하는 행복, 즉 존경, 부, 높은 신분 등을 행복으로 받아들일 것입니다. 그런데 사랑하는 마틸드, 만일 당신이 브장송에 온 것이 우연히 알려진다면 라 몰 후작님께 치명적인 타격이 될 것입니다. 그 일은 나 자신에게 용서할 수 없는 일입니다. 나는 이미 그분께 참 많은 근심을 끼쳐드렸습니다! 아카데미 회원은 그분이 독사를 품에 안아 따뜻하게 해주었다고 말할 것입니다."

"고백하지만 나는 이토록 많은 냉정한 해명과 미래에 대한 이토록 큰 걱정은 거의 기대하지 않았어요."

라 몰 양은 반쯤 화가 나서 말했다.

"당신만큼이나 신중한 내 하녀가 여권을 발급받았어요. 그래서 미슐레 부인이라는 이름으로 역마차를 타고 달려온 거예요."

"그래서 미슐레 부인이 이토록 쉽사리 내게까지 도착할 수 있었군요?"

"아아! 당신은 여전히 내가 분명히 알아본 탁월한 사람이에요! 나는 판사의 비서에게 백 프랑을 주었어요. 내가 이 감옥에 들어올 수 없다고 주장하는 바람에. 그런데 그 신사는 돈만 받고 나를 기다리게 하면서 몇 가지 이의를 제기했어요. 난 그 사람이 내게서 돈만 빼앗을 거라는 생각이 들었지요……"

그녀는 말을 중단했다.

"그래서요?"

쥘리앵이 물었다.

"화내지 마요, 귀여운 쥘리앵."

그녀는 쥘리앵을 껴안으면서 말했다.

"나는 그 비서에게 내 이름을 말하지 않을 수 없었어요. 그는 나를 미남 쥘리앵을 사랑하는 파리의 젊은 여직공으로 착각하고 있었어요…… 정말이에요. 그 사람이 그렇게 말했어요. 나는 당신의 아내라고 그 사람에게 맹세했어요. 그러니 매일 당신을 면회할 수 있는 허가를 얻을 거예요."

이건 완전히 미친 짓이야. 쥘리앵은 생각했다. 나는 마틸드를 막을 수 없었어. 어쨌든 라 몰 후작은 대귀족이어서 여론은 이 매력적인 미망인과 결혼할 그 젊은 대령이 변명할 말을 잘 찾아내겠지. 머지않아 내가 죽으면 모든 것이 덮일 거야.

그는 마틸드의 사랑에 황홀하게 몸을 맡겼다. 그 사랑은 미친 듯한 사랑이었으며 영혼의 숭고함이었으며 더없이 특별한 사랑이었다. 그녀는 쥘리앵에게 함께 죽자고 진지하게 제안했다.

그렇게 처음의 열광이 지나가고 쥘리앵을 보는 행복에 만족하자 강렬한 호기심 하나가 불현듯 그녀의 마음을 사로잡았다. 그녀는 애인을 유심히 살펴보았고, 그가 자신이 상상했던 것 이상의 사람이라는 것을 발견했다. 보니파스 드 라 몰이 부활한 것만 같았다. 더 영웅적인 모습으로 말이다.

마틸드는 그 지방 최고의 변호사들을 만났는데, 그들에게 지나치게 노골적으로 돈을 제안함으로써 자존심을 상하게 했다. 하지만 그들은 결국 변호를 받아들였다.

그녀는 브장송에서 커다란 중요성을 가진 모호한 사건들은 모두 프릴레르 사제에 의해 좌우된다는 것을 재빨리 알아차렸다.

그녀는 우선 미슐레 부인이라는 무명의 이름으로는 무소불위의 수도회 지도자에게 접근하기가 너무도 어렵다는 것을 알게 되었다. 사랑에 미쳐 쥘리앵 소렐이라는 젊은 사제를 위로하기 위해 파리에서 브장송에 온 아름다운 처녀 양품점 주인에 대한 소문이 시내에 퍼졌다.

마틸드는 혼자 브장송 거리 곳곳을 걸어서 돌아다녔다. 그녀는 자기가 알려지지 않기를 바랐던 것이다. 그러나 그녀는 사람들에게 멋진 인상을 남기는 것이 자신의 목적에 무용한 일이라고는 생각하지 않았다. 그녀의 광기는 죽음을 향해 나아가는 쥘리앵을 구하기 위해 민중에게 반란을 일으키게 하는 일도 생각해보았다. 라 몰 양은 자신이 고통에 젖어 있는 여인에게 어울리는 소박한 옷차림을 하고 있다고 믿었다. 그렇지만 실제로 그녀의 옷차림은 모든 사람의 시선을 끌었다.

일주일의 탄원 끝에 프릴레르 씨와의 면담 기회를 얻어냈을 때, 그녀는 브장송에서 모든 사람의 주목의 대상이 되어 있었다.

그녀의 용기가 아무리 크다 해도, 프릴레르 씨가 영향력 있는 수도회 지도자라는 점과 용의주도하고 무정하고 간악하다는 관념이 그녀의 마음속에 깊이 뿌리박고 있어서, 주교관 대문의 초인종을 누르면서 그녀는 떨지 않을 수 없었다. 제1부주교의 거처로 이어지는 계단을 올라가야 할 때는 거의 걸음을 뗄 수가 없었다. 주교관의 적막이 그녀에게 오싹한 느낌을 들게 했다. 나는 어떤 안락의자에 앉게 될 거야. 그런데 그 의자가 내 두 팔을 꽉 조르고, 이어서 나는 감쪽같이 사라져버릴지도 몰라. 그렇게 되면 내 하녀는 누구에게 내 소식을 물을 수 있을까? 헌병대장은 움직이기를 꺼릴 것이고…… 나는 이 대도시에서 혼자구나!

거처를 둘러본 라 몰 양은 일단 안심이 되었다. 그녀에게 문을 열어준 사람은 아주 맵시 있는 제복을 입은 시종이었다. 그 시종이 그녀에게 안내한 살롱은 섬세하고 우아한, 그러니까 천박한 화려함과는 너무도 다른, 파리에서도 최고의 집안에서만 볼 수 있는 그런 사치를 과시하고 있었다. 인자한 모습으로 다가오는 프릴레르 씨를 보자 끔찍한 범죄에 대한 모든 생각은 깨끗이 사라져버렸다. 그 온화한 얼굴에서 파리 사교계에 적대적인, 단호하고 약간은 난폭한 그 위력의 흔적은 전혀 찾아볼 수 없었다. 브장송의 모든 일을 좌지우지하는 그 사제의 얼굴에 생기를 감돌게 하는 어렴풋한 미소는 그가 상류사회 인사이고 교양 있는 성직자이며 능숙한 행정가라는 것을 말해주고 있었다. 마틸드는 자신이 파리에 있다고 생각했다.

프릴레르 씨가 마틸드에게 자신이 그의 강력한 적수인 라 몰 후작의 딸이라는 것을 고백하게 하는 데는 잠시의 시간밖에 필요치 않았다.

"사실 저는 미슐레 부인이 아니에요."

그녀는 모든 오만한 태도를 되찾으면서 말했다.

"그런데 이 고백을 하는 것이 제겐 별로 괴롭지 않아요. 왜냐하면 라 베르네이 씨를 석방해줄 가능성에 대해 부주교님께 의논을 드리려고 왔으니까요. 먼저, 그분은 단지 경솔함 때문에 죄를 지은 것뿐이에요. 그분이 총을 쏜 부인도 건강하게 살고 있고요. 둘째로, 저는 하급 관리들을 매수하기 위해 당장 오만 프랑을 내놓을 수 있어요. 그 두 배도 약속할 수 있어요. 마지막으로, 라 베르네이 씨를 구해주는 분에게 고마움을 표하기 위해 저와 저의 가족은 모든 노력을 다 할 거예요."

프릴레르 씨는 라 베르네이라는 성(姓)에 놀라는 것 같았다. 마틸드는 국방대신이 쥘리앵 소렐 드 라 베르네이 씨에게 보낸 여러 장의 편지를 보여주었다.

"보시듯이 저의 아버지는 그 사람의 운명을 책임지셨어요. 저는 비밀리에 그 사람과 결혼했고요. 저의 아버지는 라 몰 집안 여자로서는 좀 특이한 이 결혼을 공표하기 전에 그를 고위 장교로 만들어주기를 원하셨습니다."

마틸드는 프릴레르 씨가 중요한 사실들을 알아감에 따라 부드러운 명랑함과 선량함이 표정에서 이내 사라져버리는 것을 목격했다. 내면 깊숙한 곳에 뿌리박은 위선과 뒤섞인 교활함이 그의 얼굴에 나타났다.

사제는 의심을 품고 그 공식적인 자료들을 천천히 다시 읽어보왔다.

이 이상한 속내 이야기들을 어떻게 이용할 수 있을까? 사제는 생각했다. 나는 이렇게 단번에 그 유명한 페르바크 원수부인의 친구와 친밀한 관계를 맺게 되었다. 페르바크 원수부인은 ○○○ 주교의 세력 있는 조카딸로, 프랑스에서 주교가 되려면 그녀의 힘이 있어야 한다.

먼 미래의 일로 생각하고 있던 일이 이렇게 불시에 닥치다니. 이것으로 내 모든 소원이 이루어질 수 있을지도 모른다.

처음에 마틸드는 외딴 방에 단둘이 함께 있는 그토록 막강한 세력을 가진 그 사람의 표정이 갑자기 변하는 것을 보고 겁을 먹었다. 그러나 그녀는 이내 이렇게 생각했다.

'뭐 어때! 최악의 경우 권력과 쾌락에 겨운 이 사제의 냉정한 이기주의에 영향을 미치지 못하는 것 정도가 아니겠어?'

프릴레르 씨는 주교직에 오를 수 있는 빠른 길이 뜻밖에 자신의 눈앞에 열린 것에 현혹되고 마틸드의 재능에 놀라 잠시 방심하고 있었다. 라 몰 양은 힘있고 야심에 찬 그가 안절부절못하고 몸을 떨 정도로 흥분하여 자기 발 아래에 거의 무릎을 꿇을 지경인 것을 알아챘다.

그녀는 이렇게 생각했다. 모든 것이 명백해졌어. 이곳에서는 페르바크 부인의 친구라면 불가능한 일이 없겠구나. 아직도 남아 있는 아주 고통스러운 질투심에도 불구하고 그녀는 용기를 내어 쥘리앵이 페르바크 원수부인의 가까운 친구이며 거의 매일 원수부인의 집에서 ○○○ 주교와 만난다고 말해주었다.

야망에 찬 탐욕스러운 시선으로 각 단어들에 힘을 주면서 부주교가 말했다.

"이 고장 유력가들 중 서른여섯 명의 배심원 목록을 네댓 번에 걸쳐 추첨할 경우 각 배심원 목록에서 여덟 명 내지 열 명의 친구를, 그것도 그 배심원 목록에서 가장 총명한 친구들을 발견하지 못한다면 나는 나 자신이 재수가 없다고 생각하겠지요. 나는 거의 언제나 유죄 판결에 찬성하는 사람들보다 많은 수를, 아니, 그 이상을 확보할 수 있습니다. 그러니 아시겠지요, 아가씨. 내가 얼마나 쉽게 무죄 판결을 만들어낼 수 있는지……"

사제는 마치 자신의 말소리에 놀란 듯 갑자기 이야기를 멈췄다. 교단 밖의 사람들에게는 절대로 해서는 안 될 말을 해버렸기 때문이다.

하지만 그는 다시 마틸드를 아연케 했다. 그는 이 이상한 사건에 무엇보다 브장송 사교계가 놀라기도 하고 흥미로워하기도 하는 것은 쥘리앵이 전에 레날 부인의 열정을 불러일으켰으며 오랫동안 그 열정을 나누었기 때문이라고 마틸드에게 말해주었던 것이다. 프릴레르 씨는 자기 이야기가 마틸드에게 야기한 극도의 동요를 쉽게 알아챌 수 있었다.

그래, 나는 앙갚음을 한 거야! 그는 생각했다. 제아무리 결심이 굳다 한들 이 어린 처녀쯤 조종할 수 없으려고. 그러지 못할까봐 괜히 떨고 있었군. 그녀의 우아하고 조종하기 그리 쉽지 않아 보이는 태도가 자기 앞에서 거의 애원하는 모습으로 변하자, 이 보기 드문 미인의 매력이 더욱더 배가되는 것 같았다. 그는 냉정을 완전히 되찾고 그녀의 가슴에 꽂은 비수를 주저 없이 뒤틀었다.

"요컨대 나는 놀라지 않을 것입니다."

그는 경쾌한 어조로 마틸드에게 말했다.

"소렐 씨가 예전에 그토록 사랑한 그 부인에게 권총을 두 발이나 쏜 것이 질투심 때문이었다는 것을 알게 되더라도 말입니다. 사실 그녀는 재미를 보고 있었거든요. 얼마 전부터 디종의 마르키노 신부라는 사람과 자주 만나고 있어요. 그는 일종의 얀센주의자로, 얀센주의자가 모두 그렇듯이 품행이 좋지 않습니다."

프릴레르 씨는 이 예쁜 아가씨의 약점을 간파하고 느긋이 괴롭히면서 즐거워했다. 그는 마틸드를 강렬한 시선으로 바라보면서 이렇게 말했다.

"소렐 씨가 그 교회를 택하여 권총을 쏜 것은 바로 그때 그의 연적이 그곳에서 미사를 올리고 있었기 때문이 아니고 뭐겠습니까? 당신이 보호하려는 그 행복한 사람이 재기가 무척 많으며 또 더할 나위 없이 신중하다는 것은 모두 인정하고 있습니다. 그러니 자신이 그토록 잘 아는 레날 씨의 정원으로 숨어 들어가는 것보다 더 간단한 일이 무엇이겠습니까? 그는 그 정원에서 확실히 눈에 띄지도 않고, 붙잡히지도 않고, 의심받지도 않으면서 자기가 질투하는 여인을 죽일 수도 있었을 것입니다."

겉으로 보기에 너무도 정확한 이 추론은 마틸드를 격분시켰다. 상류사회에서 인간의 마음을 충실히 표현하는 것으로 여겨지는 그 모든 냉담한 신중함으로 채워진 마틸드의 오만한 마음은 격정적인 인간에게는 너무도 강렬할 수 있는, 그 모든 신중함을 조롱하는 기쁨을 선천적으로 빨리 이해할 수 없었다. 마틸드가 살았던 파리의 상류사회에서는 정열이 신중함을 벗어던지는 일은 거의 일어나지 않았다. 창문으로 몸을 내던지는 것은 하층민이 사는 6층에서나 일어나는 일인 것이다.

마침내 프릴레르 사제는 마틸드에 대한 자신의 영향력을 확신했다. 그는 자신이 쥘리앵의 기소를 맡은 검사를 마음대로 좌지우지할 수 있다고 마틸드에게 이해시켰다(물론 그것은 거짓말이었다).

추첨을 통해 서른여섯 명의 배심원이 지명되면 그는 적어도 서른 명의 배심원과 개인적으로 교섭할 작정이었다.

만일 마틸드가 그렇게 예쁘지 않았다면 프릴레르 씨는 대여섯 번의 면담이 있은 뒤에나 그렇게 분명하게 말해주었을 것이다.

39장 음모

1676년 카스트르의 내 이웃집에서
오빠가 여동생을 살해했다.
그 귀족은 이미 한 번 살인죄를 범한 일이 있었다.
그의 아버지는 500에퀴를 판사들에게
비밀리에 나눠주어 아들의 목숨을 구했다.
— 로크, 『프랑스 기행』

주교관을 나오자마자 마틸드는 페르바크 부인에게 주저 없이 편지를 한 통 써보냈다. 자기의 명예를 위태롭게 할지도 모를 두려움에도 불구하고 그녀는 잠시도 지체하지 않았다. 그녀는 프릴레르 씨에게 보내는 ○○○ 주교의 친필 편지 한 통을 얻어줄 것을 자기 연적에게 간청했다. 그녀는 원수부인이 직접 브장송으로 달려와줄 것을 애원하기까지 했다. 그와 같은 행위는 질투심 많은 오만한 여인으로서는 매우 비장한 것이었다.

푸케의 조언에 따라 그녀는 쥘리앵에게 자신의 청탁에 대해 말하지 않도록 주의를 기울였다. 그런 일이 아니더라도 그녀가 온 것만으로도 그의 마음은 충분히 동요되었다. 죽음이 다가오면서 그 동안 그랬던 것보다 더 정직해진 그는 라 몰 씨에 대해서뿐 아니라 마틸드에 대해서도 회한을 느끼고 있었다.

그는 생각했다. 도대체 어찌 된 일이지! 마틸드 곁에 있으면서도 정신이 딴 데 가 있거나 지루할 때가 있으니 말이야. 그녀는 나를 위해 자신을 파멸시키고 있는데 이런 식으로 보답하다니! 나는 정말로 악인일까? 이런 질문은 그가 야심에 차 있을 때에는 거의 해보지 않은 질문이었다. 그때에는 성공하지 못하는 것만이 그에게 유일한 수치였다.

마틸드 곁에 있을 때 그가 느끼는 마음의 불편은 지금 그가 그녀에게 가장 유별나고 미칠 듯한 열정을 불러일으키고 있는 만큼 더욱 분명해졌다. 그녀는 쥘리앵을 구하기 위해 하고자 하는 끔찍한 희생에 관해서만 이야기했다.

자신의 모든 자존심을 압도하는 자랑스러운 감정에 열광한 그녀는 자신의 삶을 어떤 비상한 행동으로 채우지 않고는 단 한순간도 가만 있으려 하지 않았다. 그녀가 쥘리앵과 오랫동안 나누는 대화는 아주 끔찍하고 위험하기 짝이 없는 계획들로 채워졌다. 간수들은 두둑이 돈을 받았으므로 그녀가 감옥 안에서 군림하도록 내버려두었다. 마틸드의 생각들은 자신의 평판을 희생하는 것에 국한되지 않았다. 사회 전체에 그녀의 신분이 알려진들 그녀에게는 아무 문제가 되지 않았다. 쥘리앵의 사면을 청원하기 위해서라면, 끔찍하게 마차에 짓밟힐 위험을 무릅쓰고 전속력으로 달려오는 왕의 마차 앞에 무릎을 꿇고 엎드려 왕의 주의를 끄는 일쯤은 이 용감하고 흥분된 상상력이 꿈꾸는 아주 사소한 공상 중 하나일 따름이었다. 그녀는 왕의 시중을 드는 자신의 친구들을 통해 생 클루 공원의 금지된 구역에 들어갈 수 있을 거라는 확신을 가지고 있었다.

쥘리앵은 자신이 그와 같은 엄청난 헌신을 받을 자격이 없다고 생각했다. 사실을 말하자면 그는 영웅적 행위에 지쳐 있었다. 그가 고맙게 느낄 수 있는 것은 다름 아닌 순박하고 순진하며 수줍기까지 한 애정일 것이다. 그런데 그와 반대로 마틸드의 오만한 마음에는 여전히 대중과 다른 사람들에 대한 생각이 필요했다.

자신의 모든 고뇌와 애인(이 애인이 죽으면 그녀도 더 살고 싶지 않았다)의 목숨에 대한 걱정 가운데서도 그녀는 자신의 과도한 사랑과 숭고한 계획으로 대중을 놀라게 해주고 싶은 은밀한 욕망을 가지고 있었다.

쥘리앵은 자신이 그 모든 영웅적 행위에 전혀 감동받지 않음을 알고 화가 났다. 선량한 푸케의 헌신적이고 매우 분별 있지만 한정되어 있는 정신을 마틸드의 모든 광증이 괴롭히고 있다는 것을 쥘리앵이 알았다면 어떠했을까?

푸케는 마틸드의 헌신에서 무엇을 비난해야 할지 잘 몰랐다. 왜냐하면 그 역시 쥘리앵을 구하기 위해서라면 자신의 모든 재산을 희생했을 것이며, 아무리 큰 위험을 무릅쓰고라도 자신의 생명을 던졌을 것이기 때문이다. 그는 마틸드가 뿌리는 돈의 액수에 어리둥절했다. 처음에는 그처럼 뿌려지는 돈이 푸케에게 경외심을 갖게 했다. 그는 돈에 대해 시골 사람다운 온갖 존경심을 품고 있었던 것이다.

마침내 푸케는 라 몰 양의 계획들이 자주 바뀌는 것을 알았고, 그에게 너무 피곤한 그 성격을 비난하기 위해 '그녀는 변덕쟁이야'라는 말을 찾아내고는 큰 위안을 받았다. '변덕쟁이'라는 말과 지방에서 가장 큰 비난의 말인 '못된 인간'이라는 말은 그 차이가 오십 보 백 보였다.

마틸드가 감방에 왔다 간 어느 날, 쥘리앵은 이렇게 생각했다. 나에 대한 저토록 강렬한 열정에도 내가 너무 무감각하니 참 이상하기도 하군! 나는 두 달 전만 해도 그녀를 열렬히 사랑했는데 말이야. 하긴 죽음이 다가오면 모든 것에 흥미가 없어진다는 것을 읽은 적이 있어. 하지만 배은망덕함을 느끼면서도 고칠 수 없으니 참으로 끔찍해. 나는 이기주의자일까? 그는 그 점에 관해서 자신에게 아주 수치스러운 비난을 가했다.

그의 마음에서 이제 야심은 꺼져버렸고, 그 잿더미에서 또다른 정열이 피어오르고 있었다. 그는 그 정열을 레날 부인을 살해하려 했던 것에 대한 회한이라 이름 붙였다.

사실 그는 부인을 미친 듯이 사랑하고 있었다. 아무런 방해도 받을 염려 없이 완전히 혼자 있으면서 옛날 베리에르나 베르지에서 보냈던 행복한 날들에 대한 추억에 푹 빠질 때면 그는 어떤 야릇한 행복을 느꼈다. 너무도 빨리 지나가버린 그 시절의 아주 작은 사건조차 그에게는 못 견디게 그리운 신선함이요 매력이었다. 그는 파리에서 거둔 자신의 성공들에 대해서는 전혀 생각하지 않았다. 그런 것들은 지긋지긋했다.

급속히 고조되는 그런 마음을 마틸드의 질투심이 부분적으로 눈치채게 되었다. 그녀는 이제 고독한 사랑과도 싸워야 한다는 것을 아주 분명히 깨달았다. 때때로 그녀는 혼자 레날 부인의 이름을 부르면서 두려움에 떨곤 했다. 그럴 때마다 그녀는 쥘리앵이 몸서리치는 것을 보았다. 그녀의 열정에는 이제 한계도 절도도 없었다.

만일 이 사람이 죽으면 나도 뒤따라 죽을 거야. 그녀는 최대한 진실한 마음으로 그렇게 생각했다. 나 같은 신분의 처녀가 죽음을 앞둔 애인을 이토록 열렬히 사랑하는 것을 보면 파리의 사교계는 뭐라고 말할까? 그와 같은 감정을 발견하려면 영웅들의 시대로 거슬러 올라가야 해. 샤를 9세와 앙리 3세 시대의 사람들을 가슴 두근거리게 한 것도 바로 그런 종류의 사랑이었어.

열광의 도가니 속에서 쥘리앵의 얼굴을 자기 가슴에 꼭 껴안을 때면 그녀는 이렇게 생각하며 두려움에 빠지곤 했다. 세상에! 이 매력적인 얼굴이 잘려서 땅바닥에 떨어져야 할 운명이라니! 그녀는 행복한 생각이 들지 않는 것은 아닌 어떤 영웅적인 행위에 들떠 이렇게 계속 생각하는 것이었다. 그렇다면 이 아름다운 머리칼에 꼭 대고 있는 이 입술도 머리가 잘린 뒤 이십사 시간이 안 되어 차가워지겠지.

영웅적인 행위와 몸서리쳐지는 관능적 쾌락에 대한 기억들이 물리칠 수 없는 구속으로 그녀에게 달라붙어 있었다. 지금까지 그 오만한 영혼과는 너무도 멀리 떨어져 있던 자살이라는 생각이 이제는 그녀의 마음에 급속히 침투하여 곧 절대적인 힘으로 그녀의 마음을 지배해버렸다. 그래, 내 선조들의 피가 나까지 내려오는 동안 조금도 미지근해지지 않았어. 그녀는 거만하게 중얼거렸다.

"당신에게 한 가지 부탁이 있어요."

어느 날 그녀의 애인이 그녀에게 말했다.

"당신의 아이를 베리에르에 있는 유모에게 맡겨요. 레날 부인이 그 유모를 보살펴줄 거요."

"당신 나에게 정말 무정하게도 말하네요……"

마틸드의 얼굴이 창백해졌다.

"맞아요, 정말 미안해요."

쥘리앵이 몽상에서 깨어나 그녀를 꼭 껴안으면서 소리쳤다.

그렇게 마틸드의 슬픔을 위로한 뒤, 그는 자신의 생각을 더 재치 있게 다시 이야기하기 시작했다. 그는 그 이야기에 우울한 철학적 색채를 부여했다. 그리고 자신에게 곧 닫혀버릴 미래에 관해 말했다.

"이봐요, 정열이란 인생에서 하나의 사건일 뿐임을 인정해야 해요. 그렇지만 그 사건은 훌륭한 영혼들에게만 생겨요…… 내 아들이 죽는다면 당신 가문의 자존심을 위해 기쁜 일이 될 거요. 하인들도 그 점을 알아차릴 겁니다. 그러나 무관심의 대상이 되는 것이 불행과 수치 속에 태어난 그애의 운명일 겁니다…… 시기는 못 박고 싶지 않지만 내 용기가 어렴풋이 예감하는 때에 이 마지막 당부를 따라주세요. 크루아즈누아 후작과 결혼하세요."

"뭐라고요, 그런 불명예스러운 말을 하다니!"

"당신 집안 같은 가문에는 불명예라는 것이 받아들여질 수 없어요. 당신은 미망인이, 어떤 미친 인간의 미망인이 될 뿐입니다. 그뿐입니다. 좀더 얘기해보지요. 나의 죄는 그 동기가 금전 문제가 아니기 때문에 전혀 불명예스럽지 않은 것입니다. 혹시라도 어떤 시기가 오면 철학적인 입법자가 나와 동시대인들의 편견을 설득하여 사형제도를 폐지할지도 모르지요. 그때가 되면 어떤 다정한 목소리가 하나의 예로 삼아 이렇게 말하겠지요. '이봐요, 라 몰 양의 첫 남편은 악인이나 중죄인이 아니라 그저 미친 자였어요. 그러니 그 사람의 목을 자른 것은 어리석은 짓이었어요……' 그때가 되면 나에 대한 기억은 전혀 수치스러운 것이 아닐 겁니다. 어쨌든 어느 정도의 세월이 흐른 뒤에 말입니다…… 세상에서의 당신의 지위와 당신의 재산, 그리고 이런 말을 해서 미안하지만 당신의 재능은 당신의 남편이 된 크루아즈누아 씨가 혼자 있을 때에는 달성할 수 없는 어떤 역할을 해낼 겁니다. 그는 혈통과 용감성밖에 가진 것이 없습니다. 1729년에는 그 자질만으로도 더없이 훌륭한 인간이 될 수 있었지요. 하지만 한 세기가 지난 지금 그 것들은 시대에 뒤떨어진 자질로, 자만심밖에 불어넣어주지 못합니다. 프랑스 젊은이들의 선두에 서려면 다른 자질들이 더 필요하지요.

당신의 단호하고 대담한 성격은 당신이 남편을 밀어넣을 당파에 도움을 줄 겁니다. 당신은 프롱드 난* 때의 슈브뢰즈와 롱그빌과 같은 역할을 할 겁니다…… 하지만 그때가 되면 지금 당신을 고무하는 성스러운 열정은 좀 식어 있겠지요."

그는 다른 서두를 길게 늘어놓은 뒤 이렇게 덧붙였다.

"이런 말을 해서 미안하지만, 십오 년 후 당신은 나에 대한 당신의 사랑을 미친 짓으로, 변명할 소지가 있긴 해도 어쨌든 미친 짓으로 여기게 될 겁니다……"

그는 갑자기 말을 멈추더니 생각에 잠겼다. 그는 다시 마틸드가 아주 불쾌하게 여길 생각을 마주하고 있었다. '십오 년 뒤 레날 부인은 내 아들을 몹시 사랑할 것입니다. 하지만 당신은 그 아이를 잊어버리겠지요.'

---

* 프랑스 귀족들이 국왕의 중앙집권 정책에 반대하여 일으킨 내란. 1648년에서 1653년에 걸쳐 일어났다.

40장 평온

내가 지금 현명한 것은 그때 어리석었기 때문이다.
오, 순간적인 것밖에 보지 못하는 철학자여,
당신의 시야는 얼마나 좁은가!
당신의 눈은 정열의 은밀한 활동을
이해하지 못하게 되어 있다.
— 괴테 부인

마틸드와의 이 대화는 심문 때문에 중단되었으며, 심문에 이어 변론을 맡은 변호사와의 협의가 있었다. 무관심과 부드러운 몽상으로 충만한 생활 중에 그 순간만은 말할 수 없이 불쾌했다.

"살인이었습니다. 계획적 살인 말입니다."

쥘리앵은 판사와 변호사에게 그렇게 말했다. 그는 미소를 지으면서 이렇게 덧붙였다.

"유감스럽게 생각합니다. 그런데 이렇게 말씀드리면 당신들의 일거리가 아주 대수롭지 않은 것이 되어버리겠지요."

그 두 사람에게서 마침내 벗어나자 그는 이렇게 생각했다. 어쨌든 나는 용감할 필요가 있어. 겉보기에 저 두 사람보다 더 용감할 필요가 있어. 그들은 불행하게 끝난 이 대결을 악의 극치이며 '격심한 공포'

로 생각하고 있어. 나는 그날이 되어야 이 대결에 대해 진지하게 신경을 쓸 것이다.

쥘리앵은 혼자 사색에 잠기며 생각을 이어갔다. 나는 더 큰 불행도 맛보았어. 마틸드에게 버림받았다고 생각하고 스트라스부르로 여행할 때에는 훨씬 더 고통스러웠지…… 그런데 마틸드의 완전한 애정에 내가 이토록 냉담해지다니, 내가 그 애정을 열렬히 원했다고 과연 말할 수 있을까!…… 사실 나는 그토록 아름다운 그 아가씨가 나의 고독을 함께 나눌 때보다 혼자 있을 때 더 행복해……

법과 격식에 얽매인 인간인 변호사는 쥘리앵이 미쳤다고 생각했으며 보통 사람들과 마찬가지로 그의 손에 권총을 쥐게 한 것은 질투심이라고 생각했다. 어느 날 변호사는 사실이든 아니든 그렇게 진술하는 것이 훌륭한 변호 수단이 될 거라고 위험을 무릅쓰고 쥘리앵을 이해시키려 해보았다. 그러자 쥘리앵은 순식간에 다시 격렬하고 신랄하게 표변하여 격분을 터뜨리며 소리쳤다.

"당신 목숨이 아까우면 그런 추악한 거짓말은 더이상 입 밖에 내지 마시오."

조심성 있는 변호사는 쥘리앵이 당장 자기를 죽이려고 달려들지 않을까 겁이 났다.

결정적인 순간이 빠르게 다가오고 있었기 때문에 변호사는 변론을 준비했다. 브장송과 현 전체는 오직 이 유명한 소송에 관한 이야기뿐이었다. 물론 쥘리앵은 그런 자세한 내용은 모르고 있었다. 그런 종류의 얘기를 자기에게 하지 말아달라고 부탁해놓았던 것이다.

그날 푸케와 마틸드가 그들 생각에 희망의 조짐으로 간주되는 몇몇 항간의 소문을 그에게 말해주려 하자 그는 첫마디부터 그들의 말을 가로막아버렸다.

"나의 이 이상적인 생활을 가만히 내버려둬요. 많든 적든 내게 불쾌감을 주는 당신들의 그 시시한 험담과 현실생활의 자질구레한 이야기들은 나를 하늘에서 끌어내릴 거요. 사람은 자기 방식대로 죽어요. 그러니 나도 내 나름대로 죽음을 생각하고 싶을 뿐이오. '남들'이 내게 무슨 상관이오? 그 '남들'과의 관계는 머지않아 갑자기 끊어져버릴 거요. 제발 더이상 그 사람들에 대해 얘기하지 마요. 판사와 변호사를 보는 것만으로도 지긋지긋해요."

그는 다시 혼자 생각에 잠겼다. 꿈꾸면서 죽는 것이 내 운명인가보다. 이 주일도 되지 않아 틀림없이 잊혀질 나 같은 미천한 존재가 연극을 하는 것은 너무도 어리석은 일임을 인정해야 해……

그렇지만 삶의 종말이 아주 가까이 다가온 것을 안 뒤에야 인생을 즐기는 기술을 터득하게 되었다는 것은 이상한 일이다.

그는 최근 며칠 동안 마틸드가 네덜란드에 역마차로 사람을 보내 사오게 한 고급 시가를 피우며 탑 꼭대기의 좁은 테라스를 산책하면서 시간을 보냈다. 매일 도시의 모든 망원경이 그가 나타나기를 기다리고 있다는 것은 생각지도 못하고 말이다. 그의 생각은 베르지에 가 있었다. 그는 푸케에게 레날 부인 이야기를 절대 꺼내지 않았다. 하지만 푸케는 두세 번 그녀가 빠른 속도로 회복해가고 있다고 친구에게 말해주었다. 그 말이 쥘리앵의 마음속에 울려 퍼졌다.

쥘리앵의 마음이 거의 매일 관념의 세계에 파묻혀 있는 동안 현실적인 일에 몰두한 마틸드는 귀족다운 용기를 발휘하여 '주교구'라는 중대한 말이 벌써 발설되었을 정도로 친밀하게 페르바크 부인과 프릴레르 씨 사이의 직접적인 편지 왕래를 진전시켰다.

성직 임면권을 갖고 있는 주교는 조카딸에게 보내는 편지에 다음과 같은 난외 추가문을 덧붙였다. '그 불쌍한 소렐은 경솔한 젊은이일 뿐이니 그를 우리에게 되돌려보내기를 바랍니다.'

그 구절을 보고 프릴레르 씨는 극도로 흥분했다. 그는 쥘리앵을 구출할 것을 의심하지 않고 있었다.

"명문 출신 사람들의 영향력을 모두 제거하는 것만이 실제 목적인, 많은 배심원 목록의 작성을 지시하는 그 자코뱅 법만 아니라면 나는 평결을 보증할 수도 있을 겁니다. 나는 N신부도 무죄 석방시켰습니다……"

이번 재판에 참석할 배심원 서른여섯 명의 추첨이 있기 전날 프릴레르 사제는 마틸드에게 이렇게 얘기했다.

다음날 추첨함에서 나온 이름들 가운데 브장송의 수도회원 다섯 명과 브장송 밖의 사람들 중 발르노, 무아로, 숄랭 씨 등의 이름을 발견하고 프릴레르 씨는 기뻐했다. 그는 마틸드에게 말했다.

"우선 이 여덟 명의 배심원은 책임질 수 있습니다. 앞쪽 다섯 명은 내 '꼭두각시'들입니다. 발르노는 내 대리인이고, 무아로는 내게 모든 것을 신세지고 있으며, 숄랭은 모든 것을 두려워하는 바보입니다."

신문을 통해 배심원들의 이름이 현 내에 알려졌다. 그러자 레날 부인이 브장송에 가려는 바람에 그녀의 남편은 이루 말할 수 없는 불안에 떨었다. 레날 씨는 증인으로 법정에 불려가는 불쾌한 일이 없도록 그녀가 병석을 떠나지 않을 거라는 약속을 겨우 받아냈다. 전 베리에르 시장은 아내에게 이렇게 말했다.

"당신은 내 처지를 모르고 있소. 그들의 말에 따르면 나는 지금 '변절한' 자유주의자요. 발르노라는 그 악당과 프릴레르 씨는 검사장과 판사로 하여금 내게 불쾌감을 줄 수 있는 일이면 무엇이든 하게 할 거요."

레날 부인은 남편의 명령에 순순히 복종했다. 만일 내가 법정에 나타나면 복수를 요구하는 것처럼 보일 거야. 그녀는 이렇게 생각했다.

지도신부와 남편에게 조심스럽게 행동하겠다고 약속했음에도 불구하고 레날 부인은 브장송에 도착하자마자 손수 서른여섯 명의 배심원 모두에게 편지를 썼다.

제가 나타나면 소렐 씨의 입장이 불리할 수도 있기에 저는 재판 당일에는 법정에 나가지 않겠습니다. 제가 한 가지 열렬히 원하는 것이 있습니다. 그가 죄를 면하는 것이 그것입니다. 저 때문에 무고한 사람이 죽음에 이르렀다는 끔찍한 생각은 제 남은 생을 고통스럽게 만들어 틀림없이 저의 목숨을 단축시킬 것입니다. 제가 살아 있는데 어떻게 그에게 사형을 언도할 수 있을까요? 안 됩니다. 확실히 사회는 생명을 빼앗을 권리가 없습니다. 무엇보다 쥘리앵 소렐 같은 사람의 생명은 말입니다. 베리에르 사람들은 모두 그가 정신착란에 빠질 때가 종종 있었음을 압니다. 그 가엾은 청년에게는 강력한 적들이 있습니다. 하지만 그의 적(그는 얼마나 많은 적을 가지고 있는지요!)일지언정 그의 놀라운 재능과 대단한 지식을 의심하는 사람이 누가 있습니까? 배심원님, 배심원님이 판결하게 될 사람은 평범한 사람이 아닙니다. 우리는 모두 그가 아주 경건하고 사려 깊으며 근면한 것을 열여덟 달 가까운 경험을 통해 잘 압니다. 그런데 그는 일 년에 두세 번 중증의 우울증에 걸려 정신착란에까지 이르렀습니다. 모든 베리에르 사람들과 여름이면 가서 지내는 베르지의 우리 이웃들, 제 가족 전체, 그리고 군수님까지도 그의 모범적인 신앙심을 인정할 것입니다. 그는 성경을 모두 외웁니다. 신앙심 없는 자가 성경을 익히려고 몇 해를 애썼겠습니까? 영광스럽게도 제 아들들이 이 편지를 전해드릴 것입니다. 제 아들들은 아직 어린아이입니다. 배심원님, 그 아이들에게 한번 물어봐주세요. 그러면 그 가엾은 청년에 관해 자세한 얘기를 모두 해드릴 것입니다. 그 얘기를 들으시면 그 청년에게 사형을 언도하는 것이 잔인한 행위임을 더욱더 이해하시게 될 것입니다. 그것은 저의 복수가 되기는커녕 제게 죽음을 가져다주는 일이 될 것입니다.

그의 적들은 다음의 사실에 대해 무엇을 반론으로 내세울 수 있을까요? 그 정신착란, 제 아이들도 자기들 선생님의 정신착란의 순간들을 지켜보았지만, 그 정신착란의 결과인 제 상처는 전혀 위험하지 않아서 두 달도 되지 않아 역마차로 베리에르에서 브장송까지 올 수 있었다는 사실 말입니다. 배심원님, 만일 별로 죄가 없는 사람을 법의 잔인성으로부터 보호해주시는 것을 배심원님께서 조금이라도 주저하신다는 것을 알면 저는 오로지 남편의 명령 때문에 누워 있는 이 침대를 떨치고 나가 배심원님의 발 아래에 꿇어앉겠습니다.

배심원님, 계획적인 살인은 아니라고 선고해주십시오. 그러면 무고한 자의 생명을 빼앗았다는 자책을 하지 않으셔도 될 것입니다……

41장 판결

이 지방은 그 유명한 소송사건을 오랫동안 기억할 것이다.
피고에 대한 관심은 소란으로까지 이르렀다.
그것은 그 범죄가 놀랍지만 잔악한 것은 아니었기 때문이다.
설사 잔악했다고 해도 그는 너무 미남이었다!
그의 탄탄한 앞날이 즉각 물거품이 되어버렸기에
측은한 마음이 더 컸다.
그들이 그를 처벌할까요? 여인들은 아는 남자들에게 견해를 묻곤 했다.
그때마다 그녀들이 창백한 얼굴빛으로 대답을 기다리는 것을 보았다.
— 생트 뵈브

이윽고 레날 부인과 마틸드가 그렇게도 두려워하던 그날이 왔다.

시내의 이상한 광경은 두 여인에게 공포를 배가시켰으며 푸케의 굳은 마음까지 동요시켰다. 주민들이 모두 그 기이한 사건을 판결하는 것을 보기 위해 브장송으로 달려왔다.

며칠 전부터 여관들에는 빈 방이 없었다. 재판소장은 방청권 요구 때문에 시달림을 당했다. 도시의 모든 여인들이 그 재판을 보러 가고 싶어했다. 거리에서는 쥘리앵의 초상화를 사라고 외쳤다……

마틸드는 이 결정적 순간을 위하여 ○○○ 주교의 친필 편지 한 통을 별도로 간직하고 있었다. 프랑스 교회를 이끌며 주교를 임명하는 그 고위 성직자는 쥘리앵의 무죄 석방을 요구하고 있었다. 재판 전날 마틸드는 그 편지를 무소불위의 힘을 휘두르고 있는 부주교에게 가지고 갔다.

면담이 끝나고 마틸드가 눈물을 흘리며 나가려 하자 프릴레르 씨는 마침내 외교적 조심성을 버리고 그 자신도 감동되어 이렇게 말했다.

"배심원들의 판결은 내가 책임지겠습니다. 당신이 보호하는 피고의 죄가 확실한지, 특히 예비 음모가 있었는지에 대한 검토의 책임을 맡은 열두 명의 배심원 중 여섯 명은 나의 출세에 헌신적인 사람들입니다. 나는 내가 주교직에 오를 수 있느냐가 그들에게 달려 있다는 것을 이해시켜두었습니다. 내가 베리에르 시장으로 만들어준 발르노 남작은 자기 아랫사람 두 명, 즉 무아로 씨와 숄랭 씨를 전적으로 마음대로 할 수 있습니다. 운 없게도 이단적인 생각을 가진 사람 두 명이 이 사건에 관계하고 있습니다. 그렇지만 아무리 극단적인 자유주의자라 해도 중대한 경우에는 나의 명령에 충실합니다. 그래서 나는 그들에게 발르노 씨를 따라 투표하라고 부탁해놓았습니다. 여섯번째 배심원은 엄청나게 부자인 실업가로 입이 가벼운 자유주의자인데, 국방성 납품을 은밀히 갈망하고 있다는 것을 알아냈습니다. 그러니 그 사람도 확실히 내 마음을 언짢게 하고 싶지는 않을 것입니다. 나는 발르노 씨가 내 의중을 알고 있다는 것을 그의 귀에 들어가게 했습니다."

"그런데 발르노 씨는 어떤 사람인가요?"

마틸드가 불안해하며 물었다.

"만일 아가씨가 그 사람을 알게 되면 성공을 의심하지 않아도 될 것입니다. 그 사람은 대담하고 방약무인하며 상스러운 사람으로, 어리석은 인간들을 다루기에 안성맞춤입니다. 그는 1814년에 곤경에서 벗어났는데, 나는 그를 도지사로 만들 겁니다. 그는 다른 배심원들이 그의 뜻대로 투표하지 않을 경우 그들을 이길 수 있습니다."

마틸드는 좀 안심이 되었다.

또다른 언쟁이 저녁에 그녀를 기다리고 있었다. 쥘리앵은 자기 생각에 결과가 어떨지 뻔히 보이는데 불쾌한 장면을 오래 끄는 것을 피하기 위해 법정에서 발언을 하지 않기로 결심했던 것이다.

그는 마틸드에게 이렇게 말했다.

"변호사가 말할 겁니다. 그것으로 족해요. 나는 내 모든 적에게 너무 오랫동안 구경거리가 될 것입니다. 그 시골뜨기들은 당신 덕분에 내가 빠르게 출세한 것에 감정이 상해 있어요. 내 말을 믿어요. 내가 사형에 처해질 때 바보처럼 눈물을 흘릴 수는 있지만 나의 처형을 바라지 않는 사람은 단 한 사람도 없다는 것을 말이에요."

그러자 마틸드는 이렇게 응수했다.

"그들은 당신이 모욕당하는 모습을 보고 싶어해요. 그건 엄연한 사실이에요. 하지만 나는 그들이 잔인하다고는 생각하지 않아요. 내가 브장송에 이렇게 와 있는 것과 나의 고통스러워하는 모습은 모든 여인들의 관심의 대상이 되었어요. 게다가 당신이 미남이기까지 하니. 만일 당신이 판사들 앞에서 한마디만 하면 방청객들은 모두 당신 편이 될 거예요……"

다음날 아침 아홉시, 쥘리앵이 재판소의 대법정으로 가기 위해 감옥에서 내려올 때 헌병들은 재판소 뜰에 모여든 엄청난 인파를 비켜서게 하느라 매우 애를 먹었다. 쥘리앵은 전날 밤에 잠을 잘 잤다. 마음도 아주 평온하여, 잔인하지는 않지만 자신의 사형 선고에 환호할 시기심 많은 군중에 대해 철학적 연민의 정 외에 다른 감정은 느끼지 않았다. 그는 자신을 막아선 군중 사이를 십오 분여 동안 지나가면서 그들이 자신에게 애정 어린 동정심을 보이는 것을 보고 매우 놀랐다. 그는 기분 나쁜 말은 한 마디도 듣지 못했다. 이 시골 사람들은 내가 생각했던 것만큼 그렇게 매정하지는 않구나, 하고 그는 생각했다.

법정에 들어서면서 그는 건물의 우아함에 놀랐다. 순수한 고딕 식 건물로, 대단히 정성 들여 다듬은 작고 아름다운 돌기둥이 여럿 보였다. 그는 자신이 영국에라도 와 있는 것 같은 생각이 들었다.

하지만 이내 그의 마음은 온통 피고석 맞은편 판사석과 배심원석 위의 발코니 세 개를 가득 채우고 있는 여자들에게로 향했다. 방청객 쪽으로 시선을 돌리자, 계단식 홀 상단부에 빙 둘러 설치된 특별석도 여인들이 가득 메우고 있는 모습이 보였다. 대부분 젊었으며 아주 예뻐 보였다. 그녀들의 눈은 동정으로 가득 차 반짝이고 있었다. 나머지 방청석도 꽉 차 있었다. 문 앞에서 사람들이 서로 들어오려고 밀쳐대는 바람에 문지기들은 좀처럼 그들을 조용하게 할 수 없었다.

그를 기다리고 있던 모든 사람들의 눈에 약간 높이 마련된 피고석에 앉는 그의 모습이 들어오자, 놀라움과 애정 어린 호의에서 나오는 소곤거리는 소리가 들렸다.

그날 쥘리앵은 마치 스무 살도 안 된 것 같았다. 복장은 아주 간소했지만 더할 나위 없는 우아함이 있었다. 머리카락과 이마는 매력적이었다. 마틸드가 직접 그의 옷차림을 돌봐주었던 것이다. 쥘리앵의 얼굴은 극도로 창백했다. 그가 피고석에 앉자마자 사방에서 "저런! 젊기도 해라!……" "아직 어린아이잖아……" "초상화보다 훨씬 잘생겼어" 등등의 소리가 들려왔다.

"피고인, 저 발코니에 앉아 있는 여섯 명의 부인이 보이지요?"

오른편에 앉아 있던 헌병이 그에게 말했다. 그 헌병은 배심원들이 자리하고 있는 계단식 홀 위쪽으로 불쑥 튀어나온 작은 특별석을 그에게 가리켜 보이면서 계속해서 말했다.

"저분이 도지사 부인이십니다. 그 옆에 있는 분이 M후작부인이신데 당신을 아주 좋아하십니다. 나는 저분이 예심판사에게 말하는 소리를 들었습니다. 그 옆이 데르빌 부인이십니다……"

"데르빌 부인이라고요!" 쥘리앵이 소리쳤다. 그는 새빨갛게 얼굴을 붉혔다. 그러면서 이렇게 생각했다. 저 부인은 여기에서 나가면 레날 부인에게 편지를 쓸 거야. 그는 레날 부인이 브장송에 와 있는 것을 모르고 있었다.

증인 심문은 아주 빨리 진행되었다. 차장검사가 기소를 시작하자 쥘리앵 바로 맞은편 그 작은 특별석에 앉아 있던 부인들 중 두 사람이 눈물을 흘렸다. 데르빌 부인은 나를 조금도 측은해하지 않겠지, 하고 그는 생각했다. 그렇지만 그녀 역시 크게 얼굴을 붉히고 있는 것을 쥘리앵은 알아보았다.

차장검사는 형편없는 프랑스어로 쥘리앵이 범한 범죄의 야만성에 대해 과장된 발언으로 일관했다. 쥘리앵은 데르빌 부인 옆에 앉아 있는 부인들이 차장검사를 아주 못마땅하게 여기는 모습을 보았다. 그 부인들을 알고 있는 듯한 몇몇 배심원이 그녀들에게 말을 하면서 안심시키는 듯했다. 어쨌든 좋은 징조는 아니야. 쥘리앵은 생각했다.

그때까지 쥘리앵은 그 재판에 참석하고 있는 모든 사람을 한결같이 멸시하고 있었다. 차장검사의 조잡스러운 웅변은 그 불쾌감을 더 크게 했다. 하지만 사람들이 자신에게 보여주는 뚜렷한 호의 앞에서 쥘리앵의 냉담한 마음은 조금씩 풀어졌다.

그는 변호사의 단호한 표정에 만족했다.

"미사여구를 늘어놓지 마세요."

변호사가 변론을 시작하려 할 때 쥘리앵은 아주 낮은 목소리로 말했다.

"당신에 대해 늘어놓은 검사의 보쉬에* 식의 과장된 말투가 당신에게 오히려 도움이 되었습니다."

변호사가 말했다. 실제로 변호사가 오 분 정도 변론을 하자 곧 거의 모든 여인들이 손에 손수건을 꺼내들었다. 용기를 얻은 변호사는 배심원들에게 아주 강력한 내용의 변호를 했다. 쥘리앵은 몸이 부르르 떨리면서 눈물이 쏟아질 것만 같은 느낌이 들었다. 이런! 나의 적들이 무슨 말을 할 것인가?

엄습하는 감동에 빠져들려고 할 때, 다행히도 쥘리앵은 발르노 남작의 거만한 시선과 맞닥뜨렸다.

저 잘난 체하는 놈의 눈이 휘둥그레지는구나. 쥘리앵은 생각했다. 저 비열한 인간에게는 얼마나 의기양양해할 일인가! 내 죄로 인해 이런 상황에 처했지만 나는 저 인간을 저주해야 한다. 저 인간이 레날 부인에게 나에 대해 무슨 말을 늘어놓을지는 신만이 아실 것이다!

이런 생각이 다른 생각들을 지워버렸다. 잠시 후 쥘리앵은 방청객들의 수긍한다는 표정을 보고 다시 정신이 들었다. 변호사가 막 변론

---

* 프랑스의 신학자이자 유명한 설교가.

을 마친 것이다. 쥘리앵은 변호사에게 악수를 청하는 것이 적절할 것 같다는 생각이 들었다. 시간은 신속히 흘러갔다.

변호사와 피고를 위해 음료수를 가져왔다. 쥘리앵은 이런 상황, 즉 식사를 하기 위해 방청석을 떠난 여인이 하나도 없다는 사실에 놀랐다.

"참, 시장해 죽을 지경이군요. 당신은 어떻습니까?"

변호사가 물었다.

"나도 배가 고픕니다."

쥘리앵이 말했다.

"저기 보세요. 도지사 부인도 식사를 날라오게 하여 드는군요. 용기를 내세요. 다 잘될 겁니다."

변호사는 그 작은 발코니를 가리키면서 말했다.

재판이 재개되었다.

재판장이 사건을 요약하고 있을 때 자정이 울렸다. 재판장은 재판을 중단하지 않을 수 없었다. 모두 초조하여 말이 없는 가운데 벽시계 소리가 법정 안을 가득 채웠다.

자, 내 인생 최후의 날이 시작되는구나. 쥘리앵은 생각했다. 곧 그는 자기 의무에 대한 생각에 마음이 불타오르는 것을 느꼈다. 그는 그때까지는 자신의 감동을 억누르고 어떤 일이 있어도 법정에서 발언하지 않겠다는 자신의 결심을 지키고 있었다. 하지만 재판장이 덧붙일 말이 있느냐고 묻자 그는 일어섰다. 앞쪽에 데르빌 부인의 눈이 보였는데, 불빛에 반짝이는 것처럼 보였다. 부인이 혹시 울고 있는 것일까? 쥘리앵은 생각했다.

"배심원 여러분,

죽음의 순간에 경멸을 받을까 두려워 발언하겠습니다. 배심원 여러분, 저는 여러분의 계급에 속하는 영예를 갖고 있지 않습니다. 여러분께서 보시듯이 저는 자신의 비천한 운명에 반항한 농부일 뿐입니다."

쥘리앵은 목소리를 가다듬으며 계속했다.

"저는 어떠한 용서도 구하지 않습니다. 저는 환상을 품고 있지 않습니다. 죽음이 저를 기다리고 있습니다. 그 죽음은 당연합니다. 저는 온갖 존경과 찬사를 받을 만한 훌륭한 부인의 살해를 기도했습니다. 레날 부인은 제게 어머니 같은 분이었습니다. 저의 범죄는 끔찍한 것입니다. 게다가 그것은 계획적이었습니다. 배심원 여러분, 그러니 저는 죽어 마땅합니다. 그런데 저의 죄가 더 가벼운 것일지라도, 저는 제 젊음이 동정할 만하다는 사실에 신경 쓰지 않고 도리어 저를 통해 저와 같은 하층민으로 태어나 어떻게 보면 가난에 짓눌리면서도 운 좋게 좋은 교육을 받고 부유한 사람들의 오만이 사교계라고 부르는 곳에 대담하게 끼어들려 한 저 같은 하층계급 젊은이들의 용기를 영원히 꺾으려 하는 사람들을 봅니다.

배심원 여러분, 그 점이 바로 저의 죄입니다. 그러니 저는 저와 같은 계급의 동료들로부터 판결을 받지 못하는 만큼 더 가혹하게 벌을 받을 것입니다. 저의 눈에는 배심원석에 부유한 농민은 보이지 않고 오직 분개한 부르주아들만 보입니다……"

이십 분 동안 쥘리앵은 이와 같은 어조로 계속해서 말했다. 그는 마음에 담아두었던 말을 다 했다. 귀족계급의 특별한 애호를 갈망하는 차장검사는 자기 자리에서 펄쩍펄쩍 뛰며 어쩔 줄 몰라했다. 그러나 쥘리앵이 이야기 중에 다소 추상적인 표현을 했음에도 불구하고 모든 여인이 눈물을 흘렸다. 데르빌 부인도 눈에 손수건을 가져갔다. 말을 마치기 전 쥘리앵은 자신의 범죄에 대한 예비 음모, 후회, 아주 행복했던 시절 레날 부인에 대해 가졌던 존경과 자식 같은 끝없는 숭배 등에 대해 다시 이야기했다…… 데르빌 부인이 소리를 지르며 실신해 버렸다.

배심원들이 그들의 토의실로 물러갈 때 새벽 한시가 울렸다. 하지만 단 한 명의 여인도 자리를 뜨지 않았다. 몇몇 남자들도 눈에 눈물을 글썽였다. 그들의 대화는 처음에는 아주 활발했다. 하지만 배심원단의 결정이 조금씩 늦어지자 모든 방청객에게 피곤이 엄습하면서 말이 없어졌다. 엄숙한 순간이었다. 불빛도 빛을 잃어가고 있었다. 아주 피곤한 쥘리앵의 귀에 배심원들의 결정이 그처럼 지체되는 일이 흉조이지 길조인지 갑론을박하는 소리가 들려왔다. 그는 모든 사람의 기원이 자기 쪽인 것을 알고 기뻤다. 배심원단은 아직 돌아오지 않았다. 그렇지만 단 한 명의 여인도 법정을 떠나지 않았다.

막 두시를 치자 움직이는 소리가 크게 들렸다. 배심원실의 작은 문이 열렸다. 발르노 남작이 엄숙하고 과장된 걸음으로 앞서 나왔고, 다른 배심원들이 그 뒤를 따랐다. 발르노 남작이 기침을 하고 나서 배심원단은 만장일치로 쥘리앵이 살인죄를 저질렀다고, 그것도 계획적인 살인죄를 저질렀다고 결론을 내렸음을 선언했다. 그 선언은 곧 사형 언도를 의미했고, 잠시 후 판사는 사형을 언도했다. 쥘리앵은 자기 시계를 보았다. 그리고 라발레트 씨 사건을 떠올렸다. 새벽 두시 십오분이었다. 오늘은 금요일이구나, 하고 쥘리앵은 생각했다.

그렇지, 금요일이야. 하지만 오늘은 나를 단죄하는 발르노에게는 행복한 날일 거야…… 나는 너무 감시를 받고 있어서 라발레트 부인이 그랬듯이 마틸드가 나를 구할 수는 없을 거야…… 그러니까 사흘 후 이 시간에는 나의 '위대한 가능성'이 어떻게 막을 내릴지 알게 될 거야.

바로 그때, 어떤 외침 소리가 들려와 그는 현실로 돌아왔다. 그의 주위에 있는 여인들이 흐느껴 울고 있었다. 모든 얼굴이 고딕 식 난간 기둥 위에 만들어진 조그만 특별석으로 향하고 있는 것이 보였다. 거기에 마틸드가 숨어 있었다는 것을 쥘리앵은 나중에 알았다. 외침 소리가 다시 들려오지 않자 모두 쥘리앵을 다시 바라보았다. 헌병들이 군중을 가로질러 그를 데려가려고 애쓰고 있었다.

저 사기꾼 발르노의 웃음거리가 되지는 말아야지, 하고 쥘리앵은 생각했다. 그는 후회하는 듯하는 번지르르한 태도로 사형을 언도하게 하는 배심원들의 결정을 선언했던가! 오랜 세월을 판사로 재직해온 그 가련한 재판장도 내게 사형을 언도하면서 눈에 눈물을 글썽였는데 말이다. 레날 부인을 놓고 우리가 예전에 경쟁한 것에 대해 복수를 했으니 저 발르노는 얼마나 기쁘겠는가!…… 그러니 이제 나는 레날 부인을 더이상 보지 못하겠구나! 이제는 다 틀렸다…… 마지막 작별인사도 못 할 것 같은 생각이 든다…… 내 죄에 대한 모든 후회를 레날 부인에게 말할 수 있다면 정말 행복할 텐데!

이 한마디 말만 할 수 있어도 행복할 것이다. 저는 사형을 받아 마땅합니다, 라고.

42장

감옥으로 돌아온 쥘리앵은 사형수 전용 감방에 수감되었다. 보통 때 같으면 아주 사소한 상황에도 주의를 기울일 텐데, 이번에는 자기가 탑 꼭대기 자기 감방으로 올라가고 있지 않다는 것도 전혀 알아채지 못했다. 그는 마지막 순간이 다가오기 전에 다행스럽게도 레날 부인을 볼 수 있다면 그녀에게 무슨 말을 할 것인가에 대해 생각하고 있었던 것이다. 그는 그녀가 자기 말을 중단시킬 것 같은 생각이 들어 처음 한마디로 자신의 모든 후회의 마음을 그녀에게 표현할 수 있기를 바랐다. 그런 행위를 저질러놓고 어떻게 내가 그녀만을 사랑한다고 설득할 수 있단 말인가? 어쨌든 나는 그녀를 죽이려 했다. 야심에 의해서건 아니면 마틸드에 대한 사랑 때문이건 말이다.

침대에 누우면서 그는 시트가 거친 천으로 되어 있는 것을 발견했다. 그는 정신이 번쩍 들었다. 아아! 내가 지하 감방에 있구나. 그렇겠지. 나는 사형수니까. 당연한 일이야…… 그는 생각했다.

당통은 단두대에서 목이 잘리기 전날 시끄러운 목소리로 "참 신기하지. '기요티네*'라는 동사는 모든 시제로 변화시킬 수가 없어. '나는 목이 잘릴 것이다' '너는 목이 잘릴 것이다'라고 말할 수는 있어도 '나는 목이 잘렸다'라고는 말할 수 없으니 말이야"라고 말했다고 알타미라 백작이 내게 얘기해주었지.

쥘리앵은 다시 이렇게 생각했다. 만일 저 세상이 있다면 과거 시제로 말하지 못할 이유가 뭘까?…… 만일 정말 기독교도들의 신을 만나면 나는 끝이다. 그 신은 폭군이고, 그런 존재가 대개 그렇듯이 복수심으로 가득 차 있기 때문이다. 그의 성서도 끔찍한 징벌에 대해서만 말하고 있다. 나는 그 신을 사랑하지 않았고, 사람들이 그 신을 진심으로 사랑한다고 믿고 싶지도 않았다. 그 신은 무자비하다(그러면서 그는 성서의 몇몇 구절을 상기했다). 그 신은 내게 끔찍한 방식으로 벌을 줄 거야……

하지만 만일 내가 페늘롱**의 신을 만난다면! 그 신은 아마도 내게 이렇게 말할지도 모른다.

"너는 많이 사랑했으니 많이 용서받으리라……"

내가 많이 사랑했다고? 아, 그래! 나는 레날 부인을 사랑했어. 하지만 내 행위는 끔찍했지. 그때도 나는 다른 경우처럼 찬란한 것을 위해

---

* 프랑스어로 '목을 자르다' '사형에 처하다'라는 뜻의 동사.
** 프랑스의 종교가·소설가. 정적주의(靜寂主義)에 심취하고, 정통 신앙을 옹호하는 보쉬에와 격렬한 논쟁을 벌였다.

단순하고 소박한 가치를 버렸어……

그렇지만 얼마나 멋진 전망이었던가!…… 전쟁이 일어나면 기병대 대령, 평화로운 시절에는 공사관 서기, 이어서 대사도 될 수 있었겠지…… 나는 외교 일도 배울 수 있었을 텐데…… 만일 내가 바보라 해도, 라 몰 후작의 사위인데 누구를 두려워하겠는가? 내 모든 어리석은 행동이 용서받았을 것이다. 아니, 더 정확히 말하면 그 모든 어리석은 행동이 능력인 것처럼 평가되었을 것이다. 유능한 인간으로서 빈이나 런던에서 더없이 멋진 삶을 향유했겠지……

"그런데 정확하지는 않지만 선생, 선생은 사흘 후에는 단두대에서 목이 잘릴 텐데요."

쥘리앵은 이렇게 중얼거리고는 자신의 재치에 허심탄회하게 웃었다. 그는 다시 이런 생각에 잠겼다. 실제로 인간 안에는 두 존재가 있다. 그 두 존재 중 어느 쪽이 이런 간악한 생각을 하는가?

그래, 이 친구야! 너는 사흘 후에 단두대에서 목이 잘려나갈 거야. 말을 막는 다른 존재에게 그는 이렇게 응수했다. 숄랭 씨는 마슬롱 사제와 반반씩 부담하여 창문 하나를 빌릴 것이다. 그런데 사형 집행을 구경하기 위한 그 창문을 빌릴 돈을 구하기 위해 그 두 훌륭한 인물 중 누가 상대방의 돈을 도둑질할까?

로트루*의 『방세슬라스』의 이 구절이 그에게 불현듯 떠올랐다.

라디슬라: ……저의 영혼은 모든 준비가 되어 있습니다.

---

* 프랑스의 극작가. 17세기 전반 바로크풍 연극의 대표작가이다.

왕(라디슬라의 아버지): 단두대도 준비가 되어 있다. 네 목을 갖다대어라.

얼마나 멋진 답변인가! 그는 이렇게 생각하다가 그만 잠이 들어버렸다. 아침에 누가 힘차게 껴안는 바람에 그는 잠이 깼다.

"이거 뭐야, 벌써!"

쥘리앵은 눈을 험상궂게 뜨면서 말했다. 자신이 사형 집행인의 손아귀에 잡힌 것으로 생각했던 것이다.

마틸드였다. 다행히 그녀는 내가 무슨 말을 하는지 이해하지 못했구나. 이렇게 생각한 그는 다시 침착해졌다. 쥘리앵은 마틸드가 반년은 앓아온 사람처럼 변해 있는 모습을 보았다. 정말로 알아보기 힘들 정도였다.

"그 야비한 프릴레르가 나를 배반했어요."

그녀는 양손을 뒤틀면서 쥘리앵에게 말했다. 분노가 치밀어 울음도 나오지 않았다.

"어제 내가 발언할 때 멋지지 않던가요?"

쥘리앵이 엉뚱하게 대답했다.

"즉흥적인 연설이었지. 난생처음이었어요! 그게 마지막 연설이 될지도 모르겠군요."

이때 쥘리앵은 피아노를 연주하는 능숙한 피아니스트처럼 아주 침착하게 마틸드의 성격을 다루었다…… 그는 다시 이렇게 덧붙였다.

"사실 나는 혈통의 우월성은 없지만 마틸드의 위대한 영혼이 그녀의 애인을 그녀 높이까지 올려놓았습니다. 보니파스 드 라 몰이 만일 재판관 앞에 섰다면 나보다 더 나았을까요?"

그날 마틸드는 6층에 사는 불쌍한 소녀처럼 꾸밈없고 다정했다. 하지만 그녀는 쥘리앵에게서 더 순박한 말은 들을 수 없었다. 그는 그녀에게서 자주 받았던 고통을 자기도 모르게 그녀에게 되돌려주고 있었던 것이다.

아무도 나일 강의 근원을 모른다. 쥘리앵은 다시 생각에 잠겼다. 강들 중의 왕인 나일 강은 인간의 눈에 그저 시냇물 상태로 보인 적이 없었기 때문이다. 이처럼 나는 나약한 쥘리앵의 모습은 아무에게도 보이지 않을 것이다. 왜냐하면 무엇보다 나는 나약하지 않기 때문이다. 하지만 나는 감동하기 쉬운 마음을 가졌다. 가장 평범한 말일지라도 그것이 진실하면 내 목소리를 누그러뜨릴 수 있으며, 눈물까지 흘리게 할 수 있다. 그 약점 때문에 인정머리 없는 인간들이 나를 얼마나 멸시했던가! 그들은 내가 용서를 구한다고 생각했던 것이다. 그런 인간들을 내가 용서해서는 안 된다.

단두대 밑에서 당통은 자신의 아내에 대한 추억 때문에 마음이 동요되었다고 한다. 하지만 당통은 경박하고 건방진 프랑스 국민들에게 힘을 주어 적군이 파리까지 진군하는 것을 막았다…… 나만이 내가 무엇을 할 수 있었을지 알고 있다…… 남들에게는 기껏해야 하나의 '가능성'에 불과하겠지만 말이다.

여기 이 지하감옥에 마틸드 대신 레날 부인이 있었더라도 내가 나 자신에 대해 장담할 수 있을까? 과도한 나의 절망과 회한은 발르노와 이 지방 모든 특권 계층의 눈에 죽음에 대한 추한 공포심으로 여겨졌을 것이다. 그들은 매우 겁약하기로 소문이 나 있고, 자신들의 금전적

이점 때문에 그런 두려운 상황에 처하지 않는 것뿐이다! 나를 사형에 처하게 한 무아로와 숄랭은 이렇게 말했을 것이다. '목수의 아들로 태어난다는 것이 어떤 것인지 봐라! 박식하고 재치 있는 사람이 될 수는 있지만 담력은 아니야!…… 담력은 배운다고 되는 게 아니야.' 지금 울고 있는, 아니, 더 정확히 말해 더이상 울 수도 없는 이 가련한 마틸드와도…… 그는 마틸드의 충혈된 눈을 바라보며 생각했다. 그러고는 그녀를 자신의 품에 꼭 껴안았다. 마틸드가 진정으로 고통스러워하는 모습은 그로 하여금 논리적인 생각까지 잊게 만들었다…… 마틸드는 어쩌면 밤새 울었을 것이다. 그는 그렇게 생각했다. 하지만 어느 날 이 기억은 그녀에게 얼마나 수치스러울 것인가! 그녀는 자신이 철없던 시절 한 하층민의 천박한 사고방식에 의해 길을 잃었다고 생각하겠지…… 크루아즈누아는 나약하니 마틸드와 결혼할 것이다. 그런데 정말 그는 잘할 거야. 마틸드는 그가 어떤 역할을 하게 해줄 것이고.

　원대한 목적을 품은 굳센 정신이
　저속한 인간들의 상스러운 정신에 대해 갖는 권리.[*]

　참, 이거 재미있군! 죽어야 할 처지가 되니 내가 그 동안 알고 있던 모든 시구가 기억이 나니 말이야. 이건 쇠락의 신호일 거야……
　마틸드가 힘없는 목소리로 쥘리앵에게 같은 말을 되풀이했다.

---

[*] 볼테르의 희곡 『마호메트』의 한 구절.

"그분이 옆방에 와 있어요."

마침내 쥘리앵이 그 말에 주의를 기울였다. 그러면서 이렇게 생각했다. 목소리는 약하지만 명령적인 특징은 여전히 어조에 남아 있구나. 화내지 않으려고 목소리를 낮추는구나.

"누가 와 있는데요?"

쥘리앵은 부드러운 목소리로 그녀에게 물었다.

"변호사지요. 당신이 항소 서류에 서명을 하게 하려고요."

"나는 항소하지 않을 겁니다."

"뭐라고요, 항소하지 않는다고요! 이유가 뭐예요?"

마틸드가 분노로 두 눈을 번득이면서 벌떡 일어섰다.

"지금은 나를 지나치게 웃음거리로 만들지 않고 죽을 용기가 있기 때문입니다. 이 습기 찬 지하감옥에 오랫동안 갇혀 있을 경우, 두 달 후에도 내가 지금처럼 각오가 잘 되어 있을 거라고 누가 장담하겠어요? 사제들 그리고 나의 아버지가 면회를 올 텐데…… 세상에 그보다 더 불쾌한 일은 없어요. 그냥 죽겠소."

이 뜻밖의 장애는 마틸드의 오만한 성격을 모조리 되살아나게 만들어버렸다. 그녀는 브장송 지하감옥의 문이 열리는 시간 전에는 프릴레르 사제를 만나볼 수 없었다. 그것에 대한 분노가 쥘리앵 책임으로 돌아왔다. 그녀는 쥘리앵을 열렬히 사랑했지만, 십오 분은 족히 넘게 쥘리앵의 성격에 대한 저주와 쥘리앵을 사랑한 것에 대한 후회를 토로했다. 거기서 쥘리앵은 옛날 라 몰 저택의 서재에서 그에게 폐부를 찌르는 듯한 욕설을 마구 퍼붓던 그녀의 그 오만한 성격을 다시 보았다.

"하늘이 당신 가문의 영광을 위해 당신을 남자로 태어나게 했어야 하는데." 그는 마틸드에게 말했다.

그는 다시 이런 생각에 잠겼다. 하지만 내가 이 역겨운 감옥에서 특권층의 파당이 꾸며낼 수 있는 야비하고 모욕적인 모든 것의 표적이 되어, 위안이라고는 사랑에 미친 이 여자의 저주밖에 없는 상태로 두 달을 더 산다면 정말 끔찍할 거야…… 그래, 모레 아침에 나는 냉정함과 놀라운 솜씨로 이름난 한 인간과 결투를 하는 거다…… 대단히 놀라운 솜씨라고 메피스토펠레스파는 말했지. 그리고 그 인간은 절대로 헛쏘는 일이 없다고.

그래, 잘됐어(마틸드는 웅변조의 설득을 계속했다). 정말 안 할 거다. 항소는 안 할 거야. 그는 생각했다.

그렇게 결심이 서자 그는 다시 몽상에 빠져들었다…… 우편 배달부는 평소처럼 여섯시에 신문을 놓고 지나갈 거야. 레날 씨가 신문을 읽고 나면 엘리자는 여덟시에 발뒤꿈치를 세우고 걸어가 부인의 침대 위에 신문을 갖다놓겠지. 조금 후에 부인은 잠에서 깨어날 거야. 신문을 읽어가면서 그녀는 어쩔 줄 모를 거야. 그녀의 예쁜 손이 떨리겠지. 그녀는 이 말까지밖에 읽지 못할 거야…… '10시 5분에 그는 절명했다.'

부인은 뜨거운 눈물을 흘릴 거야. 내가 부인을 잘 알거든. 내가 그녀를 살해하려 했지만 다 잊혀지겠지. 내가 목숨을 빼앗으려 했던 사람이야말로 진심으로 나의 죽음을 슬퍼할 유일한 사람일 거야.

아아! 이것은 정말이지 모순이군! 그는 생각했다. 마틸드가 계속해서 퍼부어대는 십오 분 동안 그는 레날 부인만 생각했다. 마틸드가 하는 말에 자주 대꾸는 했지만, 자신의 마음을 베리에르의 침실에 대한 기억에서 떼어낼 수 없었다. 그는 오렌지색 타프타 천 침대보 위에 놓인 브장송 신문을 떠올렸다. 발작적으로 떨면서 그 신문을 집어드는 새하얀 손이 상상되었다. 레날 부인이 우는 것도 보였다…… 그는 그 매력적인 얼굴 위로 흘러내리는 눈물 방울을 따라갔다.

라 몰 양은 쥘리앵에게서 아무것도 얻어내지 못하자 변호사를 들어오게 했다. 다행히도 변호사는 1796년 당시 이탈리아 원정군 대위로서 마누엘의 전우였다.

표면상 그는 사형수의 결심을 되돌리기 위해 공박했다. 쥘리앵은 변호사를 존경하는 마음으로 대하려고 했기에 항소 포기의 모든 이유를 자세히 설명해주었다.

"물론 당신처럼 생각할 수도 있어요."

변호사 펠릭스 바노 씨가 마침내 쥘리앵에게 말했다.

"하지만 당신이 항소할 수 있는 기간이 사흘은 족히 남아 있습니다. 그러니 매일 찾아오는 것이 내 의무입니다. 만일 지금부터 두 달이내에 감옥 밑에서 화산이라도 뚫고 올라오면 당신은 구원받겠지요. 그리고 당신은 병으로 죽을 수도 있습니다."

쥘리앵은 그에게 악수를 청했다.

"고맙습니다. 당신은 참 선량하신 분입니다. 그 문제에 대해 생각해보겠습니다."

이윽고 마틸드가 변호사와 함께 나갈 때, 그는 마틸드보다는 변호사에게 훨씬 큰 우정을 느끼고 있었다.

43장

한 시간 후, 곤히 자고 있던 그는 자신의 손에 눈물이 흐르는 것을 느끼면서 눈을 떴다. 아아! 또 마틸드구나. 그는 반쯤 깬 상태에서 생각했다. 이론에 충실한 이 사람은 다정한 감정으로 나의 결심을 공박하러 왔구나. 그 비장한 공격을 생각하니 싫증이 나서 그는 눈을 뜨지 않았다. 자기 아내를 피해 달아난 벨페고르의 시구가 그에게 떠올랐다.

이상한 한숨 소리가 그에게 들려왔다. 그래서 그는 눈을 떴다. 레날 부인이었다.

"아! 죽기 전에 이렇게 당신을 다시 보다니. 이게 환영은 아니겠지요?"

그는 그녀의 발 아래에 몸을 던지며 큰 소리로 말했다.

"용서해주세요, 부인. 당신의 눈에 저는 살인자일 따름입니다."

제정신이 들자 그는 곧 이렇게 말했다.

"보세요…… 나는 항소하라고 당신에게 간청하러 왔어요. 당신이 원하지 않는 줄은 알지만 말이에요……"

흐느낌이 말문을 막아 레날 부인은 말을 계속하지 못했다.

"저를 용서해주세요."

"내가 용서하기를 바란다면 당신의 사형 선고에 즉각 항소하세요."

그녀는 일어서서 그의 품으로 달려들면서 말했다.

쥘리앵은 그녀에게 입맞추었다.

"항소 기간 두 달 동안 매일 내게 올 겁니까?"

"그래요, 맹세해요. 남편이 막지 않는 한 매일 오겠어요."

"항소장에 서명하겠습니다!"

쥘리앵이 소리쳤다.

"아, 당신이 저를 용서해주신다니! 이럴 수가!"

그는 레날 부인을 자기 품에 꼭 껴안았다. 그는 마치 미치광이 같았다. 그녀가 나지막이 비명을 질렀다.

"아무것도 아니에요. 당신이 좀 아프게 해서."

그녀가 말했다.

"어깨가 아프셨군요."

쥘리앵이 눈물을 흘리며 소리쳤다. 그는 좀 물러서서 그녀의 손에 불같은 입맞춤을 퍼부었다.

"베리에르의 당신 방에서 당신을 마지막으로 보았을 때, 제가 그런 일을 저지르리라고 누가 상상이나 했겠니까?"

"마찬가지로 그때에는 내가 라 몰 씨에게 그런 수치스러운 편지를 쓰리라고 누가 상상이나 했을까요?"

"저는 언제나 당신을 사랑했다는 것을, 당신만을 사랑했다는 것을 알아주세요."

"이럴 수가!"

이번에는 레날 부인이 기뻐서 어쩔 줄 모르며 소리쳤다. 그녀는 무릎을 꿇고 있는 쥘리앵에게 몸을 기댔다. 그들은 그렇게 오랫동안 말 없이 눈물만 흘렸다.

이제까지 살아오면서 쥘리앵은 이런 순간을 경험해보지 못했다.

오랜 시간이 지나고 말을 할 수 있게 되었을 때 레날 부인이 이렇게 말했다.

"그러면 그 젊은 미술레 부인은요. 아니, 정확히 말해 라 몰 양은요. 사실 나는 그 기묘한 로맨스를 믿기 시작했어요!"

"표면상으로만 사실일 뿐입니다."

쥘리앵이 대답했다.

"그 사람은 제 아내이지만 제 애인은 아닙니다……"

상대방의 이야기를 수없이 끊으면서 마침내 그들은 그 동안 서로 몰랐던 것에 대해 무척이나 힘겹게 이야기하게 되었다. 부인이 라 몰 씨에게 보낸 편지는 레날 부인의 젊은 고해사제가 쓰고 그녀가 나중에 베낀 것이었다.

"종교가 내게 얼마나 끔찍한 일을 저지르게 했는지! 그래도 난 그 편지의 아주 지독한 대목들은 완화시켰어요……"

쥘리앵의 열광과 행복은 그가 그녀를 이미 용서했음을 증명하고 있었다. 일찍이 그가 이처럼 사랑에 미친 적은 없었다.

한동안 대화를 나눈 끝에 레날 부인은 쥘리앵에게 이렇게 말했다.

"그렇지만 나는 독실한 믿음을 잃지 않았다고 생각해요. 나는 진심으로 하느님을 믿어요. 또한 당신이 내게 권총 두 발을 쏘았는데도, 당신을 보자 내가 저지른 범죄가 얼마나 끔찍한지를 알겠어요⋯⋯"

이 말이 끝나자 쥘리앵은 그녀가 원하지 않음에도 불구하고 그녀에게 입맞춤을 해댔다.

"그만 좀 해요."

그녀가 계속해서 말했다.

"잊어버릴까봐 겁이 나서 당신과 이야기를 나누고 싶어요⋯⋯ 당신을 보자마자 내 모든 의무가 사라져버리고 당신에 대한 사랑만 남아요. 아니, 더 정확히 말하면 사랑이라는 말은 너무 약해요. 나는 당신에 대해 오직 하느님께만 느껴야 할 감정을 느껴요. 존경과 사랑과 복종이 뒤섞인 감정이지요⋯⋯ 사실 난 당신이 내게 불러일으키는 감정이 무엇인지 잘 몰라요. 만일 당신이 내게 간수를 칼로 찌르라고 하면 나는 생각해보지도 않고 그렇게 해버릴 거예요. 내가 당신을 떠나가기 전에 당신이 내게 불러일으키는 그 감정을 분명히 설명해주세요. 내 마음을 명확히 알고 싶어요. 두 달 후면 우린 헤어지니까요⋯⋯ 말이 났으니 말인데, 우리는 정말 헤어지는 건가요?"

부인이 미소를 지으면서 쥘리앵에게 말했다.

"저는 약속을 취소하겠습니다."

쥘리앵이 일어서면서 소리쳤다.

"사형 선고에 대한 항소도 하지 않겠습니다. 만일 당신이 독약으로든, 칼·권총·숯불 또는 그 외의 어떤 방법으로든 당신의 목숨을 끊거나 위해를 가한다면 말입니다."

레날 부인의 표정이 갑자기 변했다. 열렬한 그 애정이 깊은 몽상으로 변했다.

"우리가 당장 함께 죽는다면 어떻겠어요?"

이윽고 그녀가 다시 쥘리앵에게 말했다.

"저 세상에 무엇이 있는지 누가 알아요?"

쥘리앵이 대답했다.

"어쩌면 고통이 있을지도 몰라요. 어쩌면 아무것도 없을지도 모르고요. 우리는 두 달 동안 함께 즐겁게 지낼 수 있지 않나요? 두 달이면 아주 많은 날들입니다. 저는 어느 때보다도 행복할 겁니다!"

"어느 때보다 행복할 거라고요?"

"어느 때보다도 행복할 겁니다."

쥘리앵은 기뻐서 어쩔 줄 모르며 같은 말을 되풀이했다.

"저는 지금 저 자신에게 말하는 것처럼 당신에게 말하는 겁니다. 맹세하지만 절대 과장이 아닙니다."

"그렇게 말하면 내게 명령하는 것 같아요."

그녀가 수줍고 우울한 미소를 보이면서 말했다.

"그렇다면 맹세해주세요. 저에 대한 당신의 사랑을 걸고 말입니다. 직접적이든 간접적이든, 어떤 식으로도 목숨을 해치지 않겠다고……"

그는 계속해서 말했다.

"생각해보세요, 당신은 제 아들을 위해서라도 살아야 한다는 것을요. 마틸드가 크루아즈누아 후작부인이 되면 곧 하인들에게 그 아이를 맡겨버릴 겁니다."

"맹세하겠어요."

부인이 쌀쌀하게 말했다.

"하지만 당신이 쓰고 서명한 항소장을 원해요. 내가 직접 검사장에게 가지고 가겠어요."

"그렇게 하지 마세요. 당신의 명예를 더럽힐 테니까요."

"당신을 보러 이렇게 감옥에까지 왔으니, 난 이제 브장송과 프랑슈콩테 지방에서 영원한 화제의 주인공이 될 텐데요."

그녀는 몹시 괴로워하는 얼굴로 말했다.

"엄격한 정숙의 경계를 나는 이미 넘어버렸는걸요…… 난 명예를 잃은 여자예요. 당신을 위해 그렇게 된 게 사실이지만……"

그녀의 어조가 너무 우울해서 쥘리앵은 전혀 새로운 어떤 행복을 느끼며 그녀를 포옹했다. 그것은 이제 사랑의 도취가 아니었다. 극도의 감사의 표시였다. 그는 그녀가 자기에게 바친 희생이 어느 정도인지를 처음으로 깨달았다.

아내가 쥘리앵의 감옥을 오랫동안 방문하곤 한다는 사실을 어떤 자비심 많은 사람이 알려준 것이 틀림없었다. 사흘이 지나자 레날 씨가 베리에르로 당장 돌아오라는 단호한 명령과 함께 그녀에게 마차를 보냈으니 말이다.

그날은 그 쓰라린 이별과 함께 운수 나쁘게 시작되고 있었다. 두세 시간 뒤, 브장송의 예수회원 모임에 진출하지 못한 어떤 음모가 사제 한 사람이 아침부터 감옥 밖의 길에 죽치고 앉아 있다는 말을 전해왔다. 비가 많이 오고 있었지만 그 인간은 순교라도 하려는 듯 그곳을 떠나지 않고 있다는 것이었다. 쥘리앵은 기분이 좋지 않았고, 그 어리석은 행동은 그에게 큰 타격을 주었다.

아침에 그는 이미 그 사제의 방문을 거절한 바 있었다. 하지만 그 작자는 쥘리앵의 모든 고해를 자신이 받아냈다고 주장하면서 브장송의 모든 젊은 여인들 사이에서 명성을 얻어보기로 작정했던 것이다.

그 사람은 감옥 문 앞에서 그날 낮과 밤을 보내겠다고 큰 소리로 선포했다.

"저 배교자의 마음을 감동시키려고 하느님이 나를 보내셨소……"

그러자 구경거리에 항상 관심이 많은 하층민들이 모여들기 시작했다. 그는 그들에게 이렇게 말했다.

"그렇습니다. 형제들이여, 나는 오늘 낮과 밤을, 아니, 매일 밤낮을 이곳에서 보낼 것이오. 성령이 내게 말씀하셨소. 나는 하늘의 사명을 받았소. 나는 저 젊은 소렐의 영혼을 구해야 할 의무가 있소. 내 기도에 동참하시오……"

쥘리앵은 소란은 물론 자기에게 주의가 쏠리게 할 일이면 모두 몹시 싫었다. 그는 남몰래 이 세상에서 사라져버릴 순간을 생각해보았다. 하지만 그는 레날 부인을 다시 만날 수 있으리라는 얼마만큼의 희망을 지니고 있었다. 그는 그렇게 미친 듯이 사랑하고 있었다.

감옥의 문은 사람들이 아주 많이 왕래하는 거리에 위치해 있었다. 진창으로 더럽혀진 사제가 사람들을 불러모아 소란을 피우는 것에 대한 생각이 쥘리앵의 마음을 고통스럽게 했다. 틀림없이 그 인간의 입에서는 끊임없이 내 이름이 흘러나오고 있을 것이다! 그 순간은 죽음보다도 더 괴로웠다.

쥘리앵은 그에게 고분고분한 감옥 열쇠 보관자를 한 시간 간격으

로 두세 번 불러, 그 사제가 아직도 감옥 문 앞에 있는지 보러 가라고
했다.

"그는 진창에 무릎을 꿇고 큰 소리로 당신의 영혼을 위해 연도를
바치고 있습니다……"

열쇠 보관자의 말은 변함이 없었다. 건방진 놈! 쥘리앵은 생각했
다. 바로 그때, 아니나 다를까 희미하게 중얼거리는 소리가 들려왔다.
그것은 연도에 답하는 군중의 소리였다. 더 참기 어려운 일은 열쇠 보
관자까지도 그 라틴어를 따라 하면서 입술을 움직이는 것을 보는 일
이었다. 그는 이렇게 덧붙였다.

"저 성스러운 분의 도움을 거절하는 것을 보면 당신은 정말 냉혹한
사람이라는 말이 이해되기 시작합니다."

"오, 내 고향이여! 너는 여전히 야만스럽구나!"

쥘리앵은 화가 나서 어쩔 줄 모르며 소리쳤다. 그러고는 계속해서
큰 소리로 자기 생각을 늘어놓았다. 앞에 열쇠 보관자가 있는 것도 개
의치 않았다.

그 작자는 신문에서 기사나 하나 내주기를 바라겠지. 틀림없이 내
주겠군.

아아! 저주받을 촌놈들! 만일 내가 파리에 있으면 이런 성가신 일
을 당하지는 않을 텐데. 그곳에서는 협잡도 더 재치가 있는데.

"그 성인이라는 작자를 들어오게 해줘요."

그는 마침내 열쇠 보관자에게 말했다. 그의 이마에는 땀이 철철 흘
러내렸다. 감옥 열쇠 보관자는 성호를 긋고는 무척 즐겁게 밖으로 나
갔다.

그 성스럽다는 사제는 지독하게도 못생긴데다 진흙투성이였다. 차가운 비가 내려 지하감옥은 더 어둡고 축축했다. 사제는 쥘리앵을 포옹하려 들며 동정 어린 말을 늘어놓기 시작했다. 가장 야비한 위선이 너무도 분명히 보였다. 쥘리앵은 이제껏 그렇게 화가 치민 적이 없었다.

사제가 들어오고 십오 분이 지나 쥘리앵은 완전히 겁쟁이가 되어버렸다. 죽음이 처음으로 무섭게 느껴졌다. 그는 처형되고 이틀 후 자기 몸의 부패 상태에 대해 생각했다.

이 생각, 즉 그 성스러운 체하는 작자에게 자기를 위해 40프랑짜리 멋진 미사를 그날 중으로 드려달라고 부탁할 생각이 들지 않았다면 쥘리앵은 자신이 나약하다는 증거를 드러내 보였거나 아니면 달려들어 그 인간의 목을 쇠사슬로 졸라버렸을 것이다.

그런데 정오쯤 되었을 때 그 사제는 도망치듯 달아나버렸다.

44장

　그 사제가 나가자마자 쥘리앵은 많이 울었다. 그러면서 죽는 것을 슬퍼했다. 만일 레날 부인이 브장송에 와 있다면 내 약해진 마음을 고백할 텐데, 라는 생각이 조금씩 들었다……

　자신이 열렬히 사랑하는 부인이 옆에 없음을 몹시 안타까워하던 바로 그때, 마틸드의 발자국 소리가 들려왔다.

　감옥에서의 불행 중 가장 큰 불행은 문을 잠그지 못한다는 것이구나, 라고 그는 생각했다. 마틸드가 그에게 하는 모든 말은 그의 화만 돋울 뿐이었다.

　재판 당일 날 발르노 씨는 이미 자신의 도지사 임명장을 호주머니에 가지고 있었기에 감히 프릴레르 씨에게 아랑곳하지 않고 사형 선고를 내리는 즐거움을 맛보았다고 마틸드가 쥘리앵에게 말해주었다.

"프릴레르 씨는 조금 전 나에게 이렇게 말했어요. '당신의 친구는 어떻게 그 부르주아 귀족들의 하찮은 허영심을 자극하고 건드리는 그런 생각을 했는지 모르겠군요. 계급 이야기는 왜 하고? 그는 그들이 자기들의 정치적 이익을 위해 어떻게 행동해야 하는지를 가르쳐준 꼴이 된 거요. 그 바보들은 그런 생각은 전혀 하지 못하고 슬퍼서 울려는 참이었어요. 그러나 계급적 이해가 그들의 눈을 막아 사형 선고의 끔찍함을 잊게 만들어버렸습니다. 소렐 씨는 그런 일에 아주 미숙하다는 것을 인정해야 해요. 만일 우리가 특사(特赦)를 의뢰하여 그를 구해내지 못하면 그의 죽음은 일종의 자살일 것입니다……' "

마틸드는 자신이 아직 정확히 알지 못하는 일, 즉 프릴레르 사제가 쥘리앵은 이제 끝났다고 생각하고 그의 후계자가 되려고 애쓰는 것이 자신의 야망에 유리하다고 생각하고 있다는 일까지도 쥘리앵에게 말해버렸다.

무력한 분노와 불만으로 거의 흥분 상태에 빠진 그는 마틸드에게 이렇게 소리쳤다.

"나를 위해 미사에라도 참석하러 가세요. 그리하여 내게 잠시라도 평화를 좀 남겨주세요."

레날 부인이 찾아왔던 것에 대해 이미 몹시 질투를 느꼈고 얼마 전에 그녀가 떠난 것을 알게 된 마틸드는 쥘리앵이 화가 나 있는 이유를 이해하고 눈물을 흘렸다.

그녀의 고통은 진정한 것이었다. 쥘리앵은 그것을 알았지만 짜증만 날 뿐이었다. 그는 고독이 절대적으로 필요했다. 그런데 어떻게 그 고독을 얻을 수 있는가?

쥘리앵의 마음을 누그러뜨리기 위해 온갖 말을 다 해본 다음 마침내 마틸드는 그를 혼자 남겨두었다. 그러나 거의 동시에 푸케가 나타났다. 그러자 쥘리앵은 그 충실한 친구에게 이렇게 말했다.

"난 혼자 있고 싶네……"

푸케가 주저하는 것을 보자 그는 다시 이렇게 말했다.

"특사 청원서를 작성하고 있네…… 그리고…… 나를 즐겁게 해줘. 그러니 죽음에 대해 내게 말하지 말아주게. 그날 내게 어떤 특별한 도움이 필요하면 자네에게 가장 먼저 말하겠네."

마침내 고독을 얻었지만 쥘리앵은 전보다 더 의기소침해지고 겁약해진 자신의 모습을 발견했다. 그 약해진 마음에 조금 남아 있던 힘이라 몰 양과 푸케에게 자신의 마음 상태를 숨기느라 소진되어버렸던 것이다.

저녁 무렵 떠오른 이런 생각에 좀 위안이 되었다. 만일 오늘 아침 죽음이 그토록 추하게 보였을 때 사형 집행을 알려왔다면 구경꾼들의 눈은 가시처럼 나를 찔렀을 것이다. 아마도 내 거동은 부자연스러웠을 것이다. 겉으로는 거들먹거리지만 소심한 인간들이 살롱에 입문할 때처럼. 이 촌뜨기들 사이에 몇몇 총명한 인간들이 있다면 나의 나약함을 눈치챘을 수도 있다…… 하지만 아무도 보지 못했겠지.

그리하여 그는 부분적이나마 불행에서 벗어난 느낌이 들었다. 나는 지금 비겁한 인간이지만 아무도 그것을 모를 것이다. 그는 노래하듯 그 말을 되풀이했다.

훨씬 더 불쾌한 사건이 다음날 그를 기다리고 있었다. 그의 아버지는 오래 전부터 오겠다는 말을 해왔는데, 그날 쥘리앵이 잠에서 깨기도 전에 머리가 하얀 그 늙은 목수가 그 지하감방에 나타났던 것이다.

쥘리앵은 힘이 빠지는 것을 느꼈다. 그는 아버지의 아주 기분 나쁜 질책을 각오하고 있었다. 그는 괴로운 기분에 그날 아침 설상가상 자기 아버지를 좋아하지 않는 데 대한 양심의 가책까지 강하게 느꼈던 것이다.

우리는 우연에 의해 이 지상에서 서로 가까운 사이로 태어났다. 그렇지만 우리는 서로에게 줄 수 있는 가장 큰 아픔을 주었다. 그가 나의 죽음의 순간에 최후의 일격을 가하러 왔다. 쥘리앵은 열쇠 보관자가 감방을 좀 정리하는 동안 그런 생각에 잠겼다.

보는 사람이 없게 되자 노인의 지독한 질책이 시작되었다.

쥘리앵은 눈물을 억제할 수 없었다. 수치스럽게 이 무슨 약한 모습이야! 그는 화를 내며 중얼거렸다. 아버지는 내 용기 부족을 사방에 과장해서 말하며 돌아다닐 것이다. 발르노 가문과 베리에르를 지배하는 모든 위선적인 촌놈들에게 얼마나 큰 승리야! 그들은 프랑스에서 아주 대단한 존재들로, 사회적인 모든 특권을 거머쥐고 있다. 지금까지 나는 적어도 이렇게 생각했다. 그들은 돈을 많이 벌고, 모든 영예가 그들 위에 쌓이는 것이 사실이다. 하지만 나는 고귀한 영혼을 가지고 있다.

그런데 모든 사람이 믿게 될 이 증인이 나타난 것이다. 그는 내가 죽음 앞에서 약한 모습을 보였다고 온 베리에르에, 그것도 과장해서 이야기할 것이다! 나는 모든 사람이 알고 있는 이 시련에 무릎을 꿇은 비겁한 놈처럼 되어버린 것이다!

쥘리앵은 거의 절망 상태가 되었다. 그는 아버지를 어떻게 돌려보내야 할지 몰랐다. 너무도 눈치 빠른 이 노인을 속여넘기기 위해 거짓 말을 한다는 것은 지금의 그로서는 전혀 할 수 없는 일이었다.

그는 재빠르게 이런저런 가능한 수단을 모두 생각해보았다.

"제게 저축해둔 돈이 좀 있는데요."

별안간 그가 크게 말했다.

이 기발한 말은 노인의 표정과 쥘리앵의 처지를 단번에 바꿔버렸다.

"그걸 어떻게 사용할까요?"

쥘리앵이 더 태연하게 말했다. 그 말이 발휘한 효과는 그로 하여금 모든 열등감에서 벗어나게 해주었다.

늙은 목수는 쥘리앵이 일부를 자기 형제들에게 남기기를 원하는 듯 보이는 그 돈이 남에게 빠져나가지 않게 하려는 욕망에 불타올랐다. 그는 오랫동안 열심히 말을 늘어놓았고, 쥘리앵은 빈정거릴 수가 있었다.

"그럼 저의 유언장을 작성하겠습니다. 형들에게는 각각 천 프랑씩 주고 나머지는 아버지께 드리겠습니다."

"정말 잘한 일이다. 나머지는 당연히 내가 받아야지. 그런데 하느님이 은총을 베푸셔서 네 마음을 감동시켰으니 하는 말이지만, 만일 네가 착한 기독교인으로 죽고 싶으면 네 빚을 갚는 게 좋을 거다. 그 외에도 내가 미리 지출한 네 양육비와 교육비가 있는데, 너는 그것은 생각하지 않는구나……"

이런 것이 아버지의 사랑이라는 것이구나! 마침내 혼자 남게 되자 쥘리앵은 몹시 슬퍼하며 그렇게 되뇌었다. 곧 간수가 나타났다.

"친척들이 면회 오신 뒤에는 항상 맛있는 샴페인 한 병씩을 가져다

줍니다. 이건 좀 비쌉니다. 육 프랑짜리거든요. 하지만 마시면 기분이
좋아질 겁니다."

"잔 세 개만 갖다줘요."

쥘리앵은 어린애처럼 즐겁게 간수에게 말했다.

"그리고 죄수들이 복도에서 왔다갔다하는데, 그중 두 명만 들여보
내주고."

간수는 도형장(徒刑場)으로 끌려갈 마음의 준비를 하고 있는 전과
자 두 명을 데려왔다. 그들은 아주 쾌활한데다 교활함과 담력과 침착
성이 아주 놀라운 중죄인들이었다.

"당신이 내게 이십 프랑을 준다면 당신에게 내 인생에 대해 자세히
얘기해주겠소. 굉장한 이야기입니다."

둘 중 한 명이 쥘리앵에게 말했다.

"내게 거짓말을 늘어놓으려고요?"

쥘리앵이 말했다.

"아니에요, 그렇지 않아요. 만일 내가 거짓말을 하면 그 이십 프랑
에 샘이 난 이 친구가 내 거짓말을 폭로할 텐데요."

그가 대답했다.

그의 이야기는 추악했다. 대담한 마음이 드러나 보이기도 했지만
거기에는 오직 하나의 집착, 즉 돈에 대한 집착밖에는 없었다.

그들이 나가자 쥘리앵은 더이상 전과 같은 사람이 아니었다. 자기 자
신에 대한 분노는 이제 모두 사라지고 없었다. 레날 부인이 떠난 뒤로
그가 시달리던, 소심함으로 악화된 끔찍한 고통은 우울로 바뀌었다.

그는 이런 생각이 들었다. 내가 외양에 덜 속아넘어갔다면 파리의

살롱들이 내 아버지 같은 신사 양반들이나 저 죄수들 같은 능란한 악당들로 들끓는다는 것을 알게 되었을 것이다. 그들이 옳아. 살롱의 인사들 중에는 아침에 일어나면서 '어떻게 저녁을 먹지?' 라는 비통한 생각을 하는 사람은 결코 없거든. 그런데도 그들은 청렴을 뽐내잖아! 또한 배심원으로 소환되면 배고파 쓰러질 것 같아서 은그릇 한 벌을 훔친 인간에게 거만하게 유죄 판결을 내린단 말이야.

궁정이라는 것이 있으니 대신직을 잃느냐 얻느냐 하는 문제도 중요해. 하지만 살롱의 양반들도 저녁 식사의 필요성 때문에 저 두 중죄인이 저지른 것과 아주 똑같은 범죄를 저지른단 말이야……

'자연법' 이라는 건 없다. 그 말은 요전날 나를 몰아세운 차장검사에게나 어울리는, 시대에 뒤떨어진 어리석은 말일 뿐이지. 그 인간의 조상도 루이 14세의 몰수재산 덕에 부자가 되었을 거야. 그런 짓을 할 경우 벌을 주어 막는 법이 있을 때에야 법이라는 것도 존재하는 것이다. 법이 존재하기 전에는 사자의 힘이나 춥고 배고픈 존재의 욕망, 요컨대 '욕망' 만이 자연스럽다…… 그렇다, 존경받는 사람들이란 다행히도 현행범으로 붙잡히지 않은 사기꾼들일 뿐이다. 사회가 내 뒤를 쫓으러 보낸 고발자도 수치스러운 짓으로 부자가 되었을 뿐이다…… 나는 살인을 저질렀다. 그러니 나는 당연히 사형이다. 하지만 그 행위만 제외하면 나에게 유죄 판결을 내린 발르노 같은 인간은 나보다 백배는 더 사회에 유해한 인간이다.

그러고 보니, 하고 쥘리앵은 우울하지만 화는 내지 않고 덧붙였다. 인색함에도 불구하고 나의 아버지는 그런 모든 인간들보다는 낫다. 그는 나를 사랑한 적이 없다. 나는 수치스러운 죽음으로 그의 명예를 훼손함으로써 그의 인내의 한도를 넘었다. 돈 없는 것에 대한 두려움과 인간의 교활함에 대한 과장된 견해이기도 한 '인색함' 때문에 아버지는 내가 남겨주겠다는 300~400루이의 돈에 놀랍게도 위안과 안심을 보여주었다. 어느 일요일 저녁 식사 후 그는 그 돈을 베리에르의 모든 사람에게 보여주어 부러움을 살 것이다. 그 정도의 대가라면 당신들 중 누가 아들 한 명쯤 단두대에서 목이 잘린다 해도 기뻐하지 않을 것인가? 아버지의 눈빛은 그들에게 그렇게 말할 것이다.

이런 철학은 진실일 수도 있지만 죽음을 갈망하게 하는 것이었다. 그렇게 닷새가 천천히 지나갔다. 쥘리앵은 그가 보기에 격렬한 질투로 몹시 흥분해 있는 마틸드에게 정중하고 친절하게 대했다. 어느 날 저녁 쥘리앵은 자살에 대해 심각하게 생각해보았다. 그의 마음은 레날 부인이 떠남으로써 남긴 큰 슬픔 때문에 안절부절못하는 상태였다. 현실의 삶에서도 상상의 삶에서도 그는 이제 아무런 즐거움을 느끼지 못했다. 운동부족으로 건강이 나빠지기 시작했으며, 독일의 젊은 학생처럼 나약하지만 흥분하기 쉬운 성격이 되어갔다. 그는 불행한 사람들의 마음을 공격하는 적절하지 못한 생각들을 단호하게 물리치는 남자다운 고귀함을 잃어가고 있었다.

나는 진실을 사랑했다…… 그 진실은 어디에 있는가?…… 도처에 위선뿐이다. 그렇지 않으면 적어도 협잡뿐. 가장 덕망 높은 사람들에게도, 가장 위대한 인물들에게도. 그리하여 그의 입술에 역겨움의 표정이 떠올랐다…… 그렇다, 인간은 인간을 믿을 수 없다.

자신이 키우는 불쌍한 고아들을 위해 의연금을 모으던 ○○○ 부인은 내게 어떤 공작이 10루이를 기부했다고 말하곤 했다. 거짓말이다.

그런데 내가 무슨 말을 하는 거지? 세인트 헬레나에 있던 나폴레옹도 그러지 않았는가! 로마 왕을 위한 성명서라니, 완전한 협잡이 아니고 무엇인가!

제기랄! 그런 인간조차 불행에 빠졌을 때 의무를 엄격하게 상기해야 함에도 불구하고 비굴하게 협잡을 하니, 나머지 인간들에게서 무엇을 기대한단 말인가?……

진실은 어디에 있을까? 종교에?…… 그래, 마슬롱과 프릴레르와 카스타네드 같은 인간들의 입 속에?…… 그는 극도의 멸시로 인한 씁쓸한 미소를 띠며 말했다. 아니면 사제들이 예전의 사도들만큼 적은 보수를 받는 진정한 기독교에?…… 그러나 성 바오로는 명령하고, 얘기하고, 남들에게 자기 자신에 관해 말하게 하는 즐거움으로 보상을 받았다……

아아! 진정한 종교가 있다면…… 나도 정말 어리석구나! 고딕 식 성당의 거룩한 그림 유리창을 보고 약해진 마음으로 그 유리창에 그려진 사제를 상상하다니…… 나의 영혼은 그런 사제를 이해할 것이다. 내 영혼이 그런 사제를 갈구하고 있으니까…… 나는 보부아지 기사 같은, 조금의 매력을 제외하면 지저분한 머리 모양을 한 거들먹거리는 인간들밖에 발견하지 못한다.

하지만 마시용, 페늘롱 같은 진정한 사제가 있다면…… 마시용은 뒤부아를 축성했다. 『생 시몽 회상록』은 페늘롱에 대한 내 인상을 망가뜨렸다. 그러나 어쨌든 진정한 사제가 있다면…… 그러면 상냥한 영혼들은 이 세상에 하나의 응결점을 가질 텐데…… 우리는 고립되지 않을 텐데…… 그 선량한 사제는 우리에게 신에 관해 말해주겠지.

그런데 어떤 신인가? 그렇다, 복수욕으로 가득 찬 잔인하고 하찮은 신인 성경에 나오는 그 신은 아니다. 그것은 정의롭고 선량하며 무한한 볼테르의 신일 것이다……

그는 자기가 외우는 성서 구절에 대한 모든 기억으로 마음이 동요되었다…… 우리가 그 '삼자' (신, 성서, 사제)를 함께 생각한다면 우리의 사제들이 행하는 그 끔찍한 잘못을 보고 신이라는 그 고귀한 이름을 어떻게 믿겠는가?

고립되어 사는 것!…… 얼마나 큰 고통인가!……

내가 미쳐서 부정한 인간이 되어가는구나. 쥘리앵은 자기 이마를 두드리면서 이렇게 생각했다. 나는 지금 여기 지하감방 안에 고립되어 있다. 하지만 이 지상에서 고립되어 살지는 않았다. 나는 강한 의무감을 지니고 있었다. 옳건 그르건 내가 나 자신에게 규정한 의무는 심한 비바람이 치는 동안 내가 의지하는 굳건한 나무둥치와도 같았다. 나는 흔들리기도 했고 불안에 사로잡히기도 했다. 결국 나도 한 인간에 불과하니까…… 하지만 나는 휩쓸려가지는 않았다.

내게 고립을 생각하게 하는 것은 바로 이 감방의 습한 공기이다……

그런데 위선을 저주하면서 왜 위선자가 되어야 하는가? 나를 괴롭히는 것은 죽음도, 지하감방도, 습한 공기도 아니다. 레날 부인이 없는 것이 나를 괴롭힌다. 만일 베리에르에서 그녀를 보기 위해 그녀의 집 지하실에 숨어 몇 주간을 살아야 한다면 내가 이렇게 불평할까?

내 동시대인들의 영향이 우세하구나. 그는 쓸쓸한 미소를 띠며 아주 큰 소리로 말했다. 죽음을 지척에 두고 나 혼자 나 자신과 말하면서도 나는 아직 위선자인 것이다…… 오, 19세기여!

……어느 사냥꾼이 숲속에서 총을 쏜다. 사냥감이 총에 맞아 떨어진다. 그는 잡으려고 달려간다. 그의 신발이 2피트 높이의 개미집에 부딪혀 개미집을 부순다. 개미들과 개미 알들이 멀리 흩어진다…… 그 개미들 사이에 있는 가장 지혜로운 개미라 해도 그 거대하고 무시무시한 검은 물체를 이해하지는 못할 것이다. 사냥꾼의 장화는 믿을 수 없는 빠른 속도로 별안간 그들의 집을 뚫고 들어온 것이다. 불그스레한 불길을 동반한 무서운 소리에 뒤이어서 말이다……

……죽음, 삶, 영원 같은 것은 그것들을 이해할 만큼 큰 기관을 가진 인간에게는 아주 간단한 현상이다……

하루살이는 한여름 아침 아홉시에 태어나 저녁 다섯시면 죽는다. 그러니 그것이 어떻게 '밤'이라는 말을 이해하겠는가?

하루살이에게 다섯 시간의 생명을 더 주어보라. 그러면 밤이 어떤 것인지 보고 이해할 것이다.

그와 같이 나도 스물세 살에 죽는다. 레날 부인과 함께 살기 위해 내게 오 년의 삶이 더 주어진다면.

그리고 그는 메피스토펠레스처럼 웃기 시작했다. 이런 거창한 문제들을 음미하다니 얼마나 어리석은 짓거리인가!

첫째, 나는 마치 어떤 사람이 내 말을 듣고 있는 듯이 위선적으로 행동하고 있다.

둘째, 살날이 며칠 남지 않았는데 사는 것과 사랑하는 것을 잊고 있다…… 아, 이런! 레날 부인이 내 곁에 없구나. 아마도 부인의 남편은 아내가 브장송에 다시 와서 계속 명예를 손상시키도록 놓아두지 않을 것이다.

나를 고립시키는 것은 바로 이 때문이지, 선하고 전능하고 냉혹하지 않으며 복수에 굶주리지 않는 정의의 신이 없기 때문이 아니다……

아아! 그런 신이 존재한다면…… 나는 그의 발 아래에 꿇어엎드려 이렇게 말할 것이다. 저는 죽어 마땅한 죄를 지었습니다. 하지만 위대하신 신이시여, 선량하신 신이시여, 너그러우신 신이시여, 사랑하는 여인을 제게 되돌려주세요!

밤이 무척 깊었다. 그가 한두 시간 평온하게 잠을 자고 났을 때 푸케가 도착했다.

쥘리앵은 자기 마음을 훤히 들여다보는 사람처럼 강해지고 각오가 된 느낌이 들었다.

45장

"나는 그 가엾은 샤 베르나르 신부를 불러오는 고약한 장난은 치고 싶지 않네."

그가 푸케에게 말했다.

"그분은 사흘은 식사를 못 할지도 모르네. 대신 피라르 신부님의 친구로 음모를 모르는 얀센주의자 한 분을 내게 데려다주게."

푸케는 이런 솔직함을 애타게 기다리고 있었다. 쥘리앵은 지방에서 여론에 치러야 하는 모든 대가를 치렀다. 고해사제의 선택은 잘못되었지만, 그래도 프릴레르 사제 덕분에 쥘리앵은 지하감옥에서 수도회의 보호를 받았다. 좀더 머리를 써서 행동했다면 감옥에서 도망쳐 나갈 수도 있었을 것이다. 그러나 지하감옥의 좋지 못한 공기는 효과를 발휘하여 그의 이성을 약화시키고 있었다. 그때 레날 부인이 돌아오게 되어 그는 그저 행복할 뿐이었다.

"내 첫번째 의무는 당신에 대한 거예요. 그래서 베리에르에서 도망쳐 달려왔어요……"

그녀는 쥘리앵을 포옹하면서 말했다.

쥘리앵은 그녀에게 조금의 자존심도 가지고 있지 않았기에 자신의 모든 약점을 이야기했다. 그녀는 그에게 착하고 상냥하게 대했다.

저녁에 감옥을 빠져나오자마자 레날 부인은 먹잇감에 달려들듯 쥘리앵에게 늘어붙었던 고해사제를 자기 숙모 집으로 오게 했다. 사제는 브장송 상류사회의 젊은 부인들에게 신망을 얻고 싶어했기 때문에, 레날 부인은 쉽게 그를 브레 르 오 수도원에 보내 구일 기도를 드리게 할 수 있었다.

쥘리앵의 극단적이고 미친 듯한 사랑은 어떠한 말로도 묘사할 수 없었다.

돈의 힘으로, 그리고 부유한데다 독실하기로 이름난 숙모의 신망을 이용하고 남용함으로써, 레날 부인은 하루에 두 번 쥘리앵을 면회할 수 있는 허가를 얻어냈다.

그 소식에 마틸드의 질투심은 정신착란을 일으킬 정도로 끓어올랐다. 프릴레르 씨는 자신의 모든 신망으로도 하루에 한 번 이상 그녀의 친구를 보게 해줄 수는 없다고, 그 정도로 모든 형편을 무시할 수는 없다고 그녀에게 고백했던 것이다. 마틸드는 레날 부인의 일거수일투족을 알기 위해 그녀의 뒤를 밟게 했다. 프릴레르 씨는 쥘리앵이 마틸드에게 걸맞지 않다는 것을 증명하기 위해 아주 능란한 지혜로 온갖 방도를 다 짜냈다.

그런 모든 고통 가운데서도 마틸드는 그럴수록 쥘리앵을 더 사랑할 뿐이어서 거의 매일 쥘리앵에게 무섭게 화를 내곤 했다.

쥘리앵은 자신이 너무도 기이하게 명예를 더럽힌 그 가엾은 처녀에게 끝까지 온 힘을 다해 성실하게 대하고 싶었다. 그러나 레날 부인에 대한 광란적인 사랑이 끊임없이 그를 흥분시켰다. 서투른 해명으로 마틸드에게 레날 부인의 방문의 순수성을 설득하는 데 성공하지 못할 때면 그는 이렇게 생각하였다. 이제 이 드라마의 종말이 거의 다가오고 있다. 비록 내가 내 마음을 더 잘 숨길 줄 몰라도 그 종말은 나를 변명해줄 것이다.

라 몰 양은 크루아즈누아 후작이 죽었다는 소식을 알게 되었다. 대단한 부자인 탈레르 씨가 마틸드의 행방불명에 대해 서슴지 않고 불쾌한 말을 하고 돌아다녔고, 크루아즈누아 씨는 그에게 찾아가 그 말을 취소할 것을 요청했다. 탈레르 씨는 자기에게 온 익명의 편지들을 크루아즈누아 후작에게 보여주었다. 그 편지들은 자초지종이 너무도 교묘하게 연결된 상세한 이야기들로 가득 차 있어서 그 불쌍한 후작으로서는 어렴풋이나마 사실을 알아차리지 않을 수 없었다.

탈레르 씨는 세련되지 못한 야유까지 서슴지 않았다. 크루아즈누아 씨가 분노와 불운에 어쩔 줄 몰라 강경하게 사과를 요구하자, 백만장자는 그보다는 결투 쪽을 택했다. 무례함이 승리를 거두었다. 그리하여 사랑받을 만한 자격이 있는 파리 청년 중 한 명이 스물네 살도 안 되어 죽음을 맞이했던 것이다.

그 죽음은 쥘리앵의 약해진 마음에 병적인 이상한 충격을 가져다주었다.

"그 불쌍한 크루아즈누아 씨는 우리에게 정말 분별 있고 정직한 사람이었어요."

쥘리앵은 마틸드에게 말했다.

"당신 어머니의 살롱에서 당신이 신중치 못하게 내게 잘 대해주었을 때 그는 나를 미워했을 것이고 웬만하면 싸움을 걸어올 수도 있었어요. 보통 경멸에 뒤이은 증오는 극심한 것이니까요."

크루아즈누아 씨의 죽음은 마틸드의 미래에 대한 쥘리앵의 생각을 완전히 바꾸어놓았다. 그는 뤼즈 씨의 구혼을 받아들여야 한다고 마틸드를 설득하느라 며칠을 보냈다.

"그는 그렇게 위선적이지 않은 소심한 사람으로, 틀림없이 당신에게 청혼하는 사람들 중 하나일 겁니다. 불쌍한 크루아즈누아 씨보다 더 속이 깊고 한결같은 야망을 간직하고 있으며 자기 가문에 공작 영지도 없어서 쥘리앵 소렐의 미망인과 결혼하는 데 전혀 반대가 없을 것입니다."

그에 대해 마틸드는 차갑게 대꾸했다.

"그런데 그 미망인은 이제 큰 정열을 멸시하겠지요."

그녀는 여섯 달의 사랑 끝에 자기 애인이 자기보다 다른 여자를, 그것도 그들의 모든 불행의 근원인 여인을 더 좋아하는 것을 알게 되었을 만큼 충분히 인생을 살았기 때문이었다.

"당신의 말은 부당합니다. 레날 부인의 방문은 나의 특사 청원을 책임지고 있는 파리의 변호사에게 특별한 변호의 구실을 제공해줄 겁니다. 그는 영광스럽게도 피해자의 보살핌을 받는 가해자에 대해 진술할 것입니다. 그것은 효력이 있습니다. 그리고 어느 날 당신은 나를 어떤 멜로드라마의 주제로 회상하겠지요."

복수할 수 없는 미칠 듯한 질투, 희망 없는 불행의 연속(왜냐하면 쥘리앵이 풀려난다고 가정하더라도 그의 마음을 되돌릴 수 없을 테니까), 그런데도 그 불충실한 애인을 어느 때보다도 더 사랑하는 수치심과 고통이 라 몰 양을 우울한 침묵에 빠지게 만들었다. 프릴레르 씨의 열성적인 정성도 푸케의 거친 솔직함 못지않게 마틸드를 그 침묵에서 헤어나게 하지는 못했다.

마틸드가 나타나 빼앗기는 시간을 제외하고는 쥘리앵은 거의 미래를 생각하지 않고 사랑을 양식 삼아 살고 있었다. 정열의 특이한 효과로 인해 사랑과 정열이 극도에 달하고 어떠한 가식도 없을 때 레날 부인은 그녀의 태평스러움과 온유한 쾌활함을 쥘리앵과 함께 나누었다. 쥘리앵은 그녀에게 이렇게 말했다.

"옛날에 우리가 베르지 숲속을 산책할 때, 아주 행복할 수 있었는데도 저의 마음은 격렬한 야망으로 인해 공상의 나라를 헤맸습니다. 저의 입술에 그토록 가까이 있던 이 매력적인 팔을 저의 가슴에 꼭 껴안기는커녕 미래에 대한 생각이 저를 당신에게서 빼앗아가버렸어요. 저는 크나큰 성공을 이루기 위해 수없이 투쟁을 해야 했습니다……그래요, 만일 당신이 이 감옥으로 저를 보러 오지 않았다면 저는 행복을 맛보지 못하고 죽었을 겁니다."

두 사건에 의해 이 평온한 즐거움은 방해를 받았다. 쥘리앵의 고해사제는 철저한 얀센주의자였지만 예수회원들의 음모를 전혀 피하지 못하고 자기도 모르게 그들의 앞잡이가 되어버렸다.

그는 어느 날 그에게 와서 자살의 끔찍한 죄에 빠지지 않도록 특사를 얻기 위해 가능한 모든 청탁을 다 해보아야 한다고 말했다. 그는 성직계급은 파리의 법무성에 큰 영향력을 가지고 있다면서 한 가지 손쉬운 방법을 제안했다. 즉 전격적으로 개종을 하는 것이 그것이었다……

"전격적으로요!"

쥘리앵이 그의 말을 되풀이했다.

"아! 본색이 드러나셨네요. 신부님도 선교사처럼 연극을 하시는군요."

그러자 그 얀센주의자 사제는 엄숙하게 이렇게 말했다.

"당신의 나이, 하느님께 받은 그 매력 있는 얼굴, 여전히 이상스러운 당신의 범죄 동기, 그리고 라 몰 양이 당신을 위해 아낌없이 바치는 장렬한 행동과 당신의 희생자가 당신에게 보여주는 놀라운 우정에 이르기까지 모든 것이 당신이 브장송의 젊은 여인들에게 영웅이 되는데 기여했소. 그 여인들은 당신 때문에 모든 것을 잊었습니다. 심지어 정치까지도 말입니다……

당신의 개종은 그들의 마음에 반향을 일으켜 깊은 인상을 남길 겁니다. 당신은 종교에 아주 유익할 수 있습니다. 그런 경우에 예수회원들도 똑같은 행동을 취할 거라는 하찮은 이유만으로도 나는 주저하지 않겠습니다! 그들의 탐욕과 관계 없는 이런 특별한 경우에조차 그들의 피해를 계속 입을 필요가 있겠소!…… 그래서는 안 되지요!…… 당신의 개종이 사람들에게 흘리게 할 눈물은 볼테르의 불경한 저서를 열 번 출판한 해악도 깨끗이 제거해줄 것입니다."

그 말에 쥘리앵은 냉랭하게 대답했다.

"그런데 만일 내가 나 자신을 멸시한다면 내게 무엇이 남겠습니까? 나는 한때 야심에 차 있었지만 그 점에 대해 자책하고 싶지 않습니다. 그때는 시대의 조류에 따라 행동했던 것입니다. 지금 저는 그날그날 살아가고 있습니다. 하지만 만일 내가 어떤 비열한 짓에 굴복한다면 이 지방 사람들의 눈에 나는 아주 불행한 인간으로 보일 것입니다……"

또다른 사건은 레날 부인에게서 비롯된 것이어서 쥘리앵에게 더욱더 고통스러웠다. 그녀의 친구인 한 교활한 여자가 순진하고 수줍은 그녀에게 생 클루에 가서 샤를 10세 앞에 무릎을 꿇고 특사를 간청하는 것이 그녀의 의무라고 설득하는 데 성공한 것이다.

그녀는 쥘리앵과 헤어지는 희생을 이미 치른 바 있다. 일단 그렇게 하기로 결심한 이후에는 다른 때 같았으면 죽기보다 더 괴로웠을, 구경거리가 된다는 불쾌감이 그녀에게 더이상 아무것도 아니었다.

"국왕께 가겠어요. 당신이 내 애인이라는 사실을 당당하게 고백하겠어요. 한 인간의 목숨은, 무엇보다 당신 같은 사람의 목숨은 범죄 동기가 어떤 것이든 빼앗길 수 없어요. 당신이 내 목숨을 해치려 한 것은 질투심 때문이었다고 말씀드리겠어요. 그런 경우 배심원들의 온정이나 국왕의 온정으로 목숨을 구한 젊은이의 사례가 많이 있으니까요……"

"저는 당신을 보지 않겠습니다. 당신에게 제 감방 문을 열어주지 않게 하겠습니다. 그 다음날로 저는 분명 절망하여 죽어버리고 말 겁니다. 우리 둘을 구경거리로 만드는 그 행동을 절대 하지 않겠다고 당신이 제게 맹세하지 않으면 말입니다. 파리에 간다는 그 생각은 당신이 한 게 아니에요. 그런 이야기를 해준 교활한 여인이 누구인지 말해주세요……

며칠 남지 않은 이 짧은 삶을 행복하게 보냅시다. 우리의 존재를 숨깁시다. 저의 죄는 너무도 명백합니다. 라 몰 양은 파리에서 영향력이 아주 큽니다. 인간적으로 가능한 일은 그녀가 할 것으로 믿으세요. 여기 이 지방의 모든 부유하고 존경받는 사람들은 저의 편이 아닙니다. 당신의 청탁은 그 부유한 사람들, 특히 온건파의 감정을 다시 격화시킬 것입니다. 그들에게는 인간의 목숨이 너무도 가벼운 것이거든요…… 마슬롱이나 발르노 같은 족속들 그리고 그들보다는 좀 나은 수많은 사람들에게 웃음거리가 되지 마요."

지하감방의 나쁜 공기를 쥘리앵은 시간이 갈수록 견딜 수 없었다. 다행스럽게도 그의 사형 집행이 통고된 날에는 아름다운 태양이 온 세상에 화창하게 내리쬐었으며 쥘리앵도 용기가 솟아났다. 대기 속을 걷자 오랫동안 바다에 있던 항해자가 육지에서 산책을 하는 것처럼 감미로운 기분이 들었다. 자, 모든 것이 잘되어가고 있다. 나도 용기가 부족하지 않다. 그는 이렇게 생각했다.

잘려서 떨어져나가는 그 순간보다 그의 머리가 더 시적인 적은 없었다. 그가 베르지 숲속에서 경험했던 아주 감미로운 순간이 한꺼번에 그의 생각 속에 너무도 강렬하게 되살아나는 것이었다.

모든 것이 간단하고 단정했으며, 쥘리앵은 아무런 가식 없이 최후를 마쳤다.

이틀 전 그는 푸케에게 이렇게 말했다.

"내가 흥분할지에 대해서는 잘 모르겠네. 너무도 추하고 축축한 이

지하감방이 때때로 열이 오르게 만들어. 그럴 때면 도무지 정신을 차릴 수가 없어. 그렇지만 두려움에 대해서는 책임질 수 있어. 그래, 사람들은 내가 무서워서 파랗게 질리는 모습을 보지 못할 거야."

쥘리앵은 푸케에게 마지막 날 아침 마틸드와 레날 부인을 다른 곳으로 데리고 가도록 미리 부탁해놓았다. 그는 이렇게 말했다.

"그 두 사람을 같은 마차로 데려가주게나. 역마차의 말이 전속력으로 달리도록 적절히 조처해주게. 두 사람은 서로의 품에 안기거나 아니면 극도의 증오심을 보이겠지. 둘 중 어느 쪽이든 그 가엾은 사람들은 그들의 끔찍한 고통에서 마음을 좀 딴 데로 돌릴 수 있을 거야."

쥘리앵은 레날 부인에게서 마틸드의 아들을 돌보기 위해서라도 살아가겠다는 맹세를 받아냈다.

하루는 쥘리앵이 푸케에게 이런 말을 했다.

"그 누가 알겠는가? 어쩌면 우리는 죽은 뒤에도 감각을 계속 지니고 있을지도 몰라. 나는 베리에르를 굽어보는 높은 산의 작은 동굴에서 휴식을 취하고 싶어. 지금으로서는 휴식이라는 말이 적절한 표현인 것 같아. 내 자네에게 여러 번 이야기했지. 밤에 그 동굴 속에 은거하여 프랑스에서 가장 풍요로운 지방을 멀리서 내려다보고 있으면 내 마음속에 야망이 불타오른다고 말이야. 그때는 야망이 내 정열이었거든…… 어쨌든 그 동굴은 내겐 아주 소중한 곳이지. 그리고 그 동굴의 위치는 철학자에게도 오고 싶은 욕망을 불러일으킬 만큼 아름답다는 것을 사람들은 부인하지 못할 걸세…… 그런데 말이야! 그 잘난 브장송 수도회 사람들은 모든 수단을 동원해 돈을 그러모으려고 하지. 혹 자네가 요령을 알면 그들은 자네에게 내 시신을 팔지도 몰라……"

푸케는 그 슬픈 거래에 성공했다. 그는 혼자 자신의 방에서 친구의 시신을 곁에 두고 밤을 새우고 있었다. 그때 그는 마틸드가 들어오는 것을 보고 너무도 놀랐다. 불과 몇 시간 전에 그는 그녀를 브장송에서 10리외나 떨어진 곳에 남겨두고 왔기 때문이다. 그녀의 눈빛은 거칠 었다.

"그를 보고 싶어요."

마틸드가 푸케에게 말했다.

푸케는 말할 용기도, 일어설 원기도 없었다. 그는 마루 위에 놓여 있는 커다란 푸른색 망토를 손가락으로 가리켰다. 거기 쥘리앵의 시 신이 싸여 있었다.

마틸드는 달려들어 무릎을 꿇었다. 보니파스 드 라 몰과 마르그리 트 드 나바르에 대한 기억이 아마도 그녀에게 초인적인 용기를 주었 을 것이다. 그녀는 떨리는 손으로 망토를 들추었다. 푸케는 시선을 돌 렸다.

마틸드가 황급히 방 안을 걷는 소리가 들렸다. 그녀는 촛불을 여러 개 켜놓았던 것이다. 푸케가 힘을 내서 바라보았을 때, 그녀는 자기 앞에 있는 작은 대리석 탁자 위에 쥘리앵의 잘린 머리를 올려놓고 이 마에 입을 맞추고 있었다……

마틸드는 쥘리앵이 택한 무덤까지 애인을 따라갔다. 많은 사제들이 관을 호위했다. 아무도 모르게, 검은 휘장으로 덮은 마차에 홀로 앉 아, 그녀는 무릎 위에 자신이 그토록 사랑했던 남자의 머리를 쥐고 있 었다.

그렇게 한밤중에 쥐라 산맥의 높은 산들 중 하나의 정상 근처에 도착했다. 헤아릴 수 없는 촛불들로 화려하게 불을 밝힌 그 작은 동굴에서 스무 명의 사제가 장례를 집전했다. 장례 행렬이 지나는 작은 산촌 마을 주민들이 모두 그 특이한 의식에 이끌려 따라왔다.

마틸드는 긴 상복을 입고 그들 사이에 나타나서 장례식이 끝나자 5프랑짜리 동전 수천 개를 그들에게 뿌려주게 했다.

푸케와 둘이 남게 된 그녀는 손수 애인의 머리를 묻어주려 했다. 푸케는 고통스러워서 미쳐버릴 것 같았다.

마틸드의 보살핌으로, 그 황량한 동굴은 많은 비용을 들여 이탈리아에서 조각한 대리석으로 장식되었다.

레날 부인은 쥘리앵과의 약속을 잘 지켰다. 그녀는 어떤 식으로든 자신의 목숨을 해치려 하지 않았다. 하지만 쥘리앵이 죽은 지 사흘 후, 그녀는 자기 아이들을 껴안은 채 세상을 떠났다.

타락한 사회가 처단한 강렬한 젊음

정열적인 젊음의 초상

스탕달의 『적과 흑』 줄거리에 대해서는 많은 사람들이 알고 있다. 신분도 재산도 없지만 능력 있고 야심 찬 젊은이가 출세를 위하여 사랑을 배신하고 정략적인 결혼을 하려다 파멸하는 이야기쯤으로 이해한다. 실제로 이 소설은 신문의 사회면을 장식했던 두 건의 치정사건에서 모티프를 얻어 쓰였다고 한다. 가난한 집안 출신으로 성직을 지망하던 청년 베르테는 미슈 집안에 가정교사로 채용되어 부인의 호의를 얻었으나 남편에 의해 해고된다. 뒤이어 다른 귀족 집안에 가정교사로 들어가지만 귀족의 딸과의 관계를 의심받고 또다시 자리를 잃는다. 그 원인이 미슈 부인의 편지 때문이라고 생각한 베르테는 교회에서 미슈 부인을 저격하고 1828년 단두대에서 처형되었다. 또 하나의 사건은 1829년에 일어난 사건으로, 가구 세공인인 가난한 청년 라파르그가 변심한 애인을 죽이고 목을 잘랐다. 라파르그는 베르테와 달리 5년형을 선고받았는데, 스탕달은 이 사건에 깊은 인상을 받았다. 어찌 보면 통속적인 범죄에 불과한 이야기이지만 스탕달이 이 사건들에서 읽어낸 것은 단순한 통속과 치정이 아니라 남다른 정열의 분출이었다.

스탕달은 『로마 산책』에서 당시 법정신문에 실린 라파르그 소송 기록을 인용한 후에 라파르그처럼 훌륭한 교육을 받았으면서도 가난에 쫓기는 청년들이 지니고 있는 정열의 무서운 에너지에 대해 말하고 있다. 파리 사회의 상류계급이 인생을 메마르게 하는 그들 특유의 보고 듣는 방식에 따라 사물을 판단하는 강하고 뚜렷한 힘을 잃어가고 있는 데 반해, 어쩔 수 없이 일해야 하는 가난한 청년들은 상류사회처럼 하찮은 일에 얽매이지 않음으로써 사물을 강하게 느낄 수 있다고 보았던 것이다. 그는 "아마도 앞으로 위대한 인물은 모두 라파르그가 속하는 이러한 계급에서 나오지 않을까 생각한다"라고까지 했다.

스탕달에게 정열은 가장 중요한 인생의 요소로서 삶의 본질을 향유할 수 있는 힘이며 행복한 존재감에 이르게 해주는 원동력 그 자체였다.

현실에서 영감을 받은 스탕달은 쥘리앵 소렐이라는 가난하지만 정열적인 청년을 그 시대의 사회적·정치적 현실 속에 살게 하면서 상류사회의 메마름과 권태, 속물스러움과 대조시킨다. 가진 것 없는 젊은 이의 출세를 위한 사랑과 배신, 위선은 이제는 진부하고 식상해진 드라마의 소재이지만 쥘리앵 소렐은 그 원조 격이라 할 수 있다. 그러나 쥘리앵은 그러한 통속적 이미지에 가려져 진정한 면모를 제대로 이해

받지 못한 경향이 있다.

쥘리앵은 출세만을 지향하는 야비한 젊은이가 아니다. 물론 어릴 때부터 하인들과 함께 식사하느니 죽어버리겠다고 생각하고, 군복과 훈장에 열광하며 군인이 되고 싶어하다가 나폴레옹이 몰락한 세상에서는 군인보다 사제가 권력 계층임을 알고 신앙심도 없이 성직으로 진로를 바꿀 만큼 출세지향적이기는 하지만, 상류사회의 말석을 차지하고 앉아 그가 느낀 것은 상류사회에 대한 혐오감뿐이었다. 상류사회의 호화로운 가구들을 보면서 그는 가난한 사람들로부터 훔친 돈 냄새를 맡고 역겨워한다. 그는 비속한 것을 경멸할 줄 아는 고귀한 정신의 소유자이다. 그가 정신적으로 도달하고자 열망하는 위치는 세속의 가장 높은 자리가 아니라, 높은 산에서 힘찬 날갯짓을 하며 날아오르는 새 같은 고독하고 높은 위치이다. 그가 행복을 느낄 때는 모든 위선으로부터 벗어나 산속 동굴에서 자유롭게 공상할 때이고, 열렬히 사랑하고 열렬히 사랑받을 때이다. 그는 레날 부인을 사랑하면서 오직 '행복하다는 것, 사랑받는다는 것, 이것이 전부가 아닐까?'라고 생각할 따름이었다.

1830년은 프랑스에서 낭만주의가 만개하던 시기로, 잘 알려진 바와 같이 빅토르 위고의 연극 〈에르나니〉가 성공을 거둔 해이다. 〈에르나니〉 공연에 관객을 끌어모으기 위해 활약했던 당시의 낭만적 젊은이들의 정열적인 취향을 떠올릴 수도 있겠지만, 쥘리앵은 그들을 뛰어넘는 통찰력과 분석적 지성 또한 갖추고 있다.

계급과 문제적 개인

쥘리앵은 분명 뛰어난 인물이다. 날씬한 몸매와 희고 부드러운 얼굴, 크고 검은 눈에 곱슬머리를 한 이 미소년은 때로는 어린아이같이 수줍어하고, 감격하면 곧잘 눈물을 흘리고, 때로는 영혼을 불태우는 도도한 격정에 빠진다. 그러면서도 누구보다 드높은 자존심과 뛰어난 두뇌, 비상한 기억력, 민첩한 행동력을 갖추었다. 그는 비천한 출신이지만 출신에 어울리지 않는 고귀한 심성을 지녔다. 어떻게 한 인물 안에 이 모든 것이 갖추어질 수 있을까 싶을 정도로 탁월하다. 그러나 어느 날 쥘리앵은 깨닫는다. "나는 자만해서 주변의 젊은 시골뜨기들과는 다르다는 것을 그토록 빈번히 자랑으로 여겨왔다. 그런데 이제 '다르다는 것은 미움을 낳는다'는 사실을 알았다."

쥘리앵은 어린 시절부터 책읽기와 사색을 좋아하는 남다른 면 때문에 아버지와 형들에게 미움을 받았듯이 자신이 속한 사회에 동화되지 못하고 마음속 깊이 그들을 경멸하며 그들에게 미움을 받는 문제적 개인이었던 것이다. 그러나 그가 자신의 출신계급을 뛰어넘으려 할 때 상위계급은 그에게 두려움을 느낀다.

쥘리앵이 아직 파리에 입성하기 전 베리에르에 국왕이 행차했을 때, 쥘리앵은 레날 부인의 배려로 의장대원에 뽑힌다. 찬란한 제복을 입고 말을 탄 쥘리앵의 빼어난 맵시는 사람들의 눈길을 끈다. 그러나 사람들은 어떻게 천민 출신인 목수의 아들이 부르주아와 귀족 집안의 자제들을 제치고 의장대원이 될 수 있는가 하며 분개한다. 분개할 뿐만 아니라 칼을 차고 있는 그가 언제 자신들의 얼굴을 그을지 모르므로 위험하다고까지 떠들어댄다.

『적과 흑』의 배경이 되는 왕정복고 시대는 나폴레옹이 몰락하고 망명 귀족들이 다시 집권하여 옛날의 특권을 되찾은 뒤 그것을 다시 잃게 될까 불안해하며 "교육을 잘 받은 하류 계층 젊은이들 중에 로베스피에르 같은 자가 다시 나타날지도 모른다"고 쉬쉬하며 말하던 시대이다. 일개 무명 장교에서 시작하여 대륙을 정복한 나폴레옹이 누구나 장교가 될 수 있고 부자도 될 수 있으며 권력을 쟁취할 수 있다는 꿈을 불어넣던 시대가 지나가고, 그 꿈을 먹고 자란 가난한 청년의 능력과 열정이 위험시되던 시대였던 것이다. 그리고 이것이 쥘리앵이 처형당하는 진정한 이유가 된다. 쥘리앵 자신이 명민하게 이것을 통찰하고, 어쩌면 자신의 목숨을 구할 수 있었을지도 모를 최후진술에서 계급 문제를 언급하고 사형을 언도받는다.

"저는 여러분의 계급에 속하는 영예를 갖고 있지 않습니다. 여러분께서 보시듯이 저는 자신의 비천한 운명에 반항한 농부일 뿐입니다.

(……) 저는 제 젊음이 동정할 만하다는 사실에 신경 쓰지 않고 도리어 저를 통해 저와 같은 하층민으로 태어나 어떻게 보면 가난에 짓눌리면서도 운 좋게 좋은 교육을 받고 부유한 사람들의 오만이 사교계라고 부르는 곳에 대담하게 끼어들려 한 저 같은 하층계급 젊은이들의 용기를 영원히 꺾으려 하는 사람들을 봅니다.

배심원 여러분, 그 점이 바로 저의 죄입니다. 그러니 저는 저와 같은 계급의 동료들로부터 판결을 받지 못하는 만큼 더 가혹하게 벌을 받을 것입니다. 저의 눈에는 배심원석에 부유한 농민은 보이지 않고 오직 분개한 부르주아들만 보입니다……"

1830년 연대기—적색과 흑색의 시대

『적과 흑』은 열아홉 살 쥘리앵이 사회에 첫발을 내딛고 자신의 출신계급을 벗어나는 비상을 꿈꾸다가 스물세 살에 단두대에서 처형되기까지의 이야기를 그리고 있다. 따라서 성장소설의 면모 또한 갖추고 있다. 소설의 무대는 쥘리앵의 성장을 따라 베리에르라는 시골에서 신학교가 있는 중소도시 브장송으로, 마침내는 파리 대귀족의 살롱으로 옮겨간다. 당시 사회의 지배계층은 부자가 된 부르주아, 성직자, 귀족들이었다. 많은 대가를 치르고 얻은 대혁명의 변혁을 무화시키며 과거의 신분제가 다시 고착되어가는 왕정복고 시대의 질식할 것 같은 반동적 분위기, 앙시앵 레짐의 재건을 꿈꾸는 극우 왕당파의 음모, 상승하는 부르주아들의 금전욕과 허영심, 성직자들의 위선과 권력욕, 귀족들의 허위의식과 권태를 스탕달은 쥘리앵이라는 문제적 개인을 통하여 통찰하고 비판한다.

1827년 이후에 집필된 것으로 추정되는 『적과 흑』에 스탕달은 '1830년 연대기'라는 부제를 달았다. 1830년이라면 부르주아 혁명인 7월 혁명이 일어난 해이지만, 소설은 7월 혁명 이전의 연대기이다. 그런데 스탕달은 역사적 사실들의 모음집이라고 할 수 있는 '연대기'라는 부제를 쓰면서도 "내 소설은 백 년 후의 독자들이나 이해할 것"이라고 했다. 자기 시대의 연대기를 자기 시대 사람들이 이해하지 못하리라는 이 오만하면서도 쓸쓸한 자평은 무엇에 근거하는 것일까. 실제로 스탕달의 소설은 그가 죽은 후에도 특별한 주목을 받지 못하다가 19세기 후반에 가서야 재조명받기 시작했다.

스탕달은 줄곧 '소설은 사회의 거울'이어야 한다는 생각을 지니고 있었다. 낭만주의의 한복판에서 사실주의적 미학을 내세웠던 스탕달은 그런 의미에서 선각자라 할 만하다. 그러나 연대기라고 해도 『적과 흑』이 시대의 벽화는 아니다. 스탕달은 쥘리앵이 겪는 사회적·정치적 현실을 이야기할 따름이다. 쥘리앵에게는 작가 자신의 모습, 분신으로서의 이미지 또는 자기가 살고 싶어했던 삶을 좇는 대리인으로서의 성격이 강하게 투영되어 있다. 그러므로 스탕달이 그려내는 현실은 객관적인 사실화라기보다는 주관적으로 포착되고 분석된 사실화라고 할 수 있다. 그러면서도 문학사가인 귀스타브 랑송이 다음과 같이 지적한 대로 발자크의 『인간극』90여 권에 맞먹는 성과를 얻고 있는 것이 이 소설이 지닌 선구적 가치이다.

중죄 재판소의 한 평범한 사건을 가지고 스탕달은 역사적 심리와 역사철학에 관한 깊은 연구를 이루어놓았다. 대혁명이 형성해놓은 사회에서 행위의 은밀한 동기와 영혼의 내면적 성질에 대해 그는 『인간극』 전체와 맞먹는 것을 우리에게 가르쳐준다.

낭만적 연애가 유행하던 무렵에 연애시를 쓰는 대신 『연애론』을 쓰면서 연애감정의 환상과 허구를 낱낱이 해부해 보였던 스탕달은 인간의 자기애와 욕망을 날카롭게 분석하는 뛰어난 통찰의 능력을 지니고 있었다. 한창 연애중인 사람에게 너의 감정은 이러이러한 경로를 거친 이러이러한 요소로 되어 있다고 분석해줘도 귓등으로도 듣지 않는 것처럼, 왕정복고 말기의 사회상을 적색과 흑색으로 대별하여 그 부침과 성쇠를 이끌어가는 사람들의 욕망의 움직임을 손금 보이듯 그려 보인 것이 그 당사자인 동시대인들에게는 이해될 리 만무했다. 게다가 그 동시대인들은 쥘리앵이라는 탁월하고 전향적인 개성을 이해할 준비가 전혀 되어 있지 않았다.

소설의 제목인 적과 흑이 무엇을 뜻하는가에 대해서는 통설적으로 군복의 붉은색과 승복의 검은색이라는 주장이 있다. 쥘리앵이 열망했던 두 개의 직업, 즉 군인과 사제를 뜻한다고 볼 수도 있고, 좀더 포괄적으로는 당시 사회의 두 세력, 나폴레옹으로 대변되는 붉은 군복의 자유주의자와 성직자들로 대변되는 검은 승복의 복고주의자를 뜻한다고 볼 수도 있다. 소설의 곳곳에서 당시의 자유주의자와 복고주의자들 간의 대립 양상을 읽을 수 있듯이, 소설의 제목 자체가 1830년의 프랑스 사회 상황을 암시하고 있다. 나폴레옹을 숭배하는 쥘리앵은 복고주의자인 레날 시장에게 자신의 그런 속마음을 들키지 않으려고 나폴레옹의 초상화를 숨긴다. 그는 초상화를 들키기 일보 직전 레날 부인을 시켜 초상화를 치우게 하는데, 레날 부인은 레날 부인대로 그것이 쥘리앵의 애인의 초상화라고 오해하고 질투를 느끼며 혼란에 빠진다. 소설은 이런 식으로 매우 구체적인 정황 속에서 1830년의 사회를 살아가는 주인공들의 야망과 사랑, 성취와 좌절을 그려 보인다.

타인의 욕망과 진정한 욕망

　『적과 흑』은 사회소설, 성장소설인 동시에 뛰어난 심리소설이기도 하다. 쥘리앵과 레날 부인, 쥘리앵과 마틸드의 연애심리 묘사는 소설의 상당 부분을 차지하기도 하려니와, 한참 옛날인 1830년 프랑스의 사회 현실이라는 시공간의 차이를 뛰어넘어 오늘날의 독자에게도 흥미롭게 다가오는 대목이다. 순진하고 정숙한 부인이 모성을 자극하면서도 불같은 영혼을 지닌 어린 남성을 사랑하게 되는 심리와 아름답고 자애로운 부인에게 자기도 모르게 이끌려 대담하게 자신의 용기를 시험해보는 젊은이의 심리, 자존심 강한 여자가 자신보다 더 강한 자존심을 지닌 남자에게 속절없이 빠져드는 과정, 그리고 그토록 자존심 강한 여자의 사랑을 유지하기 위해 동원되는 질투의 감정 등 『적과 흑』은 오늘날 연애의 일반적인 심리라고 알려진 이런저런 궤적을 명석하게 따라가며 보여주고 있다. 이렇게 섬세하고 예리한 심리분석은 스탕달을 프랑스 분석소설의 연장선상에 위치시켜놓았다.

　스탕달은 당대의 현실에서 일어난 크고 작은 사건들을 포착하여 그 사회적·정치적 의미를 읽어내는 데도 탁월하지만, 보편적인 인간심리의 분석에도 뛰어난 통찰을 보여준다. 특히 남이 원하니까 나도 원한다는 식의 속물적인 인간의 욕망과 남에게 과시하기 위한 욕망을 인간 행동의 은밀한 동기로 간주하였다. 이러한 욕망을 르네 지라르는 매개된 욕망, 타락한 욕망이라고 부른 바 있다. 레날 시장이 쥘리앵을 가정교사로 채용하는 것은 남들에게 자신의 신분을 과시하기 위한 것이며, 쥘리앵의 봉급이 자꾸 올라가는 것은 발르노에게 가정교사를 빼앗길까봐서이다. 레날 부인이 쥘리앵에 대한 자신의 감정을 깨닫는 것은 엘리자라는 하녀가 쥘리앵에게 구혼하면서부터이고, 마틸드에 대한 쥘리앵의 관심이 고조되는 것은 마틸드가 귀족 청년들의 구애를 받았다는 얘기를 들었을 때이다. 마틸드가 쥘리앵에 대한 사랑에 조바심 내는 것은 쥘리앵이 페르바크 원수부인의 환심을 얻고 있는 것처럼 보일 때이다. 사형을 기다리며 감옥에 갇혀 있는 쥘리앵을 열렬히 사랑하는 마틸드는 사실은 선조들의 영웅주의를 모방하고 있는 것이다. 이 모든 욕망과 행동들은 여전히 관중과 타인의 관념을 필요로 한다. 비록 쥘리앵 자신도 신분상승을 꿈꾸며 출세를 위해 살아왔지만, 상류사회의 욕망의 허황됨과 메마름을 이미 간파하고 있던 쥘리앵은 감옥에 갇혀서야 비로소 모든 야심을 버리고 자기 자신으로 되돌아온다.

가정교사가 되어 사회에 첫발을 내딛는 날, 그는 레날 씨 집을 찾아가기 전에 위선에 도움이 되리라는 생각에 교회에 간다. 이후 온갖 위선과 우여곡절 끝에 드디어 원하던 출세의 정점에 도달했을 때 또다시 그 교회에 간다. 바로 레날 부인을 저격하기 위해서이다. 그것은 출세의 좌절에서 온 분노 때문이 아니라, 자신을 파렴치한으로 묘사한 것에 대한 모욕을 참을 수 없었기 때문이다. 그리고 모든 것이 끝난다. 쥘리앵은 체포되고 사형 집행을 기다리는 신세가 된다. 그리고 쥘리앵은 비로소 감옥에서 모든 거짓된 욕망에서 벗어난다. 남에게 보이기 위한 삶에서 자신을 위한 삶으로 돌아가는 여정은 이렇게 두 번의 교회 방문 사이에 놓여 있다. 감옥에서 쥘리앵은 자기가 죽은 뒤에도 사회는 그 진흙 속의 행군을 계속해나가리라는 것을 알고 자신의 야망이 좌절된 것에 대해 그다지 괴로워하지 않는다. 오히려 레날 부인에 대한 자신의 사랑을 깨닫고 그 사랑의 감정 속에서 행복을 느낀다. 어렸을 때 아무도 모르게 올라간 쥐라 산맥 높은 곳의 동굴에서 혼자만의 행복을 느꼈듯이, 쥘리앵은 죽어서 유언대로 그 동굴에 머리를 묻는다. 쥘리앵이 사실상 추구한 것은 세속적인 출세 이상의 것으로, 자신의 정열이 극대화될 때 맛볼 수 있는 행복의 추구였다.

감옥에서의 쥘리앵은 현실적인 출세주의자의 모습이 전혀 아닌, 차라리 현자의 모습으로 나타난다. 이것을 주인공의 비현실성이니 성격의 모순이니 하며 비판할 수도 있을 것이고, 죽음 앞에서 미련을 버리고 마음의 평정과 행복을 발견하는 모습에서 감동을 받을 수도 있을 것이다. 회심을 권하는 사제에게 쥘리앵은 냉정하게 말한다. "만일 내가 나 자신을 멸시한다면 내게 무엇이 남겠습니까? 나는 한때 야심에 차 있었지만 그 점에 대해 자책하고 싶지 않습니다. 그때는 시대의 조류에 따라 행동했던 것입니다." 그러나 야심을 따라 사는 것, 타인들이 심어놓은 가치를 좇아가는 것, 타인의 욕망을 나도 욕망하는 것은 쥘리앵이 살았던 19세기 프랑스의 조류에 국한된 것이 아니다. 오늘날의 우리도 이 욕망의 굴레에서 벗어나지 못한 채 살고 있는 것이 아닐까. 다만 진정한 행복을 자신의 내면에서 찾아낼 수 있는 사람은 스탕달이 이름 붙인 그대로 '행복한 소수'인 것이다. 그 행복한 소수는 얼마쯤 될까.

이규식

1783년	1월 23일 그르노블의 비외 제쥐이트 거리에서 마리 앙리 벨(스탕달의 본명) 태어남.
1790년	11월 23일 어머니 앙리에트 가뇽 사망.
1791년	어린 스탕달이 사부아 지방 에셸에 머무름.
1792년	12월 스탕달에 대한 라이얏 신부의 독재 교육이 시작됨.
1794년	라이얏 신부와 결별.
1796년	11월 그르노블의 에콜 상트랄에 입학.
1797년	1월 세라피 이모 사망. 여름에 에콜 상트랄의 동료 오드 뤼와 결투. 11월 그르노블 극장에 여배우 비르지니 퀴블리 도착.
1799년	에콜 상트랄 3학년 말 시험에서 수학 일등상을 받음. 10월에 파리로 출발, 사촌인 노엘 다뤼의 집에 머무름.
1800년	1월 말 혹은 2월 초 피에르 다뤼의 감독 아래 육군성에서 근무 시작. 5월에 이탈리아로 출발, 6월 밀라노에 도착. 12월 의병 휴가로 그르노블에 체류.
1802년	파리에 체류하면서 희곡 분야에 도전.
1803년	6월 그르노블에 돌아와 아홉 달 동안 체류.
1804년	4월 파리로 돌아옴.
1805년	여배우 멜라니 길베르와 사랑에 빠져 그녀를 따라 마르세유에 감.
1806년	다시 파리로 돌아와 다뤼 가(家)에 연락하여 프로이센에 파견됨. 10월 육군성 경리부 임시 보좌관으로 임명되어 독일 브런즈윅에 파견됨. 그 후 이 직책에 정식으로 임용됨.

1809년	파리로 돌아온 후 다시 스트라스부르에 파견되었다가 다뤼 백작과 함께 빈으로 감. 병이 나서 바그람 전투에 참전하지 못함. 다뤼 백작부인과 점점 더 가까워짐.
1810년	파리로 돌아와 화려하고 빛나는 사교생활을 걱정 없이 즐기며 행복한 시절을 보냄. 여전히 희곡을 통해 사회적 성공을 꿈꿈. 참사원 심의관에 임용되었다가 이어서 왕실 가구 및 건물 감사관에 임명됨.
1811년	여배우 안젤리나 베레테와 4년에 걸친 연애 시작. 밀라노에서 안젤라 피에트라그루아와 열애. 볼로냐, 피렌체, 로마, 나폴리 여행.
1812년	파리에서 『이탈리아 미술사 l'Histoire de la Peinture en Italie』 집필 시작. 7월 23일 임무를 명령받고 러시아로 떠남. 모스크바에서 한 달간(9월 14일~10월 16일) 체류함. 모스크바로 출발. 나폴레옹군의 러시아 퇴각.
1813년	모스크바 퇴각에서 보여준 훌륭한 행동에 대한 어떠한 보상도 받지 못한 데 크게 실망함. 이탈리아, 파리, 그로노블 체류.
1814년	일자리를 찾으며 『하이든, 모차르트, 메타스타즈의 생애 les Vies de Haydn, de Mozart et de Métastase』를 구상. 7년간 지속될 밀라노 생활 시작. 안젤라는 스탕달을 피곤해하고 스탕달은 자살을 생각할 정도로 모든 것에 대해서 권태를 느낌.
1817년	8월 『이탈리아 미술사』 출간. 9월 『1817년의 로마, 나폴리, 피렌체Rome, Naples et Florence en 1817』 출간.
1818년	메틸드라고 불린 마틸드 뎀보우스키를 사랑함.
1820년	메틸드와의 불행했던 사랑의 경험을 토대로 한 『연애론 De l'Amour』 탈고.

1821년	메틸드와 결별. 6월 말 파리로 돌아간 후에 두번째 런던 여행.
1822년	『연애론』 출간.
1823년	『라신과 셰익스피어 *Racine et Shakespeare*』 출간. 『로시니의 생애 *Vie de Rossini*』 출간.
1824년	1월 로마 체류 후 내내 파리에 거주. 멘티라고 불린 퀴리알 백작부인과 연애.
1825년	메틸드 사망.
1826년	멘티와 결별. 영국으로 여행하여 세번째 런던 체류. 『아르망스 *Armance*』 집필.
1827년	2월 『로마, 나폴리, 피렌체』 재출간. 7월 이탈리아 여행, 피렌체에서 라마르틴과 만남. 밀라노에서 오스트리아 경찰에 의해 추방됨. 8월 첫 소설 『아르망스』 출간.
1828년	파리에서 지내면서 일자리 찾음.
1829년	알베르트 드 뤼방프레와 연애. 들라크루아라는 쟁쟁한 라이벌로 인한 열정과 질투에 휩싸이지만 연애의 불씨는 석 달 만에 소진됨. 9월 『로마 산책 *Promenades dans Rome*』 출간. 12월 『르뷔 드 파리』에 「바니나 바니니 *Vanina vanini*」 실림.
1830년	스탕달 생애 처음으로 줄리아 리니에리라는 여성이 먼저 사랑을 고백해옴. 11월 트리에스테 영사로 임명되어 그곳으로 떠나는 날 줄리아의 후견인에게 대신 청혼하지만 거절당함. 11월 『적과 흑 *Le Rouge et le Noir*』 출간.
1831년	오스트리아 정부가 외교사절 승인을 거부하여 로마 근교의 교황령 치비타베키아 영사로 임명됨.
1832년	이탈리아 여행. 『에고티슴의 추억 *Souvenirs d'Egotisme*』 집필.

1833년	『이탈리아 연대기*Chroniques italiennes*』를 위한 자료 수집. 12월 리옹에서 소설가 조르주 상드와 시인 알프레드 드 뮈세를 만나 함께 론 지역 여행.
1834년	치비타베키아에서 『뤼시앵 뢰벤*Lucien Leuwen*』 집필 시작.
1835년	『앙리 브륄라르의 생애*la Vie de Henry Brulard*』를 쓰기 위해 소설 중단.
1836년	석 달의 휴가를 얻어 파리로 돌아와 3년간 머무름.
1837년	『르뷔 데 되몽드』에 단편 「비토리아 아코랑보니*Vittoria Accoramboni*」(3월), 「첸치 가문*Les Cenci*」(7월) 발표. 『여행자의 회상록*Mémoires d'un Tourist*』 집필 시작.
1838년	단편 「팔리아노 공작 부인 *La Duchesse de Palliano*」 발표. 「카스트로의 수녀원장*L'Abbesse de Castro*」 집필 시작. 11월 4일부터 12월 26일에 걸쳐 『파르마의 수도원*La Chartreuse de Parme*』 완성.
1839년	「카스트로의 수녀원장」이 2회에 걸쳐 『르뷔 데 되몽드』에 실림. 4월 『파르마의 수도원』 출간. 로마에서 작가 메리메를 만남. 『라미엘*Lamiel*』 집필.
1840년	치비타베키아의 무료한 생활에서 벗어나기 위해 모든 핑계를 동원, 로마에 머물면서 신비스러운 '얼린'과 마지막 사랑에 빠짐. 본인도 이를 알고 '마지막 로망스'라고 이름 붙임. 10월 『파르마의 수도원』에 관해 발자크가 극찬한 기사를 읽고 석 달에 걸쳐 작품을 수정함.
1841년	3월 뇌졸중 발병. 3월 22일 저녁 7시 파리의 뇌브 데 카퓌신 거리에서 뇌졸중 재차 발병. 끝내 의식을 회복하지 못함.
1842년	3월 23일 세상을 떠남. 3월 24일 몽마르트르 묘지에 안장.

문학동네 세계문학전집 발간에 부쳐

세계문학은 국민문학 혹은 지역문학을 떠나 존재하는 문학이 아니지만 그것들의 총합도 아니다. 세계문학이라는 용어에는 그 나름의 언어와 전통을 갖고 있는 국민문학이나 지역문학의 존재를 인정하면서 그것을 넘어서는 문학의 보편적 질서에 대한 관념이 새겨져 있다. 그 용어를 처음 고안한 19세기 유럽인들은 유럽문학을 중심으로 그 질서를 구축했지만 풍부한 국민문학의 전통을 가지고 있는 현대의 문학 강국들은 나름의 방식으로 세계문학을 이해하면서 정전(正典)의 목록을 작성하고 또 수정한다.

한국에서도 세계문학 관념은 우리 사회와 문화의 변화 속에서 거듭 수정돼왔다. 어느 시기에는 제국 일본의 교양주의를 반영한 세계문학 관념이, 어느 시기에는 제3세계 민족주의에 동조한 세계문학 관념이 출현했고, 그러한 관념을 실천한 전집물이 출판됐다. 21세기 한국에 새로운 세계문학전집이 필요하다는 것은 명백하다. 우리의 지성과 감성의 기준에 부합하는 세계문학을 다시 구상할 때가 되었다.

문학동네 세계문학전집은 범세계적으로 통용되는 고전에 대한 상식을 존중하면서도 지난 반세기 동안 해외 주요 언어권에서 창작과 연구의 진전에 따라 일어난 정전의 변동을 고려하여 편성되었다. 그래서 불멸의 명작은 물론 동시대 세계의 중요한 정치·문화적 실천에 영감을 준 새로운 작품들을 두루 포함시켰다.

창립 이후 지금까지 한국문학 및 번역문학 출판에서 가장 전문적이고 생산적인 그룹을 대표해온 문학동네가 그간 축적한 문학 출판 경험을 바탕으로 새로운 세계문학전집을 펴낸다. 인류가 무지와 몽매의 어둠 속을 방황하면서도 끝내 길을 잃지 않은 것은 세계문학사의 하늘에 떠 있는 빛나는 별들이 길잡이가 되어주었기 때문이다. 우리가 자부심과 사명감 속에서 그리게 될 이 새로운 별자리가 독자들의 관심과 애정에 힘입어 우리 모두의 뿌듯한 자산이 되기를 소망한다.

문학동네 세계문학전집 편집위원
민은경, 박유하, 변현태, 송병선, 이재룡, 홍길표, 남진우, 황종연

지은이 스탕달

1783년 프랑스 그르노블에서 태어났다. 참사원 심의관, 왕실 가구 및 건물 감사관 등의 직책을 거쳤고, 『이탈리아 미술사』『1817년의 로마, 나폴리, 피렌체』를 발표하여 작가로서 첫발을 내디 뎠다. 1830년 『적과 흑』을 발표함으로써 낭만주의 문학이 만개하던 프랑스에 사실주의 문학의 새로운 장을 열었다. 1842년 58세의 나이에 뇌졸중으로 사망했다.

옮긴이 이규식

한국외국어대학교 프랑스어과를 졸업하고 동 대학원에서 문학박사 학위를 받았다. 프랑스 파리 4대학에서 연구했고, 문학평론가로 활동중이며 대전문인협회장을 역임했다. 현재 한남대학교 프랑스어문학전공 명예교수, (사)한국생활연극협회 부이사장으로 재직중이다. 저서로 『프랑스 낭만주의 시인론』『빅토르 위고─시대의 우렁찬 메아리』 등이 있고, 역서로 『40명의 프랑스 작 가들』 등 34권을 펴냈다.

세계문학전집 018
적과 흑 2

1판 1쇄 2009년 12월 15일
1판 6쇄 2022년 3월 18일

지은이 스탕달 | 옮긴이 이규식

책임편집 최정수 이승희 | 독자모니터 김현주
디자인 송윤형 한충현 최미영 | 저작권 박지영 형소진 이영은 김하림
마케팅 정민호 이숙재 박보람 한민아 김혜연 이가을 안남영 김수현 정경주 이소정
브랜딩 함유지 함근아 김희숙 정승민
제작 강신은 김동욱 임현식 | 제작처 영신사

펴낸곳 (주)문학동네 | 펴낸이 김소영
출판등록 1993년 10월 22일 제2003-000045호
주소 10881 경기도 파주시 회동길 210
전자우편 editor@munhak.com | 대표전화 031)955-8888 | 팩스 031)955-8855
문의전화 031)955-8895(마케팅), 031)955-2691(편집)
문학동네카페 http://cafe.naver.com/mhdn
문학동네트위터 http://twitter.com/munhakdongne
북클럽문학동네 http://bookclubmunhak.com

ISBN 978-89-546-0919-7 04860
      978-89-546-0901-2 (세트)

www.munhak.com

● 문학동네 세계문학전집은 계속 출간됩니다